KB078923

선생님이 권해주는 교과서 소설 중3

예스북

선생님이 권해주는
교과서 소설 중3

초판 1쇄 인쇄 2012년 6월 21일
1쇄 발행 2012년 6월 25일

엮은이 | 염남옥 · 양성룡 · 이혜영 · 장현선 · 주현선
펴낸이 | 양봉숙
편 집 | 김지연
디자인 | 김선희

일러스트 | 정미희

펴 낸 곳 | 예스북
출판등록 | 2005년 3월 21일 제320-2005-25호
주 소 | (151-868) 서울시 마포구 노고산동 57-46 아이스페이스 1107호
전 화 | (02) 337-3053
팩 스 | (02) 337-3054
E-mail | yesbooks@naver.com

ISBN 978-89-92197-59-5 43810

값 13,500원

ⓒ 예스북, 2012. Printed in Korea.

책을 펴내며

"국어 공부를 잘 하려면 어떻게 해야 하나요?"

국어 교사인 제가 학생들에게 가장 많이 듣는 질문 중의 하나랍니다. 그럴 때마다 여러분에게 해주는 말은

"양서(良書)를 다독(多讀)할 것"

국어 공부를 잘 할 수 있는 비결로 좋은 책을 많이 읽어 기본을 충실히 쌓는 것만큼 좋은 방법도 없습니다.

그러면 양서란 어떤 책일까요? 사전에서는 양서를 '내용이 교훈적이고 건전한 책'이라고 정의 내리고 있답니다. 말 그대로 작가의 건전한 생각이 담긴 책으로 교훈과 감동을 통해 여러분에게 깨달음을 주고, 삶을 올바른 방향으로 이끌어 주는 책이라고 할 수 있습니다. 그런데, 양서의 정의를 알고 있다고 해서 누구나 양서를 쉽게 구별할 수 있는 것은 아닙니다. 책을 즐겨 읽음으로써 양서를 고르는 안목을 기르는 것 또한 필요하겠지요.

그러면, 책을 고르는 것에 어려움을 느끼는 여러분에게 좋은 책을 소개해볼까요? 여러 선생님들과 전문가 선생님들께서 검증하고, 인정하신 책인데요. 바로 교과서랍니다. 국어교과서에 실려 있는 다양한 문학작품은 여러분들이 믿고 읽으며, 인생의 길잡이로 선택해도 좋은 작품들입니다.

특히 7차 교육과정이 개정되면서 한 권이던 국어 교과서가 12종으로 바꾸어 여러분들이 읽을 수 있는 문학 작품의 폭이 넓어지고 다양해졌지요. 그런데, 12종이나 되는 국어 교과서를 일일이 찾아 문학 작품을 읽기란 쉬운 일이 아니지요.

그래서 이 책에서는 12종 국어 교과서에 실려 있는 문학 작품 중 단편소설과 동화를 한자리에 모았답니다. 또 국어 교육 과정에서 제시한 목표에 따라 작품을 분류해 놓음으로써 여러분들의 국어 공부에 조금이나마 보탬이 되고자 했습니다. 문학 작품 읽기를 통해 국어 공부도 하고, 재미와 감동도 느끼며, 두 마리의 토끼를 한꺼번에 잡는 즐거움을 경험해 보는 건 어떨까요?

자 그럼 이제 책장을 넘겨 새로운 세계로의 여행을 시작해 봅시다.

2012년 6월 엮은이 씀

C O N T E N T S

일러두기

1. 7차 교육과정 개정에 따라 선정된 국어교과서 12종에 실려 있는 단편 소설과 동화를 수록하였습니다.
2. 작품은 교과서와 여러 출판본을 참조하여 원문에 충실히 따르는 것을 원칙으로 하되 맞춤법과 띄어쓰기는 최대한 현행 표기법을 따랐습니다.
3. 한자는 원문 내용을 따랐으나 꼭 필요한 경우에만 넣었습니다.

Part 1
고전의 가치와 중요성

박지원 「허생전」 • 작가 미상 「흥부전」
작가 미상 「박씨전」 • 작가 미상 「전우치전」

"

어린 시절 할머니의 무릎을 베고 누워 옛날이야기를 들어 본 적이 있나요? 무서운 호랑이도 등장하고, 도깨비며, 금은보화까지 신기하고 즐거운 것들이 가득한 세상을 경험하지요. 그러면서 우리는 권선징악의 교훈을 얻습니다. 그렇게 옛날이야기는 할아버지로부터, 또 할아버지의 할아버지로부터 대를 이어 전해 내려오며 세월이 흘러도 변하지 않는 가치를 우리에게 심어줍니다.

여기에서는 우리의 주옥같은 고전들을 말이 아닌 글로 감상해보는 시간을 갖도록 합시다. 대표적인 고전 작품들을 읽으며, 작품 속에 담겨진 가치를 찾아보고, 또 그것을 우리 생활에 어떻게 활용할 수 있을지 생각해본다면 더 의미가 있겠지요.

"

허생전

수록교과서 : 지학사

박지원 조선 후기의 실학자, 소설가. 본관 반남. 자 중미. 호 연암. 자유 기발한 문체를 구사하여 여러 편의 한문소설(漢文小說)을 발표하였다. 당시의 양반계층 타락상을 고발하고 근대사회를 예견하는 새로운 인간상을 창조함으로써 많은 파문과 영향을 끼쳤다. 대표작으로는 「열하일기」 「연암집」 「허생전」 등이 있다.

감상 길잡이

이 작품은 조선 후기 정조 때 실학자 박지원이 지은 한문 단편소설입니다. 허생이라는 인물을 통해 당대 사회의 취약점과 모순, 집권층의 무능력함을 어떻게 비판하고 있는지 찾아가며 작품을 읽어 봅시다.

핵심정리

갈래	한문소설. 단편소설. 풍자소설
시점	전지적 작가 시점
배경	17세기 중반 효정 때. 한반도 전역과 무인도
성격	냉소적. 풍자적. 비판적
제재	허생의 이인적 삶
주제	무능한 양반 계층에 대한 비판과 선비로서의 자아 각성 촉구

등장인물

허생
주인공. 현실에 대한 비판적 각성을 하고 현실에 참여하는 지식인

변씨
신흥자본가 계층.
대범함.
사람을 미리 알아보는 안목이 있음

이완
과거의 인습에 얽매여 새로운 변화를 거부하는 무기력하고 보수적인 관리

줄거리

묵적골에 사는 선비 허생은 10년 계획으로 공부를 하고 있었는데, 돈을 벌어 오지 못한다는 아내의 핀잔에 공부를 중단합니다. 허생은 장안의 갑부인 변씨(卞氏)를 찾아가 돈 만 냥을 빌려 그것을 밑천으로 매점매석하여 크게 돈을 벌게 됩니다.

그는 그 돈으로 도적을 모아 무인도를 개간하여 이상국 건설을 시도합니다. 또, 본국으로 돌아와 가난한 사람을 돕기도 하고, 변씨에게 꾼 돈을 갚은 후 변씨와 가까운 벗이 됩니다.

어느 날 변씨가 어영 대장 이완을 허생에게 소개하는데, 그 자리에서 이완은 국사를 도와 달라고 청을 합니다. 허생은 세 가지 계책을 제시하지만 이완은 사대부의 도리에 맞지 않는다고 거절하고, 허생은 그런 이완을 질타하고 비웃습니다. 다음 날, 이완은 허생을 다시 찾아갔지만, 이미 허생은 어디론가 사라진 후였습니다.

허생전

1

허생은 남산 아래 묵적골에 살았다. 남산 밑 골짜기로 곧장가면 우물 위쪽에 해묵은 은행나무가 한 그루 서 있고, 사립문 하나가 그 은행나무 쪽으로 늘 열려 있다. 집이라고 해 봐야 비 바람에 다 쓰러져 가는 초가집. 그 집이 바로 허생의 집이었다.

허생은 집에 비가 새고 바람이 드는 것도 아랑곳 않고 글 읽기만 좋아하였다. 그래서 아내가 삯바느질을 해서 그날그날 겨우 입에 풀칠을 하는 처지였다.

어느 날 허생의 아내가 배고픈 것을 참다 못해 훌쩍훌쩍 울며 푸념을 하였다.

"당신은 평생 과거도 보러 가지 않으면서 대체 글은 읽어 뭘 하시렵니까?"

그러나 허생은 아무렇지도 않게 껄껄 웃으며 말하였다.

"내가 아직 글이 서툴러 그렇소."

"그럼 공장이* 노릇도 못한단 말입니까?"

"배우지 않은 공장이 노릇을 어떻게 한단 말이오?"

"그러면 장사치 노릇이라도 하시지요."

"가진 밑천이 없는데 장사치 노릇을 어떻게 한단 말이오?"

어휘정리

공장이 수공업에 종사하던 장인.

그러자 아내가 왈칵 역정을 내었다.

"당신은 밤낮 글만 읽더니, 겨우 '어떻게 한단 말이오.' 소리만 배웠나 보구려. 공장이 노릇도 못한다. 장사치 노릇도 못한다. 그럼 하다못해 도둑질이라도 해야 할 것 아니오?"

허생은 이 말을 듣고 책장을 덮어 치우고 벌떡 일어났다.

"아깝구나! 내가 애초에 글을 읽기 시작할 때 꼭 십 년을 채우려 했는데, 이제 겨우 칠 년밖에 안 되었으니 어쩔거나!"

허생은 그길로 문밖으로 나섰다. 그러나 서울 장안에 아는 사람이라고는 한 사람도 없었다. 허생은 곧장 종로 네거리로 가서 아무나 길 가는 사람을 붙들고 물었다.

"여보시오. 서울 장안에서 누가 제일 부자요?"

때마침 그 사람이 변씨 성을 가진 부자를 일러 주었다. 허생은 그길로 변 부자를 찾아가 예를 갖춘 뒤에 한마디로 잘라 말하였다.

"내가 집이 가난해서 뭘 좀 해 보고 싶은데 밑천이 없구려. 돈 만 냥만 빌려 주시오."

"그러시오."

변 부자는 대뜸 그 자리에서 만 냥을 내주었다. 허생은 돈을 받더니, 고맙다는 인사 한마디 없이 가지고 나왔다.

그때 변 부자 집에는 자식과 손님들이 많이 모여 있었다. 허생을 보니, 그 몰골이 영락없는 거지였다. 선비랍시고 허리에 띠를 두르기는 하였지만 술이 다 빠졌고, 가죽신은 신었지만 굽이 다 닳아 빠졌다. 낡아 빠진 갓에다

땟국물이 줄줄 흐르는 두루마기를 걸치고, 허연 콧물까지 훌쩍거리는 품이 거지 중에도 상거지였다.

허생이 횡허케* 나가고 나자 모두들 어리둥절해서 물었다.

"저 사람을 아시나요?"

"모르지."

"아니, 그렇다면 누군지 알지도 못하는 사람한테 선뜻 만 냥을 내주셨단 말입니까? 이름 석 자도 묻지 않고!"

변 부자는 천연덕스럽게 말하였다.

"자네들이 나설 일이 아닐세. 대체로 남에게 돈을 빌리러 오는 사람은 으레 이것저것 늘어놓으면서 자기 뜻이 크고 넓다고 과장을 하게 마련이지. 약속은 꼭 지키겠다느니 어쩌겠다느니 비굴한 얼굴로 중언부언*하면서 말이야. 그런데 저 사람은 옷과 신발은 비록 허술하지만, 말이 간단할 뿐 아니라 눈망울이 또록또록하고, 얼굴에는 부끄럽거나 비겁한 구석이 전혀 없네. 재물 같은 건 없어도 스스로 만족하고 사는 사람임에 틀림없어. 분명 그 사람이 한번 해보고 싶다는 것도 쩨쩨한 일은 아닐 게야. 그래서 그 사람을 한번 시험해 보려는 거야. 안 줄 거라면 모르지만 이왕 줄 바에야 이름은 알아서 뭐하겠나."

2

허생은 변 부자에게 만 냥을 얻어 가지고 집에는 들르지도 않고 곧장 안성으로 내려갔다.

"안성은 경기도와 전라도의 갈림길에다 충청도,

어휘정리

횡허케 중도에서 지체하지 않고 곧장 빠르게 가는 모양.
중언부언 이미 한 말을 자꾸 되풀이하다.

전라도, 경상도의 길목이렷다!"

허생은 그다음 날부터 시장에 나가서 대추, 밤, 감, 배, 석류, 귤, 유자, 따위 과일이란 과일은 몽땅 사들였다. 파는 사람이 부르는 대로 값을 다 주고, 팔지 않는 사람에게는 값을 배로 주고 사들였다. 그리고 사는 족족 창고 깊숙이 넣어 두었다.

얼마 안 가서 나라 안의 과일이란 과일은 모두 동이 나 버렸다. 잔치나 제사를 지내려고 해도 과일이 없으니 상을 제대로 차릴 수가 없었다. 이렇게 되니, 과일 장수들은 너나없이 허생한테 몰려와서 제발 과일 좀 팔라고 통사정을 하였다. 결국 허생은 처음 값의 열 배를 받고 과일을 되팔았다.

"허허, 겨우 만 냥으로 나라의 경제를 흔들어 놓았으니, 이 나라 형편이 어떤지 알 만하구나."

허생은 이렇게 탄식하고는 또 칼, 호미, 실이며 베, 솜 따위를 모조리 사들여 제주도로 건너갔다. 그리고 그것을 팔아 말총이란 말총은 모두 거두어 들였다. 말총은 갓과 망건을 만드는 재료였다.

"몇 해 못 가서 이 나라 사람들은 모두 머리를 싸매지 못할게야."

과연 얼마 가지 않아 나라의 갓과 망건 값이 열 배로 훌쩍 뛰었다. 그렇게 해서 허생은 엄청난 돈을 긁어모으게 되었다.

어느 날 허생은 바닷가로 나가 늙은 뱃사공을 붙잡고 은근히 물었다.

"영감, 혹시 바다 멀리 사람이 살 만한 빈 섬 하나 없던가?"

"있습지요. 제가 언젠가 큰 바람을 만나 서쪽 바다로 줄곧 사흘 밤낮을 가다가 한 섬에 닿았습지요. 아마 사문*과 장기*의 중간쯤 될 겁니다. 꽃과 잎

어휘정리

사문 중국의 마카오.
장기 일본의 나가사키.

이 저절로 피어나고 과실과 오이가 철 따라 익고, 사슴이 떼 지어 몰려다니고, 물고기가 사람을 보고도 놀라지 않더이다."

허생은 뱃사공의 말을 듣고 더없이 기뻤다.

"자네가 나를 그곳으로 인도해 준다면 평생 동안 함께 부귀를 누릴 걸세."

뱃사공은 흔쾌히 허생의 말을 따랐다.

허생은 바람을 타고 줄곧 배를 몰아 마침내 그 섬에 이르렀다. 허생은 섬에서 가장 높은 곳으로 올라가 사방을 둘러보고는 썩 마음에 내키지 않다는 듯 이렇게 말하였다.

"땅이 천 리도 채 못 되니 여기서 무엇을 한단 말인가. 그렇지만 땅이 기름지고 물이 좋으니 아쉬운 대로 부잣집 늙은이 노릇은 할 수 있겠구나."

"텅 빈 섬에 사람이라곤 하나도 없는데 대체 누구와 더불어 산단 말씀이오?"

뱃사공이 고개를 갸웃거리며 물었다.

"덕이 있으면 사람이야 저절로 모이게 마련이지. 덕 없는 것이 두렵지 사람 없는 것이야 걱정할 게 있나."

3

이때 전라도 변산에는 떼도둑이 천 명씩이나 우글거리고 있었다. 나라에서는 각 지방에서 군사를 뽑아 올려 도둑을 잡으려 무진 애를 썼지만 속수무책이었다. 도둑들도 군사들이 진을 치고 있으니 깊은 산속에 틀어박혀 나오지도 못하고 곧 굶어 죽을 판이었다.

허생은 변산으로 가서 도둑 떼의 산채를 찾았다. 그리고 그 우두머리를 만나 이렇게 물었다.

"너희들 천 명이 천 냥을 노략질해서 나누어 가진다면 한 사람 앞에 얼마씩 돌아가겠느냐?"

도둑의 우두머리는 누구를 바보로 아느냐는 듯 눈을 부라렸다.

"그거야 한 사람 앞에 한 냥씩이지. 얼마야."

"그럼 너희들에게 아내가 있느냐?"

"없어!"

"그럼 논밭은?"

"흥, 논밭 있고 마누라 있으면 도둑질은 왜 해!"

"정말 그렇다면, 왜 아내 얻고 집 짓고 소 사서 농사지을 궁리를 안 하느냐? 그러면 도둑놈이라는 더러운 말도 안 들을 테고, 아내와 자식 낳고 사는 재미가 절로 나고, 자기 마음대로 나돌아 다녀도 누구한테 잡혀갈 걱정도 없을 테니 얼마나 좋으냐? 그렇게 잘 먹고 잘 살 수 있는 길을 두고 왜 이렇게 지낸단 말이냐?"

"허허, 누구 약 올리는 거냐. 지금! 누가 그걸 몰라서 이러고 있나. 돈이 없으니까 그렇지."

허생은 그제야 껄껄껄 웃으며 말하였다.

"명색이 도둑질을 한다면서 돈이 없다는게 말이 되나? 정 그렇다면 내가 마련해 주지. 내일 바닷가에 나오면 붉은 깃발을 단 배들이 보일 게야. 모두 돈을 가득 실은 배지. 와서 자네들이 갖고 싶은 만큼 마음대로 가져가게."

허생은 이렇게 말한 뒤에 총총히 가 버렸다. 도둑들은 모두 허생을 미친 놈이라고 비웃었다.

그러나 다음 날, 도둑들은 혹시나 하는 마음에 바닷가로 나가 보았다. 그런데 이게 웬일인가! 과연 붉은 깃발을 높이 올린 배가 여러 척 떠 있고, 배 위에서는 허생이 돈 삼십만 냥을 싣고 기다리고 있는 것이 아닌가.

도둑들은 놀라 뒤로 자빠질 지경이었다. 도둑들은 허생이 보통 사람이 아니라 생각하고 모두 넙죽넙죽 바닥에 엎드려 절을 하였다.

"그저 장군님의 분부대로 따르겠습니다."

"그래. 어디 너희들이 짊어질 수 있는 만큼 짊어지고 가 보아라."

허생의 말이 떨어지기 무섭게 도둑들은 돈 자루로 달려들었다. 그러나 마음뿐이지 기운깨나 쓴다는 놈들도 백 냥을 다 짊어지지 못하였다.

"백 냥도 채 짊어지지 못하는 놈들이 무슨 도둑질을 한단 말이냐? 그렇다고 이제 와서 평민으로 돌아가려 해도 너희들 이름이 이미 도둑 명부에 올라 있으니 어쩔 도리가 없구나. 오히려 잘되었다. 내 여기서 기다릴 테니, 한 사람 앞에 백 냥씩 가지고 가서 결혼할 여자와 소 한 마리씩을 구해 오너라."

허생의 말이 채 끝나기도 전에 도둑들은 "예이—" 하고는 저마다 돈 자루를 짊어지고 "얼쑤, 좋다." 하며 뿔뿔이 흩어졌다. 허생은 이천 명이 일 년 동안 먹을 양식을 마련해 가지고 도둑들을 기다렸다.

약속한 날짜에 맞추어 도둑들은 저마다 여자는 걸리고 소는 몰고, 또는 여자를 소 등에 태우고 돌아왔다. 허생은 이들을 모두 배에 태우고 빈 섬으로 갔다. 허생이 떼도둑을 한꺼번에 몽땅 쓸어가 버리니 나라 안은 하루아침에 씻은 듯이 조용해졌다.

허생과 함께 섬에 들어간 사람들은 저마다 나무를 베어 집을 짓고 대를 엮어 울타리를 세웠다. 빈 섬에 금세 큰 마을이 생겨 난 것이다. 기름진 땅에 논밭을 일구고 씨를 뿌리니 온갖 곡식이 잘 자라서 김을 매지 않아도 한 줄기에 열매가 아홉 이삭씩 달렸다.

곡식을 거두어서는 삼 년 동안 먹을 양식을 저장하고 나머지는 모두 배에 싣고 장기도로 가서 팔았다. 장기도는 일본의 영토인데, 때마침 흉년이 든 참이라 가지고 간 양식을 모두 팔고 은 백만 냥을 벌어 가지고 돌아왔다.

"이제야 뭘 좀 해 본 것 같구나."

허생은 가슴을 내밀어 숨을 크게 내쉬고는 섬에 사는 남녀 이천 명을 모두 한자리에 모이게 하였다.

"내가 처음 너희들과 함께 이 섬에 들어올 때에는 먼저 부자가 되게 한 다음, 문자도 새로 만들고 의관도 새로이 정하려 하였다. 그러나 땅은 좁고 내 덕 또한 부족하니 나는 이제 여기를 떠나련다. 너희들은 아이를 낳거든 오른손으로 숟가락을 잡도록 가르치고, 또 하루라도 먼저 태어난 사람이 먼저 음식을 먹도록 양보하게 하여라."

그러고는 자기가 타고 갈 배 한 척만 남겨 두고 나머지 배는 모두 불살라 버렸다.

"가지 않으면 오는 사람도 없겠지."

그리고 은 백만 냥 중 오십만 냥도 바닷속에 던져 버렸다.

"바다가 마르면 주워 갈 사람이 있겠지. 백만 냥이면 조선 땅 안에서도 다 써먹을 수 없는데, 하물며 이 조그만 섬에서 어디에 쓰랴."

마지막으로 글을 아는 사람들을 골라 모조리 배에 태우고 함께 조선으로 돌아왔다.

"글이란 모름지기 재앙의 근원이야. 이 섬에서 재앙의 뿌리를 없애 버려야지."

4

허생은 조선에 돌아오자마자 남은 오십만 냥을 가지고 나라 안을 두루 돌아다니며 가난하고 의지할 곳 없는 사람들을 도와 주었다. 그러고도 십만 냥이나 남았다.

"이 돈으로 변 부자한테 빌린 돈을 갚아야겠다."

허생은 참으로 오랜만에 변 부자를 찾아갔다.

"나를 알아보시겠소?"

변 부자는 허생의 얼굴을 찬찬히 살펴보더니 말하였다.

"자네 얼굴빛이 전보다 조금도 나아진 것이 없으니 만 냥을 고스란히 잃은 모양이군."

허생은 껄껄껄 웃었다.

"재물 때문에 얼굴빛이 달라지는 것은 그대 같은 장사치들이나 하는 일이오. 돈 만 냥이 어찌 도道를 살찌울 수 있겠소."

그리고 선뜻 십만 냥을 변 부자 앞에 내놓으며 말하였다.

"내가 한때 굶주림을 견디지 못하여 글 읽기를 끝내지 못하고 그대에게 만 냥을 빌린 것이 부끄러울 뿐이오."

변 부자는 깜짝 놀라 일어나서 절을 하며 십만 냥을 사양하였다. 그리고 그때 빌려 준 돈에다 십 분의 일의 이자만 덧붙여서 받겠다고 하였다.

그러자 허생은 화를 벌컥 내며,

"그대가 어찌 나를 장사치 취급한단 말인가!"

하고는 소매를 홱 뿌리치고 가 버렸다.

변 부자는 붙잡아 봐야 소용없을 줄 알고 가만히 허생의 뒤를 따라가 보았다. 허생은 곧장 남산 아래 골짜기로 들어가더니, 다 쓰러져 가는 초가집으로 들어갔다. 마침 한 할멈이 우물가에서 빨래를 하고 있었다.

"저 집이 누구 집이오?"

변 부자는 할멈에게 은근히 물었다.

"허 생원 댁이우. 가난한 살림에 늘 글만 읽더니 하루아침에 집을 나가 다섯 해가 지나도록 안 돌아온다우. 안사람이 혼자 남아 집 떠난 그날을 제삿날로 알고 제사를 지낸다우. 쯧쯧."

할멈은 혀를 끌끌 찼다.

변 부자는 그제야 그 손님의 성이 허씨라는 것을 알고 길게 한숨을 내쉬고 돌아갔다.

이튿날 변 부자는 받은 돈 십만 냥을 모두 가지고 가서 다시 돌려주려 하였다. 그러나 허생은 끝내 받지 않았다.

"내가 부자가 되고 싶었다면 굳이 백만 냥을 다 내버리고 십만 냥만을 갖겠소. 정 그렇다면 내가 이제부터 그대에게 의탁하고* 밥을 먹겠으니, 자주 와서 나를 좀 돌봐 주시오. 그저 식구 수만큼 양식과 옷을 대어 주면 그만이오. 그 이상의 헛된 재물을 가지고 부질없이 마음을 괴롭히고 싶지 않

어휘정리

의탁하다 어떤 것에 몸이나 마음을 의지하여 맡기다.

소."

변 부자가 갖은 말로 허생을 설득하여 보았으나 허생은 끝끝내 듣지 않았다.

변 부자는 그때부터 허생의 집에 양식이나 옷이 떨어질 때가 되면 몸소 찾아가 도와주었다. 허생은 언제나 그것을 기쁘게 받아들였다. 그렇지만 조금이라도 많이 가지고 가면 금방 좋지 않은 기색을 내보였다.

"어째서 나한테 재앙을 떠안기려 하는 것이오?"

그러나 변 부자가 술병이라도 들고 가는 날이면 더욱 반가워하며 둘이서 권커니 잣거니 취하도록 마셨다.

몇 해를 이렇게 지내는 사이에 두 사람의 정은 날로 두터워져 갔다. 어느 날 변 부자가 내내 궁금해하던 것을 조용히 물었다.

"다섯 해 동안에 어떻게 백만 냥을 벌었소?"

"그건 어려운 일이 아니오. 우리 조선은 외국과 무역이 적고 수레가 나라 안을 두루 돌아다니지 못하는 까닭에 모든 물건이 한자리에서 나고 한자리에서 소비되지요.

천 냥은 적은 돈이니 그 돈으로는 한 가지 물건을 몽땅 사들여 독점 할 수는 없겠지. 하지만 그것을 백 냥씩 열로 쪼개면 열 가지 물건을 골고루 살 수가 있지. 단위가 적으면 그만큼 돈을 굴리기가 쉬우니 한가지 물건에서 실패를 보더라도 다른 아홉가지 물건으로 재미를 볼 수 있지 않겠소. 이게 바로 장사치들이 이익을 남기는 방법이 아니겠소.

그러나 만 냥을 가진다면 한 가지 물건을 모조리 독점에서 살 수 있지. 수레에 실린 물건이면 수레째로 몽땅 살 수 있고, 배에 실린 물건이면 배째로 몽땅 살 수 있고, 한 고을에 가득 찬 물건이면 온 고을을 통틀어 살 수 있지. 마치 그물로 한꺼번에 그러모으듯이 나라 안의 물건을 몽땅 사들일 수 있단 말이오. 이렇게 한 가지 물건을 독점해 버린다면, 그 물건이 동이 나면서 장사치들도 어떻게 손을 써 볼 도리가 없겠지.

그렇게 되면 값이 천정부지*로 뛰는 게지. 그러니까 만 냥을 가지고 백만 냥을 버는 것은 어려운 일이 아니지요. 그러나 이것은 백성들을 못살게 하는 방법이지. 만약 나랏일을 맡은 사람들이 이 방법을 쓴다면 나라는 곧 망하고 말 것이오."

변 부자는 가만히 다 듣고 나서 다시 물었다.

"그럼 어떻게 내가 만 냥을 선뜻 내어 줄 거라고 생각했소?"

허생은 대답하였다.

"그거야 하늘의 뜻에 달린 것이지 내가 어떻게 미리 알 수 있었겠소. 내 짐작으로 내 재주가 백만 냥을 모을 수 있다고 생각은 했지만, 일이 이루어지고 말고를 어찌 내 마음대로 할 수 있겠소. 그대가 내게 만 냥을 내어 준 것도, 내가 그 돈을 받아서 백만 냥을 번 것도 결국 하늘의 뜻에 달린 것이 아니겠소. 그러니 내 말을 들어준 그대는 복이 있는 사람이오. 더욱더 큰 부자가 되라는 하늘의 뜻이지. 만약 내가 이 일을 사사로이 했다면 일이 어떻게 되었을지 어찌 알겠소."

변 부자는 허생의 말을 듣고 참으로 감탄하지 않을 수 없었다. 자기 같은 장사치들은 도저히 상상도 못할 배포요 도량이었다. 변 부자는 허생 같은 선비가 초야에 묻혀 있는 것이 안타까웠다.

어휘정리

천정부지 천장을 알지 못한다는 뜻으로, 물가 따위가 한없이 오르기만 함을 비유적으로 이르는 말.

"바야흐로 지금 사대부*들은 남한산성의 치욕을 씻으려 하고 있소. 지금이야말로 지혜로운 선비가 팔뚝을 걷어붙이고 나설 때가 아니오? 그런 재주를 가지고 어째서 괴롭게 파묻혀 지낸단 말이오?"

"어허, 예로부터 묻혀 지낸 사람이 어디 한둘이오? 지금도 신기하고 뛰어난 재주를 가지고도 때를 만나지 못하여 산속과 바닷가에 묻혀 세월을 보내는 사람이 많지요. 그러니 오늘날 국정을 맡은 자들의 그릇을 알 만하지 않소. 나는 장사에 재주가 있는 사람으로서 내가 번 돈이 구왕*의 머리를 살 수 있을 만큼은 되었지요. 그러나 그것을 그냥 바닷속에 던져 버리고 온 것은 마땅히 써먹을 데가 없기 때문이었소."

변 부자는 허생의 말을 듣고는 길게 한숨을 쉬고 돌아갔다.

5

변 부자는 오래전부터 이완과 친분이 있는 사이였다. 때마침 이완이 어영대장*이 되어 변 부자를 찾아왔다.

"혹시 백성들 중에 신기한 재주를 숨기고 있어서 함께 큰일을 해 볼 만한 사람이 없던가?"

변 부자는 즉시 허생의 이야기를 해 주었다. 변 부자의 말을 듣고 난 이 대장은 깜짝 놀라 물었다.

"놀랍구나! 정말 그런 사람이 있단 말인가? 그래, 그 사람 이름이 뭐라고 하던가?"

"소인이 그 사람과 삼 년을 가까이 지냈는데 아직도 그 이름을 모르고 있습니다. 그냥 허씨 성을

어휘정리

사대부 벼슬이나 문벌이 높은 집안의 사람.
구왕 청 세조의 숙부로서 당시 청나라의 실권자.
어영대장 조선 시대 군사 조직의 하나인 어영청의 으뜸 벼슬.

가졌다는 것밖에 모릅니다."

"그 사람 보통 사람이 아닌 게 틀림없네. 우리 한번 함께 가보세."

밤이 되자 이 대장은 수행하는 병졸들을 모두 물리치고 변 부자와 단둘이 허생의 집을 찾아갔다.

변 부자는 이 대장을 잠시 사립문 밖에 기다리게 하고 혼자 안으로 들어가 허생에게 이 대장이 몸소 찾아온 이유를 이야기 하였다.

허생은 변 부자의 말을 들은 체 만 체 하였다.

"차고 온 술병이나 어서 내놓으시오."

변 부자는 하는 수 없이 술병을 풀어 둘이서 잔을 주고받았다. 그러나 변 부자는 술을 마시면서도 문밖에 세워 둔 이 대장에게 마음이 쓰였다. 그래서 거듭 이야기를 하였지만, 허생은 도무지 아랑곳하지 않았다.

어느덧 밤이 깊었다. 그제야 허생은,

"손님을 좀 불러 볼까?"

하였다.

그러나 이 대장이 방으로 들어와도 허생은 자리에서 일어나지도 않았다. 이 대장은 몸 둘 바를 몰라 하다가 서둘러 나라에서 큰일에 쓸 인재를 구하고 있다는 말을 장황하게 늘어놓았다. 허생은 이 대장의 입을 막기라도 하듯 손을 내저었다.

"밤은 짧은데 말이 길어서 듣기에 참 지루하군. 그래, 지금 그대의 벼슬이 뭐요?"

"어영대장입니다."

"그래요? 그렇다면 나라에서는 믿을 만한 신하겠군. 내가 제갈공명 같

은 사람을 추천할 테니 임금께 아뢰어 삼고초려* 하시게 할 수 있겠소?"

이 대장은 고개를 숙이고 한참 생각하더니 대답하였다.

"그건 어렵겠습니다. 임금께서 친히 거둥*하시는 일이 어찌 쉽겠습니까? 차라리 그 다음 계책을 듣고자 합니다."

"나는 원래 두 번째라는 것은 모르오."

허생은 딱 잘라 말한 뒤, 다시 입을 열지 않고 술잔만 기울였다. 그러나 이 대장이 옆에 붙어 앉아 거듭거듭 묻자 마지못한 듯 말문을 열었다.

"조선이 옛날 명나라에 입은 은혜가 있다고해서, 명나라가 청나라에 망한 뒤에 명나라의 많은 자손들이 우리나라로 망명해 와 떠돌아다니며 살고 있다고 들었소. 그대가 조정에 청하여 종실*의 딸들을 그 사람들에게 시집보내고 세도가들의 재산을 빼앗아 그 사람들에게 나누어 줄 수 있겠소?"

이 대장은 또 고개를 숙이고 한참을 생각하더니 입을 열었다.

"어렵겠습니다. 지체 높은 종실의 어른들이 어찌 하고많은 신랑감을 두고 귀한 딸을 나라도 없이 떠도는 자들에게 시집보내겠습니까?"

"이것도 어렵다 저것도 어렵다. 도대체 그럼 뭘 할 수 있단 말이오? 그럼 아주 쉬운 일이 한 가지 있는데 할 수 있겠소?"

"그 말씀을 듣고자 합니다."

"무릇 천하를 도모하고자 한다면 먼저 호걸*들과 사귀지 않으면 안 될 것이요, 남의 나라를 치고자 한다면 첩자를 보내지 않고는 성공할 수 없는 법이오. 지금 청나라가 천하의 주인이라고는 하지만 중국 사람들과는 친하지 못한 판이니, 다른 나라보

어휘정리

삼고초려(三顧草廬) 인재를 맞아들이기 위하여 참을성 있게 노력함.
거둥 임금의 나들이.
종실 임금의 친족.
호걸 지혜와 용기가 뛰어나고 기개와 풍모가 있는 사람.

다 먼저 항복을 한 우리나라를 제일 믿고 있을 게 아니오? 그러니 우리가 당나라, 원나라 때처럼 우리나라 젊은이들을 청나라에 유학 보내어 벼슬도 하고, 상인들도 자유로이 왕래할 수 있도록 해 달라고 하면 우리의 청을 기쁘게 받아들일 것이오. 그러면 나라 안에서 젊은이들을 뽑아 되놈*처럼 변발*을 시키고 되놈 옷을 입혀 들여보내, 그중 선비들은 빈공과*를 보도록 하고 장사치들은 멀리 강남에까지 들어가 그들의 실정을 정탐하게 하는 거요. 그러면서 그곳의 호걸들과도 사귀게 한다면, 그때 비로소 천하를 도모하여 병자호란의 치욕을 씻을 수 있을 것이오."

이 대장은 얼빠진 듯 가만히 듣고 있다가 겨우 입을 열었다.

"사대부들이 모두 몸을 삼가고 예법을 지키는 마당에, 누가 제 자식의 머리를 깎고 되놈 옷을 입히겠습니까?"

그러자 허생이 자리를 박차고 일어나 버럭 화를 내었다.

"그 사대부란 놈들이 도대체 어떤 놈들이냐? 의복은 온통 희게만 입으니 이것은 상喪 당한 사람의 옷차림이요. 머리털을 한데 묶어 송곳처럼 상투를 트니 이것은 남쪽 오랑캐들의 풍습이 아니냐? 그러면서 무슨 예법이네 어쩌네 하면서 주둥이를 놀린단 말이냐? 그뿐이냐? 장차 말타기, 칼 쓰기, 창 찌르기, 활쏘기에 돌팔매질까지도 익혀야 할 판국에 그 넓은 소매 옷을 고쳐 입을 생각은 않고 예법만 찾는단 말이냐? 내가 벌써 세 가지씩이나 그 방도를 일러 주었는데 한 가지도 행하지 못한다니, 그러면서도 네가 신임받는 신하라고 할 수 있느냐? 너 같은 자는 당장 목을 베어야 마땅하리라."

어휘정리

되놈 청나라 사람을 낮잡는 뜻으로 이르던 말.
변발 만주족의 풍습으로, 남자의 머리를 뒷부분만 남기고 나머지 부분을 깎아 뒤로 길게 땋아 늘임.
빈공과 중국 당나라 때에, 외국인에게 보게 하던 과거.

허생은 좌우를 돌아보며 칼을 찾아 찔러 죽일 태세였다. 이 대장은 엉겁결에 놀라 일어나서 뒷문을 차고 나가 뒤도 안 돌아보고 달아났다.

다음 날 이 대장이 다시 허생의 집을 찾았으나, 집은 이미 텅 비고 허생은 온데간데 없었다.

중요한 내용 쏙! 쏙! 쏙!

작품의 구조

전반부
- 매점매석으로 부를 취득하는 과정
- 취약한 경제 현실을 비판

후반부
- 지배 계층을 대표하는 이완의 등장
- 사대부 계층의 무능과 허위의식을 비판하고 자각을 촉구

작품 속에 나타난 사회 문화적 문제

인재 등용의 문제	인재 등용에 학연, 지연 등을 따지며 능력 있는 인재가 선발되지 못하는 것을 비판함
사회 지도층의 문제	북벌론을 주장하면서도 실천하지 못하는 무능함과 위선적인 태도

작품 속 갈등

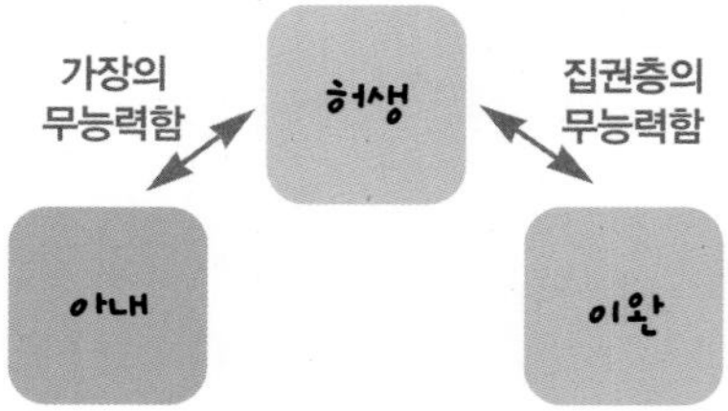

- 허생 ↔ 아내: 가장의 무능력함
- 허생 ↔ 이완: 집권층의 무능력함

작품의 시대적 배경

정치적 배경
당쟁으로 인한 혼란기

경제적 배경
경제의 피폐화와 사회구조의 모순으로 평민들의 생계가 어려움
화폐의 유통, 수공업의 발달로 인한 신흥 상인 계급의 발생기

사회적 배경
평민의식의 각성과 신분제의 동요로 양반 사대부가 야유와 풍자의 대상이 됨.
부농이 생기고, 소작농으로 전락하는 양반이 나타남

사상적 배경
실사구시와 이용후생으로 구세제민을 주장하는 실학사상이 등장

1 허생의 매점매석 행위를 통해 알 수 있는 당시 경제 현실의 문제점을 지적해 봅시다.

2 작품의 결말이 (허생의 잠적으로 갈등이 해소되지 않음) 미완성으로 종결된 이유를 생각해 봅시다.

상상더하기 - 작품의 주제와 관련하여 내 생각 정리하기

박지원이 허생전을 통해 이야기하고 싶었던 것은 무엇일까요? 이상적인 사회에 대한 박지원의 생각을 정리해보고, 여러분이 생각하는 이상적인 사회의 모습도 그려 보세요.

확인하기 정답

1. 허생의 말처럼 겨우 만 냥으로 과일과 망건 값을 좌우했다는 것은 당시 우리나라의 경제 구조가 취약했음을 드러내고 있습니다.
2. 허생의 비범한 행적에 대해 신비롭게 여운을 남기고자 했으며, 작가의 사상이 현실적으로 용납되기 어려운 급진적인 것이기 때문이라고 짐작해 볼 수 있습니다.

작가의 다른 작품 보기

호질 어느 날 밤 산 속 깊은 곳에서 대호(大虎)는 부하들과 함께 오늘 저녁으로 무엇을 먹을까 의논을 하고 있었습니다. 결국 선비 고기가 맛있겠다는 의견이 모아져서 선비를 잡으러 마을로 내려왔지요. 때마침 그곳에서 대호(大虎)는 청상과부의 집에서 밀회를 즐기고 있는 선비와 마주칩니다. 동리자(東里子)라는 그 과부는 열녀 표창까지 받았다는데 어떻게 성이 다른 아들이 다섯이나 있었을까요? 더구나 그 선비는 학식이 높고 고매한 인품을 가지기로 이름난 북곽(北郭) 선생이었으니! 대호(大虎)는 그들이 여우가 둔갑한 것이라 확신하고 몽둥이를 휘둘렀답니다. 황급히 도망치던 북곽(北郭) 선생은 에구머니 그만 똥구렁에 빠지고 말았다네요. 겨우 기어나왔지만 큰 호랑이 한 마리가 입을 쩍 벌리고 있었으니 북곽(北郭) 선생은 꼼짝없이 죽었다싶어 목숨만은 살려달라고 비굴하게 빌었지요. 아침이 되어 농부들이 발견하여 놀라면서 연유를 물을 때까지 그대로 머리를 땅에 박고 빌고 있었답니다. 지난밤 대호가 그의 위선을 크게 꾸짖고나서 가버린 줄도 모르고 말입니다.

체면을 중시하고 위선으로 가득 찬 양반들을 풍자하기 위해, 호랑이의 입을 빌어 양반들을 비꼬고 질책하는 소설 〈호질〉은 당시에 볼 수 없었던 신선하고 독특한 방식의 작품이었답니다.

예덕 선생전 선귤자(蟬橘子)라는 호로 불리는 이덕무(李德懋)는 학식이 높고 덕망이 있는 선비입니다. 그러니 슬하에 제자들도 많습니다. 그 중 '자목'이라는 제자가 있었는데 자목은 그런 스승님께 아주 큰 불만이 하나 있었답니다. 그것은 바로 스승님께서 엄행수(嚴行首)라는 사람과 무척 친하게 지내신다는 점이었습니다. 친구를 사귀는 것이 왜 불만이냐구요? 엄행수(嚴行首)는 똥을 치워 나르는 천한 자였기 때문이지요. 어느 날 '자목'은 왜 사대부와는 전혀 교류하지 않고 비천한 자와 벗하느냐며 스승님께 노골적으로 불만을 표시합니다. 그런 제자에게 스승님은 뭐라고 말씀하셨을까요?

작가는 책만 읽는 바보였던 주인공 이덕무의 입을 통해서 진정한 인간관계란 무엇인지 우리에게 질문을 던지고 있답니다. 아첨에 의해 맺는 인간관계가 아닌 신실된 마음으로 벗을 사귀어야 한다고 지적한 작가의 생각이 개인적인 이해관계로 얽힌 현대 사회를 살아가는 우리에게 큰 교훈을 줍니다.

흥부전

수록교과서 : 교학사, 금성, 대교(박), 해냄, 지학사, 창비, 미래엔(이)

작가 미상

감상 길잡이

이 작품은 보은 설화가 바탕이 된 판소리계 소설입니다. 형제간의 우애와 권선징악의 주제를 담고 있지만, 그 이면에는 조선 후기 신분 변동에 따라 나타난 빈농과 신흥 부농 사이의 갈등이 반영되어 있습니다. 흥부의 고달프고 비극적인 삶이 어떻게 해학적으로 그려지고 있는지 살펴보며 작품을 감상해 봅시다.

핵심정리

갈래	판소리계소설, 국문소설, 설화소설	성격	풍자적, 해학적, 교훈적
시점	전지적 작가 시점	제재	박타기
배경	조선 후기, 경상도와 전라도의 경계	주제	형제간의 우애와 권선징악

등장인물

흥부
토지가 없는 농촌 빈민. 선량하고 정직함. 동정심을 가지고 있음

흥부 처
흥부처럼 선량하나 현실 인식이 빠름. 고난을 이겨내고자 하는 억척스러운 면도 가지고 있음

놀부
신흥 부농. 탐욕적이며 심술이 가득함

줄거리

전라도와 경상도 접경에 흥부와 놀부가 살았는데, 욕심 많은 형인 놀부는 부모의 유산을 독차지하고 동생인 흥부를 내쫓습니다. 흥부는 품팔이와 매품팔이까지 하며 열심히 살지만 헐벗고 굶주린 채 가난한 생활을 합니다.

그러던 어느 봄날 흥부는 땅에 떨어져 다리가 부러진 제비를 치료해 주는데, 이듬해 그 제비는 흥부에게 보은(報恩)하고자 박씨 한 개를 물어다 줍니다. 그런데, 그 박씨로 수확한 박 속에서는 온갖 눈부신 보물들이 끝없이 쏟아져 나와 흥부는 큰 부자가 되었습니다. 그것을 알게 된 놀부는 일부러 새끼제비의 다리를 부러뜨려 치료해 줍니다. 이듬 해, 제비는 놀부에게도 박씨를 물어다 주는데, 놀부가 심어서 거둔 박 속에서는 괴물이 쏟아져 나와 놀부는 패가망신을 하게 됩니다. 마음씨 고운 흥부는 이 소식을 듣고 놀부에게 재물을 나누어 주고, 놀부는 개과천선하여 형제는 행복하게 잘 살았습니다.

흥부전

화설話說*, 경상 · 전라 양도 지경에 사는 사람이 있었으니, 놀부는 형이요 흥부는 아우였다. 놀부는 심사가 터무니없이 흉악하여 부모 생전에 나누어 준 논밭을 홀로 차지하고, 흥부 같은 어진 동생을 구박하여 건넛산 언덕 밑으로 내쫓고, 나가며 조롱하고 들어가며 비양하였으니* 어찌 무지하다 하지 않으리.

놀부 심사를 볼 것 같으면 초상난 데 춤추기, 불붙은 데 부채질하기, 아이 낳는 데 개 닭 잡기, 장에 가면 억매흥정하기*, 집에서는 몹쓸 노릇하기, 우는 아이 볼기 치기, 갓난아이 똥 먹이기, 죄 없는 사람 뺨 때리기, 빚값에 계집 뺏기, 늙은 영감 덜미 잡기, 아이 밴 계집 배 차기, 우물 밑에 똥 누기, 오려논*에 물 터놓기, 다 된 밥에 돌 퍼붓기, 패는 곡식 이삭 자르기, 논두렁에 구멍 뚫기, 호박에 말뚝 박기, 곱사등이 엎어 놓고 발꿈치로 탕탕 치기, 심사가 모과나무의 아들이라. 이놈의 심술은 이러했지만, 집은 부자라 호의호식하였다.

흥부는 집도 없어 집을 지으려고, 집 재목을 베려고 깊은 산골에 들어가서 작은 나무 큰 나무를 와드렁 퉁탕 베어다가 지은 것이 아니라, 이놈은 집 재목을 베려고 수수밭 틈으로 들어가서 수숫대 한 단을 베어다가 안방 · 대청 · 행랑 · 몸채 두루 짚어 아주 작은 말집*을 꽉 짓고 돌아보니, 수숫대 반 단

어휘정리

화설(話說) 고소설에서 이야기를 시작할 때 쓰는 말.
비양하였으니 얄미운 태도로 빈정거렸으니.
억매흥정하기 부당한 값으로 억지로 물건을 사려고 흥정하기.
오려논 올벼(제철보다 일찍 여무는 벼)를 심은 논.
말집 추녀를 사방으로 빙 둘러 지은 집.

이 그저 남았다. 방 안이 넓든지 말든지 부부가 드러누워 기지개를 켜면 발은 마당으로 가고, 대가리는 뒤꼍으로, 엉덩이는 울타리 밖으로 나가니, 동리 사람이 출입하다가,

"이 엉덩이 불러들이소."

하는 소리를 흥부가 듣고 깜짝 놀라 크게 소리 내어 우는 것이었다.

"애고 답답 서럽구나. 어떤 사람은 팔자 좋아 삼정승 육판서로 태어나서 고대광실 좋은 집에 부귀공명 누리면서 호의호식 지내는가. 내 팔자는 무슨 일로 말만 한 오두막집에 별빛이 빈 뜰에 가득하니 지붕 아래 별이 뵈고, 문밖에 가랑비 오면 방 안에 큰비 온다. 찬방 안에 헌 자리, 벼룩, 빈대 등이 피를 빨아 먹고, 앞문에는 살만 남고 뒷벽에는 외*만 남아 동지섣달 찬 바람이 살 쏘듯 들어오고, 어린 자식 젖 달라 하고 자란 자식 밥 달라 하니 차마 서러워 못 살겠네."

가난한 중에 웬 자식은 한 서른 남짓 되니, 입힐 길이 전혀 없어, 한방에 몰아넣고 멍석으로 씌우고 대강이만 내어놓으니, 한 녀석이 똥이 마려우면 뭇 녀석이 시배*로 따라간다. 그중에 값진 것을 다 찾는구나 한 녀석이 나오면서,

"애고 어머니, 우리 열구자탕*에 국수 말아 먹었으면……."

또 한 녀석이 나앉으며,

"애고 어머니, 우리 벙거짓골* 먹었으면……."

또 한 녀석이 내달으며,

"애고 어머니, 우리 개장국에 흰밥 조금 먹었으

어휘정리

외 흙벽을 바르기 위하여 벽 속에 엮은 나뭇가지. 대나무 가지, 수수깡, 싸리, 잡목 따위를 가로세로로 얽음.
시배 따라다니면서 시중을 드는 일. 또는 그 하인.
열구자탕 입을 즐겁게 하는 탕이라는 뜻으로, '신선로'를 달리 이르는 말.
벙거짓골 전골을 지지는 그릇. 여기서는 '전골'을 뜻함.

면……."

또 한 녀석이 나오며,

"애고 어머니, 대추 찰떡 먹었으면……."

"애고 이 녀석들아, 호박국도 못 얻어먹는데, 보채지나 말려 무나."

또 한 녀석이 나오며,

"애고 어머니, 날 장가들여 주오."

이렇듯 보챈들 무엇 먹여 살려 낼까. 집 안에 먹을 것이 있든지 없든지 소반이 네 발로 하늘에 축수하고*, 솥이 목을 매어 달렸고, 조리가 턱걸이를 하고, 밥을 지어 먹으려면 달력을 보아 갑자 일이면 한 때씩 먹고, 생쥐가 쌀알을 얻으려고 밤낮 보름을 다니다가 다리에 가래톳*이 서서 종기를 침으로 따고 앓는 소리에 동리 사람이 잠을 못 자니, 어찌 아니 서러울 건가.

"아가 아가, 울지 마라. 아무리 젖 달란들 무엇 먹고 젖이 나며, 아무리 밥 달란들 어디서 밥이 나랴."

이렇게 달랠 때, 흥부는 마음이 너그러워 옥결 같았다. 성덕을 본받고 악인을 꺼리며, 물욕에 탐이 없고 주색에 무심하니, 마음이 이러하니 부귀를 바랄 것인가.

흥부 아내가 하는 말이,

"애고 여보, 부질없는 청렴 마소. 저 자식들 굶겨 죽이겠으니, 아주버니* 집에 가서 쌀이 되나 벼가 되나 얻어 오소."

흥부가 하는 말이,

"형님이 음식 끝을 보면 사촌을 몰라보고 똥 싸

어휘정리

축수하고 두 손바닥을 마주 대고 빌고.
가래톳 넓적다리 윗부분의 림프샘이 부어 생긴 멍울.
아주버니 남편과 항렬이 같은 사람 가운데 남편보다 나이가 많은 사람을 이르거나 부르는 말.

도록 때리는데, 그 매를 뉘 아들놈이 맞는단 말이오?"

"애고 동냥은 못 준들 쪽박조차 깨뜨릴쏜가. 맞으나 아니 맞으나 쏘아나 본다고, 건너가 보소."

흥부가 이 말을 듣고 형 집에 건너갈 때, 치장을 볼 것 같으면 편자 없는 헌 망건에 박 쪼가리 관자 달고, 물렛줄로 당 끈 달아 대가리 터지게 동이고, 깃만 남은 중치막* 동강 이은 헌 술띠*를 가슴과 배 사이에 눌러 띠고, 떨어진 헌 바지에 청올치*로 대님 매고, 헌 짚신 감발하고*, 세살부채 손에 쥐고, 서 홉들이 작은 자루 꽁무니에 비스듬히 차고, 어슷비슷 건너 달아 형의 집에 들어가서, 전후좌우 바라보니, 앞 노적* · 뒤 노적 · 멍에 노적 담불담불 쌓였으니, 흥부 마음은 즐거우나 놀부 심사는 뿌리가 없어 형제끼리 내외하니 구박이 매우 심하더라. 흥부가 하릴없이 뜰 아래서 문안하니, 놀부가 묻는 말이,

"네가 뉜고?"

"내가 흥부요."

"흥부가 뉘 아들인가?"

"애고 형님, 이것이 웬 말이오? 비옵니다. 형님 전에 비옵니다. 세끼 굶어누운 자식 살려 낼 길 전혀 없으니, 쌀이 되나 벼가 되나 둘 중에 주시면, 품을 판들 못 갚으며 일을 한들 못 갚을쏜가. 부디 옛일을 생각하여 사람을 살려 주시오."

애걸하니, 놀부 놈의 거동擧動 보소. 성낸 눈을 부릅뜨고 볼을 치며 호령하기를,

어휘정리

중치막 양반이 나들이할 때 입던 남자 웃옷의 한 가지.
술띠 양쪽 두 끝에 술을 단 가느다란 띠.
청올치 칡의 속껍질로 꼰 줄.
감발하고 발에 발 감개(버선이나 양말 대신 발에 감는 좁고 긴 무명천)를 하고.
노적 곡식 따위를 한데에 수북이 쌓음. 또는 그런 물건.

"너도 염치없다. 내 말 들어 보아라. '천불생무록지인天不生無祿之人*이요, 지불생무명지초地不生無名之草* 라.' 네 복을 누굴 주고 나를 이리 보채느냐? 쌀이 많이 있다 한들 너 주자고 노적을 헐며, 벼가 많이 있다 한들 너 주자고 섬을 헐며, 돈이 많이 있다 한들 괴목* 궤*에 가득 든 것을 문을 열며, 의복이나 주자 한들 집안이 고루 벗었거든 너를 어찌 주며, 찬밥이나 주자 한들 새끼 낳은 검정 암캐 부엌에 누웠거늘 너 주자고 개를 굶기며, 지게미*나 주자 한들 구중방九重房 우리 안에 새끼 낳은 돼지가 누웠으니 너 주자고 돼지를 굶기며, 겻섬*이나 주자 한들 큰 소가 네 필이니 너 주자고 소를 굶기랴. 염치없다, 흥부 놈아."

하고, 주먹을 불끈 쥐어 뒤꼭지를 꽉 잡으며, 몽둥이를 지끈 꺾어 아주 쾅쾅 두드리니, 흥부가 울며 하는 말이,

"애고 형님, 이것이 웬일이오. 우리 형제 어찌 이다지도 극악한가."

탄식하고 돌아오니, 흥부 아내 거동 보소. 흥부가 오기를 기다리며 우는 아기 달랠 때 물레질하며,

"아가 아가, 울지 마라. 어제저녁 김 동지 집에 방아 찧어 주고 쌀 한 되 얻어다가, 너희들만 끓여 주고 우리 부부 어제저녁부터 이때까지 그저 있다. 네 아버지 저 건너 큰아버지 집에 가서 돈이 되나 쌀이 되나 둘 중에 얻어오면, 밥을 짓고 국을 끓여 너도 먹고 나도 먹자. 울지 마라."

아무리 달래어도 악을 쓰며 보채는구나. 흥부 아내가 하릴없이 흥부 오기만 기다릴 때, 의복 치장

어휘정리

천불생무록지인(天不生無祿之人) '하늘은 녹이 없는 사람을 내지 않는다.'는 뜻으로 어떤 사람이든지 먹고살 것은 타고 난다는 말.
지불생무명지초(地不生無名之草) '땅은 이름 없는 풀을 내지 않는다.'는 뜻으로 땅 위의 것은 모두 이름을 가지고 있다는 말.
괴목 회화나무.
궤 물건을 넣도록 나무로 네모나게 만든 그릇.
지게미 재강(술을 거르고 남은 찌끼)에 물을 타서 모주를 짜내고 남은 찌꺼기.
겻섬 겨를 담은 섬.

볼 것 같으면, 깃만 남은 저고리, 다 떨어진 누비바지, 몽당치마 떨쳐 입고 목만 남은 헌 버선에 뒤축 없는 짚신 신고, 문밖에 썩 나서며 머리 위에 손을 얹고 기다릴 때, 7년 동안 가문 날에 비 오기 기다리듯, 9년 동안 장마 든 데 볕 나기 기다리듯, 제갈량 칠성단*에 동남풍 기다리듯, 강태공 위수상*에 시절을 기다리듯, 만 리 전쟁터에서 이기기를 기다리듯, 어린아이 경풍*에 의원을 기다리듯, 독수공방에 낭군 기다리듯, 춘향이 죽게 되어 이 도령 기다리듯, 나이 많은 노처녀가 시집가기 기다리듯, 삼십 넘은 노총각이 장가가기 기다리듯, 장중場中에 들어가서 과거 보기 기다리듯 세끼 굶어 누운 자식들은 흥부가 오기를 기다린다.

"아이고아이고, 설운지고."

흥부가 울며 건너오니 흥부 아내는 내달아 두 손목을 덥석 잡고,

"울지 마오, 어찌하여 우시오. 형님 전에 말하다가 매를 맞고 건너왔나 문밖에 나가 기다리고 또 기다리니 허위허위 오는 사람 몇몇이 날 속였는지. 어찌하여 이제 오시오?"

흥부는 어진 사람이라 하는 말이,

"형님이 서울 가고 아니 계시기에 그저 왔소."

"그러하면 저것들을 어찌하자는 말인가. 짚신이나 삼아 팔아 자식들을 살려 내시오."

"짚이 있소?"

"저 건너 장자長者* 집에 가서 얻어 보시오."

흥부의 거동 보소. 장자 집에 가서,

"장자님 계시오?"

어휘정리

제갈량 칠성단 중국 삼국 때 사람 제갈공명이 유비를 도와 조조와 싸울 때, 칠성단을 만들고 동남풍이 불기를 기도하였음.
강태공 위수상 강태공은 중국 주나라 때 문왕의 스승이며 현명한 신하로, 처음에 위수에서 낚시질을 하며 때가 오기를 기다렸음.
경풍 어린 아이가 풍(風)으로 인해 갑자기 의식을 잃고 경련하는 병증.
장자(長者) 큰 부자를 점잖게 이르는 말.

"게 누군고?"

"흥부요."

"흥부가 어찌 왔노?"

"장자님, 편히 계시옵니까?"

"자네는 어떻게 지내는가?"

"지내노라니 오죽하겠소. 짚 한 단만 주시면, 짚신을 삼아 팔아 자식들을 살리겠소."

"그리하소. 불쌍하이."

하고 종을 불러 좋은 짚으로 서너 단 가져다주니, 흥부가 짚을 가지고 건너와서 짚신을 삼아, 한 죽에 서 돈 받고 팔아 양식을 사서 밥을 지어 처자식과 먹은 후에, 그리하여도 살길이 없다.

흥부 아내가 하는 말이,

"우리 품*이나 팔아 봅시다."

흥부 아내가 품을 팔 때, 방아 찧고 키질하기, 술집에 술 거르기, 초상집에 제복 짓기, 제사 집에 그릇 닦기, 신사*에 떡 만들기, 언 손 불며 오줌 치우기, 얼음 풀리면 나물 뜯기, 봄보리 갈아 보리 놓기, 온갖 품을 팔고,

흥부는 정이월에 가래질하기, 이삼월에 부침* 하기, 일등 전답 못논 갈기, 입하* 전에 목화 갈기, 이집 저집 이엉 엮기, 더운 날에 보리 치기, 비오는 날 멍석 걷기, 먼 산 가까운 산 풀베기, 두 푼 받고 똥재* 치기, 한 푼 받고 비 매기, 식전에 마당 쓸기, 온갖 일을 다 하여도 끼니가 간데없다.

어휘정리

품 돈이나 물건을 받고 하는 일.
신사 신령을 모신 집.
부침 논밭을 갈아서 농사를 짓는 일. 또는 그렇게 농사를 짓는 땅.
입하 이십사절기의 하나. 5월 5일경.
똥재 똥오줌에 재를 섞어 만든 거름.

이때 본읍 김 좌수가 흥부를 불러 하는 말이,

"돈 서른 냥을 줄 것이니, 내 대신으로 감영에 가 매를 맞고 오라."

하니, 흥부가 생각하기를,

'서른 냥을 받아 열 냥어치 양식 팔고, 닷 냥어치 반찬 사고, 닷 냥어치 나무 사고, 열 냥이 남거든 매를 맞고 와서 몸조리를 하리라.'

하고 감영으로 가려 할 때, 흥부 아내가 하는 말이,

"가지 마오. 부모가 주신 몸을 가지고 매품이란 말이 웬 말이오."

하고, 아무리 만류하여도 끝내 듣지 아니하고 감영으로 내려가더니, 아니 되는 놈은 자빠져도 코가 깨진다고, 마침 나라에서 사면령이 내려 죄인을 풀어 주니, 흥부는 매품도 못 팔고 그저 왔다.

흥부 아내가 내달아 하는 말이,

"매를 맞고 왔소?"

"못 맞고 왔소."

"아이고, 좋소. 부모께 물려받은 몸으로 매품이 무슨 일인고."

흥부가 울며 하는 말이,

"아이고아이고, 서럽구나. 매품 팔아 여차여차하려고 했더니 이를 어찌한단 말인가."

흥부 아내가 하는 말이,

"울지 마오. 제발 덕분에 울지 마오. 아내가 되어 나서 남편을 못 살리니 여자 행실 참혹하고, 있는 자녀를 못 챙겨 어미 도리도 못하니, 이를 어찌할까. 아이고아이고, 서러운지고. 이런 설움 저런 설움 다 후려쳐 버려두고, 이제 나만 죽고 지고."

하며, 두 주먹을 불끈 쥐어 가슴을 쾅쾅 두드리니, 흥부 역시 슬퍼하며 하는 말이,

"울지 마오. 우리도 마음만 옳게 먹고 되는 때를 기다려 봅시다."

하며, 그달 저달 다 지내고 봄이 돌아왔다.

3월 3일 다다르니, 소상강 떼 기러기 가노라 하직하고 강남서 나온 제비는 왔노라 현신할* 때, 대들보에 앉았다가 이리저리로 날며 넘놀면서, 흥부를 보고 반갑다고 좋을 호 자 지저귀니, 흥부가 제비를 보고 경계하는 말이,

"고대광실 많건마는 수숫대 집에 와서 네 집을 지었다가 오뉴월 장마에 털썩 무너지면 그 낭패가 아니겠느냐?"

제비가 듣지 않고 흙을 물어 집을 짓고, 알을 안아 깐 후에 날기 공부를 힘쓸 때에, 뜻밖에 큰 구렁이 들어와서 제비 새끼를 몽땅 먹으니, 흥부가 깜짝 놀라 하는 말이,

"흉악한 저 짐승아. 고량*도 많건마는 무죄한 저 새끼를 몽땅 먹으니 악착스럽다. 제비 새끼가 은나라 대성 황제*를 나 계시고, 불식고량* 살아가니 인간에 해가 없고, 옛 주인을 찾아오니 제 뜻이 다정하지만, 제 새끼들 이제 다 죽임을 당했으니 어찌 불쌍하지 않으리."

이럴 때에 뜻밖에 제비 새끼 하나가 공중에서 뚝 떨어져, 대발 틈에 발이 빠져 두 발목이 자끈 부러져 피를 흘리고 발발 떨었다. 흥부가 보고 펄쩍 뛰어 달려들어 제비 새끼를 손에 들고 불쌍히 여기며

어휘정리

현신할 다른 사람에게 자신을 보임.
고량 고량진미. 기름진 고기와 좋은 곡식으로 만든 맛있는 음식.
대성 황제 중국 은나라 성탕왕의 선조. 그 어머니가 제비가 떨어뜨린 알을 삼키고 대성 황제를 낳았다고 함.
불식고량 고량진미를 먹지 않음. 여기서는 '곡식을 먹지 않음.'을 뜻함.

하는 말이,

"불쌍하다, 이 제비야. 이 지경이 되었으니 어찌 가련하지 않으리. 여보, 무슨 당사실* 있나?"

"아이고, 굶기를 부자 밥 먹듯 하며 무슨 당사실이 있단 말이오?"

하고, 천만뜻밖에 실 한 가닥 얻어 주거늘, 흥부가 칠산七山 조기 껍질을 벗겨 제비 다리를 싸고, 실로 찬찬 동여 찬 이슬에 얹어 두니, 십여 일이 지난 뒤에 다리가 완전히 붙어서 제 곳으로 가려 하고 하직할 때, 흥부가 슬퍼하며 하는 말이,

"먼 길에 잘 가고, 내년 3월에 다시 보자."

하니, 저 제비의 거동을 보소. 날개를 떨치고 바람에 몸을 날려 흰 구름을 비웃으며 밤낮으로 날아 강남에 이르니, 제비 황제가 보고 묻기를,

"너는 어찌 저느냐?"

제비가 여쭙기를,

"소신의 부모가 조선에 나가 흥부의 집에다가 집을 짓고 소신 등 형제를 낳았더니, 뜻밖에 큰 구렁이의 변을 만나 소신의 형제는 다 죽고, 소신이 홀로 죽지 않으려고 바르작거리다가 뚝 떨어져 두 발목이 자끈 부러져 피를 흘리고 발발 떠온즉, 흥부가 여차여차하여 다리 부러진 것이 나아서 이제 돌아왔사오니, 그 은혜를 십분의 일이라도 갚기를 바라나이다."

제비 황제가 하교하기*를,

"그런 은공을 몰라서는 행세치 못할 짐승이라. 네 박씨를 갖다 주어 은혜恩惠를 갚으라."

하니, 제비가 은혜를 갚으려고 박씨를 물고, 3월

어휘정리

당사실 중국에서 들여온 명주실을 이르던 말.
하교하기 임금이 명령을 내리기.

3일이 다다르니,

제비는 하늘에 떠서 여러 날 만에 흥부 집에 이르러 넘놀 적에 흥부 아내가 잠깐 보고 기뻐하며 하는 말이,

"여보, 지난해 갔던 제비가 무엇을 입에 물고 와서 넘노네요."

이렇게 말할 때, 제비가 박씨를 흥부 앞에 떨어뜨리니, 흥부가 집어 보니 한가운데 '보은표'라 금으로 새겼기에, 흥부가 하는 말이,

"옳다, 이것이 박씨로다."

하고, 날을 보아 동편 처마 담장 아래 심어 두었더니, 3, 4일에 순이 나서 마디마디 잎이 나고, 줄기줄기 꽃이 피어 박 네 통이 덩그렇게 열렸구나. 흥부가 반갑게 여겨 문자로써 말하기를,

"6월에 화락花落하니 7월에 성실成實이라. 큰 것은 항아리 같고 작은 것은 분*만 하다. 어찌 아니 좋을쏘냐. 여보, 비단이 한 끼라 하니, 한 통을 따서 속일랑 지져 먹고 바가지는 팔아 쌀을 팔아다가 밥을 지어 먹어 봅시다."

흥부 아내가 하는 말이,

"그 박이 유명하니 한로*를 아주 마쳐 실해지거든 따 봅시다."

그달 저달 다 지나가고 8, 9월이 다다라서 아주 견실하였으니, 박 한 통을 따 놓고 부부가 켰다.

"슬근슬근 톱질이야. 당기어 주소, 톱질이야. 슬근슬근 톱질이야."

툭 타 놓으니 오색구름이 일어나며 푸른 옷을 입은 동자 한 쌍이 나오니, 저 동자 거동 보소. 왼손에 유리 접시, 오른손에 대모* 접시를 눈 위에 높이 들어 두 번 절하고 하는 말이,

어휘정리

분 흙을 담아 화초나 나무를 심는 그릇.
한로 이십사절기의 하나. 10월 8일경.
대모 거북의 등껍질.

"천은병에 넣은 것은 죽은 사람을 살려 내는 환혼주요, 백옥병에 넣은 것은 소경의 눈을 뜨게 하는 개안주요, 금잔에 종이로 막은 것은 벙어리를 말하게 하는 개언초요, 대모 접시에는 불로초요, 유리 접시에는 불사약이니, 값으로 의논하면 억만 냥이 넘사오니 하나씩 팔아 쓰옵소서."

하고 간데없는지라, 흥부의 거동 보소.

"얼씨구절씨구, 즐겁도다. 세상에 부자 많다 한들 사람 살리는 약이 있을 쏘냐?"

흥부 아내가 하는 말이,

"우리 집에 약국 연 줄 알고 약 사러 올 사람이 없고, 아직 효험 빠르기는 밥만 못하오."

흥부가 하는 말이,

"그러하면 저 통에 밥이 들었나 타 봅시다."

하고 또 한 통을 탔다.

뒷부분의 줄거리

흥부는 박 속에서 나온 금은보화 덕분에 큰 부자가 되었습니다. 이 소식을 듣고 찾아온 놀부는 온갖 심술을 부리다가 흥부가 어떻게 부자가 되었는지 알게 됩니다. 놀부는 일부러 제비 다리를 부러뜨리고 치료해줍니다. 제비는 놀부에게도 박씨를 물어다 주는데, 놀부가 수확한 박에서는 괴물이 쏟아져 나와 놀부는 패가망신하게 됩니다.

이 소식을 들은 흥부는 놀부를 찾아가 재물을 나누어 주고 정성껏 봉양합니다. 이에 감동하여 놀부는 개과천선하고 형제는 사이좋게 살았습니다.

중요한 내용 쏙! 쏙! 쏙!

작품의 주제

표면적 주제	• 형제간의 우애(형제애) • 권선징악(勸善懲惡)
이면적 주제	• 조선 후기 사회의 빈농과 지주층의 갈등(빈부의 갈등)

작품의 주된 갈등과 역할

	놀부		흥부
갈등	• 갖은 악행을 저지름	⇔	• 구박과 설움을 당함
역할	• 상위 계층의 횡포를 풍자		• 하위 계층의 설움을 표현 몰락한 양반의 허위와 가식을 풍자

흥부전의 형성 과정

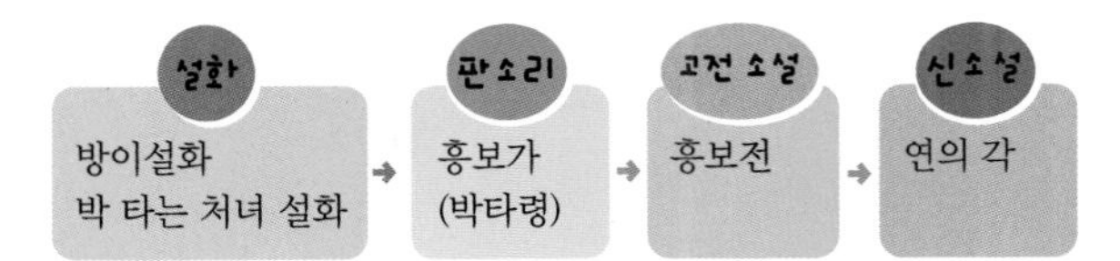

작품의 의의

• 춘향전, 심청전과 더불어 3대 판소리계 소설
• 놀보와 흥보의 삶을 해학으로 승화한 평민 문학의 대표작
• '박타령–흥부가–흥부전–연의 각' 등으로 끊임없이 재생산되는 민중의 적층 문학

1 흥부전에 나타난 해학미와 해학적 표현의 효과를 생각해 봅시다.

2 흥부전의 표면적, 이면적 주제를 파악해 봅시다.

상상더하기 - 비판적인 관점으로 보기

이 소설에는 가난한 흥부와 욕심 많은 놀부가 등장합니다. 흥부와 놀부의 인물됨됨이에 대해 비판적인 관점으로 바라보고 근거를 들어 비판해봅시다.

1. 흥부전의 해학미는 토속적인 어휘와 과장된 표현을 통해 나타나는데 ,이를 통해 비극적 상황이 서민 특유의 건강한 웃음으로 희화화 되고 있습니다.
2. 흥부전의 표면적 주제는 권선징악이지만, 그 이면에는 가난한 흥부와 부자 놀부를 통해 조선 후기 사회의 빈부의 갈등을 표현하고 있습니다.

박씨전

수록교과서 : 미래엔(윤), 비상, 천재

작가 미상

감상 길잡이

이 소설은 병자호란을 배경으로 역사적 사실에 허구적 요소가 결합된 역사소설입니다. 청나라에 패배한 전쟁인 병자호란을 이야기 속에서는 승리로 바꾸어 대리만족을 얻으려는 의도가 엿보이는 작품이지요. 작품 속에 등장하는 실존 인물을 찾아보는 즐거움을 느껴가며 작품을 읽어 봅시다.

핵심정리

갈래	역사소설, 군담소설, 여걸소설	성격	영웅적, 전기적
시점	전지적 작가 시점	제재	병자호란
배경	조선시대 병자호란, 한반도 전역	주제	박씨 부인의 영웅적 기상과 재주

박씨부인

이시백의 아내. 추물이었다가 변신하여 미인이 됨. 자신의 판단과 결심에 따라 행동하는 능동적인 인물

이시백

명문가 자제. 박씨가 추물일 때에는 박대하고 박씨가 미인이 된 후 지시대로 따르는 무기력하고 판단력 없는 인물. 평범한 인물

조선시대 한양에 이득춘이라는 사람이 늦게 시백이라는 아들을 얻었는데 총명하고 비범하였습니다. 아버지 이 상공은 주객으로 머물던 박 처사의 신기가 범상치 않음을 알고 그의 딸을 시백과 혼인시키기로 합니다. 그런데 시백은 첫날밤에 박씨가 박색임을 알고 실망하여 박씨를 돌보지 않습니다. 시집 온 지 삼년이 되던 어느 날, 액운이 다한 박씨는 박색의 허물을 벗고 절세미인으로 변하는데 이에 시백을 비롯한 모든 가족들이 박씨를 사랑하게 됩니다.

이 때 청나라의 호왕은 조선의 두 장군인 임경업과 시백을 죽이기 위해 기룡대라는 자객을 보내지만 박씨에게 정체가 탄로나 실패하자, 용골대 형제에게 군사를 주어 조선을 치게 합니다. 이를 알아챈 박씨가 시백을 통해 왕에게 방비하도록 청하지만 받아들여지지 않고, 청나라가 쳐들어오자 나라가 위기에 처합니다. 그런데 용율대가 박씨의 피화당에 침범했다가 박씨에게 죽임을 당하고, 용골대가 복수하러 왔다가 박씨에게 크게 혼이 나고 돌아갑니다. 그 후 왕은 박씨를 충렬부인에 봉합니다.

박씨전

앞부분의 줄거리

조선 인조 때, 이득춘이라는 재상이 있었습니다. 어려서 학업에 힘써 과거에 급제하였고 높은 자리에 올랐으나, 결혼한 지 40년이 되어도 자식이 없었습니다. 이에 금강산에 올라 7일 기도를 드린 후 아들 시백을 낳았는데 총명하고 비범하였습니다. 어느 날 금강산에 사는 박 처사가 찾아와 시백과 박씨를 혼인시키자는 청을 하였습니다. 평소 박 처사의 재주가 범상치 않음을 알던 이득춘은 청을 수락합니다. 시백과 박씨가 혼인을 하던 날, 시백은 박씨가 천하의 박색임을 알고 멀리하였고, 박씨를 본 가족들 역시 박씨의 외모를 비웃고 박대하였습니다. 이에 박씨는 후원에 피화당을 지어 홀로 거처하였고, 뛰어난 재주를 이용하여 시백이 과거에서 장원 급제하도록 하였습니다. 박씨가 시백과 혼인한 지 3년이 지난 후, 박 처사가 찾아와 박씨의 허물을 벗게 하였고, 박씨는 천하에 없는 미인이 되어 시백과 화목하게 지내게 되었습니다. 세월이 흘러 시백이 우의정에 오르게 되던 해, 호국에서는 조선을 이기기 위해 기홍대라는 여인을 박씨의 집에 보내기로 합니다.

각설. 이때 박씨가 홀로 피화당에 앉아 천기를 살피더니, 우의정을 청하여 가로되,

"모월 모일에 어떠한 미인이 찾을 것이니, 부디 피화당으로 보내소서."

승상 가로되,

"그 어떤 여인이니이까?"

박씨 가로되,

"그때를 당하면 자연 알려니와, 그 여인이 필연 사랑에 유코자 할 것이니, 만일 사랑에 유하게 하였다가는 대환*을 당할 것이니, 부디 내 말을 명심하옵소서."

하고 계화를 불러 가로되,

"네 술을 많이 빚되, 독한 술과 순한 술을 절반씩 빚었다가, 아무 때라도 내가 어떠한 여인을 데리고 술을 가져오라 하거든 가지고 와서, 그 여인은 독한 술을 권하고 나는 순한 술을 권하며, 안주도 많이 장만하라."

하고 각별 단속하더라.

하루는 승상이 홀로 외당에 앉았더니, 문득 한 여인이 들어와 뜰앞에 납배納拜*하고 중계中階*에 오르거늘, 승상이 보니 그 얼굴이 절대가인이라. 극히 아름다이 여겨 불러 가로되,

"어떠한 여인인고?"

그 여인이 답하여 가로되,

"소녀는 시골 기생으로 경성에 구경 왔삽다가, 주로 다녀 이 댁에 감히 범하였나이다."

승상이 그 수려함을 사랑하여,

어휘정리

대환(大患) 큰 근심이나 재난.
납배 윗사람에게 절하고 뵘.
중계 집을 지을 때에, 기초가 되도록 한 층을 높게 쌓아 올린 단.

"방으로 들어오라."

하여,

"네 시골 산다 하니 어느 고을에 살며, 성명은 무엇이뇨?"

그 여인이 가로되

"소녀는 본디 천마산성에 사옵더니, 일찍 부모를 잃고 거식하다가 관비 전속하였기로, 성은 모르옵고 이름은 풍매라 하나이다."

우상이

"더불어 앉으라."

하더라. 거동을 보니 범상한 인물이 아닐뿐더러, 얼굴이 절색이요, 또한 글을 의논한즉 문장이요, 오히려 자기에 더한지라. 오래 말하다가 십분 의괴* 중, 부이이 당부하던 말을 생각하고 일러 가로되,

"너는 안으로 들어가 편히 쉬라."

한대, 그 여인 가로되,

"어찌 대가 댁 안에 가 유하리이까. 오늘 밤에 대감님 뫼셔 수작*하면 좋을 듯하오이다."

승상 가로되,

"오늘 밤은 내 몸에 연고 있으니, 안으로 들어가라."

하고 계화를 불러 가로되,

"이 사람을 피화당에 편히 쉬게 하라."

한대 그 여인이 마지못하여 계화를 따라 피화당에 들어가더라.

부인께 문안하온대 부인이,

어휘정리

의괴(疑怪) 의심스럽고 괴이하게 여김.
수작 술잔을 서로 주고받음.

"오르라."

하고, 방에 앉히고 성명을 물으니, 그 여인이 우승상과 수작하던 말로 고하는지라. 부인 가로되,

"그대의 자색을 보니 미천한 사람이 아니라. 행역* 허비하며 부질없이 우리 집을 찾았도다."

하고 계화를 불러 가로되,

"손이 왔으니 주효*를 가져오라."

계화가 명을 듣고 옥반에 온갖 진미를 갖추어 술을 많이 들이는지라.

부인 가로되,

"행역에 곤갈*한 듯하니 술을 권하라."

한다. 부인이 그 여인과 같이 순배*를 연하여 받으니, 부인 먹는 술은 순한 술이요 그 여인 먹는 술은 독한 술이라. 둘이 서로 먹은 술이 일두주를 먹은 지라. 피차 다름없더라.

사방에 보는 사람과 승상이 엿보다가, 부인의 그 주효 먹는 양을 보고 아니 놀랄 이 없더라. 술을 파하매 그 여인이 부인과 수작할새, 말씀이며 문장이 탁월하여 위엄이 솟치는지라. 그 여인이 안마음에 헤오되,

'아까 부인의 주효 먹는 양을 보고 또 문장을 의논한즉 따를 길이 없고 외당에서 승상을 본즉 불과 재색뿐이요, 부인을 본즉 분명 영웅이요 신인이로다. 우리 황후가 말씀하시기를 우상의 집에 가면 알 일이 있으리라 하시더니, 분명 이 부인을 이름이니 알괘라 도모하리라.'

하고, 부인께 청하여 가로되

어휘정리

행역 여행의 피로와 괴로움.
주효(酒肴) 술과 안주.
곤갈 재물이 다 떨어져 곤궁함.
순배 술자리에서 술잔을 차례로 돌림. 또는 그 술잔.

"노곤勞困이 자심하고 또한 술이 취하오니, 황송하오되 조금 눕기를 청하나이다."

부인 가로되,

"술 취하고 눕기는 예사라. 편히 자라."

하고 베개를 주신대 그 여인이 눕거늘 부인도 또한 비껴 자는 체하고 동정을 살피더라. 이윽하여 그 여인이 깊이 잠이 드니 두 눈을 뜨며 뜨는 눈에서 불덩어리 내달아 방 안에 뒹굴면서 숨소리 집안에 가득한지라.

부인이 일어나 그 행장을 펴 보니 아무것도 없고, 다만 비수* 하나 있어 주홍으로 새겼으되, '비연도' 라 하였더라. 그 칼이 행장 밖에 나와 제비가 되어 방 안에 살며 부인께 침범코자 하거늘, 부인이 매운 재를 뿌리니 변화치 못하고 떨어지거늘 부인이 그 칼을 들고 그 여인의 배 위에 앉으며, 크게 소리하여 가로되,

"기홍대야, 너는 잠을 깨어 나를 보라."

하는 소리에 기홍대 놀라 깨어 눈을 떠 보니 부인이 칼을 들고 배 위에 앉았는데 몸을 요동할 길이 없는지라. 기홍대가 놀라 대하여 가로되,

"부인이 어찌 소녀를 아시나이까?"

부인이 칼로 기홍대의 목을 겨누면서 꾸짖어 가로되,

"네 호왕놈이 가달의 난*을 만나 우리 승상이 구하여 계시매, 은혜 갚기는 새로에* 도리어 우리나라를 도모코자 하더니, 너 같은 요망한 년을 보내어 나를 시험코자 하니 이 칼로 너를 먼저 베어 분함을 풀리라."

하고 호통하니 위엄이 추상 같은지라. 기홍대 벌

어휘정리

비수 날이 예리하고 짧은 칼.
가달의 난 중국 남방의 오랑캐족인 '가달국' 의 침입.
새로에 고사하고의 뜻을 나타내는 보조사.

벌 떨며 애걸하여 가로되,

"부인이 이미 알았으니, 어찌 감히 기망하오리까. 과연 그러하옵거니와 소녀는 왕명으로 올 뿐이라. 신첩되어 거역치 못하여 왔사오니, 부인 덕택에 살려주옵소서."

무수히 애걸하는지라. 부인이 칼을 던지고 배에서 내려, 무수히 꾸짖어 보내니 집안 사람과 승상이 이 광경을 엿보다가, 심혼心魂*이 날고 구백九魄이 흩어지는지라.

승상이 즉시 탑전*에 이 말을 주달*하온대, 상*이 들으시고 놀라서 가로되,

"만일 박 부인 곧 아니면 나라에 대환을 당하렷다."

하시고, 의주 부윤에게 전교*하여,

"부디 수상한 여인을 살피라."

하시고 박씨로 명월 부인을 봉하시며, 가로되,

"일후에 무슨 변이 있어도 잘 주선하라."

하시니라.

각설. 기홍대 부인께 하직하고 나와 생각하되,

'이미 일이 발각되었으니 의주 간대도 쓸데없다.'

하고, 바로 본국에 돌아와 복명*한대 이에 왕이 물어 가로되,

"네 이번 길에 성공했느냐?"

기홍대 전후수말*을 다 아뢰고, 도모치 못한 말

어휘정리

심혼 온 정신, 마음과 혼.
탑전(榻前) 왕의 자리 앞.
주달(奏達) 임금에게 아뢰던 말.
상(上) '임금'의 높임말.
전교(傳敎) 임금이 명령을 내림. 또는 그 명령.
복명 명령을 받고 일을 처리한 사람이 그 결과를 보고함.
전후수말 자초지종.

을 낱낱이 아뢰더라. 호왕이 듣고 놀래어 황후를 청하여 이 일을 말하고 다른 묘책을 묻는지라. 황후 가로되,

"요사이 천기를 보오니 조선에 간신이 많아 현인을 시기하여 말을 듣지 아니할 터이오니, 바삐 기병*하여 북으로 가지 말고 동으로 들어가되, 장수를 가리어 북편 길을 막아 임경업의 기병을 통치 못하게 하면 필연 성공하리이다."

호왕이 크게 기뻐하여, 용골대*와 율대 형제로 대장을 삼아 정병 30만을 주어 가로되,

"부디 의주로 가지 말고 동으로 돌아 들어가되, 의주 길을 막아 소식을 통치 못하게 하라."

한다. 황후 또 양장을 불러 가로되,

"이번에는 동으로 들어가 장안*을 바로 엄살掩殺하면 임경업도 몰라 성공을 할 것이니, 부디 우의정 이시백의 집 후원은 범치 말라. 만일 범하다가는 성공은새로에 목숨을 보전치 못할 것이니, 부디 명심불망*하라."

양장이 수명하고 군사를 거느려, 동으로 황해수를 건너 바로 장안으로 향하였더라.

각설. 이때 박씨 피화당에서 천기를 보고 승상을 청하여 가로되,

"북방 호적이 금방 들어오는가 싶으니, 급히 탑전에 아뢰어 임경업을 내직으로 불러 군사를 조발*하여 막으소서."

승상 가로되,

어휘정리

기병 군사를 일으킴.
용골대 중국 청나라의 장군. 청나라 태종의 신임을 받던 장군으로, 병자호란 때 우리나라에 쳐들어옴.
장안 수도라는 뜻으로, '서울'을 이르는 말.
명심불망 마음에 깊이 새겨두어 오래오래 잊지 아니함.
조발 ; 군사로 쓸 사람을 강제로 뽑아 모음.

"북방 호적이 들어오면 북으로 올 것이니, 임경업은 북방을 지키는 의주 부윤이라. 어찌하여 오는 길을 버리고 내직으로 부르리까?"

부인 가로되,

"호적이 북방으로 오지 아니하고 동으로 황해수를 건너 들어올 것이니, 바삐 임경업을 패초* 하옵소서."

승상이 크게 놀라, 급히 들어가 부인의 말을 낱낱이 아뢴대, 상이 놀라서 만조백관이 다 경황驚惶하여 임경업을 패초하려 의논하더라. 이 때 좌의정 원두표* 아뢰어 가로되,

"북방 오랑캐는 본디 간계 많사오니 분명 그러하올 듯하오니, 박부인 말씀대로 하여 보사이다."

하니, 김자점*이 발연변색*하고

"제신의 말이 그르도소이다. 북적이 여러 번 경업에게 패한바 되었사오니 기병할 수 없사옵고, 설사 기병하여 온다 하여도 북으로 올 수밖에 없사오니, 만일 임경업을 패초하였다가 호적이 의주를 쳐 항성降城하면 그 세를 당치 못하며, 국가흥망이 경각에 있을지니, 어찌 요망한 계집의 말을 듣고 북방을 비우고 동을 막으리이까.

이는 다 나라를 망할 말이라. 어찌 지혜 있다 하오리까."

상이 가로되,

"박 부인은 신인이라 신명 지감이 있어 여러 번 신기함이 있으니, 그 말대로 하고자 하노라."

자점이 또 아뢰되,

어휘정리

패초 임금이 승지를 시켜 신하를 부르던 일.
원두표 조선 인조 때의 무신. 인조반정 때 공을 세워 평원군으로 봉군됨.
김자점 조선 시대 인조반정 때의 공신. 관은 영의정까지 올라감. 그 후 역모에 걸려 주살당함.
발연변색 왈칵 성을 내어 얼굴빛이 달라짐.

"시방 시화연풍* 국태민안* 하오니, 이런 태평성대에 무슨 병란이 있으리. 박씨는 요망한 계집이어늘, 전하 어찌 요망한 말을 침혹*하시며, 국가 대사를 아이 희롱같이 하시나이까."

하니, 만조백관이 김자점의 말이 그른 줄 알되, 아무 말도 못 하더라. 상이 그 일로 유예미결*하시고 조회를 파하시는지라. 우상이 집에 돌아와 그 연고를 부인더러 말하니 부인이 아연 탄하여 가로되,

"슬프다, 호적이 미구*에 도성을 범하려 하되, 간인이 나라의 총명을 가리워 사직을 위태케 하니 절통치 않으리오. 이제 급히 임경업을 불러 동편에 복병하였다가 냅다 치면 호적 파하기는 어렵지 아니할지라. 이제는 속절없이 손을 매어 놓고 완연히 도적을 받으려 하니, 이제는 국운이 불행하니 무가내*하라. 대감이 이미 이 나라에 허신하였사오니, 불행한 일이 있을지라도 나라를 위하여 충성을 다하여, 비록 전패*지경을 당하여 죽더라도 신자의 도리에 국가를 위하여 아름다운 이름을 후세에 전하게 하옵소서. 만일 위급한 때를 당하여 김자점으로 하여금 병권을 맡길진대 망극한 일을 볼 것이니, 어진 사람을 가리어 맡기게 하옵소서."

우상이 이 말을 듣고, 강개한 마음을 이기지 못하여 하늘을 우러러 탄식하며 수심으로 지내더니,

'죽기로써 다시 아뢰리라.'

하고 궐내에 들어가니, 이때는 병자년 동 10월이라.

우상이 미처 탑전에 미치지 못하여서 동대문 밖에서 방포*일성에 금고 함성이 천지 진동하며 호병

어휘정리

시화연풍 나라가 태평하고 풍년이 듦.
국태민안 나라가 태평하고 백성이 편안함.
침혹 무엇을 몹시 좋아하여 정신을 잃고 거기에 빠짐.
유예미결 망설여 결정을 짓지 못함.
미구 얼마 오래지 아니함.
무가내 막무가내.
전패 전쟁이나 경기 등에서 싸우는 족족 모두 짐.
방포 포나 총을 대놓고 쏨.

이 동문을 깨치며 장안을 엄살*하니, 장안이 불의지변*을 만나 모두 분주하는지라.

백성들이 도적의 창검에 죽는 자가 무수하여 주검이 태산같더라.

장안 인민이 하늘을 우러러 땅을 두드려 살기를 바라는 소리 천 리 진동하는지라. 상이 망극하여 어찌할 줄 모르시고 우상더러 가로되,

"이제 장안이 벌써 함몰하고, 구화문에 도적이 들어오는지라. 내 장차 어찌하리요?"

우상 가로되,

"일이 급하였사오니 남한으로 행하사이다."

하고 옥교*를 재촉하여 서문으로 나오니라. 또한 중로에서 호적의 복병을 만나 우상이 칼을 잡고 죽기로 싸워 복병하였던 장수를 베고, 겨우 길을 얻어 뫼시고 남한에 들어가니라.

각설. 이때 박씨 일가친척을 다 모아 피화당에 피난하는지라. 호장 용골대가 제 아우 율대로 하여금,

"장안을 지키어 물색*을 수습하라."

하고, 군사를 몰아 남한산성을 에워싸는지라.

율대 장안에 웅거*하여 물색을 추심*하니 장안이 물 끓듯 하며, 살기를 도망하여 죽는 사람이 무수한지라. 피화당에 피난한 사람들이 이 말을 듣고 도망코자 하거늘 박씨 가로되,

"이제 장안 사면을 도적이 다 지키었고, 피난코자 한들 어디를 가리요. 이곳에 있으면 피할 도리

어휘정리

엄살 별안간 습격하여 죽임.
불의지변 뜻밖에 당한 변고.
옥교 위를 꾸미지 아니하고 만든, 임금이 타는 가마.
물색 어떤 기준으로 거기에 알맞은 사람이나 물건, 장소를 고르는 일.
웅거 일정한 지역을 차지하고 굳게 막아 지킴.
추심 찾아내어 가지거나 받아 냄.

있으리니 염려 말라."

하더라.

이때 율대 100여 기를 거느려 우상의 집을 범하여 인물을 수탐* 하더니, 내외 적적하여 빈집 같거늘, 차차 수탐하여 후원에 들어가 살펴보니, 온갖 기이한 수목이 좌우에 벌여 무성하였는지라.

율대 고이히 여겨 자세히 살펴보니, 나무마다 용과 범이 수미*를 응하며, 가지마다 뱀과 짐승이 되어 천지풍운을 이루며, 살기殺氣 가득하여 은은한 고각 소리 들리는데 그 가운데 무수한 사람들이 피난하였더라.

율대가 의기양양하여 피화당을 겁칙하려 달려드니, 불의에 하늘이 어두워지며, 흑운이 자욱하고 뇌성벽력이 진동하며, 좌우 전후에 벌였던 나무 일시에 변하여 무수한 갑옷 입은 군사가 되어 점점 에워싸고, 가지와 잎이 화하여 기치창검*이 되어 상설 같으며, 함성소리가 천지진동하는지라. 율대 크게 놀라 급히 내달아오려 한즉, 벌써 칼같은 바위 높기는 1천 여 장이나 되어 앞을 가리워 겹겹이 둘러싸이니, 전혀 갈 길이 없는지라.

율대 혼백을 잃어 어찌 할 줄 모르더니, 방 안으로 한 여인이 칼을 들고 나오면서 꾸짖어 가로되,

"너는 어떠한 도적이관대 이러한 중지*에 들어와 죽기를 재촉하는다?"

율대가 합장 배례하며 가로되,

"귀댁 부인이 뉘신지 알지 못하거니와 덕분에 살려주옵소서."

답하여 가로되,

어휘정리

수탐(搜探) 무엇을 알아내거나 찾기 위하여 조사하거나 엿봄.
수미(首尾) 사물의 머리와 꼬리.
기치창검(旗幟槍劍) 예전에, 군대에서 쓰던 깃발, 창, 칼 따위를 통틀어 이르던 말.
중지 매우 중요한 땅.

"나는 박 부인의 시녀거니와, 우리 아씨 명월부인이 조화를 베풀어 너를 기다린 지 오랜지라. 너는 극악한 도적이라. 빨리 목을 늘이어 내 칼을 받아라."

율대 그 말을 듣고 크게 노하여 칼을 들어 계화를 치려 하되, 경각*에 칼 든 팔이 힘이 없어 놀릴 길이 없는지라. 하릴없이 하늘을 우러러 탄식하며 가로되,

"대장부가 세상에 나서 만리타국에 대공을 바라고 왔다가, 오늘날 조그마한 계집의 손에 죽을 줄 어찌 알리요."

계화가 웃어 가로되,

"불쌍코 가련하다. 세상에 장부라 위명*하고 나 같은 여자를 당치 못하느냐. 네 왕놈이 천의를 모르고 예의지국을 침범코자하여 너 같은 구상유취*를 보냈거니와, 오늘은 네 명이 내 손에 달렸으니, 바삐 목을 늘이어 내 칼을 받아라."

하니 율대 앙천 탄하여 가로되

"천수로다."

하고 자결하더라. 계화가 율대의 머리를 베어 문밖에 다니 이윽고 풍운이 일어나며 천지 명랑하더라.

각설. 국운이 불행하여, 호적이 강성하여 왕대비와 세자 동궁을 사로잡고, 국가 위태함이 다 자점이 도적을 인도함이니 어찌 절통치 않으리요.

슬프다, 여러 날 도적에게 에운 바 되어, 세궁역진*하여 상이 도적에게 강화講和하니, 용골대 강화

어휘정리

경각(頃刻) 눈 깜빡할 사이.
위명 위력이 있는 명성.
구상유취(口尙乳臭) 입에서 아직 젖내가 난다는 뜻으로, 말이나 행동이 유치함을 이르는 말.
세궁역진 기세가 꺽이고 힘이 다 빠져 꼼짝할 수 없게 됨.

를 받은 후 장안으로 들어오더라, 문득 제 아우 율대의 죽음을 듣고 방성통곡하여 가로되,

"이미 화친* 언약을 받았으니 어찌 내 아우를 해하리요. 오늘은 원수를 갚으리라."

하고 군사를 몰아 장안에 들어가 피화당에 다다르니, 과연 율대의 머리 문밖에 달았더라. 용골대가 분기를 이기지 못하여, 칼을 높이 들고 말을 채쳐 달려들고자 하거늘, 도원수가 나무를 보고 용골대를 만류하여 가로되,

"그대는 분한 마음을 잠깐 참으라. 저 나무를 보니 옛날 제갈공명 팔진도*법이니, 경솔치 말라."

하니, 용골대 더욱 분기 대발하여 칼을 들고 크게 소리하여 가로되,

"연즉 동생의 원수를 어찌 하오리까?"

도원수 가로되,

"아무리 분한들 저런 중지에 들어갔다가는, 원수 갚기는 고사하고 형제가 다 죽을 것이니, 아직 진정하라."

한대 용골대 그러이 여겨 군사를 호령하여,

"그 나무를 다 버히라."

하니, 문득 미친 바람이 일어나며 운무가 자욱하더라. 나무마다 무성하여 무수한 장졸이 되어 금고함성金鼓喊聲은 천지진동하며, 용과 범이며 검은 새와 흰 뱀이 수미를 상접하여 풍운을 토하고, 기치창검이 별 같으며, 난데없는 신장*이 갑주*를 입고 삼척검을 들어 호병을 엄살하니, 뇌성벽력이 강산이 무

어휘정리

화친 나라와 나라 사이에 다툼 없이 가까이 지냄.
팔진도(八鎭圖) 여덟 가지 모양으로 친 진법의 그림.
신장(神將) 신병을 거느리는 장수.
갑주(甲胄) 갑옷과 투구를 아울러 이르는 말.

너지는 듯하며 호진 장졸들이 천지를 분별치 못하고, 주검이 구산* 같더라.

용골대 황겁하여 급히 쟁을 쳐서 군사를 거두니 이윽고 천지 명랑한지라. 용골대 더욱 분기 대발하여 칼을 들고 달려든즉, 명랑한 천지가 도로 자욱하며 무수한 신병이 도로 엄살하니 호진 장졸들이 감히 손을 용납지 못하더라. 문득 나무 속으로 한 여인이 나와 크게 꾸짖어 가로되,

"무지한 용골대야, 네 아우가 내 손에 죽었거든, 너조차 죽기를 재촉하는다?"

용골대 크게 노하여 꾸짖어 가로되,

"너는 어떠한 계집이관데 장부의 마음을 돋우는다? 내 아우가 불행하여 네 손에 죽었거니와 네 나라의 화친언약을 받았으니 이제는 너희도 다 우리의 신첩*이라. 잔말 말고 바삐 내 칼을 받아라."

하니 계화가 들은 체 아니하고 대매* 가로되,

"네 동생이 내 칼에 죽었거니와, 너 또한 명이 내 손에 달렸으니, 어찌 가소롭지 않으리요."

용골대 더욱 분기등등*하여 군중에 호령하되,

"일시에 활을 당겨 쏘라."

하니, 살이 무수하되 감히 한 개도 범치 못하는지라.

용골대가 아무리 분할들 어찌 하리오.

어휘정리

구산(丘山) 언덕과 산을 아울러 이르는 말.
신첩 신하가 임금을 상대하여 자기를 낮추어 이르던 일인칭 대명사.
대매(大罵) 아주 심하게 욕하여 크게 꾸짖음.
분기등등(憤氣騰騰) 분한 마음이 몹시 치밀어 오름.

뒷부분의 줄거리

동생의 원수를 갚기 위해 피화당을 찾은 용골대는 박씨의 도술로 인해 위기에 몰리자 무릎을 꿇고 살려 달라고 빕니다. 조정에서는 박씨의 말을 듣지 아니함을 백번 뉘우쳐 탄식하고, 박씨를 절충 부인에 봉함과 동시에 많은 상금을 내립니다.

중요한 내용 쏙! 쏙! 쏙!

작품의 구조

1부(가정담)	2부(전쟁담)
박씨의 추한 외모로 시백의 사랑을 얻지 못함 액운이 다하자 박씨가 절세미인이 되어 극복	호국의 침입 박씨가 능력을 발휘하여 위기를 극복

작품의 의의

- 병자호란의 패배감을 보상받으려는 심리가 반영
- 자주적인 의식의 고취
- 박씨를 통해 여성에게도 영웅적 기상을 부여함

작품에 등장하는 실존인물

이시백(李時白 1592-1660)	조선시대 정치가. 병자호란 때 병조 판서로 남한산성을 지킴. 풍채가 당당하고 힘이 세었으며 항상 우국지정(憂國之情)이 넘쳤다고 함.
임경업(林慶業 1594-1646)	광해군-인조 연간의 명장. 병자호란 때 의주 부윤으로 있으면서 적의 진로를 차단함.
용골대(龍骨大)	청나라 장수. 1636년 2월 조선에 사신으로 들어와 군신의 의를 요구했다가 거절당함. 그해 12월 마부대(馬夫大)와 함께 십만 대군을 이끌고 쳐들어옴.

여성 주인공 설정 이유

- 남성주의 사회에 대해 비판하고자 함
- 여성 독자층을 확보하고자 함

1 이 작품에서 역사적 사실과 일치하는 내용을 찾아봅시다.

2 주인공이 여성으로 설정된 까닭을 생각해 봅시다.

상상더하기 - 지은이 추측하기

박씨전은 작자 미상의 작품입니다. 박씨전을 통해 이 작품을 쓴 지은이가 어떤 사람이었을지 추측해 봅시다.

확인하기 정답

1. 이 작품은 병자호란이라는 역사적 사실을 배경으로 하고 있는데 호왕이 조선을 침공한 것은 역사적 사실과 일치합니다.
2. 남성 우월주의가 팽배했던 조선시대에 억압당했던 여성들의 욕구와, 여성도 능력을 갖추어야 국난을 타개할 수 있다는 의식이 반영되었다고 볼 수 있습니다.

전우치전

수록교과서 : 금성, 지학사

작가 미상

감상 길잡이

전우치는 조선 중종 때 살았던 실제 인물로 이 소설은 전설을 거쳐 소설화된 작품입니다. 전우치의 영웅적인 면모를 홍길동의 모습과 비교해 가며 작품을 감상해 봅시다. 또 전우치전에 나타난 조선시대 모순된 사회 현실도 파악해 봅시다.

갈래	고전소설, 도술소설, 영웅소설	성격	도교적, 비현실적, 영웅적
시점	전지적 작가 시점	제재	전우치의 도술
배경	조선 초, 송도	주제	부패한 정치 구조의 규탄과 빈민 구제 활동

전우치

도술을 익혔으나 숨기고 살아감. 빈민을 구제하고 탐관오리를 응징함. 의협심이 강함

양봉환

전우치의 글동무. 소심한 성격의 소유자

강림 도령

도술에 능하고 의로움. 전우치의 부당한 처사를 꾸짖고 바른 길을 걷도록 도와줌

서화담

야계산에 기거하는 신선. 도술에 뛰어나며 학문이 높고 의로운 인물. 전우치에게 도술을 가르치고 함께 태백산에 은거함

송도 숭인문 안에 사는 전우치는 신선의 도를 배워 신기한 도술을 얻었으나, 재주를 숨기고 살았습니다. 그런데 노략질 당하는 빈민의 모습을 보고 천상 선관으로 가장하여 임금에게 황금들보를 만들어 바치게 합니다. 전우치는 그것을 팔아 곡식을 마련해 빈민에게 나누어 주고, 그 뜻을 널리 알립니다. 나라에서는 임금을 속이고 국법을 문란케 하는 전우치를 잡으려하나 쉽게 잡을 수 없자, 벼슬을 내리겠다는 방을 써 붙입니다. 전우치가 자수하자 임금은 벼슬을 내리지만, 역적의 혐의를 받아 다시 도망칩니다. 야인으로 돌아 간 전우치는 친한 벗인 양봉환을 위해 수절과부를 훼절시키려다가 강림도령에게 제지당하고, 서화담과의 도술 대결에 굴복해 서화담과 산중에 들어가 도를 닦습니다.

전우치전

조선 초에 송경松京 숭인문崇仁門 안에 한 선비가 있으니, 성은 전田이요, 이름은 우치禹治라. 일찍 높은 스승을 좇아 신선의 도를 배우되, 본래 재질이 표일*하고 겸하여 정성이 지극하므로 마침내 오묘한 이치를 통하고 신기한 재주를 얻었으니 소리를 숨기고 자취를 감추어 지내므로 비록 가까이 노는 이도 알 리 없더라.

이때 남쪽 해변 여러 고을이 여러 해 바다 도둑의 노략*을 입은 나머지에 엎친 데 덮쳐 무서운 흉년을 만나니 그곳 백성의 참혹한 형상은 이루 붓으로 그리지 못했다.

그러나 조정에 벼슬하는 이들은 권세를 다투기에만 눈이 붉고 가슴이 탈 뿐이요, 백성의 질고*는 모르는 듯 내버려 두니 뜻있는 이는 팔을 뽐아 내어 통분함이 이를 길 없더니, 우치 또한 참다 못하여 그윽이 뜻을 결단하고 집을 버리며 세간을 헤치고 천하를 집으로 삼고 백성으로 하여금 몸을 삼으려 하더라.

하루는 몸을 변하여 선관仙官*이 되어 머리에 쌍봉 금관*을 쓰고 홍포를 입고 허리에 백옥대를 띠고 손에 옥홀을 쥐고 청의 동자靑衣 童子 한 쌍을 데리고 구름을 타고 안개를 이끌고 바로 대궐 위에 이르러 공중에 머물러 섰으니, 이때는 춘정월春正月 초이틀이라.

어휘정리

표일(飄逸) 매우 뛰어남.
노략 떼를 지어 돌아다니며 사람을 해치거나 재물을 강제로 빼앗음.
질고 고통과 괴로움.
선관 선경에서 벼슬살이를 하는 신선.
쌍봉 금관 두 마리의 봉황을 새겨 넣은 금관.

상上이 문무백관의 진하*를 받으시니, 문득 오색 채운*이 만천*하고 향풍*이 촉비*하더니, 공중에서 가로되,

"국왕은 옥황玉皇의 칙지*를 받으라."

하거늘, 상이 놀라사 급히 백관을 거느리고 전殿에 내리사 분향 첨망*하니 선관이 오운五雲 속에서 이르되,

"이제 옥제玉帝 천하에 구차한 중 죽은 영혼을 위로하실 양으로 태화궁泰和宮을 창건하실새, 인간 각 나라에 황금 들보 하나씩을 만들어 올리되, 길이가 오 척이요 넓이는 칠척이니 춘삼월 망일望日 올라가게 하라."

하고, 하늘로 올라가거늘 상이 신기히 여기시며 문무文武를 모아 의논하실새, 간의대부*가 여쭈되,

"이제 팔도八道에 반포하여 금을 모아 천명을 받듦이 옳으리이다."

상이 옳게 여기사 팔도에 금을 모아 바치라 하고, 공인公人을 불러 일변 금을 불려 길이와 넓이의 치수를 맞추어 지어 내니, 왕공 경사*의 집 안에 있는 것은 말도 말고 팔도에 금이 진하고 심지어 비녀에 올린 금까지 벗겨 올리니, 상이 기꺼하사 삼일 재계하시고, 그날을 기다려 포진하고 등대하더니 진시쯤 하여 상운祥雲이 대궐 안에 자욱하고 향내가 코를 찌르며 오운 속에 선관이 청의 동자를 좌우에 세우고 구름에 싸였으니 그 형용이 극히 황홀하더라.

상이 백관을 거느리시고 부복하시니, 그 선관이 전지*를 내려 가로되,

어휘정리

진하(進賀) 나라에 경사가 있을 때에 벼슬아치들이 조정에 모여 임금에게 축하를 올리던 일.
오색채운 다섯 빛깔의 구름.
만천 하늘에 가득함.
향풍 향기로운 바람.
촉비(觸鼻) 냄새가 코를 찌름.
칙지(勅旨) 임금이 내린 명령.
분향 첨망(焚香 瞻望) 향을 피우고, 하늘에 빎.
간의대부 문하부(門下府)에 속하여 임금에게 잘못을 고치도록 간하는 일을 맡아보던 벼슬.
왕공 경사 왕족과 벼슬아치들.
전지(傳旨) 임금이 내린 명령.

"고려 왕이 힘을 다하여 천명을 순종하니 정성이 지극한지라, 우순풍조*하고 국태민안하리라."

말을 마친 우치가 쌍동 제학을 타고 내려와 요구*에 황금 들보를 걸어 올려 채운에 싸여 남쪽 땅으로 행하니, 무지개가 하늘에 뻗치고 비바람 소리가 진동하며 오색 채운이 각각 동서로 흩어지거늘, 상과 제신이 무수히 사례하고 육궁 비빈六宮 妃嬪이 땅에 엎디어 감히 우러러보지 못하더라. 이때 우치는 그 들보를 가져다가 이 나라 안에서는 처치하기가 어려운지라 그길로 구름을 멍에하여* 서공 지방으로 향하여 먼저 들보 절반을 베어 헤쳐 팔아 쌀 십만 석을 사고 다시 배를 마련하여 나눠 싣고 순풍을 타고 가져가 십만 빈호*에 알맞게 갈라 주어 당장 굶어 죽는 어려움에서 건지고 이듬해의 농량*과 종자에 쓰게 하니 백성들은 너무나 기쁜 나머지 다만 손을 마주 잡고 여천대덕*을 칭사할 뿐이요, 관장官長들도 또한 기가 막히고 어리둥절하여 어찌 된 곡절인지를 몰라 하였다. 우치는 이러한 뒤에 한 장의 방榜을 써서 동구洞口에 붙였는데 그 글에는,

"이번에 곡식을 나누어 줌으로써 혹 나를 칭송하지만 이는 마땅치 아니한지라. 대개 나라는 백성을 뿌리 삼고 부자는 빈민이 만들어 줌이어늘 이제 너희들이 양순한 백성과 충실한 임금으로 이렇듯 참혹한 지경에 이르렀건마는 벼슬한 이가 길을 트지 아니하고 감열*한 이가 힘을 내놓지 아니함이 과연 천리天理에 어그러져 신인神人이 공분*하는 바이기로 내 하늘을 대신하여 이러저러한 방법으로

어휘정리

우순풍조 비가 때맞추어 알맞게 내리고 바람이 고르게 분다는 뜻으로, 농사에 알맞게 기후가 순조로움을 이르는 말.
요구 예전에, 허리에 차고 다니던 갈고리.
멍에하다 이끌고, 의지하다.
빈호 가난한 집.
농량 농사 짓는 동안 먹을 양식.
여천대덕 하늘과 같은 큰 덕.
감열(感悅) 감격하여 기뻐함.
공분 공중(公衆)이 다 같이 느끼는 분노

이리저리 하였으니, 너희들은 모름지기 이 뜻을 깨달아 잠시 남에게 맡겼던 것이 돌아온 줄로만 알고 남의 힘을 입는 줄은 알지 말지어다. 더욱 자청하여 심부름한 내가 무슨 공이 있다 하리요. 이렇게 말하는 나는 처사處士 전우치로다."

하였다. 이때 이 소문이 나라에 들리자 비로소 전후 사연을 알고 임금을 속이고 나라를 소란케 했으니 그 죄를 용서하지 못한다 하여, 널리 그 증거를 수탐* 하자 우치는 더욱 괘씸하게 여기고 스스로 말하되,

"약한 자를 붙들어다 허물함은 굳센 자가 제 잘난 체 하는 예사인지라 내가 저희들의 굳센 것이 얼마 안 된다는 것을 실상으로 알려야겠다."

하고, 계교를 생각하여 들보 한 머리를 베어 가지고 서울에 가서 팔려하니 보는 사람마다 의심 아니할 리가 없었다. 마침 토포관* 이 보고 괴이하게 여겨 우치더러 물었다.

"이 금이 어디서 났으며 값은 얼마나 하느냐?"

우치가 대답하기를,

"이 금이 난 곳이 있거니와 값인즉 얼마가 될지 달아서 파는데 오백냥을 주겠다면 팔까 하오."

토포관이 또 물었다.

"그대 집이 어딘가? 내가 내일 반드시 돈을 가지고 찾아갈 터이니."

우치가 말하되,

"내 집은 남선부주요, 성명은 전우치라 하오."

토포관은 우치와 이별하고 나서 고을에 들어가 태수太守에게 고하자 태수는 크게 놀라,

어휘정리

수탐(搜探) 무엇을 알아내거나 찾기 위하여 조사하거나 엿봄.
토포관 각 진영에서 도둑 잡는 일을 맡아보던 벼슬.

"지금 본국에는 황금이 없는데 이는 틀림없이 무슨 연고가 있을 것이다."

차압령하고, 관리들을 압령*하여 발차*하려 하다가 다시 생각하되,

"이는 자세하지 못한 일이니 은자 오백 냥을 주고 사다가 진위*를 알아보자."

하고, 은자 오백 냥을 주며 사 오라 하니, 토포관이 관리를 데리고 남선부로 찾아가자 우치가 맞아들여 예를 마친 후 토포관이,

"금을 사러 왔소."

하자, 우치는 응낙하고 오백 냥을 받은 다음 금을 내어 주자 토포관은 금을 받아 가지고 돌아와 태수께 드렸다. 금을 받아 본 태수는 크게 놀라,

"이 금은 들보 머리를 베인 것이 분명하니 필경 우치로다."

하고, 한편 이놈을 잡아 진위도 안 후에 장계*함이 늦지 않다 하고, 즉시 십여 명에게 분부하여 빨리 가서 잡아오라 하자 관리는 영을 듣고 바삐 남선부로 가서 우치를 잡아내자, 우치는 좋은 음식을 차려 관리를 대접하면서 말하기를,

"그대들이 수고로이 왔소, 나는 죄가 없으니 결단코 가지 아니하겠으니 그대들은 돌아가 태수에게 우치는 태수의 힘으로는 못 잡으리니 나라에 고하여 군명이 있은 후에야 잡혀 가겠노라고 고하라."

하며, 조금도 요동하지 않으므로 관리는 하릴없이* 그대로 돌아가 태수에게 사실대로 고하였다.

태수는 이 말을 듣고 놀라 즉시 토병* 오백을 점

어휘정리

압령 죄인을 맡아서 데리고 옴.
발차(發差) 죄지은 사람을 잡아 오라고 사람을 보내던 일.
진위 참과 거짓.
장계 왕명을 받고 지방에 나가 있는 신하가 자기 관하(管下)의 중요한 일을 왕에게 보고하던 일. 또는 그런 문서.
하릴없이 어쩔 수 없이.
토병(土兵) 일정한 지역에 붙박이로 사는 사람으로 조직된 그 지방의 군사.

고* 하여 남선부에 가 우치의 집을 에워싸고, 한편 이 일을 나라에 장계하자 상은 크게 놀라시며 노하사 백관을 모아 의논을 정하시고 포청으로 잡아 오라 하시고는 친국* 하실 기구를 차리시고 잡아 오기를 기다리시더라.

이때 금부禁府의 나졸羅卒들이 군명을 받들고 남선부에 가 우치의 집을 에워싸고 잡으려 하니, 우치는 냉소하며,

"너희 백만 군이 와도 내 잡혀 가지 아니하리니 너희 마음대로 나를 철색* 으로 단단히 얽어 가라."

하기에, 모든 나졸이 일시에 달려들어 철 줄로 동여매고 전후좌우로 둘러싸고 가는데, 우치가 또 말하기를,

"나를 잡아가지 않고 무엇을 메어가는가?"

토포관이 놀라서 보니 한낱 잣나무를 매었는지라 좌우에 있던 나졸이 기가 막혀 아무 말도 못 하는데 우치는,

"네가 나를 잡아가고자 하거든 병 한 개를 주겠으니 그 병을 잡아가거라."

하고, 병 하나를 내어 땅에 놓으므로 여러 나졸이 달려들어 잡으려 하자, 우치는 그 병 속으로 들어갔다. 나졸이 병을 잡아 들이자 무겁기가 천근이나 되는 것 같은데 병 속에서 이르되,

"내 이제는 잡혔으니 올라가리라."

하기에, 나졸은 또 우치를 잃어버릴까 겁을 내어 병 부리를 단단히 막아서 짊어지고 와서 바치자 상이,

"우치가 요술을 한들 어찌 능히 병 속에 들었으

어휘정리

점고(點考) 명부에 일일이 점을 찍어 가며 사람의 수를 조사함.
친국 임금이 중죄인을 몸소 신문하던 일.
철색 철삭(鐵索)의 잘못. 철사로 꼬아 만든 줄.

리오."

하시니, 문득 병 속에서 말하기를,

"답답하니 병마개를 빼어 다오."

하거늘, 상이 그제야 병 속에 든 줄 아시고 여러 신하에게 어떻게 처치할 것인가를 물으시니 여러 신하가 가로되,

"그 놈이 요술이 용하오니 가마에 기름을 끓이고 병을 넣게 하소서."

상이 옳게 여기사 기름을 끓이라 하시고 병을 잡아 넣으니 병속에서 말하기를,

"신의 집이 가난하여 추워 견딜 수 없었는데, 천은*이 망극하여 떨던 몸을 녹여 주시니 황감*하여이다."

하거늘 상이 진노*하여 그 병을 깨어 여러 조각을 내니 아무것도 없고 병 조각이 뛰어 어전*에 나아가 가로되,

"신이 전우치거니와 원컨대 군신 간의 죄를 다스릴 정신으로 백성이나 평안케 함이 옳을까 하나이다."

하고, 조각마다 한결같이 하거늘 상이 더욱 진노하여 부수*로 하여금 병 조각을 빻아 가루를 만들어, 다시 기름에 끓이라 하시고 전우치의 집을 불지르고 그 터에 연못을 만드시고 여러 신하와 더불어 우치 잡기를 의논하시자 여러 신하가 여쭈오되,

"요적* 전우치를 위엄으로 잡을 수 없사오니 마땅히 사대문에 방榜을 붙여 우치가 스스로 나타나면 죄를 사하고 벼슬을 주리라 하여 만일 나타나거든

어휘정리

천은 임금의 은덕.
황감(惶感) 황송하여 감격스러움.
진노 존엄한 존재가 크게 노함.
어전 임금의 앞.
부수(斧手) 도부수(刀斧手). 큰 칼과 큰 도끼로 무장한 군사.
요적(妖賊) 괴이한 도둑이나 반역자.

죽여 후환을 없이함이 좋을까 하나이다."

상이 그 말을 좇으사 즉시 사대문에 방을 붙였는데 그 방에는

'전우치가 비록 나라에 득죄하였으나 그 재주 용하고 도법이 높으되 알리지 못함은 유사의 책망이요 짐의 불명*함이니, 이 같은 영걸*을 죽이고자 하였으니 어찌 차탄치 않으리오. 이제 짐이 전사를 뉘우쳐 특별히 우치에게 벼슬을 주어 국정을 다스리고 백성을 편안코자 하나니 전우치는 나타나라.'

라 씌어 있었다.

이때 전우치는 구름을 타고 사처로 다니며 더욱 어진 일을 행하고 있던 중, 한 곳에 이르러 보니, 백발 노옹*이 슬피 울거늘 우치가 구름에서 내려와 그 슬피 우는 사유를 물으니, 그 노옹이 울음을 그치고,

"내 나이 칠십삼 세에 다만 한낱 자식이 있더니 애매한 일로 살인 죄수로 잡혀 죽게 되었으므로 서러워 우노라."

우치가 말하되,

"무슨 애매한 일이 있었습니까?"

노옹이 대답하여,

"왕가라 하는 사람이 있는데 자식이 친하여 다니더니, 그 계집의 인물이 아름다우나 음란하여 조가라 하는 사람과 통간*하여 다니다가 왕가에게 들키어 양인이 싸워 남자에게 구타 당하더니 자식이 마침 갔다가 그 거동을 보고 말리어 조카를 제 집으로 보낸 후 돌아왔더니 왕가가 그 싸움 때문에 죽자,

어휘정리

불명 사리에 어두움.
영걸 여웅과 호걸을 아울러 이르는 말.
백발 노옹(白髮 老翁) 머리털이 허옇게 센 늙은이.
통간(通姦) 결혼하여 배우자가 있는 사람이 배우자가 아닌 사람과 성적 관계를 맺음.

그 외사촌이 있어 고장*하여 취옥*함에 조가는 형조판서刑曹判書 양문덕楊文德의 문객이라, 알음이 있어 빠져 나오고 내 자식은 살인범으로 문자를 만들어 옥중에 가두니 이러하므로 슬피 우는 것이요."

우치는 이 말을 듣고,

"그렇다면 이가가 억울하노라."

하고,

"양문덕의 집이 어디요?"

하고 묻자, 노옹이 자세히 가르쳐 준다. 우치는 노옹과 이별하고 몸을 흔들어 변신하여 일진광풍*이 되어 그 집에 이르니 이때 양문덕이 홀로 당상堂上에 앉았거늘 우치가 그 동정을 살피자, 양문덕은 거울을 마주하고 얼굴을 보고 있는지라 우치는 변신하여 왕가가 되어 거울 앞에 앉아 있자 양문덕이 이상히 여겨 거울을 살펴보니 아무것도 없는지라.

"요얼*이 백주*에 나를 희롱하는가?"

하고 다시 거울을 살펴보니, 아까 앉았던 사람이 그저 서서,

"나는 이번 조가에게 맞아 죽은 왕상인데 원혼이 되어 원수 갚기를 바랐더니 상공이 이가를 그릇되이 가두고 조가를 놓아주니 이 일이 애매한지라, 지금이라도 조가를 가두고 이가를 방송*하라. 그렇게 하지 않는다면 명성에 가서 송사*하겠노라."

하고, 홀연히 간 데가 없는지라. 양문덕은 크게 놀라 즉시 조가를 얽어매고 엄문*하니 조가는 애매

어휘정리

고장 소송을 제기하기 위하여 제일심 법원에 제출하는 서류.
취옥 감옥에 들어가거나 들어옴.
일진광풍 한바탕 몰아치는 사나운 바람.
요얼(妖孼) 요악한 귀신의 재앙.
백주 대낮.
방송(放送) 죄인을 감옥에서 나가도록 풀어 주던 일.
송사 백성끼리 분쟁이 있을 때, 관부에 호소하여 판결을 구하던 일.
엄문(嚴問) 엄하게 심문함.

하다면서 발명* 하는지라 왕가는 소리 높여,

"이 몹쓸 조가야! 어찌 내 처를 겁탈하고 또 나를 쳐 죽이니, 어찌 구천의 영혼이 없으리오. 만일 너를 죽여 원수를 갚지 못하면 명부*에 송사하여 너와 양문덕을 잡아다가 지옥에 가두고 나지 못하게 하리라."

하고는 소리가 없는지라, 조가는 머리를 들지 못하는지라. 양문덕은 놀라 어떻게 할 줄 모르다가 이윽고 정신을 진정하여 조가를 엄문하니, 조가는 견디지 못하여 개개복초* 하였다. 이에 이가를 놓아주고 조가를 엄수* 하고, 즉시 조정에 상달* 하여 조가 복법* 하니 이때 이가는 집으로 돌아가 아비를 보고 왕가의 혼이 와서 여차여차하여 놓여남을 말하니 노옹이 기쁨을 이기지 못하였다.

이때 우치는 이가를 구하여 보내고 얼마쯤 가다가 홀연히 보니 저잣거리에 사람들이 돝* 의 머리 다섯을 가지고 다투고 있는지라 우치가 구름에서 내려 그 연고를 묻자 한 사람이 이르되,

"저도 쓸데가 있어 사 가거늘 이 관리 놈이 앗아 가려고 하기에 다투는 것이요."

하거늘, 우치는 관리를 속이려 진언*을 염하니, 그 돼지 머리가 두 입을 벌리고 달려들어 관리의 등을 물려 하거늘 관리와 구경하던 사람이 일시에 헤어져 달아났다.

우치가 또 한 곳에 이르니 풍악이 낭자한지라 즉시 좌중에 들어가 절하고,

"소생은 지나가는 길손이온데 여러분이 모여 즐

어휘정리

발명(發明) 죄나 잘못이 없음을 말하여 밝힘. 또는 그리하여 발뺌하려 함.
명부 사람이 죽은 뒤에 심판을 받는 곳.
개개복초(個個服招) 죄를 낱낱이 자백함.
엄수(嚴囚) 달아나지 못하도록 엄중하게 가둠.
상달(上達) 윗사람에게 말이나 글로 여쭈어 알려 드림.
복법(伏法) 형벌을 순순히 받아 죽음.
돝 돼지의 옛말.
진언(眞言) 주문, 진실하여 거짓이 없는 말이라는 뜻.

기실새 감히 들어와 말석에서 구경코자 하나이다."

여러 사람이 답례한 후 서로 성명을 통하고 앉음에 우치가 눈을 들어 보니 여러 좌객坐客 중에 운생과 설생薛生이란 자가 거만하게 우치를 보고 냉소하며 여러 사람과 수작하기에 우치는 괘씸함을 이기지 못하더니 이윽고 주반*이 나오는지라 우치가,

"제형의 사랑하심을 입어 진수성찬을 맛보니 만행*이로소이다."

고 하자 설생이 웃으며,

"우리는 비록 빈한하나 명기*와 진찬*이 많으니 전 형은 처음 본 듯 할 것이요."

우치도 웃으며,

"그러나 없는 것이 많소이다."

이 말에 설생은

"팔진성찬*에 빠진 것이 없거늘 무엇이 부족타 하오?"

"우선 선득선득한 수박도 없고, 시큼달큼한 포도도 없고 시금시금한 승도*도 없어 빠진 것이 무수하거늘 어찌 다 있다 하오."

제생이 크게 손뼉을 치며 크게 웃더니,

"이때가 봄철이라, 어이 그런 과실이 있겠소?"

"내 오다가 본즉 한 곳에 나무 하나가 있는데 각색 과실이 열리지 아니한 것이 없었소이다."

"그렇다면 형이 그 과실을 만일 따 온다면 우리들이 납두 편배*하고 만일 형이 따 오지 못한다면

어휘정리

주반 술과 안주를 차려 올려 놓는 소반이나 예반.
만행(萬行) 아주 다행임.
명기 이름난 좋은 그릇.
진찬(珍饌) 진귀한 음식.
팔진성찬 여러 가지 진귀하고 맛있는 것을 푸짐하게 잘 차린 음식.
승도(僧桃) 장미과의 한 품종, 복숭아나무의 변종으로 열매의 거죽에 털이 없고 윤이 남.
납두 편배 머리를 조아려 인사함.

형이 만좌중* 의 볼기를 맞을 것이요."

"좋소이다."

하고 응낙한 우치는 즉시 한 동산에 가니 도화가 만발하여 금수장* 을 드리운 듯하거늘 우치는 두루 완상* 하다가 꽃 한 떨기를 훑어 진언을 염하자 낱낱이 변하여 각색 과실이 되었다. 그것을 소매 속에 넣고 돌아와 좌중에 던지니 향기가 코를 스치며 승도, 포도, 수박이 낱낱이 헤어지는 것이었다. 여러 사람은 한편 놀라고 한편 기꺼하여 저마다 다투어 손에 집어 구경하며 칭찬하기를,

"전 형의 재주는 보던 바 처음이요."

하고, 창기에게 명하여 술을 가득 부어 권하였다. 우치는 술을 받아 들고 운, 설 두 사람을 돌아보며,

"이제도 사람을 업수이 여기겠소? 그러나 형들이 이미 사람을 경모* 한 죄로 천벌을 입었을지라 내 또한 말함이 불가하다."

하는지라. 운, 설 두 사람이 입으로는 비록 손사* 하는 체하나 속으로는 종시 멸시하더니, 운생이 마침 소피하려고 옷을 끄르고 본즉 하문* 이 편편하여 아무 것도 없거늘 크게 놀라서,

"이 어이한 연고로 졸지에 하문이 떨어졌는고."

하며 어찌할 줄 모르거늘, 모두 놀라서 본즉 과연 민숭민숭한지라 크게 놀라,

"소변을 어디로 보리오."

할 즈음에 설생 또한 자기의 아래쪽을 만져 보니 역시 그러한지라 두 사람이 경황* 하여 서로 의논하

어휘정리

만좌중(滿座中) 사람들이 모든 좌석에 가득 앉은 가운데.
금수장 비단 휘장.
완상 감상함.
경모(輕侮) 업신여김.
손사(遜辭) 겸손하게 사양함.
하문 음문(陰門). 즉 생식기.
경황 놀라고 당황함.

며,

"전 형이 아까 우리들을 기롱*하더니 이러한 변괴가 났구나. 장차 이일을 어찌할 것이요."

하는데, 창기 중 제일 고운 계집의 소문*이 간데없고 배에 구멍이 났는지라 망극하여 어떻게 할 줄을 몰랐다.

그중에 오생이란 자가 총명하여 지감*이 있었는데 문득 깨달아 우치에게 빌었다.

"우리들이 눈이 있으나 망울이 없어 선생께 득죄하였사오니 바라건대 용서하소서."

우치가 웃고 진언을 염하자 문득 하늘에서 실 한 끝이 내려와 땅에 닿았다. 우치는 크게 소리쳤다.

"청의 동자 어디 있느냐?"

말이 채 끝나기도 전에 한 쌍의 동자가 표연히 내려오는 것이었다. 우치가 분부하여 가로되,

"네 이 실을 타고 하늘에 올라가 반도* 열 개를 따 오라."

우치가 말을 마치자 동자는 명을 받고 줄을 타고 공중에 올라갔다. 여러 사람들이 신기하게 여겨 하늘을 우러러보니 동자는 나는 듯이 올라가더니, 이윽고 복숭아 잎이 분분히 떨어지며 사발만 한 붉은 천도天桃 열 개를 내려쳤는데 조금도 상하지 않았다. 여러 사람이 일시에 달려와 주워 가지고 서로 사랑하는지라, 우치는 여러 사람에게 나누어 주고,

어휘정리

기롱(欺弄) 놀리고 속임.
소문(小門) 여자의 음부를 완곡하게 이르는 말.
지감(智鑒) 사물을 깨달아 아는 능력.
반도(蟠桃) 삼천 년마다 한 번식 열매가 열린다는 선경에 있는 복숭아.

"제형과 창기 등이 아까 얻은 병은 이 선과를 먹으면 쾌히 회복하리라."

하자, 제생과 창기 등이 하나씩 먹은 후 저마다 만져 보니 여전한지라. 사례하기를,

"천선*이 내려오신 줄 모르고 우리들이 무례하여 하마터면 병신이 될 뻔하였구나."

하며 지극히 공경하였다. 우치는 가장 존중한 체하다가 구름에 올라 동으로 향해 가다 또 한 곳에 이르러 보니 두어 사람이 서로 이르되,

"차인이 어진 일을 많이 하더니 필경 이 지경에 이르니 참 불상하도다."

하고 눈물을 흘리는지라, 우치가 구름에서 내려 두 사람에게 묻되,

"그대는 무슨 비창*한 일이 있어 그렇게 슬퍼하는가?"

두 사람이 대답했다.

"이곳 호조戶曹 고직이* 장세창張世昌이라는 사람이 효성이 지극하고, 심지어 집이 빈곤한 사람도 많이 구제*하더니, 호조문서를 그릇하여 쓰지 아니한 은자 이천 냥을 물지 못함에 형벌을 받겠기에 자연히 비창함을 금치 못해서 그러오."

우치가 이 말을 듣고 잠깐 눈을 들어 본즉 과연 한 소년을 수레에 싣고 형장으로 나아가고 그 뒤에 젊은 계집이 따라 나오며 우는지라 우치가 물었다.

"저 여인은 누구뇨?"

"죄인의 부인이요."

하는데, 이윽고 옥졸*이 죄인을 수레에서 내려 제구*를 차리며 시각을 기다리는 것이었다. 우치는

어휘정리

천선 하늘의 신선.
비창 마음이 몹시 상하고 슬픔.
고직이 고(庫)지기. 관아의 창고를 보살피고 지키던 사람.
구제 자연적인 재해나 사회적인 피해를 당하여 어려운 처지에 있는 사람을 도와줌.
옥졸 옥사쟁이. 옥을 지키는 관리.
제구 여러 가지 기구. 도구.

즉시 몸을 흔들어 일진청풍*이 되어 장세창과 여자를 거두어 가지고 하늘로 올라가거늘 중인*이 일시에 말하되,

"하늘이 어진 사람을 구하시는도다."

하고 기뻐하였다.

이때 형관*이 크게 놀라 급히 이 연유를 상달하니 상감과 백관이 모두 놀라고 의심하셨다.

우치가 집으로 돌아와 본즉 두 사람의 기색이 엄엄*하였으므로 급히 약을 흘려 넣었는데 이윽고 깨어나 정신이 황홀하여 진정하지 못하는 것이었다.

우치가 전후 사정을 말하자 장세창 부부는 고개를 숙여 사례하며,

"대인의 은혜는 태산 같으니 차생*에 어찌 다 갚으리이까."

우치는 손사하고 집에다 두었다.

하루는 한가함을 틈타 우치는 명승지를 두루 구경하다가 한 곳에 이르니 사람이 슬피 우는 소리가 들리기에 가서 우는 이유를 물어 보니 그 사람이 공손히 말하기를,

"나의 성명은 한자경韓子景인데 부친의 상사를 당하여 장사 지낼 길이 없고 또한 겸하여 날씨가 추운데 칠십 모친을 봉양할 도리가 없어 우는 것이요."

우치는 아주 불쌍히 여겨 소매에서 족자 하나를 내어 주며,

"이 족자를 집에 걸고 '고직아' 하고 부르면 대답할 것이니 은자 백냥만 내라 하면 그 족자 소리를

어휘정리

일진청풍 한줄기 푸른 바람.
중인 여러 사람.
형관 육관의 하나. 법률, 사송, 상언 따위의 일을 맡아보던 관아에 속한 관리.
엄엄(奄奄) 숨이 곧 끊어지려고 하는 상태.
차생 이승.

응하여 즉시 줄 것이니 이로써 장사 지내고 그 후부터는 매일 한 냥씩만 달라 하여 자친*을 봉양하라. 만일 더 달라 하면 큰 화를 입을 것이니 욕심을 내지 말고 부디 조심하오."

그 사람은 믿지 아니하나 받은 후 사례하며,

"대인의 존성*을 알아지이다."

하거늘,

"나는 남선부 사람 전우치로다."

그 사람은 백배사례하고 집에 돌아와 족자를 걸고 보니 아무것도 없이 큰 집 하나를 그리고 집 속에 열쇠 가진 동자 하나를 그렸는지라 시험해 보리라 하고 '고직아.' 하고 부르니 그 동자가 대답하고 나왔다. 매우 신기하게 여겨 은자 일백 냥을 달라 하니 말이 끝나기 전에 동자가 은자 일백 냥을 앞에 놓았다. 한자경은 크게 놀라며 또한 크게 기뻐하여 그 은을 팔아 부친의 장사를 지내고 매일 은자 한 냥식 달라하여 일용*에 쓰니 가산이 풍족하여 노모를 봉양하며 은혜를 잊지 못하였다.

하루는 쓸 곳이 있어,

"은자 일백 냥을 당겨 쓰면 어떠할까?"

하고 고직을 부르니, 동자 대답하거늘 한자경이,

"내 마침 은자 쓸 곳이 있나니 은자 일백 냥만 먼저 쓰게 함이 어떠하뇨?"

고직이 듣지 아니하므로 재삼 간청하니 고직이 문을 열거늘 한자경이 따라 들어가 은자 일백 냥을 가지고 나오려 하니 벌써 문이 잠겼는지라 한자경

어휘정리

자친 남에게 자기 어머니를 높여 이르는 말.
존성 남의 성을 높여 이르는 말.
일용(日傭) 날마다 씀. 혹은 그런 물건.

은 크게 놀라 고직을 불렀으나 대답이 없었다.

크게 노하여 문을 박차니 이때 호조판서가 마루에 좌기*할새 고직이 고하되,

"돈 넣은 곳에서 사람 소리가 나니 매우 괴이하더이다."

호관이 의심하여 추종*을 모으고 문을 열고보니 한 사람이 은을 가지고 섰는지라 고직이는 깜짝 놀라 급히 물었다.

"너는 어떤 놈이기에 감히 이곳에 들어와 은을 도둑질하여 가려느냐?"

한자경이 대답하기를,

"너희는 어떤 놈이기에 남의 내실에 들어와 무례하게 구느냐? 바삐 나가거라."

하자, 고직이 미친놈으로 알고 잡아다가 고하니 호판*이 분부하되,

"이 도둑놈을 꿇어 앉혀라."

하고 치죄*할새, 한자경이 그제야 정신을 차려 자세히 보니 제 집은 아니요 호조인지라 놀라 가로되,

"내가 어찌하여 이곳에 왔던고. 의아한 꿈인가?"

하더니 호판이 묻기를,

"너는 어떠한 놈이관데 감히 어고*에 들어와 도둑질하니 죽기를 면치 못할지라. 네 동류*를 자세히 아뢰라."

한자경이 말하기를,

"소인이 집에 걸린 족자 속에 들어가 은을 가지고 나오려 하더니 이런 변을 당하오니 소인도 생각

어휘정리

좌기(坐起) 관아의 으뜸 벼슬에 있던 이가 출근하여 일을 시작함.
추종 윗사람을 따라다니는 종.
호판 호조판서의 줄임말. 나라의 재물을 관리하던 직책.
치죄 허물을 가려내어 벌을 줌.
어고 대궐 안에서 임금이 사사로이 쓰던 곳간.
동류 같은 무리.

지 못하리로소이다."

호판이 의혹하여 족자의 출처를 물으니 자경이 전후 사정을 고하자 호판이 크게 놀라 묻기를,

"너는 언제 전우치를 보았느냐?"

대답하기를,

"본 지 오삭*이나 되었나이다."

호판은 한자경을 엄수하고 각 창고를 조사하는데, 은궤*를 열고 본즉 은은 없고 청개구리가 가득하며 또 돈궤를 열어 보니 돈은 없고 누런 뱀만 가득하거늘 호판이 이를 보고 크게 놀라 이 연유를 상달하니 상이 대경*하사 여러 신하를 모아 의논하시더니, 각 창고의 관원이 아뢰되,

"창고의 쌀이 변하여 버러지뿐이요, 쌀은 한 섬도 없나이다."

또 각 영 장신*이 아뢰기를,

"고의 군기*가 변하여 나무가 되었나이다."

또 궁녀 고하기를,

"내전에 범이 들어와 궁인을 해하나이다."

하거늘, 상이 대경하사 급히 궁노수*를 발하여 내전에 들어가 보니 궁녀마다 범 하나씩 탔는지라 궁노를 발치 못하는 이 연유를 상주하니, 상이 더욱 대경하사 궁녀 앞질러 쏘라 하니 궁노수 하교를 듣고 일시에 쏘니 흑운이 일며 범에 탄 궁녀 구름에 싸여 하늘로 올라 호호탕탕*히 헤어지는지라. 상이 차경*을 보시고,

"다 우치의 술법이니, 이놈을 잡아야 국가가 태

어휘정리

삭 개월
은궤(銀櫃) 은을 담아 놓은 궤짝.
대경 크게 놀람.
장신 대장.
군기 전쟁에 쓰는 도구나 기구.
궁노수 활과 쇠뇌를 쏘던 군사.
호호탕탕 끝없이 넓고 넓다.
차경(此境) 눈 앞에 펼쳐진 경치. 상황

평하리라."

하시고 차탄하시더니, 호판이,

"이 고에 은 도둑을 엄수*하였더니, 이놈이 우치의 당류*라 하오니 죽이사이다."

상이 윤허*하심에 이 한가에게 형을 행할새, 문득 광풍이 불어 한자경이 간데없으니 이는 전우치의 구함이라. 행형관이 이대로 상달하니라.

차시에 우치 자경을 구하여,

"내 그대더러 무엇이라 당부하였뇨. 그대를 불쌍히 여겨 그 그림을 주었거늘 그대 내 말을 듣지 아니하고 하마터면 죽을 뻔하였으니, 이제 누구를 원하며 누구를 한하리오."

하고 제 집으로 보내니라.

우치 두루 돌아다녀 한 곳에 다다라 보니 사문에 방을 붙였거늘, 내심 냉소하고 궐문闕門에 나아가 크게,

"전우치 자현*하나이다."

정원에서 연유를 상달한데 상이 말하시길,

"이놈의 죄를 사하고 벼슬을 시켰다가 만일 역란함이 또 있거든 죽이리라."

하시고, 즉시 입시*하라 하시니, 우치 들어와 복지 사은*하니 상이 말하시길,

"네 죄를 아느냐?"

우치 복지 사례하며,

"신의 죄 만사무석*이로소이다."

어휘정리

엄수(嚴囚) 달아나지 못하도록 엄중하게 가둠.
당류 같은 무리나 편에 드는 사람들.
윤허(允許) 임금이 신하의 청을 허락함.
자현(自現) 스스로 모습을 드러냄.
입시(入侍) 대궐에 들어가서 임금을 뵙던 일.
복지 사은 땅에 엎드려 은혜에 감사함.
만사무석(萬死無惜) 만 번 죽어도 아깝지 않음.

"내 네 재주를 보니 과연 신기한지라 중죄를 사하고 벼슬을 주노니 너는 진충보국*하라."

하시고 선전관宣傳官*에 동자관 겸 사복내승을 하게 하시니, 우치 사은숙배하고 하취를 정하고 궐내에 입직*할새, 행수선전관 이 조사曹司 보채기를 심히 괴롭게 하는지라 우치 갚으려 하더니, 하루는 선전이 퇴질*을 차례로 할새, 우치 조사 차례를 당함에 가만히 망두석을 빼어다가 퇴에 맞추니, 선전들의 손바닥에 맞치어 아파 능히 치지 못하고 그치더라.

이리저리 수삭이 됨에 선전들이 모두 하인을 꾸짖어 허참*을 재촉하라 하니, 하인들의 연유를 고한대 우치는,

"나는 괴를 옮겼기로 더 민망하니 명일 백사장으로 제진하라."

서원書員이 품하되,

"자고로 허참을 적게 하려도 수백 숙설 수백 금이 드오니 사오 일을 숙설熟設하와 치르리이다."

"내 준비하였으니, 너는 잔말 말고 개문 입시하여 하인 등을 대령하라."

서원과 하인이 물러나와 서로 의논하되,

"우치 비록 능하나 이 일 새에는 믿지 못하리라."

하고, 각 처에 지휘하여 명일 평명에 백사장으로 제진하게 하니라. 이튿날 모든 하인이 백사장에 모이니 구름 차일은 반공에 솟아 있고 포진과 수석 금병이 눈에 휘황찬란하며, 풍악이 진천하며 수십 간 뜸집을 짓고 일등 숙수아 십 명이 앞에 안반을 놓고 음식을 장만하니, 그 풍비함은 금세今世에 없을러라.

어휘정리

진충보국 충성을 다하여 나라에 보답함.
선전관 선전관청에 속한 무관 벼슬.
입직 관아에 들어가 차례로 숙직함. 또는 당직함.
퇴질 태질의 오기(誤記). 세게 메어 치거나 내던지는 일.
허참 허참례. 새로 나아가는 벼슬아치가 전부터 있는 벼슬아치에게 음식을 차려 대접하던 일.

날이 밝음에 선전관 사오 인이 일시에 준총을 타고 오니 포진이 극히 화려한지라. 차례로 좌정坐定함에 오음 육률을 갖추어 풍악을 질주하니, 맑은 소리 반공에 어리었더라.

각각 상을 들이고 잔을 날려 술이 반취半醉하매 우치는,

"조사 일찍 호협 방탕*하여 주사 청루*에 다녀 아는 창기娼妓 많으나, 오늘 놀이에 계집이 없어 가장 무미*하니 나아가 계집을 데려오리다."

모두 반취*하였는지라 저마다 기꺼워하며 말하기를,

"가위 오입장이로다."

우치 하인을 데리고 나는 듯이 남문으로 들어가더니 오래지 아니하여 무수한 계집을 데려다가 장帳 밖에 두고 큰 상을 물리고 또 상을 들이니 수륙 진찬*이 성비*하여 풍악이 진천한 중 우치는,

"계집을 데려왔으니 각각 하나씩 수청하여 흥을 도움이 가하나이다."

하는데, 제인이 기뻐하고 하나씩 불러 앉히는데, 각각 계집을 앉히고 보니 다 제인의 아내더라.

놀랍고 분하나 서로 알까 저어하며* 아무 말도 못 하고 대로하여 모두 상을 물리고 각기 말을 타고 집으로 돌아와 보니, 노복이 혹 발상*하고 통곡하며 집 안의 소요*함도 있어 경괴*하여 묻기를,

"부인이 어느 때에 기세*하셨느뇨?"

시비가,

"오래지 아니하나이다."

어휘정리

호협 방탕 주색잡기에 빠져 행실이 좋지 못함.
주사 청루 기생집.
무미 재미가 적음.
반취 반쯤 취함.
수륙 진찬 산과 바다에서 나는 온갖 진귀한 물건으로 차린 맛이 좋은 음식.
성비(盛備) 잔치 따위를 성대하게 베풂. 또는 그런 차림.
저어하다 두려워 하다.
발상 죽은 사람의 혼을 부르고 나서 상제가 머리를 풀고 슬피 울어 초상난 것을 알림. 또는 그런 절차.
소요 여럿이 떠들썩하게 들고 일어남. 또는 그런 술렁거림과 소란.
경괴 놀랍고 괴이한 일.
기세(欺世) 세상을 버린다는 뜻으로, 웃어른이 돌아가심을 이르는 말.

하거늘, 제인이 경악하며 그중 김 선전이란 자는 집에 돌아오니 노복이 발상하고 울거늘, 묻고자 하더니 모든 노복이 반겨하며,

"부인이 의복을 마르시더니 관격* 되어 기세하셨더니, 지금 회생하셨나이다."

하거늘 김 선전이 대로하여,

"어찌 나를 속이려 하느냐?"

하고 분기를 참지 못하여,

"이 몹쓸 처자가 양가 문호良家 門戶를 돌아보지 않고 이런 해참* 한 일을 하되 전혀 몰랐으니 어찌 통탄치 않으리오."

하며, 진위를 알려 하여 들어가 본즉, 부인이 과연 죽었다가 깨었거늘 부인이 일어나 비로소 김 선전을 보고,

"내 한 꿈을 꾸니 한 곳에 간즉 대연* 을 배설* 하고 모든 선전관이 열좌* 하고 나 같은 부인이 모였는데, 한 사람이 가로되, 기생을 데려왔다 하니 하나씩 앞에 앉혀 수청케 하는데, 나는 가군* 의 앞에 앉히기로 묵연히 앉았더니, 좌중 제객이 다 불호하여 노색을 띠었더니, 가군이 먼저 일어나며 제인이 또 각각 흩어지는 바람에 내 꿈을 깨였노라."

하거늘, 김 선전이 부인의 말을 듣고 할 말이 없는 중 가장 의혹하여 하루는 동관으로 더불어 즉일* 백사장 놀음의 창기 말과 각각 부인이 혼절* 하던 일을 전하여,

"이는 반드시 전우치가 요술로 우리들에게 욕보

어휘정리

관격(關格) 먹은 음식이 갑자기 체하여 가슴속이 막히고 위로는 계속 토하여 아래로는 대소변이 통하지 않는 위급한 증상.
해참하다 매우 괴상하고 야릇하여 남부끄럽다.
대연 큰 잔치.
배설 연회나 의식에 쓰는 물건을 차려 놓음.
열좌(列坐) 자리에 죽 벌여서 앉음.
가군(家君) 한 집안의 가장.
즉일 일이 일어난 그날
혼절 정신이 아찔하여 까무러침.

임이라."

하더라.

이때 함경도 가달산에 한 도적이 있어 재물을 노략하며 인민을 살해함에 본읍 원이 관군을 발하여 잡으려 하되 잡지 못하고 나라에 장계한대, 상이 크게 근심하사 조정에 전지하사 파적지계*를 의논하라 하시니, 우치가 아뢰하기를,

"도둑의 형세 심히 크다 하오니 신이 홀로 나아가 적세를 보온 후 잡을 묘책을 정하리이다."

상이 크게 기뻐하여 어주와 인검*을 주시며 이르되,

"도적의 세 호대*하거든 이 칼로 사졸을 호령하라."

하시니, 우치 사은하고 물러나와 즉시 말에 올라 장졸을 거느리고 여러 날 만에 가달산 근처에 다다라 보니, 큰 산이 하늘에 닿은 듯 하고 수목이 총잡*하며, 기암괴석*이 중중하니 가장 험악한지라. 우치 군사를 산하에 머무르고 스스로 하사하신 인검을 가지고 몸을 흔들어 변하여 솔개가 되어 가달산으로 가니라. 가달산 중에 수천 명 적당 중에 한 괴수* 있으니, 성은 엄嚴이요 이름은 준俊이라. 용맹이 절륜*하고 무예 출중* 하더라. 이때 우치 공중에서 두루 살피더니, 엄준이 엄연히 홍일산*을 받고 천리백총마*를 타고 채의 홍상*한 시녀를 좌우에 벌리니 종자 백여 명을 거느리고 바야흐로 산 사냥을 하거늘, 우치 자세히 살펴 보니 기골이 장대하고 신장이 팔 척이요,

어휘정리

파적지계 적을 물리칠 계교.
인검(印劍) 임금이 병마를 통솔하는 장수에게 주던 검.
호대 크게 일어남.
총잡(叢雜) 무성하고 빽빽함.
기암괴석 기이하게 생긴 바위와 괴상하게 생긴 돌.
괴수 못된 짓을 하는 무리의 우두머리.
절륜 매우 뛰어남.
무예 출중 무예가 매우 뛰어남.
홍일산(紅日傘) 의장으로 쓰던 붉은 빛깔의 일산(日傘).
천리백총마 천리를 간다는 뛰어난 하얀 말.
채의 홍상 색깔이 고운 옷을 입은 젊은 여자.

낯빛이 붉고 눈이 방울 같으며 수염은 비늘을 묶어 세운 듯하니, 곧 일대 걸물*이더라. 엄준이 추종들을 거느리고 이골 저골로 한바탕 사냥하다가 분부하되,

"오늘은 각 처 갔던 장수들이 다 올 것이니, 소 열 필만 잡고 잔치하리라."

하는 소리 쇠북을 울리는 것 같더라. 차시 우치 일계*를 생각하고 나뭇잎을 훑어 신병神兵을 만들어 참검을 들리고 기치*를 벌려 진陳을 이루고 머리에 쌍통구를 쓰고 몸에 황금 쇄자갑*에 황라 전포*를 겹쳐 입고 천리오추마千里烏騅馬를 타고 손에 청사랑인도를 들고 짓쳐 들어가니 성문을 굳게 닫거늘 우치 문 열리는 진언을 영하니 문이 절로 열리는지라, 들어가며 좌우를 살펴보니 장려*한 집이 두루 벌렸고 사처四處 창고에 미곡이 가득하며, 차차 전진하여 한 곳에 이르니 전각이 굉장하여 주란화각*이 반공에 솟았거늘 우치 이윽고 보다가 몸을 변하여 솔개 되어 날아 들어가 보니 으뜸 도둑이 황금 교자에 높이 앉고, 좌우에 제장諸將을 차례로 앉히고 크게 잔치하며, 그 뒤에 미녀 수백인이 열좌하여 상을 받았거늘, 우치 하는 양을 보려 하고 진언을 염하니 무수한 줄이 내려와 모든 장수의 상을 거두어 가지고 중천中天에 높이 떠오르며, 광풍이 대작하니 눈을 뜨지 못하고 그러한 운문 차일*과 수놓은 병풍이 무너져 공중으로 날아가니 엄준이 정신을 진정치 못하여 풀 아래 나뭇등걸을 붙들고, 모든 군사 차반을 들고 표풍*하여 구르더라.

어휘정리

일대 걸물 뛰어난 사람이나 잘난 사람을 비유적으로 이르는 말.
일계 한 계책.
기치(旗幟) 예전에, 군대에서 쓰던 깃발.
쇄자갑 갑옷의 하나. 사방 두치 정도 되는 돼지 가죽으로 된 미늘을 작은 고리로 꿰어 만듦.
황라 전포 누런 비단으로 된 전쟁 때 장수가 입던 옷.
장려 웅장하고 화려하다.
주란화각 단청을 곱게 하여 아름답게 꾸민 누각.
운문 차일 구름 무늬를 새긴 휘장. 천막.
표풍(漂風) 바람결에 떠 흘러감.

우치 한바탕 속이고 이에 바람을 거두어 앗아 온 음식을 가지고 산하에 내려와 장졸을 나누어 먹이고 그곳에서 자니라.

이때 바람이 그치매 엄준과 제장이 비로서 정신을 차리고 보니, 그런 많은 음식이 하나도 없거늘, 엄준이 가장 괴이히 여기더라.

이튿날 평명*에 우치는 다시 산중에 들어가 갑주를 갖추고 문전에 이르러 대호*하여

"반적叛敵*은 바삐 나와 내 칼을 받으라."

수문守門*하니, 수문한 군사 급히 보한대 엄준이 대경하여 급히 장졸을 거느리고 문밖에 나와 진을 벌이고 휘검 출마*하여 말하기를,

"너는 어떠한 장수건데 감히 와 싸우고자 하는가?"

"나는 전교를 받자와 너희를 잡으러 왔으니 내 성명은 전우치로다."

"나는 엄준이라. 네 능히 나를 당할까."

하며 달려드니, 우치는 맞아 싸울새 양인의 재주 신기하여 맹호 밥을 다투는 듯 청황룡青黃龍이 여의주를 다투는 듯, 양인의 정신이 씩씩하여 진시로부터 사시에 이르도록 승부 없으매 양진에서 징을 쳐 군을 거두고 제장이 엄준을 보고 치하하며,

"작일* 천변*을 만나 마음이 놀랐으되, 오늘 범 같은 장수를 능적*하시니 하늘이 도우심이라. 그러나 적장의 용맹이 절륜하니 가히 경적*치 못하리로다."

엄준이 대소하며,

"적장이 비록 용맹하나 내 어찌 저를 두려워하

어휘정리

평명(平明) 해가 뜨는 시각.
대호 크게 소리지름.
반적 나라에 역모를 꾀하는 무리.
수문 문을 지킴.
휘검 출마 칼을 뽑아 휘두르며 말을 타고 나섬.
작일 어제.
천변 하늘에서 생기는 자연의 큰 변동. 동풍, 번개, 일식, 월식, 따위를 이른다.
능적 능히 대적함.
경적 가볍게 생각하고 대적함.

리오. 명일은 결단코 우치를 베고 바로 경성으로 향하리라."

하고, 이튿날에 진문을 활짝 열고 엄준이 대호하여,

"전우치는 빨리 나와 내 칼을 받으라. 오늘은 맹세코 너를 베리라."

하고 장검 출마하여 전우치를 비방* 하니, 우치 대로하여 말을 내몰아 칼 춤추며 즉취 엄준* 하여 교봉* 삼십여 합에 적장의 창이 번개 같은 지라. 우치 무예로 이기지 못할 줄 알고 몸을 흔들어 변하여 제 몸은 공중에 오르고 거짓 몸이 엄준을 대적할새, 문득 대매* 하여,

"내 평생에 살생殺生을 아니하려다가 이제 너를 죽이리라."

하더니 다시 생각하여,

"이 놈을 생금* 하여 만일 순종하면 죄를 사하여 양민을 만들고, 불연즉 죽여 후환을 없이하리라."

하고 공중에 칼을 번득이며,

"적장 엄준은 나의 재주를 보라."

하니, 엄준이 대경하여 하늘을 쳐다보니 한 떼 구름 속에 우치의 검광이 번개 같거늘, 대경실색* 하여 급히 본진으로 돌아오는데, 앞으로 우치 칼을 들어 길을 막고 또 뒤로 우치를 따르고 좌우로 칼을 들어 짓쳐오고, 또 머리 위로 우치 말을 타고 춤추며 엄준을 범함이 급한지라.

엄준이 정신이 아득하여 말에서 떨어지니, 우치 그제야 구름에서 내려 거짓 우치를 거두고 군사를 호령하여 엄준을 결박하여 본진으로 보내고 적장을 엄살* 하니, 적진 장졸이 잡혀감을 보고 싸울 뜻이

어휘정리

비방 남을 비웃고 헐뜯어서 말함.
즉취 엄준(則取 嚴峻) 매우 엄하고 절도 있음.
교봉(交鋒) 서로 병력을 가지고 전쟁을 함.
대매 아주 심하게 욕하여 크게 꾸짖음.
생금 산 채로 잡음.
대경실색 크게 놀라 얼굴빛이 변함.
엄살(掩殺) 별안간 습격하여 죽임.

없어 손을 묶어 사라지려 하거늘 우치 한사람도 상치 아니하고 꾸짖어,

"너희들이 도둑이 되어 각 읍을 노략하고 백성을 살해하니 그 죄 비경* 할지나 특별히 죄를 사하노니, 너희들은 각각 고향에 돌아가 농업에 힘쓰고 가산을 다스려 양민*이 되라."

한대 모든 장졸이 고두사은*하고 행장을 수습하여 일시에 흩어지니라.

우치 엄준의 내실에 들어가니 녹의홍상한 시녀와 가인이 수백 명이라 각각 제 집으로 보내고, 본진에 돌아와 장대에 높이 앉고 좌우를 호령하여 엄준을 계하에 꿇고 유성대매*하여,

"네 재주와 용맹이 있거든 마땅히 진충보국하여 후세에 이름을 전함이 옳거늘, 감히 역심을 품고 산적이 되어 재물을 노략하여 인민을 살해하니, 마땅히 삼족을 멸할지라. 어찌 잠시나 용대*하리오."

하고, 무사를 호령하여 원문 밖에 참하라 하니, 엄준이 슬피 빌기를,

"소장의 죄상은 만사무석이오나 장군의 하해*같으신 덕으로 잔명*을 살리시면 마땅히 허물을 고치고 장군의 휘하에 좇으리이다."

하며, 뉘우치는 눈물이 비 오듯 하여 진정이 표면에 드러나거늘, 우치 침음반향*에 이르기를,

"네 실로 회과천선*하면 죄를 사하리라."

하고, 무사를 분부하여 매인 것을 끄르고 위로한 후 신병을 파하고 첩서*를 닦아 올린 후, 산채를 불 지르고 즉시 발행할새, 엄준이 우치의 재주에 항복하여 은혜를 사례하고 고향에 돌아가 양민이 되

어휘정리

비경(非輕) 가볍지 않음.
양민 선량한 백성.
고두사은 머리를 조아리며 은혜에 감사함.
유성대매(孺聲大罵) 성이 나서 큰소리를 지르며 크게 꾸짖음.
용대(容貸) 용서.
하해 큰 강과 바다를 아울러 이르는 말.
잔명 남은 목숨.
침음반향(沈吟反響) 침묵을 지키다가 말함.
회과천선(悔過遷善) 지난날의 잘못을 뉘우치고 선하게 됨.
첩서 싸움에서 승리한 것을 보고하는 글.

니라.

우치는 궐하闕下에 나아가 복지하니 상이 인견*하시고 파적*한 설화를 들이시고 칭찬하시며 상을 후히 주시니 우치는 천은을 감축하여 집에 돌아와 모친을 뵈옵고 상사*하신 물건을 드리니 부인이 감축하였다.

우치 서울에 돌아온 후 조정 백관이 다 우치를 보고 성공함에 치하하되 선전관은 한 사람도 온 자 없으니, 이는 전일 놀이에 부인들을 욕보인 허물이러라.

우치 짐작하고 다시 속이려 하더니, 하루는 월색이 조용함을 틈타 오운을 타고 황건역사*와 이매망량*을 다 모으고 신장神將을 명하여 모든 선전관을 잡아 오라 하니 오래지 아니하여 잡아 왔거늘, 우치 구름 교의에 높이 앉고 좌우측 신장이 벌여 서서 등촉이 휘황한데 황건역사와 이매망량이 각각 일 인씩 잡아들이거늘, 모든 선전관이 떨며 땅에 엎디어 쳐다보니 우치 구름 교의에 앉고 좌우에 신장이 나열하였고, 등촉이 휘황한 중 그 위풍이 늠름하더라.

문득 우치 대갈*하여,

"내 너희들의 교만한 버릇을 징계*하려 하여 전일 너희들의 부인을 잠깐 욕되게 하였으나 극히 죄 없거늘, 아직도 이렇듯 함원*하니, 잡아 풍도*로 보내리라. 내 밤이면 천상 낮이면 국가에 중임이 있어 지금껏 천연*하더니, 이제 너희를 잡아 옴은 지옥에 보내어 만모*한 죄를 속하려 함이라."

하고 역사力士로 하여 곧 몰아내라 하니, 모두 청

어휘정리

인견 윗사람이 아랫사람을 불러서 만나 봄.
파적 적을 물리침.
상사 칭찬하여 상으로 물품을 내려 줌.
황건역사 신장(神將)의 하나. 힘이 세다고 함.
이매망량 온갖 도깨비.
대갈 크게 소리질러 꾸짖음.
징계 허물이나 잘못을 뉘우치도록 나무라며 경계함.
함원(含怨) 원한을 품음.
풍도 도가에서, 지옥을 이르는 말.
천연(遷延) 일이나 날짜 따위를 미루고 지체함.
만모(慢侮) 거만한 태도로 남을 업신여김.

령하고 달려들거늘 우치 다시 분부하기를,

"너희는 이 죄인을 압령하여 냉옥冷獄에 가두고 법왕法王*께 하여 이 죄인들을 지옥에 가두고 팔만 겁八萬 劫이 지나거든 업축*을 만들어 보내라."

하는지라. 모든 선전관이 경황한 중 차언을 들으니, 혼비백산*하여 빌기를,

"저희들이 암매*하여 대죄를 범하였사오니, 바라건대 죄를 사하시면 다시 허물을 고치리이다."

우치가 양구*에,

"내 너희를 풍도에 보내고 천 년이 지나도록 인세人世에 나지 못하게 하려 했더니, 전일 안면을 고려하여 아직 놓아 보내나니 후일 다시 보아 처치하리라."

하고 모두 내치거늘, 이때 선전관이 다 깨달으니 한 꿈이라. 정신을 진정치 못하여 땅이 흐르고 심혼이 요요*하더라.

하루는 선전관이 모두 전일 몽사를 말하니, 다 한결같은지라. 이러므로 그 후로는 우치 대접하기를 각별히 하더라.

이때 상이 호판戶判에게 묻기를,

"전일 호조의 은이 변하였다 하니 어찌된고?"

하니,

"지금껏 변하여 있나이다."

상이 또 창고를 물이시니, 다 '변한 대로 있나이다' 하거늘, 상이 근심하는데 우치가 말하기를,

"신이 원컨대 창고와 어고를 가 보옵고 오리이

어휘정리

법왕 저승에서 법으로 죄인을 다스리는 왕이라는 뜻.
업축(業畜) 전생에 지은 죄로 인하여 이승에 태어난 짐승.
혼비백산 혼백이 어지러이 흩어진다는 뜻으로, 몹시 놀라 넋을 잃음을 이르는 말.
암매(暗買) 어리석어 생각이 어두움.
양구(良久) 한참 생각함.
요요(搖搖) 몹시 흔들림.

다."

한대 상이 허하시니, 우치 호판을 따라 호조에 이르러 문을 열고 보니 은이 예와 같거늘, 호판이 대경하여,

"내가 작일에도 보고 아까도 변함을 보았거늘, 지금은 은으로 보이니 가장 괴이하도다."

하고 창고에 가 문을 열고 보니 쌀이 여전하고 조금도 변한 데가 없거늘 모두 놀라고 신기히 여기었다.

우치 두루 살펴보고 궐내에 들어가 이대로 상달하니, 상이 들으시고 기꺼워하시더라.

이때에 간의대부諫議大夫가 상주*하기를,

"호서湖西 땅에 사오십 명이 둔취*하여 역모할 일을 의논하여 불구에 기병하리라 하고 사자 문서를 가지고 신에게 왔사오니 그 자를 가두고 사연을 주하나이다."

상이 탄하여,

"과인寡人이 박덕*하여 처처에 도둑이 일어나니, 어찌 한심치 아니하리오."

하시며 금부*와 포청*으로 잡으라 하시니, 불구*에 적당을 잡았거늘 상이 친국하실 새, 그중 한놈이 아뢰기를,

"선전관 전우치는 재주 과인하기로 신 등이 우치를 임금으로 삼아 만민을 편안하려 하더니, 명천明天이 불우하여 발각하였사오니 죄사무석* 이로소

어휘정리

상주(上奏) 임금께 아룀.
둔취 여러 사람이 한곳에 모여 있음.
박덕(薄德) 덕이 없음.
금부 의금부.
포청 포도청.
불구 오래지 아니함.
죄사무석(罪死無惜) 죄가 무거워서 죽어도 아깝지 않음.

이다."

하니, 이때 우치 문사 낭청問事 郎廳으로 시위*하였더니, 불의에 이름이 역도*의 초사에 나는지라. 상이 노하여,

"우치 모역함을 짐작하되 나중을 보려 하였더니, 이제 발각하였으니 빨리 잡아 오라."

하시니, 나졸이 수명하고 일시에 따라 들어 관대를 벗기고 옥계하玉階下에 꿇리니, 상이 진노하사 형틀에 올려 매고 수죄*하사,

"네 전일 나라를 속이고 도처마다 장난함도 용서치 못할 바이거늘,

이제 또 역률에 들었으며 발병하니 어찌 면하리오."

하시고,

"나졸을 호령하여 한 매에 죽이라."

하시니, 집장과 나졸이 힘껏 치나 능히 또 매를 들지 못하고 팔이 아파 치지 못하거늘, 우치 아뢰기를,

"신이 전일 죄상은 죽어 마땅하나 금일 일은 억울하오니 용서하옵소서."

하니, 주상이 필경 용서치 아니시리라.

"신이 이제 죽사올진대 평생에 배운 재주를 세상에 전치 못하올지라 지하에 돌아가오나 원혼이 되리니, 복원* 성상은 원을 풀게 하옵소서."

상이 헤아리시되,

"이놈이 재주 능하다 하니 시험하여 보리라."

하시고,

어휘정리

시위(侍衛) 임금이나 어떤 모임의 우두머리를 모시어 호위함.
역도 역모의 무리.
수죄 범죄 행위를 들추어 세어 냄.
복원 엎드려 바람.

"네 무슨 능함이 있기에 이리 보채느뇨?"

"신이 본시 그림 그리기를 잘하니 나무를 그리면 나무가 점점 자라고 짐승을 그리면 짐승이 기어가고, 산을 그리면 초록이 나서 자라니 이러므로 명화라 하오니, 이런 그림을 전치 못하옵고 죽사오면 어찌 원통치 않으리까."

상이 생각하시기를,

'이놈을 죽이면 원혼이 되어 괴로움이 있으리라.'

하여, 즉시 맨 것을 끌러 주시고 지필을 내리사 원을 풀라 하시니 우치 지필을 받고 곧 산수를 그리니, 천봉만학*과 만장폭포* 산 위로부터 산밖으로 흐르게 하고 시냇가에 버들을 가지 늘어지게 그리고, 밑에 안장 지은 나귀를 그리고 붓을 던진 후 사은*하매, 상이 묻기를,

"너는 방금 죽일 놈이라. 사은함은 무슨 뜻이뇨?"

우치 말하기를,

"신이 이제 폐하를 하직하옵고 산림으로 들어 여년*을 마치고자 하와 주하나이다."

하고, 나귀 등에 올라 산 동구에 들어가더니 이윽고 간데 없거늘, 상이 대경하여,

"내 이놈의 꾀에 또 속았으니 이를 어찌 하리오."

하시고, 그 죄인들을 내어 베라 하시고 친국을 파하시니라.

이때 우치 조정에 있을 때에 매양 이조판서 왕연희王延喜가 자기를 시기하여 해코자 하더니, 이날 친

어휘정리

천봉만학 수많은 산봉우리와 산골짜기.
만장폭포 매우 높은데서 떨어지는 폭포.
사은 받은 은혜에 대하여 감사히 여겨 사례함.
여년 남은 생.

국 시에 상께 참소*하여 죽이려 하거늘, 몸이 변하여 왕연희가 되어 추종을 거느리고 바로 왕연희 집에 가니, 연희 궐내에서 나오지 않았거늘, 이에 내당에 들어가 있더니 일몰*할 때 왕 공이 돌아오매 부인과 시비 등이 막지기고*하거늘, 우치 말하기를,

"이는 천 년 된 여우가 변하여 내 얼굴이 되어 왔으니, 이는 변괴로다."

하니 왕연희는,

"어떤 놈이 내 얼굴이 되어 내 집에 있는가?"

하고 소리를 벽력같이 지르거늘, 우치는 즉시 하리*에게 명하여 냉수冷水 한 그릇과 개피 한 사발을 가져오라 하니 즉시 가져왔거늘, 우치 연희를 향하여 한 번 뿜고 진언을 염하니 왕연희는 변하여 꼬리 아홉 가진 여우가 되는지라 노복 등이 그제야 칼과 몽치를 가지고 달려들거늘,

우치는 만류하여,

"이 일은 우리 집 큰 변괴니 궐내에 들어가 아뢰고 처치하리라."

하고, 아주 단단히 묶어 방중에 가두라 하니 노복이 네 다리를 동여 방에 가두고 숙직*하더라.

왕 공이 불의지변*을 만나 말을 하려 하여도 여우 소리처럼 되고 정신이 아득하여 기운이 시진*하니 그 아무리 할 줄 모르고 눈물만 흘리더니, 우치 생각하되,

"사오 일만 속이면 목숨이 그칠까."

하여 차야*에 우치가 왕 공 가둔 방에 이르러 보니, 사지를 동여 꿇려졌거늘 우치는,

어휘정리

참소 남을 헐뜯어서 죄가 있는 것처럼 꾸며 윗사람에게 고하여 바침.
일몰 해 질 녘.
막지기고(莫知其故) 까닭을 알지 못함.
하리(下吏) 관아에 속하여 말단 행정 실무에 종사하던 구실아치.
숙직 옆에서 지킴.
불의지변 뜻밖에 당한 변고.
시진 기운이 빠져 없어짐.
차야(此夜) 이날 밤.

"연희야, 너는 나와 평일에 원수 없거늘 구태여 나를 해하려 하느냐. 하늘이 죽이려 하시면 죽으려니와 그렇지 아니하면 죽지 아니 하리니, 네 미혹*하여 나라에 참소하고 득총*하려 하기로 나는 너를 칼로 죽여 한을 설할 것이로되, 내 평생에 살생 아니하기로 너를 용서하나니, 일후 만일 어전에서 나를 향하여 무고*한 짓을 하면 그때는 용서하지 않으리라."

하고 진언을 염하니 왕연이 의구*한지라. 연희 벌써 우치인 줄 알고 황겁*하여 재배하고,

"전 공의 재주는 세상에 없는지라. 내 삼가 교훈을 불망하리다."

하고 무수히 사례하더라.

"내 그대를 구하고 가나니, 내 돌아간 후 집 안이 소요하리니 여차여차 하고 있으라."

하고, 우치는 구름에 올라 남쪽으로 가더라.

이런 말을 왕 공이 듣고,

"우치의 술법이 세상에 희한하니, 짐짓 사람을 희롱함이요, 살해는 아니 하도다."

하고, 즉시 노복을 불러 요정을 수색하라 하니 노복 등이 가서 보니 간데없거늘 대경하여 이대로 고하니 공이 노하여,

"너희들이 소홀하여 놓치도다."

하고 꾸짖어 물리치니라.

이때에 우치 집에 돌아와 한가히 돌아다니더니, 한 곳에 이르러 보니 소년들이 한 족자를 가지고 다투어 보며 칭찬하기를,

어휘정리

미혹 무엇에 홀려 정신을 차리지 못함.
득총(得寵) 지극한 사랑을 받음.
무고 사실이 아닌 일을 거짓으로 꾸미어 해당 기관에 고소하거나 고발하는 일.
의구 예전과 다름없음.
황겁(惶怯) 겁이 나서 얼떨떨함.

"이 족자 그림은 천하에 짝 없는 명화名畵라."

하거늘, 우치 그림을 보니 미인도 있고 아이도 있어 희롱하는 모양이로되, 입으로 말은 못 하나 눈으로 보는 듯하니 생기 유동*한지라. 모든 소년이 보고 흠앙*해 마지 아니하거늘 우치 한 계교를 생각하고 웃으면서,

"그대들 눈이 높아 그러하거니와 물색*을 모르는도다."

"이 족자 그림이 사람을 보고 웃는 듯하니, 이런 명화는 이 천하에 없을까 하노라."

"이 족자 값이 얼마나 하느뇨?"

"값인즉 은자銀子 50냥이니 그림 값은 그림 분수分數보담 적다."

"내게도 족자 하나 있으니 그대들은 구경하라."

하고, 소매에서 족자 하나를 내어 놓으니, 모두 보건대 역시 미인도라. 인물이 가장 아름답고 녹의홍상을 정제*하였으니 옥모화용*이 짐짓 경국지색*이라. 그 미인이 유마병*을 들었으니 가장 신기롭고 묘하더라.

여러 사람이 보고 칭찬하기를,

"이 족자가 더욱 좋으니, 우리 족자보다 낫도다."

하니 우치는,

"내 족자는 화려함도 사람의 이목을 놀래려니와 한층 더 묘한 것을 구경케 하리라."

하고 가만히 부르기를,

"주 선랑酒 仙娘은 어디 있느뇨?"

하더니, 문득 족자 속의 미인이 대답하고 나오니

어휘정리

생기 유동(生氣 遊動) 살아 있는 듯한 기운과 움직임.
흠앙(欽仰) 공경하여 우러러 사모함.
물색 까닭이나 형편.
정제(整齊) 격식에 맞게 차려 입고 매무시를 바르게 함.
옥모화용 옥과 꽃같이 아름다운 얼굴의 미인.
경국지색 임금이 혹하여 나라가 기울어져도 모를 정도의 미인이라는 뜻.
유마병 술병

우치는,

"선랑仙娘은 모든 상공께 술을 부어 드리라."

선랑은 즉시 응낙하고 벽옥배*에 청주를 가득 부어 드리니, 우치는 먼저 받아 마시매 동자童子 마침 상을 올리거늘, 안주를 먹은 후에 연하여 차례로 드리니 제인이 받아먹은즉 맛이 가장 청렬*하였다.

여러 사람들이 각각 일배주를 파한 후 주 선랑이 동자를 데리고 상과 술병을 거두어 가지고 족자 그림이 도로 되니, 사람들은 크게 놀래어,

"이는 신선이요, 조화가 아니라. 이 희한한 그림은 천고*에 듣지도 못하고 보던 바 없느니라."

하고 기르기를 마지않더니, 그중에 오생이란 사람이,

"내 한번 시험하여 보리라."

하고 우치에게 청하니

"우리들의 술은 나쁘니 주 선랑을 다시 청하여 한 잔씩 먹게 함이 어떠하뇨."

우치 허락하거늘, 오생이 가만히 부르기를,

"주 선랑아 우리들의 술은 나쁘니 더 먹기를 청하노라."

하니, 문득 선랑이 술병을 들고 나오고 동자는 상을 가지고 나오니, 사람들이 자세히 보니 그림이 화하여 사람이 되어 병을 기울여 잔에 가득 부어 드리거늘, 받아 마신즉 향기 입에 가득하고 맛이 기이한지라.

사람들은 또 한 잔씩 마시니 술이 잔뜩 취하였다.

"우리들은 오늘날 존공尊公을 만나 선주仙酒를 먹

어휘정리

벽옥배(碧玉盃) 푸른 옥으로 만든 술잔.
청렬(淸冽) 맑고 상쾌함.
천고 아주 먼 옛적.

으니 다행하거니와, 또한 묘한 일을 많이 보니 신통함이야 어찌 측량하리오."

하자, 그 사람의 말을 들은 우치는,

"그림의 술을 먹고 어찌 사례하리오."

"그 족자를 내 가지고자 하오니 팔고자 하는가?"

"내 가진 지 오랜지라. 그러나 정히 욕심을 내는 자 있으면 팔려 하노라."

"그럼 값이 얼마나 되느뇨?"

"술병이 천상의 주천*을 응하였기로 술이 일시도 없지 않아 유주 영준* 하니, 이러므로 극한 보배라 은자 일천 냥을 받고자 하나 오히려 헐하다 하노라."

"내게 누만금累萬金이 있으나 이런 보배는 처음 보는 바이라. 원컨대 형은 내 집에 가 수일만 머무르면 일천 금을 주리라."

우치 족자를 거두어 가지고 오생의 집으로 가니, 사람들은 대취하여 각각 흩어지니라.

우치 족자를 오생에게 전하고 말하기를,

"내 명일 돌아올 것이니 값을 준비하여 두라."

하고 가 버렸다.

오생이 술에 대취하여 족자를 가지고 내당에 들어가 다시 시험하려 하고 족자를 벽상에 걸고 보니 선랑이 병을 들고 섰거늘, 생이 가만히 선랑을 불러 술을 청하니 선랑과 동자 나와 술을 더 권하거늘,

어휘정리

주천(酒泉) 술이 솟는 샘이라는 뜻으로, 많은 술을 이르는 말.
유주 영준(有酒 永樽) 술병에 항상 술이 있음.

생이 그 고운 태도를 보고 사랑하여 이에 옥수를 이끌어 무릎 위에 앉히고 술을 받아 마신 후 춘정*을 이기지 못하여 침석에 나아가고자 하더니, 문득 문을 열고 급히 들어오는 여자가 있었다. 이는 생의 처 민 씨閔氏라.

위인이 투기*에는 선봉이요 싸움에는 대장이라 생이 어쩌지 못하더니 금일 생이 선랑을 안고 있음을 보고 대로하여 급히 달려들으니, 선랑이 일어나 족자로 들어가거늘 면에 더욱 대로하여 따라 들어가 족자를 갈갈이 찢어 버리니 생이 대경하여 민 씨를 꾸짖을 즈음에 우치가 와서 부르거늘, 오생이 나와 맞아 예필* 후 전후수말*을 자세히 고하니, 우치 즉시 몸을 흔들어 거짓 몸은 오생과 수작하고 정 몸은 방 안으로 들어가 민 씨를 향하여 진언眞言을 염하니 문득 민 씨 변하여 대망*이 되어 방이 가득하게 하고 가만히 나와 거짓 몸을 거두고 정 몸을 현출*하여 오생에게

"이제 형의 부인이 나의 족자 없앴으니 값을 어찌하려 하느뇨?"

하매 오 생은,

"이는 나의 죄라. 어찌 값을 아니 내리오. 마땅히 환을 하여 주시면 즉시 갚으리이다."

우치는,

"그러나 그대 집에 큰 변괴 있으니 들어가 보라."

오생이 경악하여 안방에 들어와 보니 문득 금빛 같은 대망이 두 눈을 움직이며 상 밑에 엎디었거늘, 생이 대경실색하여 급히 내달으며 우치를 보고 이르기를,

"방중에 흉악한 짐승이 있음에 쳐 죽이려 하노

어휘정리

춘정 남녀 간의 정욕.
투기(妬忌) 질투와 시기심.
예필(禮畢) 인사를 마침.
전후수말 일어난 일의 처음과 끝.
대망(大蟒) 이무기. 전설상의 동물로 뿔이 없는 용.
현출 나타남.

라."

"그 요괴를 죽이지는 못하리라. 만일 죽이면 큰 화를 당할 것이니, 내게 한 부적이 있으니 그 부적을 허리에 붙이면 오늘 저녁까지 자연 사라지리라."

하고, 소매 속의 부적을 내어 가지고 안방에 들어가 대망의 허리에 붙이고 나와서 오생에게,

"이곳에 경문* 외우는 자 있느뇨?"

생이 말하기를

"이곳에는 없나이다."

"그러면 방문을 열고 보지 말라."

당부하고, 즉시 거짓 민 씨 하나를 만들어 내당에 두고 돌아가니라.

생이 우치를 보내고 내당에 들어오니 민씨 금침에 싸여 누웠거늘,

"우리 집의 천 년여를 묵은 요괴가 그대 얼굴이 되어 외당에 나와 신선의 족자를 찢어 버리므로 아까 그 신선이 대망이 스스로 녹을 부적을 허리에 매고 갔으니 족자 값을 어찌 하리오."

하고 근심하더라.

이튿날 우치가 돌아와서 방문을 열고 보니 민 씨는 그대로 대망으로 있거늘, 우치는 대망을 꾸짖기를,

"네 가군을 업신여겨 요악*을 힘써 남의 족자를 찢고 또 나를 수욕한 죄로 금사망*을 씌워 여러 해 고초를 겪게 하더니, 이제 만일 전과前過를 고쳐 회과천선할진대 이 허물을 벗기려니와 불연즉 그저

어휘정리

경문(經文) 고사를 지내거나 푸닥거리할 때 외는 주문.
요악 요사하고 간사하며 악독함.
금사망(金絲網) 금실로 얽어서 만든 그물.

안 두리라."

하니, 민 씨는 고두사죄* 하거늘 우치 진언을 염하니 금사망이 절로 벗어지거늘 민 씨는 절을 하며,

"선관의 가르치심을 들어 회과하오리이다."

우치 내당에 있는 거짓 민씨를 거두고 구름에 올라 돌아오니라.

하루는 양봉환梁奉煥이란 선비가 있어 어려서부터 함께 글을 배웠더니, 우치 찾아가니 병들어 누웠거늘, 우치 묻거늘,

"그대 병이 이렇듯 중한데 어찌 늦게야 알았느뇨?"

양생은,

"때로는 심통이 아프고 정신이 혼미하여 식음 전폐* 한 지 이미 오래니 살지 못할까 하노라."

"이 병세 사람을 생각하여 났도다."

"과연 그러하니라."

"어떤 누구를 생각하느뇨. 나는 연장* 사십에 여색에 뜻이 없노라."

"남문안 현동 사는 정 씨鄭氏라 하는 여자 있으니, 일찍 과부 되어 다만 시모媤母*를 뫼셔 사는데 인물이 절색이라. 마침 그 집 문 사이로 보고 돌아온 후 상사하여 병이 되매 아마도 살아나지 못할까 하노라."

"말 잘하는 매파*를 보내어 통혼*하라."

"그 여자 절개 송죽* 같으니, 마침내 성사치 못하고 속절없이 은자 수백 냥만 허비하였노라."

"내 형장*을 위하여 그 여자를 데려오리라."

어휘정리

고두사죄 머리를 조아리며 잘못을 빎.
식음전폐 먹고 마시는 것을 잊는다는 뜻.
연장 나이.
시모 시어머니.
매파 혼인을 중매하는 할멈.
통혼 혼인할 뜻을 전함.
송죽 소나무와 대나무. 지조와 절개를 비유함.
형장 나이가 엇비슷한 친구사이에서, 상대편을 높여 이르는 2인칭 대명사.

"형의 재주 유여*하나 부질없는 헛수고만 하리로다."

"그 여자 춘광*이 얼마나 되느뇨?"

"이십삼 세로다."

"형은 나의 돌아오기만 기다리라."

하고, 구름을 타고 나아가 버렸다.

정 씨 일찍 과부 되고 홀로 세월을 보내며 슬픈 심회를 생각하고 죽고자 하나 임의치 못하고, 위로 노모를 모시고 다른 동기 없어 모녀 서로 의지하여 세월을 보내었다. 하루는 정 씨 심신이 산란하여 방중에 배회하더니 구름 속으로 선관仙官이 내려와 이르기를,

"주인 정 씨는 빨리 나와 남두성南斗星의 명을 받으라."

정 씨 이 말을 듣고 모친께 고하니, 부인이 또한 놀라 뜰에 내려 복지하고 정 씨 역시 복지한대, 선관이 말하기를,

"선랑은 천명에 따라 천상 요지* 반도연*에 참여하라."

정 씨는 이 말에 크게 놀래어,

"첩은 인간 더러운 몸이요. 또한 죄인이라 어찌 천상에 올라가 옥제좌하에 참예*하리까."

선관은,

"최 선랑은 인간의 더러운 물을 먹어 천상의 일을 잊었도다."

하고, 소매에서 호로*를 내어 향온을 가득 부어 동자로 하여금 권하니 정 씨 받아 마시매 정신이 혼미하여 인사를 모르거늘, 선관이 정 씨를 한 번 가

어휘정리

유여 남고 넘침.
춘광 젊은 사람의 나이를 이르는 말.
천상요지(天上瑤池) 하늘에 있는 중국 곤륜산에 있다는 못. 신선이 살았다고 하며, 주나라 목왕이 서왕모를 만났다는 이야기로 유명함.
반도연 삼천 년마다 한번씩 열매가 열린다는 선경에 있는 복숭아가 '반도'이니, '반도연'은 천상계의 잔치.
참예 참여.
호로 호리병.

르침에 문득 채운으로 오르는지라.

이때 강림도령*이 모든 거지를 데리고 저자거리로 다니며 양식을 빌더니, 홀연 채운이 동남으로 지내며 향취 웅비*하거늘 강림이 치밀어 보고 한 번 구름을 가리키니 운문雲門이 열리며 한 미인이 땅에 떨어지거늘, 우치 대경하여 급히 좌우를 살펴보니 아무도 법술法術을 행하는 자 없거늘 우치 괴이히 여겨 다시 행술하려 하더니, 문득 한 거지 내달아 꾸짖기를

"필부* 전우치는 들어라. 네 요술로 나라를 속이니 그 죄 크되 다만 착한 일 하는 방편을 행하므로 무사하였거니와, 이제 흉악한 심장으로 절부를 훼절*코자 하니 어찌 명천明天이 버려 두시리오. 이러므로 하늘이 나를 내리사 너 같은 요물을 없애게 하심이니라."

우치 대로하여 보검을 빼어 치려 하더니 그 칼이 변하여 큰 범이 되어 도리어 저를 해하려 하거늘 우치 몸을 피하고자 하더니, 발이 땅에 붙어 움직이지 못할지라. 급히 변신코자 하나 법술이 행치 못하거늘 대경하여 그 아이를 보니, 비록 의복은 남루*하나 도법이 높은 줄 알고 빌기를,

"소생이 눈이 있으나 망울이 없어 선생을 몰라본 죄 만사무석이오나 고당에 노모 계시되 권세 잡고 감열 있는 자 너무 백성을 못살게 굴기로 부득이 나라를 속임이요 또 정씨를 훼절하려 함이니, 원컨대 선생은 죄를 사하시고 전술을 가르쳐 주소서."

강림 말하기를,

"그대 이르지 아니해도 내 벌써 아나니 국운이 불행하여 그대 같은 요술이 세상에 작난하니 소방*

어휘정리

강림도령(降臨道令) 죽을 때가 된 사람을 데리러 오는 세 명의 저승사자 중 하나. 죽은 자의 영혼을 이승에서 저승으로 안내하는 역할을 한다.
웅비 기운차고 용기 있게 활동함.
필부 한 사람의 신분. 신분이 낮고 보잘 것 없는 사내.
훼절 절개나 지조를 깨뜨림.
남루 옷 따위가 낡아 해지고 차림새가 너저분하다.
소방 자기 자신을 지칭함.

은 그대를 죽여 후폐後弊를 없이 하겠으나 그대의 노모를 위하여 특별히 명을 살리노니, 이제 정 씨를 데려다가 빨리 제 집에 두고 병든 양가에게는 정 씨 대신으로 할 사람이 있으나, 이는 조실부모 혈혈무의*하나 마음이 어질고 성품이 유순할 뿐더러 또한 성이 정씨요, 연기 이십삼 세라. 만일 내 말을 어기면 그대의 몸이 대화를 면치 못하리라."

우치 사례하여 가로되,

"선생의 고성대명*을 알고자 하노라."

기인이 답하되,

"나는 강림도령이라. 세상을 희롱코자 하여 빌어먹고 다니노라."

우치 가로되,

"선생의 가르치심을 삼가 봉행하리이다."

강림이 요술 내던 법을 풀어 내니, 우치 백배사례하고 정 씨를 구름에 싸 가지고 본집에 가 공중에서 그 시모를 불러 말하기를,

"아가 옥경玉京에 올라가니 옥제 가라사대 '정 선랑의 죄 아직 남았으니 도로 인간에 내보내어 여액*을 다 겪은 후 데려오라' 하시매 도로 데려왔노라."

하고, 소매에서 향온을 내어 정 씨의 입에다 넣으니, 이윽고 깨어 정신 차리거늘, 시모 정 씨에게 선관의 하던 말을 이르고 신기히 여기더라.

우치 강림도령에게 돌아와 그 여자 있는 곳을 물으니 강림이 환형단*을 내어주며 그 집을 가리키거늘 우치 하직하고 정 씨를 찾아가니 그 집이 일간

어휘정리

혈혈무의 홀몸으로 의지할 데 없이 외로움.
고성대명(高姓大名) 남의 성과 이름을 높여 이르는 말.
여액(餘厄) 남은 화와 재앙.
환형단(換形丹) 모습을 달라지게 하는 선약.

초옥*이요, 풍우를 가리지 못하더라.

이에 들어가 보니 한 여자 시름을 띠고 홀로 앉았거늘 우치 나아가 달래 말하기를,

"낭자의 고단하신 말씀은 내 이미 알았거니와 이제 청춘이 삼칠을 지낸 지 오래되 취혼치* 못하고 외로운 형상이 가긍*한지라 내 낭자를 위하여 중매하리라."

하고, 환영단을 먹인 후 진언을 염하니 정 과부의 모양과 일호차착* 없이 되는지라 우치 말하기를,

"양생이란 사람이 있는데 인물이 가장 아름답고 가산도 부유하나 정 과부의 재색*을 사모하여 병이 들었으니 낭자 한번 가 이리이리 하라."

하고, 즉시 보를 씌워 구름 타고 양생의 집에 이르니, 우치 거짓 정 씨를 외당에 두고 내당에 들어가 양생을 보니 생이 묻기를,

"정 씨의 일이 어찌된고?'

우치 답하기를,

"정 씨의 행실이 빙설* 같기로 일을 못 하고 왔노라."

생이 말하되,

"이제 속절없이 죽을 따름이로다."

하고 탄식하니, 우치 갖가지로 조롱하여 말하기를,

"내 이제 가서 정 씨보담 백배 나은 여자를 데려왔으니 보라."

한대 양생 답하기를,

어휘정리

일간 초옥 한 간 초가집.
취혼 혼인.
가긍(可矜) 가련함.
일호차착(一毫差錯) 조금이라도 다른 점.
재색 여자의 재주와 아름다운 용모.
빙설 얼음과 눈. 여기서는 지조와 절개가 높음을 뜻함.

"내 미인을 많이 보았으되 정 씨 같은 상은 없나니 형은 농담 말라."

우치 답하기를,

"내 어찌 희롱하리오. 지금 외당에 있으니 보라."

양생이 겨우 몸을 일으켜 외당에 나와 보니 적실*한 정 씨거늘 반가움을 측량치 못한데 우치 말하기를,

"내 낭자를 데려왔으니 잘 살라."

하니, 양생이 백배사례하더라. 우치 양생과 이별하고 돌아가더라.

선시先時에 야계산耶溪山에 도사道士 있으니 도학이 높고 마음이 청정淸淨하여 세상 명리를 구치 아니하며, 다만 박전* 다섯 이랑과 화원 십간으로 세월을 보내니 이곳 지상선地上仙이라. 성호는 서화담徐花潭이니 나이 오십오 세에 얼굴이 연화* 같고 양안*은 추수*, 정색*은 돌올* 하더라.

우치 서화담의 도학이 높음을 알고 찾아가니 화담이 맞아 가로되,

"내 한번 찾고자 하더니 누사*에 왕림하시니 만행*이로다."

우치 일러 칭사하고 한담*하더니 문득 보니 한 선생이 들어와 가로되,

"좌상에 존객이 뉘시뇨?"

"존 공이라."

하고 우치더러 말하기를,

'이는 내 아우 용담龍潭이로다."

우치 용담을 보니 이목이 청수*하고 골격이 비상한지라 용담이 우치더러 말하되,

어휘정리

적실(的實) 분명함.
박전(薄田) 메마른 밭.
연화 연꽃. 여기서는 아름다움을 의미함.
양안 두 눈.
추수(秋水) 맑고 깨끗한 사람의 얼굴빛을 비유적으로 이르는 말.
정색(情色) 표정에 나타나는 빛.
돌올(突兀) 우뚝함. 즉 매우 뛰어남.
누사(陋舍) 자기가 사는 집을 겸손하게 이르는 말.
만행(萬幸) 아주 다행함.
한담(閑談) 심심하거나 한가할 때 나누는 이야기, 또는 별로 중요하지 아니한 이야기.
청수 맑고 빼어남.

"선생의 높은 술법을 들은 지 오래더니, 오늘날 만나 보니 행幸이어니와 청컨대 술법을 한번 구경코자 하노니 아끼지 말라."

하고 구구이 간청하거늘, 우치 한번 시험코자 하여 진언을 명하니 용담의 쓴 관이 변하여 소머리 되거늘 용담이 노하여 또 진언을 염하니 우치의 쓴 관이 변하여 범의 머리 되는지라. 우치 또 진언을 염하니 용담의 관이 변하여 백룡이 되어 공중에 올라 안개를 피우거늘, 용담이 또 진언을 염하니 우치의 관이 변하여 청룡이 되어 구름을 헤치고 안개를 발하여 쌍룡이 서로 싸워 청룡이 백룡을 이기지 못하고 동남으로 달아나거늘, 화담이 비로소 웃고,

"전 공이 내 집에 오셨다가 이렇듯 하니 네 어찌 무례치 않으리오."

하고, 책상에 얹힌 연적을 한 번 공중에 던지니, 연적이 변하여 일도금광*이 되어 하늘에 퍼지니 양룡이 문득 본래 관이 되어 땅에 떨어지는지라. 양인이 각각 거두어 쓰고 우치 화담을 향하여 사례하고 구름 타고 돌아오니라.

화담이 우치를 보내고 용담을 꾸짖어 말하되,

"너는 청룡을 내고 저는 백룡을 내니 청青은 목木이요, 백白은 금金이니, 오행五行에 금극목金克木이라. 목이 어찌 금을 이기리오. 또 내 집에 온 손이라. 부질없이 해코자 하느뇨?"

용담이 다만 칭사*하나 속으로는 노하여 우치를 미워하는 뜻이 있더라.

우치 집에 돌아온 지 삼 일 만에 또 화담을 찾아가니 화담이 가로되,

"그대에게 청할 말이 있으니 좇을소냐?"

어휘정리

일도금광(一道金光) 한 줄기 금빛.
칭사(稱謝) 고마움을 표현함.

우치가,

"듣기를 원하나이다."

하자, 화담은 가로되,

"남해南海 중에 큰 산이 있으니 이름은 화산華山이요, 그 산중에 도인道人이 있으되 도호道號는 운수 선생雲水 先生이라. 내 젊어서 글을 배웠더니, 그 선생이 여러 번 서신으로 물었으나 회서*를 못 하였더니, 전 공을 마침 만났으니 그대 한번 다녀옴이 어떠하뇨?"

우치 허락하거늘, 화담 말하기를,

"화산은 해중에 있는 산이라, 수이* 다녀오지 못할까 하노라."

우치 가로되,

"소생이 비록 재주 없사오나 순식간에 다녀오리이다."

화담이 믿지 아니하거늘, 우치 미심*에 업신여기는가 하여 노하여,

"생이 만일 못 다녀오면 이곳에서 죽고 살아나지 않으리라."

화담이 말하되,

"연즉 가려니와 행여 실수할까 하노라."

하며 즉시 글을 닦아 주거늘, 우치 즉시 받아 가지고 해동청 보라매가 되어 공중에 올라 화산으로 가더니, 해중에 이르러는 난데없는 그물이 앞을 가리었거늘, 우치 높이 떠넘고자 하니 그물이 따라 높이 막았는지라. 또 넘으려 하되 그물이 하늘에 닿았고, 아래로 해중을 연하여 좌우로 하늘을 펴 있으니 갈 길이 없어 십여 일 애쓰다가 할 수 없어 돌아와 화담을 보고 웃으며,

"화산을 거의 다 가서 그물이 하늘에 연하여 갈

어휘정리

회서 답장.
수이 쉽게
미심(微心) 속마음.

길이 없삽기로 모기되어 그물 틈으로 나가려 한즉 거미줄이 청첩*하여 나가지 못하고 왔나이다."

하자 화담이 웃으며 말하기를,

"그리 큰 말을 하고 가더니 다녀오지 못하였으니 이제는 산문山門을 나가지 못하리로다."

우치 황겁하여 달아나고자 하더니, 화담이 벌써 알고 속이려 하는지라 우치 착급*하여 해동청*이 되어 달아나니, 화담이 수리*되어 따를새 우치 또 변하여 갈범*이 되어 닫더니 화담이 변하여 청사자靑獅子*가 되어 물어 엎지르고 가로되,

"네 여러 가지 술법을 가지고 반드시 옳은 일을 위하여 행하니 기특하나 사특*함은 마침내 정대*함이 아니요. 재주는 반드시 웃길이 있나니 오래 일로써 세상에 다니면 필경 파측*한 화를 입을지라. 이러한 광명光明한 세상에 돌아와 정대한 도리를 강구*함이 옳지 아니하뇨. 내 이제 태백산太白山에 천정 신리*를 밝히려 하오니 그대 또한 나를 따름이 좋을까 하노라."

우치 말하되,

"가르치시는 대로 하리이다."

각각 집에 돌아와 약간 가사*를 분별한 후, 우치 화담을 모시고 태백산 배달 밑에 청사를 읽고 임검王儉으로부터 오는 큰 이치를 강구하여 보배로운 글을 지어 석실에 감추니, 그 후일 세상 사람이 알지

어휘정리

청첩(菁疊) 매우 어지럽게 얽혀 있음.
착급(着急) 매우 급함.
해동청 매.
수리 수릿과의 독수리.
갈범 칡(몸에 칡덩굴 같은 어룽어룽한 줄무늬가 있는 범)의 잘못.
청사자 푸른 사자.
사특(邪慝) 간사하고 악함.
정대 바르고 떳떳함.
파측(叵測) 불측함. 즉 헤아릴 수 없음.
강구(講究) 좋은 대책과 방법을 궁리하여 찾아내거나 그런 대책을 세움.
천정 신리(天定 神理) 하늘이 정한 이치.
가사 한 집안의 사사로운 일.

못하나 일적 강원도 사는 양봉래라 하는 사람이 단군 성신을 뵈오려 하여 태백산에 들어갔다가 화담과 우치 두분을 보고 돌아올새 두분이 이르되,

"우리는 이리이리하여 이곳에 들어와 있거니와 그대를 보니 언행이 유심 한산한 줄 알지라. 내 전할 것이 있노니 삼가 받들라."

하고 비서* 몇 권을 주니 봉래 받아 가지고 나와 정성으로 공부하여 그 오묘한 뜻을 통하고, 가만한 가운데 도통을 전하니, 한두 가지 드러나는 일이 있으나 세상에 다만 신선神仙의 도로 알고 봉래 또한 밝은 빛이 드러날 때를 기다릴 뿐이요, 화담과 우치 두 분이 태백 산중에서 도 닦으시는 일만 세상에 전하니라.

어휘정리

비서 비밀스러운 비법을 적은 책.

중요한 내용 쏙! 쏙! 쏙!

작품의 특징

- 홍길동전을 모방
- 문헌 설화를 바탕으로 함
- 선조 때의 실존인물인 전우치를 주인공으로 함
- 평민들의 고충을 드러내는 사회고발적 속성이 드러남
- 황당무계한 환술(幻術)에 지나치게 의존하는 등 공상성이 짙은 단점을 지님

전우치의 도술이 갖는 의미

민중을 위한 영웅적 행위	부정한 관리를 벌주고, 가난한 백성을 도와줌
개인적 욕망을 위한 소인적 행위	수절과부의 절개를 깨뜨리려 하고, 서화담과 도술 대결을 벌임

전우치전과 홍길동전의 공통점

- 도술을 소재로 삼음
- 당시의 부패한 정치를 풍자
- 주인공이 의협심을 발휘하여 지방 정치의 부패성을 시정하고, 백성의 곤궁한 생활을 구제하려고 함

작품에 나타난 사회 비판 의식

- 주인공은 당쟁과 관리들의 사욕으로 백성들이 가난에 허덕이자 사회에 관심을 갖게 됨 (당시 조선의 현실에 대한 작가의 비판적인 태도 반영)

주제 의식의 한계

- 사회 개혁을 위한 적극적인 의지가 부족함
- 전우치가 도술을 개인적인 욕망이나 자기 과시의 수단으로 사용하는 경우가 있음 (전우치의 한계이며 당대 민중 의식의 한계를 드러냄)

1 전우치가 개인적 소망을 성취하기 위해 도술을 사용한 사건을 찾아봅시다.

2 전우치전과 홍길동전의 공통점을 생각해 봅시다.

상상더하기 - 비판적으로 생각하기

전우치는 도술을 이용해 조선 시대 사회 부조리를 개혁하려 했던 인물입니다. 만약 여러분에게 도술의 능력이 생겨 현대판 전우치가 된다면 사회의 어떤 부분을 개혁하고 싶은지 생각해 봅시다.

확인하기 정답

1. 전우치는 친구 양봉환을 위해 도술을 사용하여 수절과부의 절개를 깨뜨리려 하였고, 서화담과 도술 대결을 벌이기도 합니다.
2. 두 작품은 모두 주인공이 도술을 부려 사회 부조리를 개혁하려 했다는 점에서 공통적입니다.

Part 2
작품 속 사회와 문화

박완서 「엄마의 말뚝1」 • 조세희 「난쟁이가 쏘아 올린 작은 공」
양귀자 「마지막 땅」 • 김동리 「무녀도」 • 이범선 「오발탄」

“

우리가 살고 있는 사회와 문화는 어떤 모습일까요? 급격한 변화와 발전, 교통과 통신의 발달로 점점 하나가 되고 있는 지구촌, 생명 경시 현상과 그에 대한 반성. 등등 머릿속을 스쳐 지나가는 다양한 모습들이 있지요.

우리는 태어나면서 우리가 살고 있는 사회와 문화 속에 던져져 그것들의 영향을 받으며 살아가게 됩니다. 따라서 삶의 축소판인 문학 작품 속에서도 작품이 배경으로 하고 있는 사회와 문화의 영향을 받지 않을 수 없지요. 그러므로 문학 작품의 배경이 되는 사회. 문화적 상황을 파악한다면 작품을 더욱 효과적으로 이해할 수 있답니다.

여기에서는 작품을 사회. 문화적 상황과 관련지어 이해하고 감상해보는 시간을 갖도록 합시다.

”

엄마의 말뚝1

수록교과서 : 창비

박완서 소설가. 1931년 경기도에서 태어나 1950년 서울대 국문과에 입학했으나 전쟁으로 중퇴하였다. 1970년 마흔이 되던 해에 《여성동아》 여류 장편소설 공모에 「나목」이 당선되어 등단하면서 작품 활동을 시작하였다. 대표작으로는 「휘청거리는 오후」 「도시의 흉년」 「그해 겨울은 따뜻했네」 등이 있다.

감상 길잡이

이 작품은 세 편으로 구성된 연작 소설입니다. 1편에서는 시골에서 남편을 잃은 후, 오누이만 데리고 서울에 상경한 어머니가 억척스럽게 살며 집 한 채를 마련하는 과정이 그려집니다. 또 2편에서는 6.25전쟁으로 인해 엄마의 희망이었던 오빠가 죽음을 맞게 되는 과정을, 3편에는 엄마의 죽음을 담고 있습니다. 가장을 잃은 한 여인의 억척스러운 삶의 모습과 함께 해방과 6.25전쟁을 겪으며 변화된 가족과 사회의 모습도 파악하며 작품을 감상해 봅시다.

갈래	단편 소설, 연작소설
시점	1인칭 주인공 시점 (1인칭 관찰자 시점)
배경	해방 직후, 사대문(四大門) 밖 현저동(지금의 무악동)
성격	사실적, 상징적, 회상적
제재	해방 직후 시골에 살던 엄마와 '나'가 서울에 정착하여 살기까지의 과정
주제	자식 교육을 위해 서울로 상경한 엄마의 억척스러운 삶

젊은 시절 남편을 잃고, 자식을 통해 꿈을 실현하고자 함. 자존심이 강하고 억척스러움

나

엄마의 바람에 의문을 품지만 순종함

오빠

의젓하고 어른스러움. 엄마의 기대를 알고 이를 실현하기 위해 노력함

아버지가 돌아가신 후 오빠의 공부를 위해 서울로 갔던 엄마는 내가 여덟 살이 되던 해 나까지 서울로 데려옵니다. 엄마는 현저동 꼭대기에 있는 초가집에 세 들어 살며, 바느질 품팔이로 생활비를 마련하셨습니다. 철이 없던 나는 떼를 써 엄마에게 군것질할 돈을 얻어 냈고, 그런 나를 오빠는 엄마 몰래 산으로 데려가 회초리로 종아리를 쳐 꾸짖습니다. 어느 날, 땜장이 딸이 그린 그림을 내가 그린 것으로 오해받아 애비 없는 자식이라는 모욕을 당하게 되고, 또 내가 교도소 앞마당에서 주로 노는 것을 알게 된 엄마는 시골의 도움으로 세 들어 살고 있는 집보다 더 꼭대기에 집을 한 채 마련합니다. 엄마는 기어코 서울에 말뚝을 박았다고 감개무량해 하셨지만, 그 집에서 10여년을 살고 일본이 망해가며 세상이 어지러워지자, 우리 가족은 다시 시골로 피란을 갑니다. 해방이 되고, 오빠는 엄마의 소원인 문안 평지에 집을 장만했지만, 우리 가족은 현저동 괴불마당집을 잊지 못했습니다.

해방 후 서울은 눈부시게 발전했고, 몇 달 전 우연히 내가 살던 현저동을 지나다가 괴불마당이 있던 근처에 연립 주택이 들어서는 것을 보며 허전함을 느낍니다.

엄마의 말뚝1

농바위 고개만 넘으면 송도松都라고 했다. 그러니까 농바위 고개는 박적골에서 송도까지 사이에 있는 네 개의 고개 중 마지막 고개였다. 마지막 고개답게 가팔랐다. 이십 리를 걸어 온 여덟 살 먹은 계집애의 눈에 고개는 마치 직립直立해 있는 것처럼 몰인정해 보였다. 그러나 무성한 수풀을 뚫고 지나간 것처럼 고갯길이 끝나면서 뻥하게 열린 하늘은 우물 속의 하늘처럼 아득하게 괴어 있어서 나를 겁나게도 가슴 울렁거리게 했다.

나는 타박타박 쉬지 않고 걸었다. 양손을 엄마와 할머니가 잡고 있었다. 엄마도 할머니도 머리에 커다란 임을 이고 있었다. 내 걸음걸이가 지쳐 보일 때면 엄마와 할머니는 서로 눈을 맞추고는 양쪽에서 내 겨드랑 밑에 손을 넣어 번쩍 들어 올려서 그네 태우듯이 대롱대롱 흔들면서 몇 발자국 종종걸음을 치고 나서 내려놓아 주곤 했다. 무거운 짐을 진 두 분에겐 그것이 힘겨운 일이었겠지만 나는 그동안이 너무 짧아 번번이 아쉬웠다.

그러나 농바위 고개를 오르면서는 두 분은 약속이나 한 듯이 내 지치고 부르튼 발에 그만큼의 아첨도 하려 들지 않았다. 그 대신 양쪽에서 두 분의 손이 각각 질이 다른 끈적거림으로 내 작은 손을 점점 더 아프게 옥죄기* 시작했다. 나는 미지의 고장으로 어쩔 수 없이 끌려가고 있는 중이었다. 끌려가고 있다는 생각 때문에 가파른 고개를 오르면서 추락하고 있는 것 같은 아찔한 공포감과 속도감을 맛보고 있었다.

마침내 우리는 고개의 정상에 섰다.

"봐라, 송도다. 대처大處*다."

어휘정리

옥죄다 옥여 바싹 죄다.
대처 사람이 많이 살고 상공업이 발달한 번잡한 지역.

엄마는 마치 자기가 그 대처의 주인이라도 되는 것처럼 자랑스럽게 말했다. 아닌게 아니라 송도는 엄마가 방금 보자기에서 풀어 놓은 것처럼 우리들의 발아래 그 전모*를 남김없이 드러내고 있었다.

내가 최초로 만난 대처는 크다기 보다는 눈부셨다. 빛의 덩어리처럼 보였다. 토담과 초가지붕에 흡수되어 부드럽고 따스함으로 변하는 빛만 보던 눈에 기와지붕과 네모난 이층집 유리창에서 박살 나는 한낮의 햇빛은 무수한 화살처럼 적의敵意*를 곤두세우고 있었다.

내가 그보다 먼저 딱 한 번 만난 적이 있는 대처 사람의 인상도 그랬었다. 그 대처 사람은 외삼촌이었다. 할머니는 사돈의 뜻하지 않은 방문에 쩔쩔대면서 시골구석이라 대처 사람 대접할 게 변변치 못하다는 말을 수없이 하셔서 나는 그가 대처 사람이란 걸 알 수가 있었다. 나는 그 대처 사람이 싫었다. 그는 검정빛 양복을 입고 있었다. 양복쟁이*가 처음은 아니었다. 언젠가 동구* 밖을 자전거 탄 사람이 지나간 적이 있는데 아이들이"순사다"라는 바람에 혼비백산* 집으로 뛰어드느라고 자세히는 못 봤지만 그것 비슷한 옷을 입고 있었다. 그러나 양복보다 더 기분 나쁜 건 눈에 쓴 안경이었다.

오빠는 나보다 훨씬 먼저 엄마가 대처로 데려갔는데, 그때 오빠는 자기의 귀중품을 나에게 고스란히 물려주고 갔다. 마을에서 시오 리나 떨어진 면 소재지에 있는 소학교*를 졸업하고 중학교에 가기 위해 대처로 가는 오빠는 별의별 걸 다 가지고 있었다. 새총, 팽이, 제기, 연, 딱지, 썰매, 크레용, 지남철*,

어휘정리

전모 전체의 모습. 또는 전체의 내용.
적의 해치려는 마음.
양복쟁이 양복 입은 사람을 낮잡아 이르는 말.
동구 동네 어귀.
혼비백산 혼백이 어지러이 흩어진다는 뜻으로, 몹시 놀라 넋을 잃음을 이르는 말.
소학교 '초등학교'를 이르는 옛 용어.
지남철 쇠를 끌어당기는 자기를 띤 물체.

유리조각…… 그 중에서 내가 정말 갖고 싶었던 건 지남철뿐이었다. 지남철로 오빠가 화로를 휘저어 쇠붙이를 모조리 끌어올리는 것도 재미있었지만 내가 온종일 찾지 못한 할머니가 바느질하다 놓친 바늘이 오빠의 지남철 끝에서 방금 낚아 올린 붕어처럼 비늘을 반짝이며 파르르 떨고 있는 걸 볼 땐 시샘과 경탄으로 숨이 막힐 지경이었다. 고 신기한 게 마침내 내 것이 된 것이다. 그러나 오빠는 나에게 더 신기한 걸 가르쳐 주고 떠났다. 그건 유리조각의 쓸모였다. 오빠는 그 동그란 유리 조각으로 햇볕을 일으키는 법을 가르쳐 준 것이다. 유리 조각을 통과한 빛이 종이 위에서 창백하고도 뜨거운 느낌으로 송곳 끝처럼 오므라드는 걸 지켜볼 때 내 심장도 그만한 크기로 옥죄었고 마침내 그곳에서 파란 연기가 모락모락 피어오르자 나는 온몸이 오싹오싹하면서도 가슴은 화끈했고 곧 오줌이 마려웠다. 그날 밤 나는 내가 직접 그 짓을 하는 꿈을 꾸다가 정말 오줌을 싸고 말았다. 그래선지 나는 지금까지도 아이들 버릇 가르치기 위한 이런저런 항간*의 속설 중 '불장난하면 오줌 싼다.' 는 말을 믿는 편이다.

오빠는 화경*을 물려주면서 어른 몰래 간수하란 소리는 안 했다. 그러나 그것으로 할 수 있는 장난의 그 오싹오싹함에서 죄의 맛을 감지한 나는 그것을 어른 몰래 감추었고, 장난도 어른들이 안 보는 데서만 했다. 그러나 언젠가 잘 마른 짚 북더미 위에서 그 짓을 하다가 그만 짚 북더미로 불이 옮아 붙어 하마터면 집을 태울 뻔한 큰일을 저지르고 말았고, 그 바람에 나는 화경을 당장 빼앗기고 엉덩이가 부르트도록 얻어맞았었다.

외삼촌은 그 무서운 화경을 하나도 아니고 둘을

어휘정리

항간 일반 사람들 사이.
화경 햇빛을 비추어 불을 일으키는 유리.

양쪽 눈에 하나씩 붙이고 있었다. 안경의 번쩍거림 때문에 나는 그 속의 눈을 볼 수가 없었다. 나는 그렇게 번쩍거리는 사람이 싫고 무서웠다. 외삼촌은 웃으면서 나에게 손을 벌렸지만 나는 할머니 치마꼬리에 휩싸여 막무가내 그 앞으로 가지 않았다. 외삼촌이 주머니에서 반짝이는 은전을 한 푼 꺼내 보이면서 나를 유혹했다. 나는 조금도 동하지 않았다. 나는 은전의 쓸모를 몰랐다. 그건 안경과 마찬가지로 외삼촌의 몸에서 빛을 내는 것 중의 하나일 뿐이었다. 할머니가 민망했던지 나를 억지로 당신의 치마꼬리에서 떼어내어 외삼촌 앞으로 밀어내려고 했다. 나는 외삼촌이 싫고 무서워서 엉엉 울며 발버둥질 쳤다.

"그냥 두세요. 낯을 몹시 가리는군요."

"참 별일이네, 안 그러던 애가 ……."

할머니가 혀를 차면서 나를 다시 당신의 치마폭에 휩쌌다. 그 후에도 나는 외삼촌에 대해 안경밖에 생각나는 게 없었다.

대처는 그 외삼촌 같은 얼굴을 하고 있었다. 내리막길은 올라올 때와는 다르게 구불구불 구비지고 덜 가팔랐다. 나는 슬그머니 엄마의 손을 뿌리치고 할머니한테 두 손으로 매달리면서 치마폭에 휩싸였다. 할머니 치마폭은 집에서 내가 툭하면 휩싸일 때처럼 만만하고 구속하지 않았다. 풀을 세게 먹여 다듬이질 한 옥양목* 치마는 차갑다 못해 날이 서 있는 것처럼 느꼈다. 그러나 엄마를 뿌리치고 할머니한테 매달렸다는 건 대처로 가기 싫다는 나의 의사 표시였다.

할머니는 내 편이었다. 엄마는 나를 대처로 데려가려 했고, 할머니는 나를 대처로 안 보내려고 했

어휘정리

옥양목 생목보다 발이 고운 무명. 빛이 희고 얇다.

다. 엄마가 나를 데리러 시골집에 나타나고 나서 할머니와 엄마는 줄창 다투기만 했다. 그러나 두 분 다 나한테 어디서 살고 싶으냐고 물어 보진 않았다. 나는 대처라는 델 가 보진 않았지만 싫었다. 박적골집은 나의 낙원이었다. 뒤란*은 작은 동산같이 생겼고, 딸기 줄기로 뒤덮여 있었다. 그 밖에도 앵두나무, 배나무, 자두나무, 살구나무가 때맞춰 꽃피고 열매를 맺었고 뒷동산엔 조상의 산소와 물 맑은 골짜기와 밤나무, 도토리나무가 무성했다. 사랑 마당은 잔치 때 멍석을 깔고 차일*을 치면 온 동네 손님을 한꺼번에 칠 수 있도록 넓고 바닥이 고르고 판판했지만 둘레에는 할아버지가 좋아하시는 국화 나무가 덤불을 이루고 있었다. 꽃송이가 잘고 향기가 짙은 토종 국화는 엄동*이 될 때까지 그 결곡한* 자태를 흐트러뜨리지 않았다.

그러나 국화꽃 필 때면 더욱 낭랑해지는 할아버지의 적벽부를 읊조리는 소리가 끊긴 지는 오래되었다. '임술지추칠월기망에 소자여객으로 범주유어 적벽지하할새…….' 대신 놋재떨이에 담뱃대 부딪는 소리와 메마른 기침 소리가 사랑이 비어 있지 않다는 걸 알려 줄 뿐 사랑 미닫이는 한여름에도 열리지 않았다. 맏아들을 잃자마자 할아버지는 동풍*을 하셔서 반신불수*가 된 채 두문불출*이셨다. 아버지의 죽음이 문제였다. 내가 그 낙원에서 기억할 수 있는 모든 나쁜 일은 아버지의 죽음으로부터 시작됐다. 아버지는 어느 날 심한 복통으로 마루에서 댓돌로 댓돌에서 세 층이나 아래인 마당으로 데굴데굴 굴러 떨어지면서 마당의 흙을 손톱으로 후벼 파면서 괴로워했다. 곧 한의사를 불렀다.

어휘정리

뒤란 집 뒤 울타리의 안.
차일 햇볕을 가리기 위하여 치는 포장.
엄동 몹시 추운 겨울.
결곡하다 얼굴 생김새나 마음씨가 깨끗하고 여무져서 빈틈이 없다.
동풍 병으로 몸의 전체 또는 일부분에 일어나는 경련.
반신불수 병이나 사고로 반신이 마비되는 일. 또는 그런 사람.
두문불출 집에만 있고 바깥 출입을 아니함.

사관*을 트게 하고 탕제*를 달이는 동안이 급해 할머니는 엿기름을 타다 가 떠 넣고 할아버지는 청심환을, 엄마는 영신환*을 물에 개서 입에 흘려 넣었으나 차도가 없었다. 급히 달인 탕제도 아무런 효험을 못 보자 엄마와 할머니는 무당 집으로 달려가서 무꾸리*를 하니까 집터에 동티*가 나도 단단히 났으니 큰 굿을 해야겠다고 하면서 굿날을 받아 놓기만 해도 당장 차도가 있을 거라고 장담을 해서 우선 굿날 먼저 받아 놓고 오니 아버지는 막 숨을 거둔 뒤였다.

그때가 아직 우리가 새 집을 지은 지 삼년 안인 때라 사람들은 모두 집터 동티가 과연 무섭긴 무서운 거라고 혀를 내두르며 공구했다*. 그러나 할머니 말씀을 좇아 무당집에 가느라 아버지의 임종도 못 지킨 엄마건만 친가의 대소가*가 대처에 살고 있어 이미 처녀 적에 문명의 소문에 접할 기회가 좀 있었던 엄마의 생각은 달랐다. 엄마는 아버지를 죽게 한 병이 대처의 양의사에게만 보일 수 있었으면 생손앓이*처럼 쉽게 째고 도려내고 꿰맬 수 있는 병이라는 걸 알고 있었다.

엄마는 그때부터 대처로의 출분*을 꿈꿨다. 마침 오빠의 소학교 졸업을 기화*로 그 꿈은 구체화됐다. 엄마는 아버지의 삼년상을 받들기도 전에 오빠를 데리고 서울로 떠났다. 맏며느리로서 시부모 공양*하고 봉제사*라는 신성한 의무를 포기하는 대신 엄마는 아무런 재산상의 권리도 주장하지 못

어휘정리

사관 양팔의 어깨 관절과 팔꿈치 관절, 양다리의 대퇴 관절과 무릎 관절을 이르는 말.
탕제 달여서 마시는 한약.
영신환 계피나무 껍질, 박하유, 대황, 삽주 따위로 만드는 환약. 소화가 잘 안되고 헛배가 부르고 아픈 데 쓴다.
무꾸리 무당이나 판수에게 가서 길흉을 알아보거나 무당이나 판수가 길흉을 점침.
동티 땅, 돌, 나무 따위를 잘못 건드려 지신(地神)을 화나게 하여 재앙을 받는 일. 또는 그 재앙.
공구하다 몹시 두렵다.
대소가 집안의 큰집과 작은 집을 아울러 이르는 말.
생손앓이 손가락 끝에 종기가 나서 곪는 병.
출분 도망하여 달아남.
기화 뜻밖의 이익을 얻을 수 있는 물건.
공양 웃어른을 모시어 음식 이바지를 함.
봉제사 조상의 제사를 받들어 모심.

했다. 숟가락 하나도 집안 것은 안 건드리고 오로지 당신의 단 하나의 재간 인 바느질 솜씨만 믿고 어린 아들의 손목을 부여잡고 표표히 박적골을 떠났다. 그때는 내가 떠날 때 같은 고부간의 사전 불화조차 없었다.

며느리의 그런 불효막심하고도 당돌한 계획을 막을 수는 없으리라는 걸 노인들은 이미 알고 있었다. 큰소리 내 봤댔자 집안 망신이나 더 시키게 되니 그저 쉬쉬하는 걸로 점잖은 집안의 체통이나 지키려는 체념과 아들 하나는 대처에 데리고 나가 어떡하든 성공시켜 보겠다는 며느리의 굳은 결심에 은근히 거는 한 가닥 희망 때문에 어머니의 일차 출분은 비교적 순조롭고 조용했다. 그러나 소학교를 갓 졸업한 어린 소년의 어깨엔 대처에 나가 어떡하든 성공해야 된다는 가뜩이나 벅찬 짐이 그만큼 더 무거워진 셈이었다. 나는 오빠와 친하고 깊이 사랑했기 때문에 막연하게나마 오빠가 걸머진 짐의 무게를 같이 느낄 수가 있어서 오빠가 안쓰럽고 불쌍했다. 내가 그 고장 사람들이 대처라 부르는 송도나 서울에 대해 그 나이 또래의 계집애다운 막연한 동경조차 품지 못하고 다만 두렵기만 했던 건 대처에 가면 꼭 해야 한다는 그 성공이라는 것 때문인지도 몰랐다. 삼촌이 두 분이나 있었으나 어떻게 된 게 그때까지도 아들을 두지 못하고 하는 일도 시원치 않은데 단 하나의 장손인 오빠는 인물이 준수하고 총명했다. 월반*을 하여 소학교를 5년만에 졸업했다 해서 인근 마을엔 신동이란 소문까지 나 있었다. 그러나 쇠퇴해 가는 가운*의 중흥*의 책임을 지기에는 아직 어린 소년이었다.

나는 가끔 오빠를 보고 싶어했지만 보러 대처에 가고 싶진 않았다. 엄마도 별로 보고 싶지 않았다.

어휘정리

월반 학생의 성적이 뛰어나 상급 학년으로 건너뛰어 진급하는 일.
가운 집안의 운수.
중흥 쇠퇴하던 것이 중간에 다시 일어남. 또는 다시 일어나게 함.

나는 그때 책임이라는 게 무엇이라는 걸 알 나이가 아니었지만 어른들과 대처가 공모를 해서 오빠에게 고약한 올가미*를 씌우려 하고 있다는 것만은 눈치채고 있었다. 엄마가 없는 동안 나는 할머니 할아버지는 물론 삼촌들, 삼촌댁*들의 귀여움을 독차지하고 있었다. 내가 하고 싶다고 생각해서 안 되는 게 없었다. 나는 방목*된 것처럼 자유로웠다. 올가미 같은 건 쓰고 싶지 않았다.

그러나 어느 날, 엄마는 나까지 대처로 데려가기 위해 나타났다. 나는 할머니 목에 팔을 칭칭 감고 매달려서 오래간만에 만나는 엄마를 차디차게 노려보면서 막무가내 안 따라가려고 했다.

할머니와 엄마의 말다툼이 시작됐다. 처음에 할머니는 어려운 객지* 살림에 한 식구라도 덜어 주려고 안 보내는 거지 어미 아비 없는 새끼로 기르기가 쉬운 줄 아냐고 큰소리쳤다.

"그러니까 데려가려는 거예요. 굶든 먹든 자식은 어미가 데리고 있어야죠. 아비도 없는 자식을 어미까지 그리며 자라게 할 순 없어요."

엄마가 강경하게 나오자 그제야 할머니는 눈물을 글썽이며 애걸했다.

"이 매정한 것아, 우리 두 늙은이가 그저 이 녀석 들락거리고 재재거리는 거 하날 낙으로 삼고 사는 것도 모르고……. 느이 동서가 태기*라도 있으문 나도 안 이런다. 설마 셋째한테서야 곧 태기가 안 있을라구. 그때 가서 데려가면야 누가 뭐라겠냐."

"그렇게는 안 되겠어요 어머님. 학교를 보내는 데는 때가 있으니까요."

어휘정리

올가미 사람이 걸려들게 만든 수단이나 술책.
삼촌댁 삼촌의 아내라는 뜻으로 '작은어머니'를 낮추어 이르는 말.
방목 가축을 놓아기르는 일.
객지 자기 집을 멀리 떠나 임시로 있는 곳.
태기 아이를 밴 기미.

"핵교를? 기집애를 핵교를?"

"네, 기집애도 가르쳐야겠어요."

"야, 너 대처에 가서 무슨 짓을 했길래……. 큰돈 모았구나? 아니면 간뎅이가 부었든지. 그렇지 않고서야 무슨 수로 기집애꺼정 학교에 보내 보내길?"

이렇게 되면 두 분의 말다툼은 불에 기름을 부은 것처럼 가열됐다. 그럴 때 나는 어떡하든 할머니 역성*을 들었다. 역성이라야 할머니 치마폭에 휘감겨 엄마를 노려보는 것뿐이었지만.

그러나 어느 날 일어난 작은 사건은 내가 엄마를 따라가야 한다는 걸 피할 수 없게 했다. 엄마가 시골집에 돌아온 후 내 머리를 빗기는 건 엄마의 일이었다. 나는 그것까지 마다하진 않았다. 나는 그때 댕기를 드려* 머리를 한가닥으로 의젓하게 땋아 내릴 만큼 머리가 길지 않고 또 숱도 적어서 머리를 가닥가닥 나누어 땋아 내리다가 그 끝을 모아 댕기를 드리는 종종머리라는 걸 하고 있었다. 그건 빗기기가 매우 힘들고 빗기는 솜씨에 따라 얼굴이 반듯해 보이기도 하고 비뚤어져 보이기도 했다. 내가 엄마 없는 동안 엄마 생각을 한 적이 있다면 그건 아침마다 종종머리 땋을 때였다. 할머니도 삼촌댁들도 엄마처럼 정확하게 정수리 머리를 여섯 가닥으로 반듯하게 나누어서 온종일 뛰어놀아도 잔털 하나 일지 않게 야무지고 꼼꼼하게 땋으려면 아직 멀었다. 그래서 엄마가 없고부터 내 얼굴은 늘 좀 허술하고 좀 비뚤어져 보였다. 나는 삼촌댁의 체경*에 이런 내 얼굴을 비춰 보면서 그게 엄마 없는 티가 아닐까 싶어

어휘정리

역성 옳고 그름에는 관계없이 무조건 한쪽 편을 들어 주는 일.
드리다 여러 가닥의 실이나 끈을 하나로 땋거나 꼬다.
체경 몸 전체를 비추어 볼 수 있는 큰 거울.

문득 심란해질 적도 있었지만 심각할 정도는 아니었다. 계집애티보다는 선머슴 흉내를 내는 게 훨씬 편했기 때문에 거울 같은 걸 자주 보지 않았다.

내가 나를 데리러 온 엄마한테 적의를 품고 의식적으로 가까이하지 않으면서도 머리 빗을 때만은 기꺼이 엄마의 손에 나를 내맡겼던 것도 이왕이면 예쁘게 빗고 싶다는 계집애다운 소망하곤 좀 다른 거였다. 엄마의 야무진 손끝을 통해 전달되는 애정 있는 성깔을 깊이 좋아하고 있기 때문이었다. 그럴 때 나는 엄마가 할머니한테 이겨서 나를 데려가게 되는 일이 그렇게 두렵지만은 않았다. 오히려 기대하는 마음도 있었다.

그러나 엄마는 어느 날 나의 이런 솔깃한 마음을 무참하게 배반했다. 엄마는 내 머리를 빗기는 척하면서 쌍동 잘라 버렸던 것이다. 그것도 목 고개쯤에서가 아니라 뒤통수에서 잘라 냈으니 그 꼴도 가관이었다. 나는 시운이 벗겨진 깨진 거울 조각으로 뒤통수를 비춰 보면서 울 수도 없었다. 뒷머리가 아궁이 모양으로 패이고 뒤통수의 맨살이 허옇게 드러나 있었다. 치욕이었다. 우선 이 모양으로 엄마는 내 기 먼저 죽여 놓고 나서 꼼꼼하게 뒷손질을 시작했다. 뒷손질을 해 봤댔자였다. 옆머리도 뒤통수까지 올라간 뒷머리에 맞춰 귀가 나오게 자르고 앞머리는 이마로 빗어 내려 가르마 없는 일직선으로 잘랐다. 그러면서 엄마는 내 귓전에다 대고 연방 속삭였다.

"좀 좋으냐, 가뜬하고, 보기 좋고, 빗기 좋고, 감기 좋고…… .머리 꼬랑이 땋은 채 서울 가 봐라. 서울 아이들이 시골뜨기라고 놀려. 학교도 아마 못 갈걸. 서울 아이들은 다 이렇게 단발머리 하고 가방 메고 학교 다닌단다. 너도 서울 가서 학교 가야 돼. 학교 나와서 신여성이 돼야 해. 알았지?"

신여성이 뭔지 알 까닭이 없었다. 그러나 오빠가 성공해야 한다는 것과 비슷한 엄마가 대처와 공모해서 나에게 씌운 올가미라는 것만은 분명했다. 나는 왠지 발버둥질치며 마다하지를 못했다. 체경에 비친 나의 단발머리는 참으로 꼴불견이었다. 그러나 그건 이미 대처의 낙인*이었다. 그 꼴을 하고 그곳에 남아 있어 봤댔자였다.

나의 기가 꺾이는 것과 동시에 할머니의 기도 꺾였다. 할머니는 엄마에게 주어 보낼 걸 이것저것 챙기기 시작했다. 오빠하고 처음으로 집 떠날 때보다 엄마는 오히려 후한 대접을 받고 있었다. 사랑으로 할아버지께 하직 인사를 드리러 들어갔을 때도 할아버지는 내 단발머리를 흘긋 보시자마자 벌레 씹은 얼굴로 외면하셨지만 오십 전 짜리 은전을 한 푼 주셨고 엄마에게도 따로 꼬깃꼬깃한 종이돈을 손수 펴 가며 다섯 장이나 세어서 주셨다. 그리고 기차 정거장까지 나를 업어다 주라고 할머니한테 분부를 내리셨다. 할머니도 그러잖아도 그럴 참이었다고 하시면서 조그만 소리로 저 양반이 다 죽었군, 죽었어, 하고 중얼거리셨다.

할머니는 할아버지의 분부를 무시하고 나를 걸리는 대신 큰 임을 이셨다. 엄마에겐 더 큰 임을 이게 하시고 뭘 좀 더 보태 주지 못해 아쉬워하셨다. 오빠를 떠나보낼 때보다 많이 다투셨음에도 불구하고 두 분의 의는 좋아보였다. 할머니는 이제 손자를 대처로 보내는 일을 체념하는 걸 지나 어떤 기대에 부풀어 있다는 걸 알 수가 있었다.

그러나 농바위 고개에서 내가 엄마를 뿌리치고 할머니 치마폭에 감겨들게 되자 두 분의 사이는 다시 경직됐다. 할머니도 엄마도 서로 질세라 서슬*이 퍼래지는 걸 보며 나는 내 뜻이 두 분에게 충분히

어휘정리

낙인 다시 씻기 어려운 불명예스럽고 욕된 판정이나 평판을 이르는 말.
서슬 강하고 날카로운 기세.

전달됐다고 생각했다. 할머니가 조금만 내 편을 들어 주면 나는 절대로 할머니 치마꼬리를 안 놓칠 작정이었다. 내가 처음 보는 송도는 아름다웠다. 아마 서울은 더 아름다우리라. 그러나 대처는 올가미를 가지고 있었다. 나는 나를 무엇인가로 만드려는 올가미가 무서웠다. 엄마가 바라는 신여성 같은 건 되기 싫었다.

"쉬었다 가자."

할머니가 말씀하셨다. 할머니의 목소리엔 찬바람이 돌았다.

"네, 어머님."

엄마의 목소리도 지지 않게 영악스러웠다. 두 분이 또 한바탕 나를 가운데 놓고 싸울 모양이었다.

농바위 고개의 내리막길 중간엔 장롱같이 생긴 큰 바위들이 여러 개 서 있기도 하고 누워 있기도 한 곳이 있었다. 농바위 고개 이름도 그 바위들에 연유한* 이름이었다. 그 장롱 같은 바위들 사이엔 시원한 샘물도 있어서 먼 길 걸어서 송도에 당도한 장꾼이나 나그네가 송도를 굽어보며 다리도 쉬고 목도 축이기 알맞게 돼 있다.

할머니가 먼저 그중 안반*같이 생긴 바위에 짐을 내려놓으셨다. 엄마도 할머니가 하시는 대로 했다. 두 분의 기색은 싸늘하고 험악했다. 나는 곧 큰 말다툼이 붙을 걸 예상하고 할머니의 치마꼬리를 더욱 꼭 움켜잡았다. 그러나 할머니는 별안간 폭풍 같은 바람을 일으키며 나를 당신의 치마폭에서 떼어 내셨다. 그리고 곧 믿을 수 없는 일이 일어났다. 할머니는 나를 반짝 들어올리더니 안반 같은 바위 위에다 얹어 놓고 치마를 치

어휘정리

연유하다 어떤 일이 거기에서 비롯되다.
안반 떡을 칠 때에 쓰는 두껍고 넓은 나무 판.

켜 올리고 엉덩이를 깠다. 그때 나는 치마 속에 쉽게 엉덩이를 깔 수 있는 풍차바지를 입고 있었다. 할머니는 떡 치듯이 철썩철썩 내 볼기를 치시기 시작했다. 그렇게 모진 매는 처음이다 싶게 사정을 두지 않는 사매질*이 계속됐다. 나는 엄마, 엄마, 하고 엄마한테 구원을 청하며 서럽게 울었다. 그러나 엄마는 귀먹은 사람처럼 못 들은 체 하염없이 송도를 굽어보며 서 있었다.

"이 웬수야, 이 웬수야, 할미 속 좀 작작 썩여라. 이 웬수야."

할머니는 볼기를 치면서 연방 이렇게 외쳤고 그런 외침은 차츰 울부짖음으로 변했다.

"이제 그만 해 두세요. 어머님"

엄마가 조용하면서 속에서 은은하게 끓어오르는 것 같은 목소리로 말했다. 할머니의 매질은 그쳤다. 나는 엉금엉금 기면서 엉덩이를 여미고 일어났다. 할머니의 눈이 석류 속처럼 충혈돼 있었다.

"할머니, 또 안질* 걸렸잖아?"

할머니의 충혈된 눈에 나는 마지막 구원의 가망을 걸고 이렇게 울부짖었다.

"그런갑다."

할머니가 무명 수건으로 눈두덩을 누르면서 무뚝뚝하게 말했다.

"나 없으면 누가 거머리를 잡아 와?"

할머니는 자주 안질을 앓았다. 눈곱은 안 끼고 눈만 새빨갛게 충혈되는 안질을 사람들은 궂은 피 때문에 생긴 풍이라고 말했고 그런 풍에는 굶주린

어휘정리

사매질 권력이 있는 자가 사사로이 사람을 때리는 짓.
안질 '눈병'을 전문적으로 이르는 말.

거머리를 잡아다가 흠뻑 굿은 피를 빨리는 게 즉효라는 게 그 시절의 그 고장의 민간요법이었다. 대야를 갖고 다니면서 논이나 미나리밭에서 거머리를 잡아오는 건 나의 일이었다. 할머니는 눈꺼풀을 뒤집고 거기다 거머리를 붙이셨다. 실컷 피를 빨아 먹은 거머리는 굼벵이처럼 몸이 굵고 굼떠지면서 저절로 그곳에서 떨어졌다. 할머니는 아이 시원해, 아이 거뜬해, 하면서 할머니를 위해 거머리를 잡아 온 나의 공로를 칭찬하셨다. 그러나 즉석에서 총기 있게 그 일을 할머니에게 상기시켰음에도 불구하고 할머니를 내 편으로 만드는 데 아무런 도움도 되지 못했다. 할머니는 희미하게 웃으시면서 말씀하셨다.

"아이고 신통한 내 새끼, 할미 생각 끔찍이 하네. 할미도 이제 효녀 손녀 딸 둔 덕 좀 보세. 이제 서울 가면 신식 양약을 사 올 텐데 뭣하러 그까짓 거머리한테 뜯겨?"

그때 할머니의 웃음은 뭔가 아뜩했다*. 엄마도 부랴부랴 할머니의 말씀에 동의했다.

"그래요, 어머님. '대학목약' 이라는 안질 약이 아주 신통하다더군요. 아이들 방학해서 내려올 때 꼭 사올게요."

우리 세 사람은 다시 걷기 시작했다. 할머니는 숫제 내 손을 잡지 않고 옥양목 치맛자락을 펄럭이며 한발 앞서 가기 시작했다. 우리 세 사람은 대처의 가변두리로부터 한가운데를 향해 서서히 다가가고 있었다. 다가갈수록 대처의 빛은 시들고 질서만이 눈에 띄었다. 한길도 골목도 가게도 집도 자를 대고 그어 놓은 것처럼 정확하게 모여 있었다.

어휘정리

아뜩하다 갑자기 어지러워 정신을 잃고 까무러칠 듯하다.

"한눈 좀 그만 팔고, 기차 시간 늦겠다. 이제 곧 서울 구경도 할 애가 이까짓 송도에서 벌써 얼이 빠져 버리면 어떡해."

엄마가 나를 마구 잡아끌었다.

"내버려 둬라. 서울 구경만 제일인감. 송도도 처음 와 보는 애란 생각을 해야지."

할머니가 내 역성을 드셨다.

"야아가 얼이 쏙 빠져 갖고 꼭 시골뜨기처럼 구니까 그렇죠."

"급하긴, 우물에 가서 숭늉 달랠라. 갸아가 그럼 벌써 서울뜨기냐?"

할머니는 엄마에게 무안을 주셨다. 엄마는 잠자코 있었다. 그러나 나는 처음으로 두 분에게 골고루 어떤 거리감을 느끼고 있었다. 그것은 고독감이라고 해도 좋았다. 난 엄마나 할머니가 생각하고 있는 것처럼 대처의 변화에 얼이 빠져 있는 게 아니었다. 하나같이 옷 잘 입은 사람들, 심심찮게 눈에 띄는 양복쟁이들, 번들대는 기와지붕, 네모나고 유리창이 달린 이층집들, 흙이 안 보이는 신작로*, 가게마다 즐비한 울긋불긋하고 신기한 물건들, 시끌시끌하면서 활기찬 소음……. 이런 대처의 변화가 맹종하고* 있는 질서가 나를 주눅 들게 했다. 그거야말로 참으로 낯선 거였다. 대처 사람이 된다는 건 바로 그런 질서에 길들여지는 거라는 걸 나는 누가 가르쳐 주기 전에 본능처럼 냄새 맡고 있었다. 오래 방목된 야성이 내 속에서 벌써 주눅이 드는 걸 느꼈다.

엄마는 이까짓 송도는 서울에다는 댈 것도 못 되는 작은 고장이라고 말하기 시작했다. 나는 다리가 아프다고 칭얼댔다. 엄마는 서울 같으면 전차라는

어휘정리

신작로 새로 만든 길이라는 뜻으로, 자동차가 다닐 수 있을 정도로 넓게 새로 낸 길을 이르는 말.

맹종하다 옳고 그름을 가리지 않고 남이 시키는 대로 덮어놓고 따르다.

걸 타고 어디든지 가고 싶은 데를 앉아서 저절로 갈 수 있을 텐데, 하고 또 서울 칭송을 했다.

개성역은 내가 송도 네거리에서 구경한 어떤 집보다도 컸다. 둥근 지붕과 붉은 벽돌과 높은 천정과 미지의 고장으로 뻗은 철길과 공중에 떠 있는 구름다리*와 걷는 사람은 없이 뛰는 사람만 있는 층층다리를 바라보면서 나는 온몸이 오싹오싹하는 전율을 느꼈다. 엄마는 또 나에게 충격을 주는 것에 대해선 말하지 않고 딴청만 부렸다. 개성역은 경성역을 흉내 내서 비슷하게 만든 것이지만 정작 경성역에다 대면 소꿉장난 같다는 거였다.

엄마는 표를 사러 가고 나는 할머니와 긴 의자에 앉았다. 농바위 고개에서 볼기 맞고 나서 나하고 할머니 사이는 쭉 서먹했다. 할머니는 보따리 귀퉁이에 손을 넣으시더니 조차떡을 꺼내서 먹으라고 하셨다. 나는 헛헛해서* 매점 유리창 속에 고운 종이에 싼 먹을 것을 바라보며 군침을 삼켰지만 그것을 받아먹긴 싫었다. 나는 속에 팥을 넣고 큰 고구마처럼 아무렇게나 뭉친 조차떡과 할머니의 갈퀴같이 모진 손이 함께 싫고 창피해서 세차게 도리머리*를 흔들었다.

"새끼도, 여적 화가 안 풀렸담. 할미가 우정 그런 것도 모르고……."

할머니가 와락 나를 끌어당기시더니 당신 무릎에 엎어 놓고 또 엉덩이를 깠다. 나는 발버둥질을 쳤다. 할머니는 내 엉덩이를 썩썩 쓸면서 중얼거리셨다.

"아이고 내 새끼 볼기짝 부르튼 것 좀 보게. 어떤 년인지 손끝이 모질기도 해라. 할미 손은 약손이다. 쓱쓱 쓸어 주마. 할미 손은 약손이다. 쓱쓱 쓸어

어휘정리

구름다리 도로나 계곡 따위를 건너질러 공중에 걸쳐 놓은 다리.
헛헛하다 배 속이 빈 듯한 느낌이 있다.
도리머리 머리를 좌우로 흔들어 싫다거나 아니라는 뜻을 표시하는 짓.

주마. 에구 어떤 년인지 손끝 한번 모질기도 해라."

엄마가 표를 두 장 사다가 한 장은 할머니한테 드렸지만 할머니 표는 서울까지 갈 수 있는 표가 아니라 기차속까지만 배웅할 수 있는 표라고 했다.

"기차간꺼정 늙은이가 제 발로 걸어가겠대는 데도 돈을 달래. 시상에 대처 사람들 상종 못할 것……."

할머니가 옆의 사람들까지 깜짝 놀라게 큰 소리를 지르셨다.

"달라긴 누가 달래요. 제가 샀죠. 그건 얼마 안돼요. 싸요."

할머니와 엄마는 다시 큰 짐을 이고 줄을 섰다. 개찰* 하고 구름다리 건너고 기차 타고 자리 잡고 할 동안을 우리 세 사람은 남들이 하는 대로 그저 정정정정 뛰기만 했기 때문에 순식간이었다. 엄마는 보따리는 다 시렁* 에다 얹고 나를 유리 창가에 앉게 했다. 어느새 할머니가 유리창 밖에 서 계셨다. 유리창만 없다면 손 내밀면 잡을 수 있을 만큼 가까운 곳인데도 할머니는 막막하게 먼 곳에 서 계신 것처럼 보였다. 나는 할머니와 친했었다. 나로부터 그렇게 떼어 놓고 바라보긴 처음이었다. 막막한 느낌은 사이에 있는 실제의 거리보다는 떨어져 나왔다는 자각으로부터 오는 건지도 몰랐다. 기차는 오랫동안 떠나지 않고 서 있었다. 할머니도 유리창 밖에 서 계시기 때문에 그동안은 몹시 지루하고 불편했다.

기차가 움직이기 시작했다. 창밖에 전송객들도 따라 움직였지만 할머니는 그냥 서 계셨기 때문에 곧 보이지 않게 됐다. 나는 후유 하고 안도의 한숨을 쉬고 나서 엉덩이를 들까불러서* 의자의 신기한 탄력을 시험해 보기도 하고 한 손으로 등받이를 만

어휘정리

개찰 승차권이나 입장권 따위를 들어가는 어귀에서 확인함.
시렁 물건을 얹어 놓기 위하여 방이나 마루 벽에 두 개의 긴 나무를 가로질러 선반처럼 만든 것.
들까불다 몹시 경망하게 행동하다.

져 보고 씁어 보기도 했다.

그것도 이른 봄의 보리밭처럼 푸르렀고, 병아리의 솜털처럼 부드러웠다.

기차가 정거를 할 때마다 엄마는 내 손을 끌어다가 서울까지 몇 정거장 남았나를 꼽게 했다. 개성역에서 경성역까지는 정거장이 열 개 있었기 때문에 손가락으로 꼽기에 편했다. 서울이 가까워질수록 나는 엄마가 서울이라는 거대한 대궐의 안주인처럼 우러러뵈었다.

엄마는 또 내 귓가에 소곤소곤 내가 서울 가서 앞으로 되어야 하는 신여성에 대해 얘기해 주기도 했다.

"신여성이 뭔데?"

"신여성은 서울만 산다고 되는 게 아니라 공부를 많이 해야 되는 거란다. 신여성이 되면 머리도 엄마처럼 이렇게 쪽을 찌는 대신 '히사시까미' 로 빗어야 하고, 옷도 종아리가 나오는 까만 통치마를 입고 뾰족구두 신고 '한도바꾸' 들고 다니단다."

내가 히사시까미, 한도바꾸에 전혀 무지하다는 걸 아는 엄마는 기찻간을 한번 골고루 휘둘러보고 나서 저기 저 여자의 머리가 히사시까미, 조기 조 여자가 무릎 위에 놓고 있는 게 한도바꾸 하는 식으로 실물을 견학까지 시켜 가며 열성스럽게 신여성이 뭔가를 나에게 주입시키려고 했다. 이상하게도 그 기차간에 한 몸에 그 여러 가지 신여성의 구색*을 갖춘 여자가 없었다. 그러나 그 여러 가지 구색을 갖춘 신여성이라는 걸 상상하긴 어렵지 않았다. 나는 엄마가 나에게 바라는 것에 실망했다. 내가 되고 싶은 건 그런 게

어휘정리

구색 여러 가지 물건을 고루 갖춤. 또는 그런 모양새.

아니었다. 나는 긴 머리꼬리에 금박을 한 다홍 댕기를 드리고 싶었고 같은 빛깔의 꼬리치마를 버선코가 보일락 말락 하게 길게 입고 그 위에 자주 고름이 달린 노랑저고리를 받쳐 입고 꽃신을 신고 싶었다. 나는 한창 고운 물색*에 현혹돼 있었기 때문에 신여성의 구색인 검정 치마, 검정 구두, 검정 핸드바꾸가 도시* 마음에 들지 않았다.

"신여성은 뭐 하는 건데?"

나는 내가 고운 물색으로 차려입고 꼭 하고 싶은 게 널뛰기나 그네뛰기였기 때문에 이렇게 물었다. 엄마는 얼른 대답하지 않았다. 엄마의 얼굴은 몹시 난처해 보였다. 어른들은 가끔 그런 얼굴을 잘했다. 아픈데도 안 아픈 척할 때라든가, 슬픈데도 안 슬픈 척할 때 어른들은 그런 얼굴을 한다는 걸 나는 알고 있었다. 나는 엄마가 모르면서도 알은체 하려 하고 있다고 짐작하고 생글거리면서 쳐다보고 있었다. 엄마는 더듬거리면서 말했다.

"신여성이란 공부를 많이 해서 이 세상의 이치에 대해 모르는 게 없고 마음먹은 건 뭐든지 마음대로 할 수 있는 여자란다."

잔뜩 기대하고 있던 나는 신여성의 겉모양을 그려보았을 때보다도 더 크게 실망했다. 신여성이 그렇게 시시한 걸 하는 건 줄 처음 알았다. 그러나 그걸 안 하겠다고 할 용기는 나지 않았다. 기차는 칙칙폭폭 무서운 속도로 서울을 향해 달리고 있었다.

어둑해질 무렵 경성역에 내렸다. 경성역은 아닌 게 아니라 컸다. 컸기 때문에 도리어 전모를 파악할 염두가 나지 않았다. 생전 처음 보는 인파에 휩쓸리면서 엄마를 놓칠까봐 조마조마하는 게 고작이었다. 엄마는 할머니가 여

어휘정리

물색 물건의 빛깔.
도시 아무리 해도.

다 준 짐까지 합해서 세 개나 되는 보따리를 이고 들고 구름다리를 오르내리느라 내 손을 잡아 줄 수 없었다. 치마꼬리에 매달리는 것도 싫어했다.

정신없이 밖으로 빠져 나오자 지게꾼이 우르르 몰려왔다. 어떤 지게꾼은 엄마한테서 막 짐을 뺏으려고 했다. 엄마는 집이 바로 조오기라고 턱으로 길 건너를 가리키면서 지게꾼을 뿌리치고 빠른 걸음으로 그들의 포위를 뚫었다. 나는 나까지도 엄마의 뿌리침을 당하는 것 같아 악착같이 엄마의 다리에 휘감겼다. 지게꾼들도 만만치는 않아 쉽게 물러나지 않고 졸졸 따라오고 있었다.

엄마는 걸음을 조금씩 더디게 걸으면서 망설이는 눈치더니 못 이기는 체 흥정을 시작했다.

"현저동까지 얼마에 갈 테유?"

"마님도, 조오기라시더니 현저동 꼭대기가 조오기라굽쇼?"

나는 험악하게 생긴 지게꾼의 얼굴에 경멸이 스치는 걸 놓치지 않았다. 도시의 집단 속에서 엄마는 작고 초라해 보였다. 동백기름을 발라 늘 곱게 빗어 쪽지던 머리가 힘겨운 짐을 이었다 내렸다 하는 새에 헝클어지고 곤두선 것도 보기 싫었다. 나는 이유가 분명치 않은 슬픔이 복받치는 걸 느꼈지만 울음을 터뜨리진 않았다.

엄마와 지게꾼은 지게 삯을 놓고 한동안 실랑이를 벌였다. 지게꾼은 상상 꼭대기라고 했고, 엄마는 높기는 좀 높지만 상상 꼭대기까진 아니라고 했다. 도대체 그 동네가 어떤 동네길래 그러는지 엄마를 따라오던 지게꾼들은 다 슬금슬금 흩어지고 제일 늙수그레한 이 혼자만 남았다. 엄마는 그 늙은 지게꾼과 흥정이 끝나 짐을 올려놓으면서도 생색을 냈다.

"내가 노인 대접을 해서 져 주는 거요."

"저도 마수걸이만 했어도 그 상상꼭대기 천금*을 줘도 안 갑니다요."

말끝마다 꼬박꼬박 상상 꼭대기라네, 되지 못한 늙은이 같으니라구. 엄마는 포개 놓은 세 개의 짐에 머리끝까지 가려서 겅정겅정 뛰다시피 하는 두 다리만 뵈는 지게꾼을 향해 조그만 소리로 그렇게 중얼거렸다. 그러나 흥정이 그렇게 끝난 건 나한테는 매우 다행한 일이었다. 나는 마음 놓고 엄마의 손을 잡을 수가 있었다. 우리는 지게꾼을 따라 겅정겅정 뛰다시피 했지만 지게꾼은 줄창 저만큼 앞서가고 있었다.

"엄마 전찬 어디 있어?"

엄마는 이마에다 더듬이 같은 걸 달고 철길을 달리고 있는 걸 말없이 손가락질했다. 그건 끝 간 데 없이 서리서리 길고 시꺼멓던 기차에 비해 상자갑처럼 만만해 보였다. 기차가 구렁이라면 전차는 배추벌레였다. 전차 속에서 아이들이 밖을 내다보며 웃고 있었다. 엄마는 전차에 대한 관심을 딴 데로 끌 속셈이 들여다뵈는 이런 얘기 저런 얘기를 했다. 철길 없이 달리는 자동차에 대해, 사람이 끄는 인력거에 대해, 새빨간 불자동차에 대해, 엄마는 갑자기 수다스러워지기 시작했다.

"엄마, 다리 아파, 전차 타고 가."

나는 딱 걸음을 멈추면서 단호하게 말했다.

"안 된다. 엎어지면 코 닿을 데야. 이제부터 할머니 앞에서처럼 떼쓰면 뭐든지 된다는 줄 알면 매 맞아."

엄마가 무서운 얼굴을 했다. 그리고 길가에다 화덕*을 놓고 동그란 빵을 구워 내는 곳에다 동전을

어휘정리

천금 많은 돈이나 비싼 값을 비유적으로 이르는 말.
화덕 숯불을 피워 놓고 쓰게 만든 큰 화로.

한 푼 내밀었다. 시골집에 있는 다식판* 구멍보다 훨씬 큰 구멍에다 묽은 밀가루 반죽을 붓고 팥속을 넣어 익힌 따끈한 빵을 두 개 받아 들었다. 팥의 감미*는 혀가 녹을 것 같았다. 그건 내가 알고 있는 엿이나 꿀의 감미보다 희미한 것이었음에도 불구하고 훨씬 고혹적이었다. 나는 두 개의 국화빵에 현혹되어 전차 타고 싶은 걸 까마득히 잊어버렸다. 아껴 가며 먹었지만 순식간에 먹었고, 그 후에도 오랫동안 시골의 감미하곤 이질적인 새로운 감미에 대한 감질*에서 헤어나지 못했다.

큰 한길만 따라 걷던 엄마가 전찻길이 끝나는 데서부터 골목길로 접어들었다. 그때서부터 우리가 앞장서고 지게꾼은 뒤졌다. 꼬불꼬불 골목길은 처녑*속처럼 너절하고 복잡하고 끝이 없이 험했다. 짐을 가지고도 전차를 탈 수 있었을 텐데 못 이기는 체 지게꾼을 산 까닭을 알 것 같았다.

"막걸리 값이나 더 얹어 주셔야겠는뎁쇼."

저만큼 뒤처진 지게꾼이 헉헉대면서 새로운 흥정을 걸어 왔다. 엄마는 대답하지 않았다. 꼬불꼬불한 오르막길이 마침내 사다리를 세워 놓은 것 같은 좁다란 층층대로 변했다.

"마님, 마님, 이러구두 상상 꼭대기가 아니라굽쇼?"

지게꾼이 숨이 턱에 닿아 비명을 질렀다. 이상한 동네였다. 시골집의 한데 뒷간만 한 집들이 상자 갑을 쏟아부어 놓은 것처럼 아무렇게나 밀집돼 있었다. 내가 송도라는 대처에서 최초로 목격한 것도 사람과 집들의 이런 밀집 상태였다. 그러나 나를 압도하고 주눅 들게 한 건 밀집 그 자체가 아니라 그걸 다스리는 질서였다. 질

어휘정리

다식판 다식을 박아 내는 틀.
감미 단맛.
감질 바라는 정도에 아주 못 미쳐 애타는 마음.
처녑 소나 양 따위의 반추 동물의 겹주름위. 잎 모양의 많은 얇은 조각이 있다.

서란 밀집에 아름다움을 부여하는 그 무엇이었다. 그것이 자연 그대로의 상태에 제멋대로 방목되었던 계집애를 한눈에 주눅 들게 한 것도 사실이지만 한눈에 매혹한 것도 사실이었다.

그러나 엄마가 말없이 허위단심* 기어오르고 있는 동네엔 그게 없었다. 그래서 더럽고 뒤죽박죽이었다. 길만 해도 당초에 길을 내고 집을 지었다면 그럴 리가 없었다. 집이라기보다는 아무렇게나 쏟아 놓은 상자 갑 더미의 상태를 달리 고쳐 볼 엄두를 못 내고 체념한 주변머리 없는 사람들이 굶어 죽지 않을 만큼의 먹이를 물어들이기 위해 가까스로 내 놓은 통로가 길이었다. 상자 갑만한 집들이 더러운 오장육부와 시끄러운 악다구니*까지 염치도 없이 꾸역꾸역 쏟아 놓아 더욱 구질구질하고 복잡한 골목이 한없이 계속됐다.

"여기가 서울이야?"

나는 힐난하는 투로 말했다.

"아니"

엄마가 뜻밖에 단호하게 머리를 흔들었다. 나에겐 그건 거기가 서울이라는 것보다 훨씬 더 뜻밖이었다.

"여긴 서울에서도 문밖이란다. 서울이란 것도 없지 뭐. 느이 오래비 성공할 때까지만 여기서 고생하면 우리도 여봐란 듯이 문안에 들어가 살 수 있을 거야. 알았지."

나는 얼른 고개 먼저 끄덕였다. 엄마의 태도는 그만큼 강압적이었다. 그러나 실제로 나는 아무것도 알아들은 게 없었다. 엄마가 나를 데리러 시골에

어휘정리

허위단심 허우적거리며 무척 애를 씀.
악다구니 기를 써서 다투며 욕설을 함. 또는 그런 사람이나 행동.

나타났을 때 엄마의 모든 태도엔 일종의 기품 같은 게 서려 있었다. 그건 누가 보기에도 서울 가기 전의 엄마에겐 없던 새로운 거였다. 그 도도한 건 바로 서울로부터 묻혀 온 거였다. 그 도도함 때문에 엄마의 일차 출분은 별로 책잡히지 않았고 다시 나를 서울로 꾀어내는 일까지 순조로울 수가 있었다. 그런 엄마가 알고 보니 겨우 서울의 문밖에 살고 있었던 것이다. 경성부이지만 사대문 밖의 땅을 통틀어 문밖이라고 칭하는 게 그 무렵의 관용어였던 걸 알 까닭이 없는 나는 문밖을 곧이곧대로 이해하고 갑자기 비렁뱅이로 전락한 것처럼 서럽고 비참했다. 나는 못된 꾐에 넘어가 유린당하고* 있는 걸 깨달은 것처럼 엄마가 정떨어졌고 두고 온 시골집의 모든 것이 그리웠다.

더욱 어처구니없는 것은 그 상자 갑을 쏟아 놓은 것처럼 담 쌓인 집들 중의 하나나마 우리집이 아니라는 거였다. 현저동에서도 상상 꼭대기에 있는 초가집의 문간방에 엄마는 세 들어 살고 있었다. 집이 없는 사람이 남의 집에 세들어 사는 생활 방식에 대해서 그전에 나는 듣도 보지도 못했었다. 더욱 놀라운 것은 하늘 같은 시부모님한테도 다소곳한 채로 또박또박 할 말을 다 하던 엄마가 안집 식구라면 코흘리개까지도 두려워하고 굽실거리는 것이었다.

지게꾼이 당초에 약정한 지게 삯에다 막걸리 값을 더 얹어 달랄 때만 해도 그랬다. 내가 보기엔 처음부터 그건 전혀 가망 없는 지게꾼의 일방적인 수작으로 보였다. 엄마는 짐을 부리고 삯을 치른 후 지게꾼을 거들떠도 안 봤고 중얼대는 군소리를 한 마디도 귀담아 듣는 것 같지 않았다. 그러나 그가 별안간 지게 작대기를 휘두르며 뭐라고 버럭 악을 쓰니까 엄마는 어쩔 줄을 모르면서 안댁에 안 들

어휘정리

유린하다 남의 권리나 인격을 짓밟다.

리게 조용히 하라고 애걸을 했고, 그는 옳다구나 싶어 점점 더 큰 소리를 질렀고 엄마는 부랴부랴 막걸리 값을 내놓았다.

그 일은 나에게도 좋은 본보기가 됐다. 오랫동안 이엉*을 이지 않아 수시로 노래기*가 기어 나오는 초가집 문간방으로부터 멀리 나가지도 못하고 큰 소리로 웃거나 떠들지도 못하는 생활이 시작됐다. 엄마는 아침부터 나에게 무서운 얼굴을 하고 여러 가지 잔소리를 했다.

집을 잃어버리지 않도록 멀리 가지 말라는 주의 빼고는 모두 안집하고 어떻게 지내야 한다는 셋방살이의 법도에 관해서였다. 나는 그 동네 사람들이 저녁이면 어김없이 제집을 찾아 들어오는 능력에 대해 경탄하고 있었으므로 첫째 잔소리는 새겨들을 만했다. 그 무렵 내가 식은땀을 흘리며 꾸는 악몽도 거의가 집을 잃어버리는 꿈이었다. 그러나 안집 애하곤 될 수 있는 대로 놀지 말아라. 걔가 먼저 놀자고 하면 놀아 주되 이 쪽에서 먼저 놀자고 해선 안 된다. 안집 애하고 싸우면 안 된다. 걔가 먼저 때리면 잘못 한 거 없더라도 맞고만 있어야 한다. 안집 애가 장난감을 가지고 놀 때 부러워하는 눈칠 보여선 안 된다. 쳐다보지도 마라. 안집 애가 군것질을 할 때도 쳐다봐선 안 된다. 이런 어려운 엄마의 주문을 순순히 다 들어줄 순 없었다.

나는 차츰 엄마 앞에서 안집 애한테 엄마가 기겁을 할 짓을 해서 엄마로부터 동전을 얻어 내는 방법을 알게 됐다. 서울 온 날 전차를 타는 대신 얻어먹은 국화빵의 달콤한 팥속 맛을 나는 결코 잊지 못했다. 그것은 엿이나 꿀의 단맛처럼 끈기 같은 게 가미된 강렬한 단맛이 아니라 부드럽고 순수하면서도 혀를 녹일 듯한 감미

어휘정리

이엉 초가집의 지붕이나 담을 이기 위하여 짚이나 새 따위로 엮은 물건.
노래기 몸의 길이는 3~28mm로, 몸은 원통형으로 길며, 등은 붉은 갈색에 한 마디에 두 짝의 짧은 발이 있다.

그 자체였고 단 한번에 나를 사로잡은 대처의 추파* 요, 대처의 사탕발림* 이었다. 일 전짜리 동전은 당장에 그 달콤한 것과 바뀌었다. 국화빵이 아니더라도 알사탕이나 박하사탕 캐러멜 등 구멍가게에서 살 수 있는 모든 것에도 나를 못 견디게 현혹한 도시의 감미가 들어 있었다.

이렇게 한동안 나는 군것질에 눈이 뒤집히다시피 해서 엄마와 자신을 들볶았다. 거울 속의 나는 하루하루 꺼칠하고 눈에 총기가 없어지고 교활해지면서 못쓰게 돼 갔다. 어느 날 나는 단골 구멍가게의 진열장 유리를 깨뜨리는 큰일을 저질렀다. 구멍가게 좌판에는 각기 종류가 다른 사탕이나 과자가 든 나무상자에다 유리 뚜껑을 덮어 진열했었는데, 주인은 일 전짜리 손님한테는 돈만 받고 직접 집어 가게 내버려 두었다. 나는 뒤편에 있는 새로운 사탕을 맛보고 싶어 앞에 있는 유리 뚜껑을 짚고 몸을 실으면서 뒤편의 뚜껑을 열려다가 그만 쨍그랑 하면서 큰 유리를 박살을 냈다. 나는 겁이 나서 앙 하고 울음을 터뜨렸다. 깜짝 놀란 주인이 달려와서 내 손을 만져 보더니 다치지도 않았는데 웬 엄살이냐고 야단을 치고 나서 내가 원하는 사탕을 손수 꺼내 주더니 어서 가라고 했다. 큰 유리를 깨뜨렸는데도 일전을 떼어먹지 않고 사탕을 주고 야단도 많이 안 치는 아저씨가 참 고맙다고 생각됐다. 그러나 집에 와서 홀라당 먹어 치운 사탕의 단맛이 입에서 채 가시기도 전에 밖에서 왁자지껄하는 소리가 났다. 그 동네에선 싸움이 잦았고 싸움 구경은 군것질 다음으로 내가 즐기던 거였다. 나는 신바람이 나서 뛰어나갔다.

문간에서 저녁을 짓던 엄마가 부지깽이 든 손을 허리에 괴고 가겟집 주인의 버릇없는 삿대질에 오

어휘정리

추파 이성의 관심을 끌기 위하여 은근히 보내는 눈길.
사탕발림 달콤한 말로 남의 비위를 맞추어 살살 달래는 일. 또는 그런 말.

만하게 맞서고 있었다. 유리 값을 물어 달라는 쪽도, 아닌 밤중의 홍두깨도 분수가 있지 깨뜨리지도 않은 유리 값을 물어내라니 사람 어떻게 보고 하는 소리냐는 쪽도 우열을 가릴 수 없이 막상막하로 팽팽하게 자신만만해 보였다. 그도 그럴 것이 주인은 내가 엄마 딸이라는 걸 확실하게 알고 있었고 엄마는 내가 큰 사고를 저지르고도 아무 말도 안 할 애가 아니란 걸 믿고 있었다.

나는 내가 엄마의 편을 못 드나마 엄마의 그런 자신을 무참하게 무너뜨리는 입장이 돼야 한다는 데 심한 양심의 가책을 느꼈다. 나는 엄마의 불리한 증인이 되느니 감쪽같이 꺼져 없어질 수 있길 바랐다. 그러나 가겟집 주인이 자기에게 유리한 증인을 놓칠 리가 없었다. 나는 왁살스럽게 덜미를 잡혀 엄마의 코앞에 얼굴을 들이대야 했다.

"요 계집애가 누구요? 설마 유리 값 몇 푼 땜에 요 계집애가 당신 딸이 아니라고 우기실 심뽄 아니시겠지."

그가 짓궂게 내 얼굴을 엄마 얼굴에다 갖다 부비다시피 하고 이죽댔다. 엄마 얼굴을 그렇게 가까이서 보긴 처음이었다. 마치 거울에다 얼굴을 바싹 갖다 댔을 때처럼 나하고 똑같은 얼굴이라는 걸 뭉클하게 느낄 수 있었을 뿐 아무것도 보이진 않았다.

"그 애를 썩 내려놓지 못해요?"

엄마의 목소리가 오싹하도록 점잖고 위엄에 넘쳤다.

"곧 유리쟁이 보내서 유리를 끼워 놓도록 할 테니 썩 물러가요."

"진작 그러실 일이지."

나는 그 후 아무리 기다려도 엄마로부터 그 일에 대해 아무런 꾸지람도 듣지 못했다. 엄마는 다만 혼잣말처럼 탄식처럼 중얼거렸을 뿐이었다.

"아아, 저런 상것들하고 상종을 하며 살아야 하다니……."

엄마는 툭 하면 상것들이란 말을 잘 썼다. 늙은 부모에 어린 자식이 올망졸망 딸린 안집 남자가 첩을 얻어 들여서 본처와 한방에서 기거케 하는 걸 보고도 아아 상종 못할 상것들이다, 하면서 몸서리를 쳤다. 그럴 땐 안집한테 덮어놓고 쩔쩔맬 때와는 딴판으로 엄마는 느닷없이 기품이 있어졌다. 돋보이게 귀골스러워 보이기까지 했다. 서울서 나를 데리러 시골집에 내려왔을 때도 엄마는 그랬었다. 그때 엄마는 서울이라는 대처를 후광 삼고 그럴 수 있었지만 지금의 엄마는 무얼 믿고 저렇게 도도할 수 있는 것일까. 그건 아마 엄마가 배신한 온갖 과수가 있는 후원과 토종 국화 덤불이 있는 사랑 뜰과, 정결하고 간살 넓은 초가집과 선산*과 전답*과 그 모든 것을 총괄하시는 비록 동풍은 했으되 구학문*이 높으신 시아버지가 뒤에 있다고 믿는 마음 때문이 아니었을까. 그게 엄마의 긍지라면, 먼저 것은 엄마의 허영이었다.

남의 가게 유리 깨뜨린 사건은 그것으로 일단락 지은 줄 알았는데 그게 아니었다. 그 후 며칠 있다가 오빠가 엄마한테 나를 데리고 뒷동산에 가서 놀다 오겠다고 말했다. 처음 있는 일이었다. 시골집에 있을 때 오빠는 개구쟁이였고 우리 남매는 매우 친했었는데 2년 동안 떨어져 있다 만난 오빠는 우울하고 과묵한 소년이 돼 있었다. 키가 엄마보다 더 크고 어깨도 벌어져 대처에 가서 성공해서 가운을 일으켜야 된다는 순전히 타의에 의한 과중한 책임에 짓눌려서 고향을 떠나지 않으면 안 되었던 불

어휘정리

선산 조상의 무덤이 있는 산.
전답 논과 밭을 아울러 이르는 말.
구학문 한학에 바탕을 둔 재래의 학문.

쌍한 소년은 이미 아니었다. 오히려 그런 책임을 스스로 걸머지려는 늠름함과 조숙함이 여덟 살이라는 실제의 나이 차이보다 훨씬 큰 차이를 느끼게 해서 다시 만난 후 나는 한 번도 친밀감을 제대로 표시하지 못한 채 슬금슬금 눈치나 보고 멀찌감치 겉돌고 있었다.

"이 산이 무슨 산이지?"

오빠가 내 손을 잡고 헐벗은 바위산을 오르면서 우울하고 정답게 말했다. 나는 고개를 저었다.

"인왕산이야."

"그럼 이 산에 호랑이가 살겠네?"

안집 라디오에서 인왕산 호랑이 우르릉 어쩌구 하는 노랫소리를 들은 적이 있기 때문에 나는 그렇게 물었다.

"예전엔."

오빠는 짧게 대답했다. 나는 키 크고 이마가 번듯하고 눈썹이 준수한 청년이 나의 오빠라는 게 자랑스러워 작은 어깨를 으쓱으쓱하면서 걸었다. 우리는 헐린 성터가 있는 데까지 올라갔다. 시내가 한눈에 들어왔다.

"저기서부터 문안이야?"

나는 한길 가운데 우뚝 선 독립문을 가리키면서 물었다. 그때까지도 문안, 문밖을 이해하기 위해서 구체적인 문을 필요로 했다.

"우린 언제 문안에 들어가서 살지?"

나는 엄마한테 옮은 문밖에 사는 열등감을 오빠로부터 위로받기 위해 이렇게 말했다. 나는 오빠가 응, 곧 내가 성공하면, 이라고 씩씩하게 말해 주리라 맹목적으로 믿고 있었기 때문에 대답을 듣기도 전에 기분이 좋아 혼자서 깡충거렸다. 은밀하고 따뜻한 정이 오래간만에 다시 우리를 연결하는 것 같았다. 그러나 오빠는 내가 도저히 믿을 수 없는 소리를 했다.

"너 한번 맞아 볼래. 종아리 걷어."

오빠는 벌써 돌아서서 나뭇가지로 회초리를 만들고 있었기 때문에 성을 내고 있는지 장난을 치고 있는지 짐작도 할 수가 없었다. 회초리를 매끄럽게 다듬은 오빠가 홱 돌아섰다. 오빠는 핏기와 함께 희로애락의 표정까지 바래 버린 것처럼 무표정하고 핼쑥했다.

"너 또 일 전만, 일 전만 사정을 해서 군것질할래,안 할래? 너 엄마가 무슨 고생을 해서 그 돈을 버시는지 알기나 하고 엄마를 그렇게 조르냐 조르길. 이 철딱서니 없는 계집애야. 그 돈은 엄마가 기생 바느질 품팔이를 하셔서 번 돈이야. 우리 엄마가 천한 기생 바느질 품팔이를 하신단 말야. 그 돈을 네가 매일 장작 한 단 살만큼이나 까먹는단 말야. 우리가 아무리 어려도 그럴 순 없어. 다신 안 그런다고 해. 어서 다신 안 그런다고 항복을 하라니까."

오빠는 회초리로 사정없이 내 여윈 종아리를 후려치면서 목멘 소리로 내 잘못을 꾸짖었다. 그때 나는 너무 오래 아픔을 참고 매를 맞았다. 아픔보다 항복소리를 참는 게 더 힘들었다. 순하게 벌 받고 싶은 마음이 항복 소리를 오래 참을 수 있게 했다.

"항복하라니까."

오빠는 내 입에서 항복소리를 짜내기엔 독한 마음이 모자랐다. 나를 야단치는 소리가 여려지고 흔들리더니 회초리를 내던지면서 나를 안았다.

"안 그러지? 다신 안 그러지?"

도리어 오빠의 목소리가 항복을 청하는 것처럼 구슬펐다. 나는 오빠의 품에서 열심히 고개를 끄덕였다.

중간부분의 줄거리

나는 글자를 조금씩 익히며 학교 갈 준비를 했고, 어머니는 여전히 나의 행동반경과 교우 범위를 제한하며 잔소리를 합니다. 나는 글 공부를 끝내면 여백에 그림을 그렸는데 가난한 집에서는 공책을 너무 헤프게 쓰는 것도 문제였습니다. 그래서 오빠는 어느 날 나에게 석필을 사주었고 나는 석필로 땅바닥에 그림을 그리며 놀았습니다. 그런데 어느 날 우연히 어울리게 된 땜장이 딸이 담벼락에 주인 여자를 욕보이는 그림을 그린 것이 내가 그린 양 되어 주인집 아저씨로부터 모욕을 당합니다. 또 내가 주로 교도소 앞마당에서 노는 것을 알게 된 어머니는 지금 살고 있는 집보다 더 꼭대기에 새로 집을 마련하고 위장전입으로 나를 매동국민학교에 입학시킵니다. 그곳에서 우리 가족은 10여년을 살았고, 일본이 망해가며, 나라 분위기가 어수선해지자 시골로 피난을 갑니다.

피난살이 반 년 만에 해방이 되었는데 먼저 상경한 오빠는 북새통*에 돈을 좀 벌었는지 문안의 평지에다 집을 장만해서 엄마의 소원을 풀어 드렸다. 그 후 살림은 순조롭게 늘어나 좀 더 나은 집으로 이사도 여러 번 다녔다.

그러나 우린 현저동 괴불 마당집을 잊지 못했다. 특히 어머니는 늙어갈수록 그게 심했다. 무엇이든지 그 시절하고 대보려 드셨다.

"이 아들아, 그때에다 대면 우린 지금 큰 부자가 됐지?"

하시기 위해서도 괴불 마당집을 잊지 못하셨지만, 그때 생각을 해서라도 아껴 써야 하느니라 하시기 위해서도 잊지 못하셨다. 또 가끔 그때가 좋았느니라 그리워도 하시고 그때 한사코 바닥 상것들 취급을 하던 이웃들을 뭐니 뭐니 해도 그 사람들이야말로 진국이었지, 하고 뒤늦게 재평가를 하시기도 했다.

이상하게도 그때를 그리시는 어머니는 그때 거기서 고생하시면서 이웃을 함부로 상것들 취급하는 것으로 자존심을 지키던 때 같은 터무니없는 귀골스러움을 잃고 계셨다. 어머니는 예전 생각은 잘 나도 금방 돈지갑을 얻다 놓았는지는 아득한 노쇠한 어른일 뿐이었다. 우리는 그게 쓸쓸했다. 어머니가 정작 잃은 건 근거가 아닐까 하는 생각도 들었다. 어머니에겐 지금 남아 있는 근거는 박적골 시절이 아니라 현저동 괴불 마당집인지도 몰랐다.

어머니가 아무리 '그때에다 대면 지금 큰 부자 됐지?' 하시지만 그때하고 비교하는 마음을 버리시지 않는 한 우린 그 최초의 말뚝에 매인 셈이었다. 놓여났다면 대볼 리가 없었다. 어느 만큼 달라졌나 대본다는 건 한끝을 말뚝

어휘정리

북새통 많은 사람이 야단스럽게 부산을 떨며 법석이는 상황.

에 걸고 새끼줄을 풀다가 문득 그 길이를 재 보는 격이었다.

해방 후 서울의 변화처럼 눈부시다는 형용사를 잘 받는 말도 없으리라. 십 년은 커녕 삼 년만 외국을 갔다 와도 살던 동네를 못 찾는다는 말도 있다. 그러나 그 괴불 마당 집이 있는 동네는 그대로였다. 나는 그게 조금도 이상하지 않았다. 어머니가 이 고장에 최초로 박은 말뚝은 우리에겐 뜻 깊은 기념비이므로 기념비는 이끼 끼거나 퇴락할 순 있어도 발전은 없는 건 당연하였다.

몇 달 전 친구들과 택시로 영천을 지난 적이 있다. 그곳을 지날 때면 언제나 그렇듯이 나는 나만의 은밀한 애정과 감회를 가지고 현저동을 쳐다보다가 그 동네의 변화에 가슴이 덜컥 내려앉고 말았다. 괴불 마당이 있던 근처에 연립주택이 들어서고 있는 게 아닌가. 실상 그 동넨 너무 오래 변하지 않았었다. 사십여 년 전 서울 갓 올라온 촌뜨기의 눈에도 구질구질하고 무질서해 보이던 궁상과 밀집이 오늘날까지 계속되었으니 말이다. 그런데도 그게 비로소 변화하려는 조짐을 보고 내려앉은 가슴은 그날 온종일 허전한 채였다. 그건 하도 잘 변하는 것들 속에서 홀로 변하지 않았으므로 기념비가 되었던 마지막 걸 잃은 마음이었다.

그날 오후 집으로 돌아오는 길에 나는 친구들하고 영천에서 헤어져서 그 동네의 예전 길을 더듬어 올라가기 시작했다. 길이 많이 변했지만 우리가 살 때 화산 학교라고 부르던 붉은 벽돌집이 예전 그대로의 모습으로 남아 있어서 눈대중 삼기에 편했다. 틀림없었다. 괴불 마당집이 있던 근처에 연립주택이 병풍처럼 들어서서 인왕산을 쳐다보지도 못하게 가리고 있었다. 나는 가슴속을 소슬바람*이 부는 것 같은 감상에 젖으며 그 근처를 헛되이 배회했다.

엄마의 말뚝은 뽑힌 것이다.

나는 오래간만에 실로 오래간만에 나의 어린 시절의 통학로였던 길을 걷고 싶다고 생각했다. 나에겐 통학로였지만 어머니에겐 문안과 문밖을 가로막는 성벽도 되었던 등성이*는 지금 도시 한가운데의 작은 녹지*일 뿐이었다. 그러나 현저동 꼭대기가 끝나고 등성이를 넘어가는 길로 접어들려고 하자 성벽이 가로막는 게 아닌가. 신축될 성벽은 인왕산으로부터 흘러내려와 서대문 쪽까지 이어지고 있었는데 옛길이 있던 곳엔 성벽의 문이 나 있었다. 어머니가 그토록 상상을 하시던 문안 문밖의 구체적인 모습을 지금 와서 볼 줄이야. 그러나 문안 쪽으론 또 한 겹 철조망이 쳐진 채 길은 없어지고 사람의 발길을 거부하는 것 같은 푸르름만이 충충하게* 괴어 있었다. 들어오지 말란 팻말 같은 건 못 봤는데도 나는 그 속을 금단의 지역처럼 느꼈다. 문둥이가 득시글거린다고 일컬어지던 예전보다 한층 미개해진 수풀 속을 바라다만 보면서 나는 한 번도 가보지 못한 휴전선을 연상했다.

나는 옛날의 등성이를 넘기를 단념하고 새로 쌓아 내려가고 있는 성벽을 따라 사직터널 방향으로 내려왔다.

샌들 속으로 모래가 들어온 걸 벗어서 털면서 나는 문득 실소*를 터뜨렸다. 어머니가 낯설고 바늘 끝도 안 들어가게 척박한 땅에다가 아등바등 말뚝

어휘정리

소슬바람 가을에, 외롭고 쓸쓸한 느낌을 주며 부는 으스스한 바람.
등성이 사람이나 동물의 등마루가 되는 부분.
녹지 천연적으로 풀이나 나무가 우거진 곳.
충충하다 매우 근심하는 기색이 있다.
실소 어처구니가 없어 저도 모르게 웃음이 툭 터져 나옴. 또는 그 웃음.

을 박으시면서 나에게 제발 되어지이다라고 그렇게도 간절히 바란 신여성보다 지금 나는 너무 멋쟁이가 돼있지 않은가. 그러나 신여성이 할 수 있는 일이라고 어머니가 생각한 것으로부터는 얼마나 얼토당토않게 못 미쳐 있는가. 엄마의 생각은 그 당시에도 당돌했지만 현재에도 역시 당돌했다. 엄마의 억지는 그뿐이 아니었다. 나로 하여금 끊임없이 근거를 심어 줌으로써 도시에서 만난 웬만한 걸 덮어놓고 무시하도록 부추기다가도 근거의 고향으로 돌아가선 서울내기 흉내를 내도록 조종했다.

어머니가 세운 신여성이란 것의 기준이 되었던 너무 뒤떨어진 외양과 터무니없이 높은 이상과의 갈등, 점잖은 근거와 속된 허영과의 모순, 영원한 문밖 의식, 그건 아직도 나의 의식 내용이었다. 그러고 보니 나의 의식은 아직도 말뚝을 가지고 있었다. 제아무리 멀리 벗어난 것 같아도 말뚝이 풀어준 새끼줄 길이일 것이다.

새로 복원*된 성벽이 도로와 만나면서 끊어지는 데서 나는 성벽과 갈라섰다. 성벽은 길 건너로 다시 이어지고 있었다. 갈라지면서 돌아다본 성벽은 꼭 신흥 부잣집 담장 같았다. 아아, 내가 오빠한테 회초리를 맞던 허물어진 성터의 이끼 낀 돌은 지금 어디 있는 것일까?

나는 내가 아직도 잊지 않고 있는 '신여성'이란 말을 마치 복원한 성벽처럼 옛것도 아닌 것이, 새것도 못 되는 우스꽝스럽고도 무의미한 억지라고 느꼈다. 나는 앞으로 다시는 그것을 복구하지 않을 것이다. 그건 지나간 것일 뿐이다. 다만 새끼줄 몇 발의 길이에 지나지 않더라도 지나간 세월 역시 부정되어선 안 될 것 같았다.

어휘정리

복원 원래대로 회복함.

중요한 내용 쏙! 쏙! 쏙!

'엄마의 말뚝'의 의미

'엄마'에게 있어 '말뚝'은

- '문안'으로 상징되는 교육받고 윤택한 삶에 대한 어머니의 강렬한 집념과 의지
- 자식의 교육에 대한 어머니의 열망을 형상화
- 연작 전체와 관련해서는 비극적인 죽음을 맞이한 아들에 대한 어머니의 한을 상징

'나'에게 있어 '말뚝'은

- 어린 시절 : 어머니의 이상에 의한 정신적 구속감을 의미
- 어른이 된 후 : 엄마를 통해 깨달은 생명 의식과 극복 의지를 의미

작품의 특징

- 세 편으로 구성된 연작 소설 중 첫 번째 편임
- 작가의 실제 체험을 바탕으로 한 자전적 소설임
- 일제 강점기부터 해방 후까지의 시대적 상황이 사실적으로 묘사됨

'엄마의 말뚝' 전체 구성 보기

1편	남편을 잃은 엄마가 나와 오빠를 데리고 서울에 삶의 터전을 마련하기까지의 과정
2편	6.25전쟁으로 인해 오빠가 죽음을 맞이함
3편	엄마의 죽음과 화장되기를 바랐던 엄마가 공원묘지에 묻히기까지의 과정

확인하기

1 '문안'과 '문밖'의 의미가 어떻게 다른지 파악해 봅시다.

2 엄마가 생각하는 신여성의 실체에 대해 생각해봅시다.

상상더하기 - 자서전쓰기

작품 속의 '엄마'는 자식 교육을 위해 홀로 오누이를 데리고 서울로 상경해 억척스럽게 살아갑니다. 작품 속의 엄마는 자신의 삶을 어떻게 기억하고 있을까요? 여러분이 작품 속의 엄마가 되어 삶을 회고하는 글을 써 봅시다.

1. 문안은 사대문 안의 번화한 서울로 엄마가 살기를 바라는 곳이고, 문밖은 사대문 밖의 땅으로 가난한 사람들이 사는 곳을 의미합니다.
2. 엄마가 생각하는 신여성은 히사시까미 머리를 하고, 종아리 나오는 까만 통치마를 입습니다. 그리고 뾰족구두를 신고 한도바꾸를 든 여자입니다. 또 세상의 모든 이치를 깨달아 마음먹은 것은 무엇이든 할 수 있는 여성입니다.

작가의 다른 작품 보기

휘청거리는 오후

허성 씨는 세 딸을 두었습니다. 세 딸들은 서로 다른 사랑을 합니다. 첫째 딸 초희는 자신이 정해둔 조건에 딱 맞추어 맞선을 쉴 틈 없이 봅니다. 그렇게 조건만 따지다가 결국 마흔이 넘은데다 고등학생 딸과 중학생 아들을 둔 회장님께 시집을 갔답니다. 신경안정제에 의지해 살 수 밖에 없었던 초희는 결국 바람까지 피웠다지요. 둘째딸 우희는 모든 조건을 포기하고 사랑 하나로 가난뱅이와 결혼을 합니다. 하지만 계속되는 시댁의 과분한 요구와 자격지심에 시달린 남편의 폭행까지 불행의 연속입니다. 셋째 딸 말희는 평범한 남자를 만났지만 막대한 비용을 지불하고 미국으로 이민을 가버립니다. 세 딸의 연이은 결혼자금을 대느라 이리저리 돈을 돌려막고 심지어 부실공사까지 하지만, 불행한 삶을 사는 딸들을 보면서 자포자기한 아버지 허성 씨는 결국 자살을 하고 말았답니다.

청빈하고 검소한 삶을 살았던 허성 씨와 물질적인 소비와 허영에 사로잡힌 딸들과 아내의 가치관의 대립을 보여주는 이 작품은 1970년대에 썼다고는 믿기지 않을 만큼 물질문명에 사로잡힌 현대사회의 이면을 잘 드러내고 있답니다.

나목

이경은 6 · 25 전쟁 중에 미군부대의 초상화 가게에서 일하다가 화가 옥희도를 만나게 되었는데 그의 황량한 모습에 끌리게 되었답니다. 명동 거리에서, 장난감 침팬지가 술을 따라 마시는 완구점 앞에서 두 사람은 서로의 고독을 교감하는 경험을 하였지요. 그들은 매일 밤 약속이나 한 듯 어김없이 침팬지가 있는 그곳에서 다시 만났답니다. 어느 날 옥희도의 집을 찾아간 이경은 그가 그리던 캔퍼스의 고목(枯木)을 발견합니다. 두 오빠의 환영에 사로잡혀 불행하게 살아가던 이경의 어머니가 죽자 옥희도는 이경에게 아버지와 오빠의 환상으로부터 자유롭게 되라고 말하면서 떠나버렸답니다. 어느 날 이경은 신문에서 옥희도의 유작전이 열린다는 광고를 보고 전시회를 찾아갑니다. 그곳에서 과거 자신이 옥희도의 집 캔퍼스에서 보았던 그림은 '고목(枯木)' 이 아니라 '나목(裸木)' 이었다는 것을 알게 되었답니다.

겨울나무, 앙상한 벌거숭이 나무라는 뜻의 나목(裸木)은 쓸쓸하고 우울한 느낌이 듭니다.하지만, 죽어버린 고목(枯木)은 아니기에 봄이 되면 다시 푸른 잎을 피우게 되겠지요. 작가는 소재를 통해서 어려운 현실 속에서도 꿋꿋하게 삶의 희망을 말하고 있는 것은 아닐까요?

난쟁이가 쏘아 올린 작은 공

수록교과서 : 교학사, 비상

조세희 소설가. 1942년 경기도 가평에서 태어났다. 경희대학교 국문과를 졸업한 후, 1965년 〈경향신문〉 신춘문예에 소설 「돛대 없는 장선」이 당선되어 문단에 나왔다. 문단의 각광을 받기 시작한 것은 1970년대 중반 「난장이 연작」을 통해 1970년대 한국 사회의 모순을 정면으로 접근하면서 부터이다. 대표작으로는 「시간여행」 「하얀 저고리」 등이 있다.

감상 길잡이

이 작품은 1970년대 산업화 과정에서 소외되고 고통 받는 도시 빈민층의 삶을 그리고 있습니다. 열악한 삶의 터전마저도 위협받는 난쟁이 일가의 모습을 통해 알 수 있는 당시 시대적 상황을 파악하며 작품을 감상해봅시다.

핵심정리

갈래	중편소설, 사회소설, 참여소설	성격	사회 고발적, 동화적
시점	1인칭 주인공 시점	제재	철거촌 빈민 가족의 삶
배경	1970년대 후반, 서울의 어느 재개발 지역	주제	도시 빈민의 가난한 삶과 처참한 패배의 한(恨)

영수
집안의 장남으로 냉정하고 주관이 뚜렷함. 현실적임

영호
둘째 아들. 성격이 급하고 현실에 대해 반감을 갖고 있음

영희
순수하고 여림. 세상의 온갖 풍파를 겪음

아버지
절망적인 현실 속에서 이상 세계를 갈망함

어머니
삶에 많이 지쳐 있지만, 아버지를 감싸고 위로함

난쟁이인 아버지를 포함하여 어머니와 영수, 영호, 영희 가족은 도시 빈민층입니다. 어느 날 영수네가 살고 있는 행복동에 재개발 사업으로 인해 철거 계고장이 날아들고 입주권이 있어도 입주할 돈이 없는 행복동 사람들은 투기꾼에게 입주권을 팔고 동네를 떠납니다. 난쟁이 아버지도 입주권의 값이 오르기를 기다려 입주권을 팔지만, 빌린 전셋값을 갚고 나니 남는 것이 없습니다.

난쟁이네가 입주권을 팔던 날, 딸 영희는 입주권을 사간 투기업자를 따라갔다가 그에게 순결을 빼앗깁니다. 어느 날 영희는 기회를 틈타 투기업자의 가방에서 돈과 입주권을 몰래 훔쳐 돌아오지만 아버지는 이미 벽돌 공장 굴뚝에서 자살 한 뒤였습니다. 영희는 큰오빠인 영수를 만나 아버지를 난쟁이라고 부르는 악당은 죽여 버리라고 말합니다.

난쟁이가 쏘아 올린 작은 공

사람들은 아버지를 난쟁이*라고 불렀다. 사람들은 옳게 보았다. 아버지는 난쟁이였다. 불행하게도 사람들은 아버지를 보는 것 하나만 옳았다. 그 밖의 것들은 하나도 옳지 않았다. 나는 아버지, 어머니, 영호, 영희, 그리고 나를 포함한 다섯 식구의 모든 것을 걸고 그들이 옳지 않다는 것을 언제나 말할 수 있다. 나의 '모든 것' 이라는 표현에는 '다섯 식구의 목숨' 이 포함되어 있다. 천국에 사는 사람들은 지옥을 생각할 필요가 없다. 그러나 우리 다섯 식구들은 지옥에 살면서 천국을 생각했다. 단 하루라도 천국을 생각해 보지 않은 날이 없다. 하루하루의 생활이 지겨웠기 때문이다. 우리의 생활은 전쟁과 같았다. 우리는 그 전쟁에서 날마다 지기만 했다. 그런데도 어머니는 모든 것을 잘 참았다. 그러나 그날 아침 일만은 참기 어려웠던 것 같다.

"통장이 이걸 가져왔어요."

내가 말했다. 어머니는 조각 마루* 끝에 앉아 아침 식사를 하고 있었다.

"그게 뭐냐?"

"철거* 계고장*이에요."

"기어코 왔구나!"

어머니가 말했다.

"그러니까 집을 헐라는 거지? 우리가 꼭 받아야 할 것 중의 하나가 이제 나온 셈이구나!"

어머니는 식사를 중단했다. 나는 어머니의 밥상

어휘정리

난쟁이 기형적으로 키가 작은 사람을 낮잡아 이르는 말.
조각 마루 매우 좁은 마루.
철거 건물, 시설 따위를 무너뜨려 없애거나 걷어치움.
계고장 행정상의 의무 이행을 재촉하는 내용을 담은 문서.

을 내려다보았다. 보리밥에 까만 된장, 그리고 시든 고추 두어 개와 조린 감자. 나는 어머니를 위해 철거 계고장을 천천히 읽었다.

> 낙원구
> 주택 444, 1- 197×. 9. 10.
> 수신: 서울특별시 낙원구 행복동 46번지의 1839 김불이 귀하
> 제목: 재개발 사업 구역 및 고지대 건물 철거 지시
> 귀하 소유 아래 표시 건물은 주택 개량 촉진에 관한 임시 조치법에 따라 행복 3구역 재개발 지구로 지정되어 서울특별시 주택 개량 재개발 사업 시행 조례 제15조, 건축법 제5조 및 동법 제42조의 규정에 의하여 197×. 9. 30.까지 자진 철거할 것을 명합니다. 만일 위 기일까지 자진 철거하지 않을 경우에는 행정 대집행법이 정하는 바에 의하여 강제 철거하고 그 비용은 귀하로부터 징수하겠습니다.
>
> 철거 대상 건물 표시
> 서울특별시 낙원구 행복동 46번지의 1839
> 구조 건평 평 끝.
> 낙원 구청장

어머니는 조각 마루 끝에 앉아 말이 없었다. 벽돌 공장의 높은 굴뚝 그림자가 시멘트 담에서 꺾어지며 좁은 마당을 덮었다. 동네 사람들이 골목으로 나와 뭐라고 소리치고 있었다. 통장은 그들 사이를 비집고 나와 방죽 쪽으로 걸음을 옮겼다. 어머니는 식사를 끝내지 않은 밥상을 들고 부엌으로 들어갔다. 어머니는 두 무릎을 곧추세우고 앉았다. 그리고 손을 들어 부엌

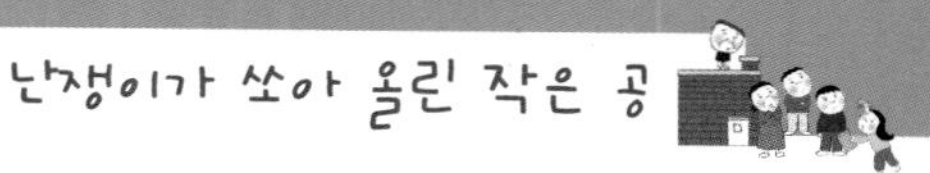

바닥을 한 번 치고 가슴을 한 번 쳤다. 나는 동사무소로 갔다. 행복동 주민들이 잔뜩 몰려들어 자기의 의견들을 큰 소리로 말하고 있었다. 들을 사람은 두셋밖에 안 되는데, 수십 명이 거의 동시에 떠들어 대고 있었다. 쓸데없는 짓이었다. 떠든다고 해결될 문제는 아니었다.

나는 바깥 게시판에 적혀 있는 공고문*을 읽었다. 거기에는 아파트 입주 절차와 아파트 입주를 포기할 경우에 탈 수 있는 이주* 보조금 액수 등이 적혀 있었다. 동사무소 주위는 시장 바닥과 같았다. 주민들과 아파트 거간꾼*들이 한데 뒤엉켜 이리 몰리고 저리 몰리고 했다. 나는 거기서 아버지와 두 동생을 만났다. 아버지는 도장포* 앞에 앉아 있었다. 영호는 내가 방금 물러선 게시판 앞으로 갔다. 영희는 골목 입구에 세워 놓은 검정색 승용차 옆에 서 있었다. 아침 일찍 일들을 찾아 나섰다가 철거 계고장이 나왔다는 소리를 듣고 돌아온 것이었다. 누군들 이런 날 일을 할 수 있을까. 나는 아버지 옆으로 가 아버지의 공구들이 들어 있는 부대*를 들어 메었다. 영호가 다가오더니 나의 어깨에서 그 부대를 내려 옮겨 메었다. 나는 아주 자연스럽게 그것을 넘겨주면서 이쪽으로 걸어오는 영희를 보았다. 영희의 얼굴은 발갛게 상기되어 있었다. 몇 사람의 거간꾼들이 우리를 둘러싸고 아파트 입주권을 팔라고 했다. 아버지가 책을 읽고 있었다. 우리는 아버지가 책을 읽는 것을 처음 보았다. 표지를 쌌기 때문에 무슨 책을 읽는지도 알 수 없었다. 영희가 허리를 굽혀 아버지의 손을 잡아끌었다. 아버지는 우리들의 얼굴을 물끄러미 쳐다보더니 자리를 털고 일어났다. "난

어휘정리

공고문 널리 알리려는 의도로 쓴 글.
이주 본래 살던 집에서 다른 집으로 거처를 옮김.
거간꾼 사고파는 사람 사이에 들어 흥정을 붙이는 일을 하는 사람.
도장포 도장을 돈을 받고 새겨 주는 가게.
부대 종이, 피륙, 가죽 따위로 만든 큰 자루.

쟁이가 간다."라고 처음 보는 사람들이 말했다.

어머니는 대문 기둥에 붙어 있는 알루미늄 표찰을 떼기 위해 식칼로 못을 뽑고 있었다. 내가 식칼을 받아 반대쪽 못을 뽑았다. 영호는 어머니와 내가 하는 일이 못마땅한 모양이었다. 그러나 마음에 드는 일이 우리에게 일어나 주기를 바랄 수는 없는 일이었다. 어머니는 무허가 건물 번호가 새겨진 알루미늄 표찰*을 빨리 떼어 간직하지 않으면 나중에 괴로운 일이 생길 것이라는 것을 알고 있었다.

어머니는 손바닥에 놓인 표찰을 말없이 들여다보았다. 영희가 이번에는 어머니의 손을 잡아끌었다.

"너희들이 놀게 되지만 않았어도 난 별걱정을 안 했을 거다."

어머니가 말했다.

"스무 날 안에 무슨 뾰족한 수가 생기겠니? 이제 하나하나 정리를 해야지."

"입주권*을 팔려고 그래요?"

영희가 물었다.

"팔긴 왜 팔아!"

영호가 큰 소리로 말했다.

"그럼 아파트 입주할 돈이 있어야지."

"아파트로도 안 가."

"그럼 어떻게 할 거야."

"여기서 그냥 사는 거야. 이건 우리 집이다."

영호는 성큼성큼 돌계단을 올라가 아버지의 부

어휘정리

표찰 거주자의 성명을 써서 문 따위에 걸어 놓는 표.
입주권 건물이 지어졌을 경우 먼저 입주할 수 있는 권리.

대를 마루 밑에 놓았다.

"한 달 전만 해도 그런 이야길 하는 사람이 있었다."

아버지가 말했다. 어머니가 내 준 철거 계고장을 막 읽고 난 참이었다.

"시에서 아파트를 지어 놨다니까 얘긴 그걸로 끝난 거다."

"그건 우릴 위해서 지은 게 아녜요."

영호가 말했다.

"돈도 많이 있어야 되잖아요?"

영희가 마당 가 팬지*꽃 앞에 서 있었다.

"우린 못 떠나. 갈 곳이 없어. 그렇지 큰오빠?"

"어떤 놈이든 집을 헐러 오는 놈은 그냥 놔 두지 않을 테야."

영호가 말했다.

"그만둬."

내가 말했다.

"그들 옆엔 법이 있다."

아버지 말대로 모든 이야기는 끝나 버린 것이나 마찬가지였다. 마당가 팬지꽃 앞에 서 있던 영희가 고개를 돌렸다. 영희는 울고 있었다. 어렸을 때부터 영희는 잘 울었다. 그때 나는 말했다.

"울지 마, 영희야."

"자꾸 울음이 나와."

"그럼, 소리를 내지 말고 울어."

"응."

그러나 풀밭에서 영희는 소리를 내어 울었다. 나

어휘정리

팬지 삼색제비꽃.

는 손으로 영희의 입을 막았다. 영희의 몸에서는 풀 냄새가 났다. 개천* 건너 주택가 골목에서는 고기 굽는 냄새가 났다. 나는 그것이 고기 굽는 냄새인 줄 알면서도 어머니에게 묻곤 했다.

"엄마, 이게 무슨 냄새야?"

어머니는 말없이 걸었다. 나는 다시 물었다.

"엄마, 이게 무슨 냄새야?"

어머니는 나의 손을 잡았다. 어머니는 걸음을 빨리 하면서 말했다.

"고기 굽는 냄새란다. 우리도 나중에 해 먹자."

"나중에 언제?"

"자, 빨리 가자."

어머니가 말했다.

"너도 공부를 열심히 하면 좋은 집에 살 수 있고, 고기도 날마다 먹을 수 있단다."

"거짓말!"

어머니의 손을 뿌리치면서 내가 말했다.

"아버지는 나쁜 사람야!"

어머니가 우뚝 섰다.

"너, 방금 뭐라고 했니?"

"우리 아버지는 나쁜 사람야."

"너, 매 좀 맞아야겠구나. 아버지는 좋은 분이다."

"나도 주머니가 달린 옷을 입고 싶어."

어휘정리

개천 개골창 물이 흘러 나가도록 길게 판 내.

"빨리 가자."

"엄마는 왜 우리들 옷에 주머니를 안 달아 주지? 돈도 넣어 주지 못하고, 먹을 것도 넣어 줄 게 없어서 그렇지?"

"아버지에 대해 말을 막 하면 너 매 맞을 줄 알아라."

"아버지는 악당도 못 돼. 악당은 돈이나 많지."

"아버지는 좋은 분이다."

"알아."

나는 말했다.

"수백 번도 더 들었어. 그렇지만 이젠 속지 않아."

"엄마, 큰오빠는 말을 안 들어."

영희는 부엌문 앞에 서서 말했다.

"엄마 몰래 또 고기 냄새 맡으러 갔었대. 나는 안 갔어."

어머니는 아무 말이 없었다. 나는 영희를 흘겨보았다. 영희는 또 말했다.

"엄마, 큰오빠가 고기 냄새 맡으러 갔었다고 말했더니 때리려고 그래."

영희는 좀처럼 울음을 그치지 못했다. 나는 영희 입에서 손을 떼었다. 영희를 풀밭으로 끌고 들어간 것이 잘못이었다. 영희를 때려 주고 나는 후회했다. 귀여운 영희의 얼굴은 눈물로 젖었다. 우리는 그때 주머니 없는 옷을 입고 있었다.

아버지는 철거 계고장을 마루 끝에 놓고 책을 읽었다. 우리는 아버지에게서 무엇을 바라지는 않았다. 아버지는 그동안 충분히 일했다. 고생도 충분히 했다. 아버지만 고생을 한 것이 아니다. 아버지의 아버지, 아버지의 할아버지, 할아버지의 아버지, 그 아버지의 할아버지-또-대대로 거슬러 올라간다. 그들은 아버지보다 더 심한 고생을 했을 수도 있다. 나는 공장에서 이상한 매매 문서가 든 원고를 조판*한 적이 있다. 그 내용의 일부를 짜기 위해 나는 열심히 손을 놀렸다.

'婢 金伊德의 한 소생* 奴 今同 庚寅生, 奴 今同의 양처 소생 奴 金今伊 丁卯生, 奴 今同의 양처 소생 奴 德水 己巳生, 奴 今同의 양처 소생 奴 存世 辛未生, 奴 今同의 양처 소생 奴 永石 癸酉生, 奴 金今伊의 양처 소생 奴 鐵壽 丙戌生, 奴 金今伊의 양처 소생 奴 今山 戊子生.'

나는 그때 이것이 무엇인지 몰랐다. 그 판을 짜고 다음 판을 짜 나가다 겨우 알았다. 노비 매매 문서의 한 부분이었다. 나는 열흘 동안 같은 책을 조판했다. 그 열흘 동안 나는 아버지와 아무 말도 하지 않았다. 어머니하고도 이야기를 하지 않았다. 나는 어머니의 어머니, 어머니의 할머니, 할머니의 어머니, 그 어머니의 할머니들이 최하층의 천인으로서 무슨 일을 해 왔는지 알고 있었다. 어머니라고 달라진 것은 없었다. 마음 편할 날이 없고, 몸으로 치러야 하는 노역*은 같았다. 우리의 조상은 세습*하여 신역*을 바쳤다. 우리의 조상은 상속, 매매, 기증, 공출*의 대상이었다. 어느 날 어머니는 나에게 말했다.

"너희들은 엄마를 잘못 두어 이 고생이다. 아버지하고는 상관이 없단다."

어휘정리

조판 원고에 따라서 골라 뽑은 활자를 원고의 지시대로 순서, 행수, 자간, 행간, 위치 따위를 맞추어 짬. 또는 그런 일.
소생 자기가 낳은 아들이나 딸.
노역 몹시 괴롭고 힘들게 일함. 또는 그런 노동.
세습 한 집안의 재산이나 신분, 직업 따위를 대대로 물려주고 물려받음.
신역 종노릇을 하는 사람이 치르던 구실.
공출 국민이 국가의 수요에 따라 농업 생산물이나 기물 따위를 의무적으로 정부에 내어놓음.

어머니는 장남인 나에게만 말했다. 외할머니에게 들은 말을 나에게 전한 것이었다. 천년을 두고 우리의 조상은 자손들에게 이 말을 남겼다. 그러나 나는 알고 있었다. 아버지도 씨종*의 자식이었다.

할아버지의 아버지 대에 노비제는 사라졌다. 증조부 내외분은 아무것도 몰랐다. 나중에서야 해방을 맞았다는 것을 알았으나 두 분이 한 말은 오히려 "저희들을 내쫓지 마십시오."였다. 할아버지는 달랐다. 할아버지는 유습*에서 벗어나려고 했다. 늙은 주인은 할아버지에게 집과 땅을 주었다. 그러나 쓸데없는 일이었다. 모르는 면에서는 할아버지나 증조부나 같았다. 증조부 대까지는 선조들이 살아온 경험이 도움이 되었으나 할아버지 대에는 그것이 도움을 주지 못했다. 할아버지에게는 어떤 교육도 없었고 경험도 없었다. 할아버지는 집과 땅을 잃었다.

"할아버지도 난쟁이였어?"

언젠가 영호가 물었다.

나는 영호의 머리를 쥐어박았다.

좀 큰 영호는 말했다.

"왜 지난 일처럼 쉬쉬하는 거야? 변한 것이 없는데 우습지도 않아?"

나는 가만있었다.

영희는 손수건을 꺼내 두 눈에 대었다 떼었다. 아버지는 계속 책을 읽었다. 어머니는 뒷집 명희 어머니와 이야기하고 있었다.

"얼마에 파셨어요?"

"십칠만 원 받았어요."

어휘정리

씨종 대대로 내려가며 종노릇을 하는 사람.
유습 지금까지 남아 있는 옛날의 풍속.

"그럼 시에서 주겠다는 이주 보조금보다 얼마 더 받은 셈이죠?"

"이만 원 더 받았어요. 영희네도 어차피 아파트로 못 갈 거 아녜요?"

"무슨 돈이 있다구!"

"분양 아파트는 오십팔만 원이구 임대 아파트는 삼십만 원이래요. 거기다 어느 쪽으로 가든 매달 만오천 원씩 내야 된대요."

"그래 입주권을 다들 팔고 있나요?"

"영희네도 서두르세요."

어머니는 괴로운 얼굴로 서 있었다. 어머니를 명희 어머니가 다그쳤다.

"저희는 내일이라도 떠날 준비가 돼 있어요. 영희네가 돈을 해 준다면. 집이야 도끼질 몇 번이면 무너질 테구."

영희의 눈에 다시 눈물이 괴었다. 커도 마찬가지였다. 계집애들은 잘 울었다. 내가 영희 옆으로 다가갔을 때 영희는 장독대* 바닥을 가리켰다. 장독대 시멘트 바닥에 '명희 언니는 큰오빠를 좋아한다' 고 씌어 있었다. 집을 지을 때 남긴 낙서였다. 영희가 웃었다. 우리에게는 그때가 제일 행복했다. 아버지와 어머니가 도랑에서 돌을 져 왔다. 그것으로 계단을 만들고, 벽에는 시멘트를 쳤다. 우리는 아직 어려 힘든 일을 못 했다. 그래도 할 일이 많았다. 우리는 며칠 동안 학교에 가지 않았다. 하루하루가 즐거웠다. 처음 보는 사람들이 하루에도 몇 차례씩 떼를 지어 동네를 돌았다. 그때만은 더러운 옷을 입은 어린아이들도 울음을 그쳤다. 윽박지르는 주인의 기세에 눌린 개들도 짖기를 멈추고 뒤로 물러섰다. 온 동네가 조용해졌다. 갑자기 평화스러워져 어안이 벙벙할 정도였다. 나는 우리 동네에서 풍기는 냄새가 창피했

어휘정리

장독대 장독 따위를 놓아 두려고 뜰 안에 좀 높직하게 만들어 놓은 곳.

다. 그들은 아버지에게 허리를 굽혀 인사했다. 그들과 악수할 때 아버지는 발뒤꿈치를 들었다. 아버지가 어떤 자세를 취했건 상관이 없었다. 난쟁이 아버지가 우리들에게는 거인처럼 보였다.

"너 봤지?"

내가 물었다.

영호가 고개를 끄덕였다.

"나도 봤어."

영희가 말했다.

그때 아버지에게 허리를 굽혀 인사한 사람은 개천에 다리를 놓고 도로를 포장*하고, 우리 동네 건물을 양성화* 해 주겠다고 말했다. 우리는 어른들을 따라 크게, 크게 손뼉을 쳤다. 다음 사람은 먼저 사람이 다리를 놓고, 도로를 포장하겠다고 하니 구청장으로 보내고, 자기는 이러이러한 나랏일을 하겠으니 그 일을 하게 해 달라고 말했다. 어른들은 또 손뼉을 쳤다. 우리도 따라 쳤다. 커서까지 나는 그때 일을 종종 생각하고는 했다. 두 사람의 인상은 아주 진하게 나의 머릿속에 남았다. 나는 그들을 증오했다. 그들은 거짓말쟁이였다. 그들은 엉뚱하게도 계획을 내세웠다. 그러나 우리에게 필요한 것은 계획이 아니었다.

많은 사람들이 이미 많은 계획을 내놓았다. 그런데도 달라진 것은 없었다. 설혹 무엇을 이룬다고 해도 그것은 우리와는 상관이 없는 것이었을 것이다. 우리가 필요로 하는 것은 우리의 고통을 알아주고 그 고통을 함께 져 줄 사람이었다.

어휘정리

포장 길바닥에 돌과 모래 따위를 깔고 그 위에 시멘트나 아스팔트 따위로 덮어 길을 단단하게 다져 꾸미는 일.
양성화 어떤 사물 현상이 겉으로 드러남. 또는 사물 현상을 드러나게 함.

뒷부분의 줄거리

난쟁이 아버지도 입주권의 값이 오르기를 기다려 입주권을 팔지만, 빌린 전셋값을 갚고 나니 남는 것이 없습니다.

난쟁이네가 입주권을 팔던 날, 딸 영희는 입주권을 사간 투기업자를 따라갔다가 그에게 순결을 빼앗깁니다. 어느 날 영희는 기회를 틈타 투기업자의 가방에서 돈과 입주권을 몰래 훔쳐 돌아오지만 아버지는 이미 벽돌 공장 굴뚝에서 자살한 뒤였습니다. 영희는 큰오빠인 영수를 만나 아버지를 난쟁이라고 부르는 악당은 죽여 버리라고 말합니다.

중요한 내용 쏙! 쏙! 쏙!

작품의 특징

- 동화적 기법을 도입
- 과거와 현재를 중첩시킴
- 연작 소설의 형태를 보임
- 우화적이고 상징적인 기법을 사용
- 서술자를 다양하게 변화시킴 (영수 – 영호 – 영희)
- 1970년대 산업화 시대의 빈민 노동자 문제를 다룸
- 가진 자와 못 가진 자의 이분법적인 대립 구조를 보임

소재에 담긴 의미

소재	의미
달나라	• 주인공들이 실현하고자 하는 이상적이고 정의로운 세계
팬지꽃	• 순수하고 여린 영희를 상징, 팬지꽃이 폐수 속에 던져지는 장면을 통해 영희의 순수함이 사라질 것임을 암시함
난쟁이	• 산업화와 도시화 과정에서 소외된 채 고달프게 살아가는 빈민 노동자를 상징
고기 냄새	• 난쟁이 가족의 가난함을 부각시킴

작품의 구성 – 3부로 나뉨

1부	2부	3부
• 서술자 : 영수 • 난쟁이 일가가 철거 통지서를 받음	• 서술자 : 영호 • 입주권을 투기업자에게 파는 날 영희가 가출하고 집은 철거됨	• 서술자 : 영희 • 영희는 입주권과 돈을 들고 투기업자로부터 도망쳐 돌아오지만, 아버지의 죽음을 확인하게 됨

1 주인공이 살고 있는 동네 이름을 '낙원구, 행복동' 이라고 지은 작가의 의도를 생각해 봅시다.

2 이 작품의 주된 사건을 정리해 봅시다.

상상더하기 - 입장 바꿔 생각하기

작품을 바탕으로 1970년대 도시 빈민층의 삶을 상상해보고, 여러분이 만약 난쟁이와 같은 상황에 처해 있다면 어떤 선택을 할지 생각해 봅시다.

확인하기 정답

1. 동네 이름인 행복동은 주인공이 살고 있는 빈민촌을 반어적으로 표현하고 있습니다. 즉 인물들의 현실과 동네 명칭을 대조적으로 표현함으로써 인물들의 빈곤하고 참혹한 삶을 강조하고 있는 것입니다.
2. 이 작품은 빈민층인 난쟁이 가족의 집이 도시 재개발 사업으로 강제 철거되는 사건을 중심으로 전개되고 있습니다.

작가의 다른 작품 보기

육교 위에서 신애는 병원에 가는 길입니다. 동생이 입원을 한 때문이지요. 가는 길에 우연히 동생의 단짝 친구가 일하는 직장의 건물을 보고 회상에 빠집니다. 자신의 의사를 제대로 밝히지 못하던 시절, 동생과 동생 친구는 그런 상황에 대해 대학 신문에 기고하기로 결정하고 교수였던 주간에게 글을 보여 주었습니다. 그러나 주간은 불온한 글이라며 싣지 못하게 했지요. 하지만 둘은 위험을 감수하고 몰래 등사를 해 학생들에게 글을 나누어 줍니다. 하지만 학교를 졸업하고 세월이 흐른 후 둘의 인생은 많이 달라져 있었습니다. 친구의 직장에 주간이 우두머리가 되어 왔고 자신이 끌어 줄 테니 함께 일하자고 제안합니다. 그 후 동생 친구는 좋은 집에, 아내와 아이를 기르며 안락한 생활의 길로 접어들었답니다. 신애는 병원에 들려 동생의 아이들이 아무것도 모르는 채 웃고 있는 사진을 물끄러미 바라봅니다.

한 때 뜻을 같이 하고 신념을 위해 살았던 두 사람이 현실의 생계를 위해 타협해 가는 과정이 현대사회를 살아가는 우리 주변 소시민들의 모습인 것 같아서 마음이 아픕니다.

칼날 신애는 현우와 부푼 꿈을 안고 결혼 생활을 시작합니다. 그러나 죽어라 돈을 벌어도 먹고 살기는 쉽지 않고, 신애는 자신의 삶이 불행하다고 생각합니다. 가족 간의 소통도 사라진지 오래입니다. 이들 가족은 공무원, 제과회사 차장 집들에 둘러 싸여 있었는데 그들은 다 돈이 많이 드는 자가 수도를 놓고 살았기 때문에 신애 네처럼 밤에 물 받는 걱정을 안 해도 되었지요. 신애는 수도꼭지를 낮춰 달면 물 받기가 수월해진다는 난쟁이의 말을 믿고 그에게 일을 맡깁니다. 그러자 수도 설치하는 사내들은 신애네 집으로 찾아와 난쟁이를 폭행하지요. 신애는 부엌의 생선 칼로 그들에게 상처를 입히고, 사내들은 살의를 갖고 있는 신애가 두려워 도망을 갑니다. 수도꼭지를 단 그 날 밤 난쟁이의 말처럼 정말 수돗물이 흘러 나왔답니다.

돈과 권력에 의해 결혼 생활의 행복마저 좌지우지 되는 상황에서 희망을 잃고 살기만 남은 신애의 모습이 안타깝습니다. 사소한 이익을 위해 가난하고 힘없는 사람들을 서슴지 않고 짓밟는 권력자들의 모습에서 산업화 사회의 비정함을 느낄 수 있는 작품이랍니다.

마지막 땅

수록교과서 : 대교

양귀자 소설가. 1955년 전주에서 태어났으며 원광대 국문과를 졸업했다. 1978년 「다시 시작하는 아침」으로 《문학사상》 신인상을 수상하며 등단했다. 단편을 모은 작품집 「원미동 사람들」로 소설가로서 주목받았다. 그 밖의 대표작으로는 「바빌론 강가에서」 「삶의 요약」 등이 있다.

감상 길잡이

이 작품은 1980년대 도시 서민들의 삶을 다루고 있습니다. 소시민들의 소박한 삶의 모습이 잘 나타나 있지요. 인물들이 가진 가치관이 어떻게 다른지 비교해 보고 사회, 문화적 상황과 연관 지어 가며 작품을 읽어 봅시다.

핵심정리

갈래	연작 소설, 세태 소설
시점	3인칭 전지적 작가 시점
배경	1980년대 초, 원미동 23통 5반

성격	사실적
제재	강노인의 땅
주제	도시 개발 바람으로 꺾이는 강 노인의 땅에 대한 애정과 의지

강 노인
땅에 대한 애정을 가지고 있음. 땅을 팔아 사업으로 날려 먹는 아들 용규와 용민때문에 자식 농사에 대한 허망함을 느낌

용규
강 노인의 큰 아들. 아버지의 땅을 믿고 동네 사람들의 빚을 얻어 사업을 하다 망함

용민
강 노인의 둘째 아들. 아버지가 준 재산을 날리고 생활비를 처가에서 얻어 씀

강 노인의 처
강 노인과 달리 잇속에 밝음. 땅을 팔아 아들들의 빚을 갚기를 원함

부천시 원미동 23통 일대에서 지주로 통하는 강 노인은 땅 부자이지만 천생 농사꾼으로 아직도 인분을 사용하여 밭농사를 짓습니다. 동네 사람들은 강 노인이 인분으로 농사를 지어 냄새를 피우는 것도 못마땅하고, 또 땅이 팔려 번듯한 건물이 들어서면 동네 집값도 오를 터인데 고집을 피우고 농사를 짓는 강 노인에게 불만이 많습니다. 그런 강 노인과는 달리 아들 용규와 용민이는 땅을 판 돈으로 사업을 해서 날리기 일쑤입니다. 어느 날 23통에 반상회가 열리고, 땅에 대한 불만을 토로 할 것을 뻔히 아는 강노인과 아내는 참석하지 않습니다. 그리고 다음 날, 아침 강 노인의 밭에는 동네 사람들에 의해 연탄재가 뒹굽니다. 또 반상회에 대신 참석한 며느리가 땅을 판다는 말을 하여 큰아들 용규에게 빚을 준 동네 사람들이 몰려들었고, 마누라는 둘째 용민이의 빚까지 땅을 팔아 갚자고 으름장을 놓습니다.

다음 날 아침 강 노인은 느지막이 집을 나서 강남부동산으로 향하다가 어제 오늘 물을 주지 못한 고추 모종 생각에 물통을 져 나르기 위해 집으로 발길을 돌립니다.

마지막 땅

앞부분의 줄거리

강 노인은 23통 일대에서 지주로 통하는 인물입니다. 억대의 땅을 가지고 있지만, 천생 농사꾼인 그는 땅을 팔 생각을 하기는커녕 인분을 사용하는 전통적인 방법을 고수하며 밭농사를 짓고 있습니다. 그 때문에 동네 사람들이 여름이면 반상회 때마다 들고 일어서기도 하고, 겨울이면 밭에다 연탄재를 버리는 것으로 분풀이를 하기도 합니다. 그리고 강남 부동산의 박 씨와 고흥댁은 온갖 감언이설로 땅을 팔 것을 부추깁니다. 하지만 강 노인은 자신의 고집을 꺾지 않고 묵묵히 농사를 짓습니다.

강 노인이라고 해서 원래 물려받은 농토가 많았던 게 아니고, 선친대代에서 근근이 자작농으로 이루어 놓은 것을 죽은 희자 어미와 함께 억척스레 땅을 늘려 갔던 것이다. 하도 힘든 일을 많이 해서인지 약골이었던 희자 어미는 딸 하나 둔 것을 끝으로 더 이상 몸을 추스르지 못하고 죽어 버렸다. 지금의 마누라도 땅을 늘리는 데 많은 고생을 함께한 것이 사실이긴 하나 죽은 전처만큼은 어림없다는 게 강 노인의 변함없는 생각이었다.

집이 세 채에다 땅이 몇 덩어리 있다 하여 동네에서 알부자*라고 수군대는 모양이지만 땅의 넓이

어휘정리

알부자 겉보다는 실속이 있는 부자.

로 말하자면 지금이야 정말 코딱지만한 것에 불과했다. 처음 몇 년이 어려웠지, 강 노인이 서른아홉에 둘째 용규를 낳으면서부터는 땅이 땅을 사들이는 것이 눈에 보였다. 그 때 땅값이야 보잘것없어서 그는 닥치는 대로 땅을 넓혀 갔는데, 원미산 아래 방죽골에서부터 지금 용규네 집이 들어선 자리까지가 거의 다 강 노인 소유였다. 원미산 아래 있다 하여 원미동이란 이름이 붙은 것은 부천이 시市가 된 다음의 일이고, 동네가 꾸며지기 이전에는 몇몇 부락뿐으로 이 일대는 조마루 혹은 조종리라는 이름으로 불렸다. 본시 조씨 성의 종촌이었던 조마루에서 한낱 머슴으로 평생을 구르다가 기어이는 새경* 모아 몇 평의 논을 마련하고 숨진 강 노인의 아버지 또한 땅에 대한 욕심으로 일생 동안 흙만 파다 죽은 농군이었다. 네 크거들랑 이 조마루를 강마루로 만들어라. 어린 강만성을 논으로 밭으로 끌고 다니며 입버릇처럼 되뇌던 아버지였다.

6 · 25 전쟁이 끝나고 조마루 사람들이 논 팔고 밭 팔아서 아들딸들을 서울로 유학시킬 때 강 노인은 내놓은 땅을 차곡차곡 사들였다. 조마루에서 조씨 성 가진 땅 주인들이 하나씩 둘씩 떠나기 시작한 것은 그보다 훨씬 전의 일이었고, 강 노인이 한껏 땅을 늘린 뒤에는 조씨 성바지*들이 하나도 남지 않게 되었다. 그리고 이내 서울 근교의 개발 바람이 불어닥쳤으므로 일껏 강마루가 된 강 노인의 땅들이 수난을 겪기 시작하였다.

강제 토지 수용, 용도 변경, 택지 조성*이 잇따르면서 땅이 조각조각 잘려 나가는 것을 보자니 강 노인은 기가 찰 뿐이었다. 할 수 있는 한은 땅을 움

어휘정리

새경 머슴이 주인에게서 한 해 동안 일한 대가로 받는 돈이나 물건.
성바지 성(姓)의 종류.
택지 조성 농지, 임야, 소택지 따위와 같은 택지 이외의 토지를 택지로 만들기 위하여 토지의 형질을 변경하는 일.

켜잡으려고 안간힘을 썼지만 토지 가격의 상승세와 함께 그 안간힘도 돈의 위력 앞에서는 맥을 쓰지 못하였다. 땅값의 폭등*이 하도 급격한 것이어서 마누라나 자식들조차 공돈이 생긴 것처럼 땅을 못 팔아 치워 안달을 부려 대었다.

강 노인의 마누라는 사태를 재빨리 이해한 사람 중의 하나였다. 아무리 땅이 많다 하여도 평당 몇천 원의 논과 밭일 뿐이어서 고작해야 농사꾼의 아내에 불과했던 시절이 끝난 것이었다. 그깟 농사로는 얼토당토않을 만큼의 값비싼 땅의 주인이 된 것을 생각하면 예전, 농사깨나 짓는다고 그것으로 흡족해했던 스스로가 우스울 지경이었다. 똑같은 땅이면서 옛날의 땅과 지금의 땅은 결코 같은 땅이 아니었다. 영감이 아무리 애통해한다 한들 농사만 지었다면 아들딸 밑에 그렇게 쏟아붓고도 여태 이만큼이나 살 수 있었을 것인가. 물론 자식들이 날려 보내지 않고 잘 간수만 했더라면 지금에 와서 재벌 소리 듣는 것은 어렵지 않았을 터이다. 그렇거나 말거나 남은 땅만 팔아도 억대의 부자인 것을 생각하면 이만하기도 어렵다 싶어 새삼 근력이 솟기도 하는 그녀였다. 문제는 이 같은 땅의 변모를 강 노인이 시인하려 들지 않는 데 있었다. 금싸라기* 같은 땅에 여태도 김장 배추나 고추를 심자고 고집을 부리는 데는 속이 막혀 죽을 지경인 게 그녀의 심정이었다.

정미 엄마가 쳐들어왔던 첫 사단* 이래 몇 날은 아무 일도 일어나지 않고 지나갔다. 꽃샘바람이 극성스러워서 뿌려 놓은 거름은 금세 말라 버렸고 강 노인의 주먹코로도 아무런 냄새가 나지 않았기에 그저 그만하려니 여기는 나날이었다. 자리에서 일어난 용문이를 데리고

어휘정리

폭등 물건의 값이나 주가 따위가 갑자기 큰 폭으로 오름.
금싸라기 아주 드물고 귀중한 것을 비유적으로 이르는 말.
사단 사고나 탈.

온상*에다 고추 모종도 키우고 몇 개의 고랑에 비닐을 씌워 봄 푸성귀들을 키워 내는 일에 매달리다 보니 삼월이 후딱 지나 버렸다. 예년 같으면 이맘때 하루걸러 내리는 봄비로 새순 돋는 소리가 들릴 지경인 판에 어찌 된 셈인지 금년 봄엔 비가 없었다. 갈아엎은 고랑의 흙들이 말라 가는 것을 보다가 강 노인은 심심풀이 삼아 호미를 들고 일일이 흙덩이들을 깨 주느라고 그새 더욱 검붉은 얼굴이 되어 버렸다.

밭을 두고 하는 실랑이는 없었지만 그사이 원미동에 아무 일도 일어나지 않은 것은 아니었다. 말썽 일으키는 재주가 비상하던 진만이가 연립 주택 이층 창문에서 아래로 뛰어내려 크게 다친 사건이 일어나서 온 동네를 깜짝 놀라게 만들었다. 슈퍼맨처럼 날아 보겠다고 기염*을 토하다 그 지경이 되었으나, 다행히 사철나무 위로 떨어져 발목만 부러지는 정도로 그쳤지 까딱했으면 목숨을 잃을 뻔한 사건이었다. 오랫동안 실업자로 있었던 진만네의 어려운 형편으로는 더할 나위 없이 불행한 일이었는데, 행복 사진관 엄 씨가 병원비의 일부를 보태 주었다는 이야기도 들렸고, 진만이 아버지가 치료비를 벌기 위해 대신 설비의 소라 아버지와 함께 보일러 설치하는 일에 뛰어들어 날품을 파는 신세로 전락했다는 말도 들려왔다.

그런 일들이 있어도 아무도 강 노인에게는 말해 주지 않았다. 마누라 또한 따돌림받는 처지여서 큰며느리 경국이 어미가 마누라에게 간간이 일러 주는 내용이 그러했다. 지독한 구두쇠에 땅밖에 모르는 노랑이로 소문난 강 노인을 두고 고흥댁이 이런 험담을 한 적도 있었지만 물론 강 노인은 알 턱이 없었다.

"동네에 어려운 일이 생겼다 한들 눈 하나 깜짝

어휘정리

온상 인공적으로 따뜻하게 하여 식물을 기르는 설비.
기염 불꽃처럼 대단한 기세.

할 줄 아남? 저 땅을 평당 천만 원 준다 해도 더 받을까 혀서 못 팔 영감이야. 저래 봤자 죽을 땐 묏자리만큼의 땅만 있으면 그만이지 등에 지고 갈 게 어디 있어."

강 노인네 땅만 성사시키면, 그 중개료 받아서 혼기가 꽉 찬 딸년 혼숫감이라도 장만해 볼까 하는데 도무지 말을 들어주지 않는 강 노인이 야속하기만 한 고흥댁이었다. 강남 부동산이 만들어 낼 작품 중에서는 마지막이 될지도 모를 매물賣物*이었다. 그러나 올봄에도 저 영감, 밭일에 열심 내는 것을 보니 애당초 그른 일이지 싶으니까 더욱 부아가 치밀었다. 허탕이 될망정 경국이 할머니나 자꾸 찾아가 볼밖에. 마누라 극성 덕에 모처럼 큰 덩치의 소개료를 빼낼 수 있을지도 모를 일이었다.

봄이 완연히 짙어 가면서 꽃샘바람도 어지간히 가라앉았지만 비는 여태껏 한 차례도 내리지 않고 사월의 중턱에 올랐다. 햇살은 여름 못지 않게 따가워 조금만 움직여도 땀이 흐를 지경인데 부석부석한 땅은 후욱 불면 날아갈 판국이다. 허 참, 그거. 강 노인이 밭고랑에서 허리를 일으켜 세우며 탄식을 하다 보니 아들을 안고 바람이나 쐬러 나온 듯 진만이 아버지가 알은체를 하며 지나갔다. 진만이 발의 깁스는 아직 그대로이고 집 안에만 박혀 있어서 아이의 핼쑥한 얼굴이 보기에 민망하였다. 강 노인은 저만큼 걸어가는 부자의 뒷모습을 바라보면서 속으로만 혀를 끌끌 찼다. 저 지경으로 어려운 살림일 바에야 시골로 내려가 농사나 지으면 딴 걱정은 없을 텐데. 진만이 아버지가 대학을 나와 번듯한 회사의 간부까지 지낸 경력이 있다는 사실을 알았다 하여도 그 생각에는 변함이 없었을 것이었다. 진만이 소식을 듣던 날 마누라에게 고기

어휘정리

매물 팔려고 내놓은 물건.

근* 이나 사 들고 찾아가 보라는 말을 넌지시 비추었다가 한차례 잔소리만 들었던 강 노인이었다.

"동네 사람들한테 그만큼 당해 놓고 속도 좋수. 요새는 무슨 꿍꿍이속들인지 연립 주택 사는 젊은 댁들이 떼를 지어 수군거리다 내만 지나가면 입을 꽉 봉하는데, 참……. 그런 판에 그까짓 고기 근이 당키나 하겠수?"

올 농사가 수월찮을 줄이야 미리 각오한 바이므로 강 노인은 꿍꿍이속에 대해 별다른 궁금증도 솟지 않았다. 그것보다는 봄 가뭄에 시들어 가는 밭작물이 더 걱정되는 그였다. 고추 모종을 내고 나서 연약한 줄기를 지탱해 주느라고 개나리 가지를 꺾어 젓가락만 한 크기로 꽂아 두었더니 고춧잎은 그만한데 꽂아 둔 가지마다에 노란 개나리 꽃잎이 손톱만큼씩 돋아나 있었다. 이른 봄의 아욱국 맛이 좋아서 한 고랑에다 비닐 씌워 아욱을 키워 봤더니 봄 가뭄 속에서도 푸르게 잎이 올라 강 노인은 비닐에 구멍을 내 주면서 그 여리디여린 이파리에 손을 대 보았다. 내다 팔 것은 못 되고 아들네 집으로 해서 두루 나누어 먹으면 그뿐, 뽑아낸 뒤에 이 고랑에는 다시 상추씨와 쑥갓씨를 뿌려서 두고두고 솎아* 먹으면 좋을 것이었다. 그래서 이 자리에는 짚 썩힌 거름이나 넉넉히 넣어 두었을 뿐, 인분은 뿌리지 않았다. 깔끔한 성미의 둘째 며느리는 뚱구덩이 위에 심은 호박의 잎사귀는 물론 늙은 열매까지도 손대지 않는 것을 알고 있는 까닭이었다.

이층집 한 채를 받아 새살림을 펼 때에는 입이 함박만 하던 둘째 며느리가 요새는 제 남편 하대가 어찌 극심한지 시아비가 얼굴을 내밀어도 아침저녁으로 노상* 본다 싶어서인가 "오셨어요."하면 그

어휘정리

근 (일부 명사 뒤에 쓰여)약간의 그것이라는 뜻을 나타내는 말.
솎다 촘촘히 있는 것을 군데군데 골라 뽑아 성기게 하다.
노상 언제나 변함없이 한 모양으로 줄곧.

뿐 두 번도 더 쳐다보지 않는다. 이 일대에서 강 노인 집만큼 번듯하게 구색 맞춰 오지벽돌*로 뽑아 낸 집도 드물었다. 수십 년 살아오던 집을 헐어 내고 개발 바람과 함께 마음먹고 지은 집이었다. 땅 판 돈이 요 구멍 조 구멍으로 물 새 버리듯 나가는 것이 안타까워서 별수 없이 집칸이나 늘려 보자고 궁리를 짜낸 것이었다. 강 노인네 집 옆으로 그보다는 못하지만 비슷한 모양새의 이층집이 또 하나 있는데 그것이 첫째 용규 몫으로 지은 집이었다. 용규 내외는 아들 경국이와 이 층에 살면서 아래층은 모두 세를 내주고 있었다. 용규네 옆으로는 상가 주택을 지을 자리여서 아래에 가게 두 칸을 넣고 이층에는 살림집을 들여 또 한 채의 집을 지었다. 집이 완공되자마자 둘째 용민이가 직장도 없이 연애하던 여자와 결혼식을 치르고 이층에 새살림을 차렸다. 아예 둘째 이름으로 등기까지 올려 주고 아래 칸 가게들을 월세로 내놓아 그것으로 살아 보라고 일렀는데, 용민이 또한 제 형 하는 꼴만 보아 와서인지 가게를 전세로 돌려 그 돈으로 주산 학원인가 뭔가를 한다고 설치더니 그대로 날려 보내고 요새는 용규 하는 일을 거들며 제 용돈이나 간신히 뜯어내는 처지이다.

장안평에서 중고차 매매회사를 차린 것을 시작으로 특허 받은 자동차 부품의 제작 공장, 다시 전기 공사 청부업에서 이번에는 전자 부품 생산 공장에 이르기까지 큰아들 용규에게는 애당초* 사업 운이 없었다. 하는 일마다 자본금 털어먹고 끝장인 데는 강 노인이라 해서 무작정 뒤를 밀어줄 형편이 아니었다. 지난번 전기 공사 청부업 때도, 공사 대금代金에 생돈* 털어 넣고는 일이 끝난 몇 달 후까지 돈을 받지 못하는 악

어휘정리

오지벽돌 오짓물(흙으로 만든 그릇 등에 발라 구우면 윤이 나는 잿물)을 입혀 구워 낸 벽돌
애당초 일의 맨 처음
생돈 쓸데없는 곳에 공연히 쓰는 돈.

순환을 거듭하다가 기어이 두 손 들고 말았었다. 악착같이 덤벼들어 다만 한 푼이라도 건질 생각은 전혀 없고 상황이 좀 어렵다 싶으면 훌훌 손 털어 버리는 게 녀석의 주특기였다. 그러고도 무슨 염치로 마지막이라며 또 손을 내밀었지만 들은 척도 하지 않았었다. 아무리 사정해도 땅 한 덩이 팔아 줄 기색이 아니자 용규는 덜컥 제가 살고 있는 이층집을 은행에 저당* 잡히고 돈을 융통해 내었다. 마누라는 마누라대로 아들 역성*에 성화*더니 서울 희자네 집에 준 돈을 받아 내야겠다고 쫓아다니는 눈치였다. 최 서방 그 사람이 어떤 사람이라고 돈을 내놓을 리가 없었다. 기껏 생색을 내며 해 둔 조치가 명색뿐인 장갑 공장의 상무 이사 자리를 새로 만들어 주고, 삼천만 원의 자본금을 대었으니 이자는 월급 명목으로 매달 60만 원씩 어김없이 내놓겠다는 약조였다. 상무 이사라는 자리에 마음이 사르르 녹은 마누라는 더 이상의 서울 나들이를 그만두었다.

아무리 제 앞으로 등기된 집이기는 하나 상의 한 번 없이 제멋대로 처리한 것이 하도 괘씸해서 요즈음 강 노인은 큰아들 내외와는 얼굴조차 맞대고 있지 않았다. 눈치를 보아하니 은행 이자조차 제때 못내서 아내가 매달 이자만큼의 생활비를 보태 주는 모양이었으나 그것까지는 모른 척하고 있는 중이었다. 거기에 비하면 용민이 집에서는 아직껏 손은 벌리지 않고 있으니 그나마 다행이었다. 하긴 찜찜한 구석이 없는 것도 아니었다. 용민이 놈이 결혼 후 이태*째 계속 빌빌거리는 사이 그간의 생활비는 모두 제 처가 쪽에서 오는 것이 분명했다. 처가가 서울에서 꽤 사는 모양이기는 하지만 그렇다고 해서 용민이 댁의 기세등등함도 차마 마주 보

어휘정리

저당 부동산이나 동산을 채무의 담보로 잡거나 담보로 잡힘.
역성 옳고 그름에는 관계없이 무조건 한쪽 편을 들어주는 일.
성화 몹시 귀찮게 구는 일.
이태 두 해.

기 어려웠다.

아들 농사라고는 원. 강 노인은 잘 자란 푸성귀를 어루만지다가 자신도 모르게 한숨을 내쉬었다. 땅에서 푸성귀를 거들어들이는 심정으로 낳아서 여태까지 알게 모르게 공력功力*도 들였건만 해마다 기대한 만큼의 수확을 안겨 주는 땅 농사에 비하면 자식 농사는 너무나 허망했다. 그런데도 마누라는 이 땅덩이들을 조각조각 팔아 치워 아들 뒷바라지나 해 주자고 저리 극성이니. 원 쯧쯧. 강 노인은 이제 혀까지 끌끌 차고는 동네 안팎을 두루 둘러본다. 여기저기에 제멋대로 세워진 연립 주택과 시세 없는 상가 주택들이 옛날의 논밭 자리 위에 흩어져 있고 멀리 공단 쪽의 굴뚝에서는 검은 연기가 무럭무럭 피어오르고 있었다. 불과 십년 안팎의 변화였다. 시청이 옆으로 옮겨 오면서부터 논밭들은 급격히 택지로 용도 변경되고 서울에서 몰려온 집 장수들이 벌 떼처럼 왕왕거리며 몇 달 만에 집 한 채씩을 뚝딱 지어 내고 또 뚝딱 지어 내더니 삽시간에 동네가 꽉 차 버린 것이다.

지금이야 사람이 우글거리니 수월하겠지만 강 노인 젊어서는 인분 구하기 위해 집집마다 똥통들을 얼마나 귀하게 다뤘던가. 첫새벽부터 개똥 차지를 위해 망태기 찾아 메고 동네 골목길을 훑어가는 일이 하루 일과의 시작이었다. 아무리 먼 곳에 있더라도 대변의 기미가 보이면 기어이 집으로 달려가서 볼일을 봤다. 김장 배추를 갈기* 전에는 모아 둔 똥을 고루고루 뿌려 놓고 여름 햇살에 그것 곰삭는* 냄새가 구수해서 저절로 신바람이 났었는데, 그때는 똥 냄새가 싫다고 방정을 해 대는 이는 아무도 없었다. 제아무리 온갖 비료가 설치고 가지가지 농약이 쏟아져 나와

어휘정리

공력 애써서 들이는 정성과 힘.
갈다 주로 밭작물의 씨앗을 심어 가꾸다.
곰삭다 젓갈 따위가 오래되어서 푹 삭다.

도 사람 똥 들어가지 않은 땅에서 난, 허우대만 멀쑥한 푸것은 거두어들이고 싶지 않다는 게 강 노인 생각이었다. 지금에야 고추 농사 조금에 집에서 먹을 김장 배추나 가는 심심풀이 농사임에도 불구하고 강 노인의 억척같은 거름 욕심은 조금도 줄어들지 않은 채였다. 그만한 넓이의 땅을 가질 수 있게 되기까지 뼛속까지 새겨 둔 농사의 비결이, 척박한 땅을 비옥한 농토로 바꾼 거름 욕심이었으니까.

너무 일찍이 모종을 내었나. 강 노인은 아직 어리디어린 고추 모종을 일일이 들여다보며 고개를 갸웃거렸다. 음력 오월이 되어야 모종을 볕에 내었던 것은 옛날 일이었다. 마음만 먹으면 비닐을 씌워 겨울에라도 풋고추 맛을 볼 수도 있지만 그럴 것까지는 없고 봄볕이 살가워지자마다 온상에서 키운 모종을 내었던 것이다. 볕살*이야 그만한데 비가 부족한 탓이다. 가뭄이라, 강 노인이 시들시들한 잎사귀를 펼쳐 보다가는 우두망찰* 서 있는데 용민이네 밑에 세 든 미용실 여주인이 그를 불렀다.

"경국이 할아버지, 오늘 저희 집에서 반상회 있어요. 아무래도 오늘 저녁에는 정미 엄마가 가만있을 것 같지 않네요. 아까도 무궁화 연립에 사는 이들꺼정 몰려와서 한바탕 쏟아 놓고 갔어요. 경국이 할머님이라도 꼭 참석하셔야 해요. 아셨죠?"

그녀는 23통 6반의 여반장이다. 길 건너 5반장은 형제 슈퍼의 김씨지만 우리 정육점의 임씨가 똥 냄새 문제에는 노상 앞장을 서고 있는 중이었다. 임씨에 비하면 6반장의 경우 강 노인한테만은 훨씬 우호적이다. 용민이네 가게에 세 든 탓도 있지만 임씨가 애초 미용실 자리를 욕심냈다가 강 노인에게

어휘정리

볕살 내쏘는 햇빛
우두망찰 정신이 얼떨떨하여 어찌할 바를 모르는 모양.

퇴박을 당했던 까닭에 임씨 스스로 강 노인에 대한 감정이 좋지 못하였다. 어디를 쇠백정이. 단 한마디로 잘라 낸 이태 전 일을 두고 임씨는 여태도 강 노인을 바로 보지 않는다. 6반에 비하면 5반에서야 인분 냄새나 물것 극성이 그저 그만할 정도인데도 작년에 시청에다 진정서를 낸 것은 5반이었다. 그게 다 임씨 술책이라는 것쯤은 강 노인도 알지만 무궁화 연립이라면 5반인데 현대 연립의 정미 엄마와 합세한 것을 보면 임씨가 올해 또한 집주인들을 부추기는 것이 틀림없었다. 돼지나 닭을 집단으로 사육하는 것도 아니고 노는 땅에 푸성귀를 갈아먹고 있는 심심풀이 농사까지야 손댈 수는 없다고 시청의 답변이 내려온 것을 온 동네가 다 아는데 내년에는 연판장*이라도 돌리겠다며 큰소리치던 작자였다.

"올해일랑은 농사 시작하기 전에 아예 막아야 한다고들 그러든데요. 시청에서도 이제는 보고만 있지 않을 거래요."

여자가 피아노 교습소와 나란히 붙은 미용실 안으로 들어가 버린 뒤 강 노인은 쯧쯧 혀를 차는 것으로 자신의 울화를 삭여 버리고는 이내 말라붙은 밭 꼬락서니를 내려다본다. 그러고 보면 정미 엄마나 동네 사람들이 날뛰는 이유가 꼭 똥 냄새에만 있는 것은 아니었다. 5반이나 6반이나 정육점 임씨를 빼고 나면 집주인들을 주축으로 시비가 있어 왔었다. 가게에 세 들어 있는 지물포* 주씨와 사진관 엄씨도 코앞에 밭을 두고 있는 처지이지만 강 노인과 마주치면 깍듯이 어른 대접을 갖추었다. 셋방 신세인 진만이 아버지도 그렇고 청소원 김씨도 하루에 몇 번씩 마주쳐도 공손히 알은체를 해 왔지 팩팩거리며 못되게 구는 법이라곤 없었다.

어휘정리

연판장 두 사람 이상이 이름을 한 곳에 쓰고 도장을 찍어 쓴 편지.
지물포 온갖 종이를 파는 가게. 장판이나 도배지 따위를 파는 가게.

집주인들이 더 극성을 부리는 데에도 까닭은 있었다. 강 노인네 땅덩이들이 팔려서 거기에 번듯한 건물들이 들어서야 이 거리가 완벽하게 채워지기 때문이었다. 게다가 그 땅들이 모두 도로변에 있고 보면, 아니 도로변의 땅에다가 인분 뿌리며 푸성귀나 갈아먹는대서야 동네 모양새가 영 말이 아닌 것이다. 동네 신수*가 훤해야 집값도 오를 터인데 모름지기 강 노인 밭이 저러고 있어서야 제값대로 보지 않는다는 불만들이 클 것임은 자명했다.

반상회야 열리건 말건 강 노인은 용문이를 데불고* 밭에 물을 댈 작정으로 집으로 돌아왔다. 용문이는 지난번 몸살 이래 봄 감기까지 겹쳐 빌빌거렸는데 그새 어디론가 나가 버리고 없었다. 제법 잘 따라다니며 다소곳이 땅을 일구더니 보나마나 그놈마저 바람 든 게 분명했다. 요새는 이 핑계 저 핑계로 밭일 피하는 꼬락서니가 영락없이 미꾸라지였다. 용문이 대신 용민이가 집에 들러 제 어미와 수군거리고 있는 것을 보고 그는 대뜸 둘째에게 물지게 심부름을 시키기로 작정하였다.

"서너 번 날라라."

"용민이 지금 서울 가는 길이요. 내가 져 나르리다."

뒤뜰에 파 놓은 펌프 쪽으로 걸어가다 뒤돌아보니 마누라가 아랫입술을 뚱 내밀고 안색이 좋지 않았다.

"서울? 뭣 하러?"

"제 형이 보낸답디다. 처가 돈이라도 꾸어 오라고. 직공들 월급도 몇 달째 거르고 있대요. 아, 그러길래 좀 도와주시구랴. 남도 아니고 당신 아들 둘이 벌여 놓은 일인데 남 보듯 하지 말고……."

어휘정리

신수 용모와 풍채를 통틀어 이르는 말.
데불고 '데리고'의 방언.

그는 두 번 다시 마누라 쪽을 보지 않고 뒤꼍으로 가서 펌프 물을 뽑아 올린다. 밑 빠진 독에 물 붓기도 아니고 참말로 기가 막힐 노릇이었다. 쓸 줄만 알지 벌어들일 줄은 모르는 녀석들이 간덩이만 부어서 일만 크게 벌여 놓고 뒷감당은 모두 아비에게 떠넘기는 짓들이 오늘까지 계속이었다. 남들 다 하는 월급쟁이는 마다하고 떼돈 벌 궁리에 떼돈만 날리는 녀석들이다. 누구 돈이든 쏟아붓고 보자는 저 섣부른 행동이 결국은 그의 땅덩이로 막아져야 할 것임은 불을 보듯 뻔한 노릇이었다.

그날 저녁의 반상회에는 강 노인도 그의 아내도 참석하지 않았다.

"그놈의 똥 타령을 왜 내가 뒤집어쓴답니까?"

한번 들여다보라는 그의 언질에 마누라는 금세 통박*이다. 경국이 녀석이 저녁밥도 안 먹고 쪼르르 달려와서 일러바치는 말로는, 돈 구하러 나갔던 큰며느리가 돌아오는 길에 아예 반상회까지 참석한 모양이니 뒷소식이야 누구한테 들어도 알 수는 있을 것이므로 내외는 일찌감치 불 끄고 자리에 누워 버렸다.

다음 날 아침, 첫새벽부터 밭에 나갔던 강 노인은 그만 입을 쩍 벌리고 선 채 말을 잃었다. 세상에 이런 법은 없었다. 이제 손가락만 한 고추 모종이 깔려 있는 밭에 여기저기 연탄재들이 나뒹굴고 있지 않은가. 겨울 빈 밭에 내다 버리는 것이야 그럴 수 있다 치더라도 목숨이 붙어 자라고 있는 밭에 연탄재를 내던진 것은 명백히 짐승의 처사*였다. 반상회 끝의 독기 어린 동네 사람들이 저지른 것임은 대번에 알 수 있었지만 아무리 그렇다 하여도 이런 짓거리까지 해 댈 줄이야 짐작도 못 했던 강 노인이었다. 수십 덩어리

어휘정리

통박 몹시 날카롭고 매섭게 다지고 공격함.
처사 일을 처리함. 또는 그런 처리.

의 연탄재 폭격을 당해 짓뭉개진 모종이 한 고랑만 해도 숱했다. '세상에 막된 인종들…….' 강 노인은 주먹코를 씰룩이며 밭으로 달려들어가서 닥치는 대로 연탄재를 길가에 내던졌다. 서울 것들이나 되니 살아 있는 밭에 해코지*할 생각을 갖지, 땅을 아는 자라면 저 시퍼런 하늘이 무서워서라도 감히 이따위 행패를 생각이나 하겠는가. 흰 연탄재 가루를 뒤집어쓰고 쓰러져 있는 죄 없는 풀잎을 차마 바로 볼 수 없어서 강 노인은 잔뜩 허둥대고 있었다.

도로 청소원인 김 씨가 아침밥을 먹으러 들어오면서 보니 강 노인은 검정 고무신이 벗겨진 줄도 모르고 손바닥으로 연탄재를 끌어모으느라 정신이 없었다. 밤사이 밭에 무슨 일이 있었는지 눈여겨보지 않아 알 턱이 없었던 김 씨가 인사랍시고 던진 말은 더욱 가관이었다.

"영감님네 땅을 내놓으셨다면서요? 그런데 뭘 그리 열심히 가꾸십니까? 이내 넘길 거라면서……."

"아니, 누가 그런 소릴 해?"

시뻘건 얼굴을 홱 돌리며 벽력같이 고함을 지르는 통에 김 씨가 움찔 뒤로 물러났다.

"어젯밤 반상회에서 댁의 며느님이 그러셨다는데요? 저도 우리집 여편네한테 들은 소리라서."

더 들어 볼 것도 없이 강 노인은 곧장 집으로 뛰어갔다. 벗겨진 신발을 짝짝이로 꿰어 차고서. 얼갈이 배추와 열무 들을 다듬고 있던 마누라가 노인의 허둥대는 기세에 토끼 눈을 뜨고 일어섰다.

"그렇게 말한 게 아니라, 우리 아버님 근력이 쇠

어휘정리

해코지 남을 해치고자 하는 짓.

하셔서 올핼랑은 더 이상 일을 못 하시니까 파실 모양이더라고 말했다는군요. 경국이 어미도 동네 사람들 닦달에 그냥 해 본 소리겠지요."

"그냥?"

"밭에다 그 지경을 해 댄 걸 보면 오죽했겠수. 뭐, 틀린 말도 아니고. 땅 팔아서 아들 살리고 남은 돈은 은행에 넣어 이자나 받으면 우리 식구 신간 이사 편치 뭘 그러슈."

밭이 그 지경이라는데도 마누라는 천하태평이다. 강 노인은 어이가 없어 그만 입을 다물어 버린다. 마누라는 이때다 싶은지 또 한차례 오금을 박는다. 어제 다녀간 복덕방 박 씨의 의미심장한 충고가 생각나서였다.

"팔육*인간 팔팔*인가 땜에 도로 주변 미화 사업이 한창이라는데 밭농사를 그냥 두고 보겠수? 팔팔 전에는 어차피 이곳에다가 뭐 은행도 짓고 병원도 짓게끔 계획되어 있다고 그럽디다. 시에다 팔면 금이나 제대로 쳐줍디까? 그 전에 제 가격 받고……."

"시끄러!"

마누라 입을 봉해 놓고서 강 노인은 이내 밭으로 되돌아왔다. 한 포기라도 살릴 수 있는 만큼은 건져 내야 할 고추 모종들 때문에 한시가 급한 강 노인이었다. 반상회 파문은 그것으로 끝난 것이 아니었다. 반상회 소식이 알려지자마자 연립 주택에 산다는 은혜 엄마가 찾아와서 경국이 엄마가 지난달 꾸어 간 오십만 원을 돌려 달라고 하소연을 늘어놓기 시작한 것이다. 땅을 팔았다니 계약금을 받았을 터인즉 큰며느리 빚을 대신 갚아 줄 수 없겠느냐는 여자의 말에 강 노인의 주먹코가 더욱 빨개

어휘정리

팔육 1986년 우리나라 서울에서 열린 제10회 아시안 게임을 가리킴

팔팔 1988년 우리나라 서울에서 열린 제24회 하계 서울올림픽을 가리킴.

졌다.

지난겨울 서울에서 이사 와 동네 물정을 모르고 딸이 다니는 에바다 피아노 학원에서 알게 된 경국이 엄마에게 곗돈을, 그것도 두 번째 탄 것을 빌려 줬다는 것이다. 이 동네 지주의 큰며느리라 해서 별 의심도 하지 않고 돈을 주었는데 경국이 엄마가 동네에 뿌린 빚이 한 두 군데가 아니어서 직접 시아버지와 담판을 짓겠다고 마음먹은 은혜 엄마였다.

그게 어떤 돈인가 말이다. 서울에서의 셋방살이도 하도 지긋지긋해서 연립 주택 한 채를 마련, 이곳에 이사 온지 반 년도 되지 않은 그녀이다. 곗돈 타고 여름에 보너스 나오면 이자 나가는 빚 백만 원을 갚을 요량이었는데, 그 몇 달 사이의 이자 몇푼을 욕심내다가 생돈 떼이게 생겼으니 생각만 해도 속이 터질 지경이었다.

땅을 팔았다는 소문이 번지면서 큰아들 용규에게 빚을 준 동네 사람들이 강 노인에게 몰려왔다. 은혜 엄마까지 꼭 여덟 명이었다. 그 중에는 목동에서 살다 철거 보상금 받아 쥐고 이곳까지 흘러온 김영진이라는 날품팔이 사내도 끼여 있었다. 철거 보상금을 삼 부* 이자로 놓아 주겠다는 고흥댁의 말만 믿고 돈을 건네준 사람이었다. 그들은 한결같이 강 노인 땅을 믿고 빌려 준 돈이니까 책임을 져야 한다고 우겨 대면서 땅을 판적이 없다는 그의 말을 도무지 믿으려 하지 않았다.

"그 못난 놈이 공장까지 담보로 잡혀 먹었대요. 최신 기계 설비만 갖추면 돈 벌리는 게 눈에 보이는 사업이라는데……. 은행 대출도 기간이 차서 경고장이 날아왔답니다."

이판사판이라고 마누라도 이젠 감추지 않고 잘

어휘정리

부 비율을 나타내는 단위 '푼'의 잘못.
1푼은 전체 수량의 100분의 1로, 1할의 10분의 1이다.

도 털어놓는다. 용규가 그 모양이니 처가에서까지 돈을 끌어댄 용민이는 어쩌겠느냐고 숫제 으름장이었다.

"땅은 안 돼. 안 팔아!"

"고집 좀 그만 부리고 우선 집 앞의 거라도 떼어 팔아 발등의 불이라도 꺼 봅시다. 다 자식 잘되라고 하는 짓인데 왜 그러우?"

"자식 놈들 뒷바라지에 땅 다 날려 보낸 걸 몰라!"

입씨름에 지친 마누라가 눈물 바람을 하다가 용문이 방으로 건너가 버린 뒤, 강 노인은 그 밤 오래도록 잠을 이루지 못하고 뒤척여야만 했다. 자식 농사는 포기한 지 오래지만 해마다 씨를 뿌리고 수확을 거두는 재미만큼은 쉽게 포기할 수 없는 그였다. 서울에서 밀려 나온 서울 것들 때문에 여기까지 땅값이 들먹거리는 북새통을 치뤘고 그 와중에 자식들이 모두 저 푼수로 커 버렸다는 원망도 많은 게 강 노인이었다. 씨 뿌린 땅에서 거두어들이는 수확이 아닌 담에야 어찌 땅 팔아서 그 돈으로 쌀 사고 채소 사며 살 수 있을 것인가. 농사꾼 주제로는 평생 만져 볼 엄두도 못 내는 큰돈이 굴러들어 왔어도 쉽게 생긴 내력만큼 씀씀이도 허망하기 짝이 없었다. 그나마 이만큼이라도 마지막 땅 조각을 붙들고 있다는 위안이 강 노인에게는 큰 힘이 되었다. 이 고장에 서울 바람이 몰아닥쳐 요 모양으로 설익은 도시가 되지 않았더라면 아직껏 넓디넓은 땅을 가지고 있을 것이 틀림없는 스스로를 생각해 보면 더욱 울화가 치밀었는데 다 부질없는 노릇이었다.

빚쟁이들이 몰려오는 줄 번연히 알면서도 들여다보지 않고 모르는 척하고 있는 용규 내외를 생각하면 괘씸하기 짝이 없었지만 이제 강 노인이 거두어야 할 일만 남은 셈이었다.

다음 날 아침, 강 노인은 느지막이 집을 나섰다. 마누라한테는 아무런 내색도 하지 않았다.그러나 발길은 여전히 밭을 향했다. 밭고랑 사이로 밀고 올라오는 잡초를 뽑아내면서 문득 뒤돌아보니 원미산 장대봉이 그새 많이 푸르러져서 제법 운치가 있었다. 멀리서 보아야 아름답다 하여 멀뫼라 불리던 산이었다. 젊었을 적 나무하러 숱하게 오르내려서 능선마다 그의 땀방울이 묻어 있기도 한 산이다. 그때가 언제인데, 참 질기게도 오래 산다는 생각이 들었다. 땅에서 뽑혀 나와 잠깐 만에 이파리들이 축 늘어져 버린 잡초를 새삼스레 들여다 보다가 강 노인은 시름없이 밭을 둘러보았다.

그러고 보니 어제오늘 고추 모종에 물을 주지 못한 게 생각났다. 아욱이야 그런대로 잘 자랐지만 마누라가 덤덤해하니 억센 겉잎이 밀고 올라오기 시작했다. 꽂아 놓은 개나리 가지에 움터 오던 노란 잎도 가뭄에 시달려 밥알처럼 오그라 붙었다. 햇살은 푸지게 내리쬐고, 아이들은 지물포 옆에 옹기종기 모여서 땅따먹기 놀이를 하고 있었다. 강 노인은 큼큼 헛기침을 해가며 강남 부동산으로 걸어갔다. 그러다 이내 되돌아서서 집을 향해 바쁜 걸음을 옮긴다. 암만해도 물 한 통쯤을 져 날라서 우선 이것들 목이나 축여줘야겠다는 생각이었다.

중요한 내용 쏙! 쏙! 쏙!

이야기 과정 보기

발단	전개	위기	절정	결말
강 노인이 인분을 사용해 농사를 지음	땅을 팔자는 아내와 자식들의 성화에도 강 노인은 꿋꿋이 농사를 지음	반상회에 강 노인은 참석하지 않고 며느리가 대신 참석함	며느리에 의해 강 노인이 땅을 판다는 소문이 퍼지고, 큰 아들에게 빚을 준 동네 사람들이 몰려옴	강 노인이 땅을 팔기위해 강남 부동산으로 향하다가 고추 모종에 물을 주지 않은 것이 생각나 발길을 돌림

인물들 간의 갈등

아내와 자식들		강 노인		동네 사람들
땅을 팔아 편히 살고 사업 자금을 얻기를 바람	VS	농사꾼으로 땅에 대한 욕심을 가지고 땅을 팔지 않으려고 함	VS	강 노인이 땅을 팔아 동네가 개발되고 똥 냄새도 사라지기를 바람

제목의 상징적 의미

마지막 땅이란?

- 도시화의 바람 속에 외롭게 존재했던 강 노인의 밭을 의미
- 근대화와 도시화의 물결 속에 사라질 수밖에 없는 전근대적 세계를 암시

연작 소설 '원미동 사람들'의 작품 구성

① 멀고 아름다운 동네 ② 불씨 ③ 마지막 땅 ④ 원미동 시인 ⑤ 한 마리의 나그네 쥐 ⑥ 비 오는 날이면 가리봉동에 가야한다. ⑦ 방울새 ⑧ 찻집 여자 ⑨ 일용할 양식 ⑩ 지하 생활자 ⑪ 한계령

- 각각은 독립된 작품들이지만 내적 연관성을 지닌 연작소설임

1 동네 사람들이 강 노인의 밭농사를 반대하는 이유를 찾아봅시다.

2 강 노인이 동네 사람들의 성화에도 인분을 사용하여 농사를 짓는 까닭을 찾아봅시다.

상상더하기 - 강노인의 입장 정리하기

강 노인은 땅 때문에 마을 주민들, 처, 자식들과 갈등을 빚고 있습니다. 강노인은 이들에게 어떤 말을 해주고 싶을까요? 여러분이 강 노인이 되어 하고 싶은 말을 정리해 봅시다.

인분 냄새가 난다며 난리를 치고, 땅을 팔아 그 곳에 번듯한 건물이 들어오기를 바라는 마을 주민들에게

땅을 팔아 자식들 빚을 갚아 주자는 처에게

땅을 팔아 자신들의 사업 자금을 지원해 주기 바라는 자식들에게

1. 강 노인이 인분을 사용하여 농사를 지으므로 냄새가 나서 견딜 수가 없고, 또 강 노인의 밭에 건물이 들어서야 거리가 완벽하게 채워져 집값이 오를 것이기 때문입니다.
2. 인분은 비료나 농약과 다르게 척박한 땅을 비옥한 농토로 바꾸어 허우대만 멀쑥한 풋것이 아니라 튼실한 식물을 길러낼 수 있습니다.

모순

안진진은 고급스런 레스토랑과 잘 어울릴 것 같은 남자와 모닥불 피워놓은 모래사장과 잘 어울릴 것 같은 남자, 둘을 놓고 열심히 저울질을 하고 있답니다. 억척스러운 진진의 엄마는 사고뭉치 아들과, 가정에서의 존재감을 찾을 수가 없는 남편 때문에 하루도 마음 편하게 살수가 없습니다. 하지만, 정작 어느 날 갑자기 자살로 생을 마감한 사람은 평탄한 삶을 살아왔던 고모였습니다. 행복하기만 한 생활을 견디지 못하겠다는 그런 어이없는 이유로 말입니다. 반대로 억척스러운 엄마는 하루하루가 괴롭지만 오히려 걱정꺼리가 없는 날 더 생기가 없으니 이게 어찌된 일일까요? 남동생이 사고를 치는 날 엄마는 오히려 생기가 돌고 의욕이 넘칩니다. 엄마를 살게 하는 힘은 걱정인지도 모른답니다. 두 남자 사이의 저울질을 하던 '진진'은 가난하지만 소박한 남자에게 매력을 느끼고 그를 사랑하지요. 하지만, 결국 결혼은 돈 많은 다른 남자와 하고 말았답니다. 소설의 제목 '모순'처럼 작품 속의 등장인물들은 모두 모순된 삶을 살아갑니다. 행복해서 자살을 하고, 걱정 근심이 삶을 살리는 원동력이고, 소박한 사람을 사랑하지만 결혼은 반대인 남자와 하는 이러한 삶의 모순들은 작품을 읽는 우리들의 모습인지도 모른답니다.

나는 소망한다 내게 금지된 것을

아줌마들의 우상인 유명 남자 배우가 있었답니다. 자신이 최고라고 여기는 도도한 한 여자도 있었지요. 그녀는 자신이 세상에서 가장 우월하다는 것을 보여주기 위해 그 배우를 납치하고 감금합니다. 자신에게 굴복시켜서 많은 사람들의 우상인 그의 실체가 형편없다는 것을 보여줄 계획입니다. 그런데 어찌된 일인지 여자의 계획은 점점 틀어져만 갑니다. 그 배우와 함께 지내는 시간이 길어질수록 여자는 자신이 그를 위해 많은 것을 배려하고 결국 자신과 동등하게 느끼고 있다는 것을 깨닫습니다. 처음부터 여자의 납치 극에 동참하던 여자의 애인은 그런 그녀의 변심을 견디다 못해 그녀를 살해합니다. 사랑하는 여자가 다른 남자와 둘만의 연극까지 준비하는 것을 보고 참을 수 없게 된 것입니다. 하지만, 재판에서 그 남자는 너무나 당당합니다. 그 여자가 소망하는 것을 이루어 주었을 뿐이라고 말입니다. 이루지 못할 것을 소망하고 결국 파멸에 이르는 등장인물들의 모습에서 끝없이 가질 수 없는 것을 갖고자 괴로워하는 인간의 근원적 욕망에 대해 생각해 보게 되었답니다.

무녀도

수록교과서 : 미래엔(이)

김동리 소설가. 본명은 김시종. 동리는 필명. 1913년 경북 경주에서 태어났다. 1935년 《중앙일보》 신춘문예에 「화랑의 후예」가, 이듬해 《동아일보》 신춘문예에 「산화」가 거듭 당선되어 등단하였다. 광복 직후는 우파 진영을 대표하는 평론가로 활동하였으며, 한국청년문학가협회의 창설을 주도하였다. 대표작으로는 「바위」 「무녀도」 「황토기」 「역마」 등이 있다.

감상 길잡이

이 작품은 전통적인 무속 신앙과 외래 종교인 기독교 사이의 갈등을 그리고 있습니다. 개화기에 서양의 문물과 함께 들어온 외래 종교가 토속 종교와 빚었을 마찰을 고려한다면 작품을 더 효과적으로 이해할 수 있겠지요. 또 갈등으로 인해 비극적 운명을 맞이하는 모화와 욱이 모자의 삶에 주목하며 작품을 감상해 봅시다.

핵심정리

갈래	단편소설, 액자소설
시점	1인칭 관찰자 시점(도입액자), 전지적 작가 시점(내부 이야기)
배경	개화기, 경주 부근의 여민촌

성격	무속적, 신비적
제재	무녀도라는 그림에 얽힌 한 무녀의 이야기
주제	토속 신앙과 기독교 신앙의 대립이 초래한 비극

등장인물

모화
무당. 기독교를 반대하고 무속을 고수하려다 끝내 죽음

욱이
모화의 아들. 기독교도. 모화와 대립하다가 결국 모화로 인해 죽음

낭이
모화의 딸. 귀머거리. 욱이와는 의붓남매 사이. 그림을 잘 그림

줄거리

나의 집에 나그네로 들렀던 벙어리 소녀가 그린 무녀도에 대해 나는 할아버지로부터 다음과 같은 이야기를 전해 듣습니다.

경주읍에서 조금 떨어진 마을에 사는 모화라는 무녀는 귀머거리 딸 낭이와 둘이 살고 있습니다. 남편은 해변가에서 혼자 해물 장수를 하고, 사생아 아들인 욱이는 몇 해 전 마을을 떠났기 때문입니다.

그러던 어느 날, 소식이 없던 욱이가 돌아오는데, 그가 예수교에 귀의한 탓에 무녀인 모화와 충돌을 하게 됩니다. 마침내 모화는 성경을 불태우고 이를 말리려던 욱이를 칼로 찔러 결국 욱이를 죽음에 이르게 합니다. 그 후 모화는 예기소에서 마지막 굿을 하며 스스로 물속에 빠져 죽습니다.

모화가 죽은 뒤, 낭이 아버지는 나귀 한 마리를 끌고 와 딸 낭이를 태우고 정처 없이 길을 떠납니다.

무녀도

1

뒤에 물러 누운 어둑어둑한 산, 앞으로 폭이 넓게 흐르는 검은 강물, 산마루로 들판으로 검은 강물 위로 모두 쏟아져 내릴 듯한 파아란 별들, 바야흐로 숨이 고비에 찬, 이슥한 밤중이다. 강가 모래펄에 큰 차일*을 치고, 차일 속엔 마을 여인들이 자욱이 앉아 무당의 시나위 가락에 취해 있다. 그녀들의 얼굴들은 분명히 슬픈 흥분과 새벽이 가까워 온 듯한 피곤에 젖어 있다. 무당은 바야흐로 청승에 자지러져 뼈도 살도 없는 혼령으로 화한 듯 가벼이 쾌자 자락을 날리며 돌아간다…….

이 그림이 그려진 것은 아버지가 장가를 들던 해라 하니, 나는 아직 세상에 태어나기도 이전의 일이다. 우리 집은 옛날의 소위 유서 있는 가문으로, 재산과 문벌로도 떨쳤지만, 글하는 선비란 것도 우글거렸고, 특히 진귀한 서화와 골동품으로서는 나라 안에서 손꼽힐 만큼 높이 일컬어졌었다. 그리고 이 서화와 골동품을 즐기는 취미는 아버지에서 아들로, 아들에서 다시 손자로 대대 가산과 함께 물려져 내려오는 가풍이기도 했다.

우리 집 살림이 탁방난* 것은 아버지 때였으나, 그즈음만 해도 아직 옛날과 다름없이 할아버지께서는 사랑에서 나그네를 겪으셨고, 그러자니 시인묵객詩人墨客들이 끊일 새 없이 찾아들곤 하였다. 그 무렵이라 한다. 온종일 흙바람이 불어 뜰 앞엔 살구꽃이 터져 나오는 어느 봄날 어스름 때였다. 색

어휘정리

차일(遮日) 햇볕을 가리기 위하여 치는 포장.
탁방나다 일이 되고 안되는 것이 드러나 끝나다.

다른 나그네가 대문 앞에 닿았다. 동저고리 바람에 패랭이*를 쓰고 그 위에 명주 수건을 잘라맨, 나이 한 쉰 가까이 되어 뵈는, 체수도 조그만 사내가 나귀 고삐를 잡고 서고, 나귀에는 열예닐곱쯤 나 뵈는, 낯빛이 몹시 파리한 소녀 하나가 안장 위에 앉아 있었다. 남자 하인과 그 상전의 따님같아도 보였다.

그러나 이튿날 그 사내는,

"이 여아는 소인의 여식이옵는데, 그림 솜씨가 놀랍다 하기에 대감의 문전을 찾았삽내다."

했다.

소녀는 흰 옷을 입었었고, 옷빛보다 더 새하얀 그녀의 얼굴엔 깊이 모를 슬픔이 서리어 있었다.

"아기의 이름은?"

"……."

"나이는?"

"……."

주인이 소녀에게 말을 건네 보았었으나, 소녀는 굵은 두 눈으로 한 번 그를 바라보았을 뿐 입을 떼려고 하지는 않았다. 아비가 대신 입을 열어,

"여식의 이름은 낭이琅伊, 나이는 열일곱 살이옵고……."

하더니, 목소리를 더 낮추며,

"여식은 가는 귀가 좀 먹었습니다."

했다.

주인도 이번에는 고개를 끄덕였다. 그러고는 사

어휘정리

패랭이 댓개비로 엮어 만든 갓. 조선 시대에는 역졸, 보부상 같은 신분이 낮은 사람이나 상제(喪制)가 썼다.

내를 보고, 며칠이든지 묵으며 소녀의 그림 솜씨를 보여 달라고 했다.

그들 아비 딸은 달포 동안이나 머물러 있으며, 그림도 그리고 자기네의 지난 이야기도 자세히 하소연했다고 한다.

할아버지께서는 그들이 떠나는 날에, 이 불행한 아비 딸을 위하여 값진 비단과 충분한 노자를 아끼지 않았으나, 나귀 위에 앉은 가련한 소녀의 얼굴에는 올 때나 조금도 다름없는 처절한 슬픔이 서려 있었을 뿐이라고 한다.

……소녀가 남기고 간 그림—이것을 할아버지께서는 '무녀도'라 불렀지만—과 함께 내가 할아버지로부터 전해 들은 이야기는 다음과 같다.

2

경주읍에서 성밖으로 오 리쯤 나가서 조그만 마을이 있었다. 여민촌 혹은 잡성촌이라 불리는 마을이었다.

이 마을 한구석에 모화毛火라는 무당이 살고 있었다. 모화서 들어온 사람이라 하여 모화라 부르는 것이었다. 그러나 그녀가 살고 있는 집은 마을의 어느 여염집*과도 딴판이었다. 그것은 한 머리 찌그러져 가는 묵은 기와집으로, 지붕 위에는 기와버섯이 퍼렇게 뻗어 올라 역한 흙냄새를 풍기고 집 주위는 앙상한 돌담이 군데군데 헐린 채 옛성처럼 꼬불꼬불 에워싸고 있었다. 이 돌담이 에워싼 안의 공지같이 넓은 마당에는 수채*가 막힌 채, 빗물이 괴는 대로 일 년 내 시퍼런 물이끼가 뒤덮여 늘쟁이, 명아주, 강아지풀 그리고 이름도 모를 여러 가지 잡풀들이 사람의 키도

어휘정리

여염집 서민의 살림집. 무슨 영업을 하는 집이 아닌 살림집
수채 집 안에서 버린 허드렛물이나 빗물 따위가 흘러나가도록 만든 시설

묻힐 만큼 거멓게 엉키어 있었다. 그 아래로 뱀같이 길게 늘어진 지렁이와 두꺼비같이 늙은 개구리들이 구물거리고 움칠거리며, 항시 밤이 들기만 기다릴 뿐으로, 이미 수십 년 혹은 수백 년 전에 벌써 사람의 자취와는 인연이 끊어진 도깨비굴 같기만 했다.

이 도깨비굴같이 낡고 헐린 집 속에 무녀 모화와 그 딸 낭이는 살고 있었다. 낭이의 아버지 되는 사람은 경주읍에서 칠십 리가량 떨어져 있는 동해변 어느 길목에서 해물가게를 보고 있는데, 풍문에 의하면 그는 낭이를 세상에 없이 끔찍이 생각하는 터이므로 봄가을 철이면 분 잘 핀 다시마와 조촐한 꼭지미역 같은 것을 가지고 다녀가곤 한다는 것이었다. 나중 욱이昱伊가 돌연히 나타나지 않았다면 이 도깨비굴 속에 그녀들을 찾는 사람이래야, 모화에게 굿을 청하러 오는 사람들과 봄가을에 한 번씩 낭이를 찾아 주는 그녀의 아버지 정도로, 세상 사람들과는 별로 왕래도 없이 살아가는 쓸쓸한 어미 딸이었던 것이다.

간혹 원근 동네에서 모화에게 굿을 청하러 오는 사람이 있어도 아주 방문 앞까지 들어서며,

"여보게, 모화네 있는가?"

"여보게, 모화네."

하고 두세 번 부르도록 대답이 없다가, 아주 사람이 없는 모양이라고 툇마루에 손을 짚고 방문을 열려고 하면 그때서야 안에서 방문을 먼저 열고 말없이 내다보는 계집애 하나— 그녀의 이름이 낭이였다. 그럴 때마다 낭이는 대개 혼자서 그림을 그리고 있다가 놀라 붓을 던지며 얼굴이 파랗게 질린 채 와들와들 떨곤 하는 것이었다.

이와 같이, 모화는 어느 하루를 집구석에서 살림이라고 살고 있는 날이 없었다. 날이 새기가 무섭게 성안으로 들어가면 언제나 해가 서쪽 산마루에 걸릴 무렵에야 돌아오곤 했다. 술이 얼근해서 수건엔 복숭아를 싸 들고 춤을 추며,

"따님아, 따님아, 김씨 따님아, 수국 꽃님 낭이 따님아, 용궁이라 들어가니, 열두 대문이 다 잠겼다. 문 열으소, 문 열으소, 열두 대문 열어 주소."

청승 가락을 뽑으며 동구로 들어오는 것이었다.

"모화네, 오늘도 한 잔 했구나."

마을 사람들이 인사를 하면 모화는 수줍은 듯이 어깨를 비틀며,

"예에, 장에 갔다가요."

하고, 공손스레 절을 하곤 하였다.

모화는 굿을 할 때 이외에는 대개 주막에 가 있었다. 그만큼 모화는 술을 즐기었고 낭이는 또한 복숭아를 좋아하여 어미가 술이 취해 돌아올 때마다 여름 한철은 언제나 그녀의 손에 복숭아가 들려 있었다.

"따님 따님, 우리 따님."

모화는 집 안에 들어서면서도 이렇게 가락을 붙여 낭이를 불렀다.

낭이는 어릴 때 나들이에서 돌아오는 어미의 품에 뛰어들어 젖을 빨듯, 어미의 수건에 싸인 복숭아를 받아먹는 것이었다.

모화의 말을 들으면 낭이는 수국 꽃님의 화신化神으로, 그녀(모화)가 꿈에 용신龍神님을 만나 복숭아 하나를 얻어먹고 꿈꾼 지 이레 만에 낭이를 낳은 것이라 했다. 그녀의 말에 의하면 수국 용신님은 따님이 열두 형제였다. 첫째는 달님이요, 둘째는 물님이요, 셋째는 구름님이요…… 이렇게 열두째

는 꽃님이었는데, 산신님의 열두 아드님과 혼인을 시키게 되어 달님은 해님에게, 물님은 나무님에게, 구름님은 바람님에게, 각각 차례대로 배혼을 정해 나가려니까 막내따님인 꽃님은 본시 연애를 좋아하시는 성미라, 자기 차례가 돌아오기를 미처 기다릴 수 없어, 열한째 형인 열매님의 낭군님이 되실 새님을 가로채어 버렸더니 배필을 잃은 열매님과 나비님은 슬피 울며, 제각기 용신님과 산신님께 호소한 결과 용신님이 먼저 크게 노하사 벌을 내려 꽃님의 귀를 먹게 하시고, 수국을 추방하시니, 꽃님에서 그만 복사꽃이 되어 봄마다 강가로 산기슭으로 붉게 피지만, 새님이 가지에 와 아무리 재잘거려도 지금까지 귀가 먹은 채 말 없는 벙어리가 되어 있는 것이라 한다.

모화는 주막에서 술을 먹다 말고, 화랑이*들과 어울려서 춤을 추다 말고, 별안간 미친 것처럼 일어나 달아나곤 했다. 물으면 집에서 따님이 자기를 부르노라고 했다. 그녀는 수국 용신님께서 낭이 따님을 잠깐 자기에게 맡겼으므로 자기는 그동안 맡아 있는 것뿐이라 했다.

그러므로 자기가 만약 이 따님을 정성껏 섬기지 않으면 큰어머님 되시는 용신님의 노염을 살까 두렵노라 하였다.

낭이뿐 아니라, 모화는 보는 사람마다 너는 나무 귀신의 화신이다, 너는 돌 귀신의 화신이다 하여 결핏하면 칠성에 가 빌라는 둥 용왕에 가 빌라는 둥 했다.

모화는 사람을 볼 때마다 늘 수줍은 듯 어깨를 비틀며 절을 했다. 어린애를 보고도 부들부들 떨며 두려워했다. 때로는 개나 돼지에게도 아양을 부렸다.

그녀의 눈에는 때로는 모든 것이 귀신으로만 비

어휘정리

화랑이 광대와 비슷한 놀이꾼의 패. 옷을 잘 꾸며 입고 가무와 행락을 주로 하던 무리로 대개 무당의 남편

친다는 것이었다. 그것은 사람뿐 아니라 돼지, 고양이, 개구리, 지렁이, 고기, 나비, 감나무, 살구나무, 부지깽이, 항아리, 섬돌, 짚신, 대추나무가지, 제비, 구름, 바람, 불, 밥, 연, 바가지, 다래끼, 솥, 숟가락, 호롱불…… 이러한 모든 것이 그녀와 서로 보고, 부르고, 말하고, 미워하고, 시기하고, 성내고 할 수 있는 이웃 사람같이 보여지곤 했다. 그리하여 그 모든 것을 '님' 이라 불렀다.

3

욱이가 돌아온 뒤부터 이 도깨비굴 속에는 조금씩 사람 냄새가 나기 시작했다. 부엌에 들어서기를 그렇게 싫어하던 낭이도 욱이를 위하여는 가끔 밥을 짓는 것이었다. 그리고 밤이면 오직 컴컴한 어둠과 별빛만이 차 있던 이 허물어져 가는 기와집 처마 끝에도 희부연 종이 등불이 고요히 걸려지곤 했다.

욱이는 모화가 아직 모화 마을에 살 때, 귀신이 지피기 전, 어떤 남자와의 사이에서 생긴 사생아였다. 그는 어릴 적부터 무척 총명하여 신동이란 소문까지 났으나, 근본이 워낙 미천하여 마을에서는 순조롭게 공부를 시킬 수가 없어, 그가 아홉 살 되었을 때 아는 사람의 주선으로 어느 절간에 보낸 뒤, 그동안 한 십 년 간 까맣게 소식조차 묘연하다가 얼마 전 표연히 이 집에 나타난 것이었다. 낭이와는 말하자면 어미를 같이하는 오뉘뻘이었다. 낭이가 대여섯 살 되었을 때, 그때만 해도 아직 병으로 귀가 멀기 전이라 "욱이", "욱이"하고 몹시 그를 따르곤 했었다. 그러던 것이 욱이가 절간으로 떠난 지 얼마 되지 않아 낭이는 자리에 눕게 되어 꼭 삼 년 동안을 시름

시름 앓고 나더니, 그길로 귀가 멀어 버렸던 것이다. 그러나 귀가 어느 정도로 먹은지는 아무도 아는 사람이 없었다. 한두 번 그의 어미를 향해 어눌하나마,

"우, 욱이 어디 가아서?"

이렇게 물은 적이 있었다.

"절에 공부하러 갔다."

"어어디, 절에?"

"지림사, 큰 절에……."

그러나 이것은 거짓말이었다. 모화 자신도 사실인즉 욱이가 어느 절에 가 있는지 통 모르고 있었고, 다만 모른다고 하기가 싫어서 이렇게 머리에 떠오르는 대로 대답했을 뿐이었다.

모화는 장에서 돌아와 처음 욱이를 보았을 때, 그 푸른 얼굴에 난데없는 공포의 빛이 서리며 곧 어디로 달아날 것같이 한참 동안 어깨를 뒤틀고 허둥거리다가 말고 별안간 그 후리후리한 키에 긴 두 팔을 벌려 흡사 무슨 큰 새가 저희 새끼를 품듯 달려들어 욱이를 안았다.

"이게 누고, 이게 누고? 아이고……. 내 아들아, 내 아들아!"

모화는 갑자기 목을 놓고 울었다.

"내 아들아, 내 아들아! 늬가 왔나, 늬가 왔나?"

모화는 앞뒤도 살피지 않고 온 얼굴을 눈물로 씻었다.

"오마니, 오마니."

욱이도 어미의 한쪽 어깨에 왼쪽 볼을 대고 오래도록 울었다. 어미를 닮아 허리가 날씬하고 목이 가는 이 열아홉 살 난 청년은 그동안 절간으로

어디로 외롭게 유랑해 다닌 사람 같지도 않게 품위가 있고 아름다운 얼굴이었다.

낭이도 그때에야 이 청년이 욱이인 것을 진정으로 깨닫는 모양이었다. 처음 혼자 방에 있는데, 어떤 낯선 청년이 와서 방문을 열기에 너무도 놀라고 간이 뛰어 말—표정으로라도—한 마디도 못 하고 방구석에 서서 오들오들 떨고만 있었던 것이다. 이제 낭이는 그 어머니가 욱이를 얼싸안고 내 아들아, 내 아들아 하며 우는 것을 보고 어쩌면 저도 눈물이 날 것 같았다.

– 낭이는 그 어머니에게도 이렇게 인정이 있다는 것을 보자 형언할 수 없는 즐거움을 깨달았다. –

그러나 욱이는 며칠을 가지 않아 모화와 낭이에게 알 수 없는 이상한 수수께끼와 같은 존재가 되었다. 그는 음식을 받아 놓고나, 밤에 잠을 자려고 할 때나, 또 아침에 자리에서 일어났을 때 반드시 한참 동안씩 주문呪文 같은 것을 외우는 것이었다. 그러고는 틈틈이 품속에서 조그만 책 한 권을 꺼내어 읽곤 하는 것이었다. 낭이가 그것을 수상스레 보고 있으려니까 욱이는 그 아름다운 얼굴에 미소를 지으며,

"너도 이 책을 읽어라."

하고 그 조그만 책을 낭이 앞에 펴 보이곤 했다. 낭이는 지금까지 〈심청전〉이란 책을 여러 차례 두고 읽어서 국문쯤은 간신히 읽을 수 있었으므로 욱이가 내놓은 그 조그만 책을 들여다보니, 맨 처음 껍데기에 큰 글자로 〈신약 전서〉란 넉자가 똑똑히 씌어져 있었다. 〈신약전서〉란 생전 처음 보는 이름이다. 낭이가 알 수 없다는 듯이 욱이를 바라보자 욱이는 또 얼굴에 미소를 띠며,

"너 사람을 누가 만들어 낸지 아니?"

하였다. 그러나 낭이에게는 이 말이 들리지도 않았을 뿐더러 욱이의 손짓과 얼굴 표정을 통해 대강 짐작할 수 있었다 하더라도 이건 지금까지 생각도 해 보지 못한 어려운 말이었다.

"그럼 너 사람이 죽어서 어떻게 되는 줄은 아니?"

"……."

"이 책에는 그런 것들이 모두 씌어져 있다."

그러고는 손으로 몇 번이나 하늘을 가리켰다. 그리하여 낭이가 알아들은 말이라고는 겨우 한마디 '하나님' 이었다.

"우리 사람을 만든 것은 하나님이시다. 하나님은 우리 사람뿐 아니라 천지만물을 다 만들어내셨다. 우리가 죽어서 돌아가는 곳도 하나님 전이다."

이러한 욱이의 '하나님' 은 며칠 지나지 않아 곧 모화의 의혹과 반발을 불러일으켰다. 욱이가 온 지 사흘째 되던 날, 아침밥을 받아 놓고 그가 기도를 드리려니까, 모화는,

"너 불도에도 그런 법이 있나?"

이렇게 물었다. 모화는 욱이가 그동안 절간에 가 있다 온 줄만 믿고 있었으므로 그가 하는 짓은 모두 불도佛道에 관한 일인 줄로만 생각하는 모양이었다.

"아니오, 오마니, 난 불도가 아닙네다."

"불도가 아니고 그럼 무슨 도가 있어?"

"오마니, 난 절간에서 불도가 보기 싫어 달아났댔쇠다."

"불도가 보기 싫다니, 불도야 큰 도지……. 그럼 넌 뭐 신선도가?"

"아니오, 오마니, 난 예수도올시다."

"예수도?"

"북선 지방에서는 예수교라고 합데다. 새로 난 교지요."

"그럼, 너 동학당이로구나!"

"아니오, 오마니, 나는 동학당이 아닙네다. 나는 예수교올시다."

"그래. 예수도온가 하는 데서는 밥 먹을 때마다 눈을 감고 주문을 외우나?"

"오마니, 그건 주문이 아니외다. 하나님 전에 기도드리는 것이외다."

"하나님 앞에?"

모화는 눈을 둥그렇게 떴다.

"네, 하나님께서 우리 사람을 내셨으니깐요."

"야아, 너 잡귀가 들렸구나!"

모화의 얼굴빛은 순간 퍼렇게 질리었다. 그리고는 더 묻지 않았다.

다음 날, 모화가 그 마을에 객귀 들린 사람이 있어 '물밥*' 을 내주고 돌아오려니까 욱이가,

"오마니, 어디 갔다 오시나요?"

하고 물었다.

"저 박급창 댁에 객귀를 물려 주고 온다."

욱이는 한참 동안 무엇을 생각하는 모양이더니,

"그럼 오마니가 물리면 귀신이 물러 나갑데까?"

한다.

"물러나갔기 사람이 살아났지."

어휘정리

물밥 무당이나 판수가 굿을 하거나 물릴 때에, 귀신에게 준다고 물에 말아 던지는 밥.

모화는 별소리를 다 듣는다는 듯이 대답했다. 그는 지금까지 이 경주 고을 일원을 중심으로 수백 번의 푸닥거리와 굿을 하고, 수백 수천 명의 병을 고쳐 왔지만, 아직 한 번도 자기의 하는 굿이나 푸닥거리에 신령님의 감응을 의심한다든가 걱정해 본 적은 없었다. 더구나 누구의 객귀에 물밥을 내주는 것쯤은 목마른 사람에게 물 한 그릇을 떠 주는 것만큼이나 당연하고 손쉬운 일로만 여겨 왔다. 모화 자신만이 그렇게 생각할 뿐 아니라 굿을 청하는 사람, 객귀가 들린 사람 쪽에서도 그와 같이 믿고 있는 형편이었다. 그들은 무슨 병이 나면 먼저 의원에게 보이려는 생각보다 으레 모화에게 찾아갈 것으로 생각하는 것이었다. 그들의 생각에는 모화의 푸닥거리나 푸념이 의원의 침이나 약보다 훨씬 반응이 빠르고 효험이 확실하고 부담이 적었던 것이다.

……한참 동안 고개를 수그리고 무엇을 생각하고 있던 욱이는 고개를 들어 그 어미의 얼굴을 똑바로 바라보며,

"오마니, 그런 것은 하나님께 죄가 됩네다. 오마니, 이것 보시오. 마태복음 제 구장 삼십오절이올시다. 저희가 나갈 때에 사귀들려 벙어리 된 자를 예수께 다려오매, 사귀*가 쫓겨나니 벙어리가 말하거늘……."

그러나 이때 벌써 모화는 자리에서 일어나, 방구석에 언제나 차려 놓은 '신주상' 앞에 가서,

"신령님네, 신령님네, 동서남북 상하 천지, 날 것은 날아가고, 길 것은 기어 가고, 머리검하 초로 인생 실낱같안 이 목숨이, 신령님네 품이길래 품속에 품았길래, 대로같이 가옵내다, 대로같이 가옵내다. 부정한 손 물리치고, 조촐한 손 받으실새, 터

어휘정리

사귀 요사스러운 귀신.

주님이 터 주시고 조왕님이 요 주시고, 성주님이 복 주시고 칠성님이 명 주시고, 미륵님이 돌보셔서 실낱같안 이 목숨이, 대로같이 가옵내다. 탄탄대로같이 가옵내다."

모화의 두 눈은 보석같이 빛나며, 강렬한 발작과도 같이 전신을 떨고 두 손을 비벼댔다. 푸념이 끝나자 신주상 위의 냉수 그릇을 들어 물을 머금더니 욱이의 낯과 온몸에 확 뿜으며,

"엇쇠 귀신아, 물러서라, 여기는 영주 비루봉 상상봉헤, 깎아 질린 돌베랑헤, 쉰 길 청수헤, 너희 올 곳이 아니니라. 바른손헤 칼을 들고 왼손헤 불을 들고, 엇쇠 잡귀신아, 썩 물러서라. 툇툇!"

이렇게 외쳤다.

욱이는 처음 어리둥절해서 모화의 푸념하는 양을 바라보고 있다가, 이윽고 고개를 수그려 잠깐 기도를 올리고 나서 일어나 잠자코 밖으로 나가 버렸다.

모화는 욱이가 나간 뒤에도 한참 동안 푸념을 계속하며, 방구석마다 물을 뿜고 주문을 외었다.

4

욱이는 그길로 이 지방의 예수교인들을 찾아보기로 했다. 그 날 곧 돌아올 줄 알았던 욱이는 해가 지고 밤이 깊어도 돌아오지 않았다. 모화와 낭이, 어미 딸은 방구석에 음울하게 웅크리고 앉아 욱이가 돌아오기만 기다리는 것이었다.

"예수 귀신 책 거 없나?"

모화는 얼마 뒤에 낭이더러 이렇게 물었다. 낭이는 고개를 저었다. 그러자 갑자기 낭이도 욱이의 그 신약전서란 책을 제가 맡아 두지 않았음을 후회했다. 모화는 욱이의 신약전서를 '예수 귀신 책' 이라 불렀다. 모화는 분명히 욱이가 무슨 몹쓸 잡귀에 들린 것으로만 간주하는 모양이었다. 그것은 마치 욱이가 모화와 낭이를 으레 사귀 들린 여인들로 생각하는 것과도 같았다. 그는 모화뿐만 아니라 낭이까지도 어미의 사귀가 들어가서 벙어리가 된 것이라고 믿는 모양이었다.

"예수 당시에도 사귀 들려 벙어리 된 자를 예수께서 몇 명이나 고쳐 주시지 않았나."

욱이는 이렇게 생각하는 것이었다. 그리고 그는 자기의 힘으로, 자기가 하나님께 열심으로 기도를 드림으로써 그 어미와 누이동생의 병을 고쳐야 한다고 마음속으로 굳게 결심하는 것이었다.

'예수께서 무리들이 달려와서 모이는 것을 보시고 그 더러운 귀신을 꾸짖어 가라사대 벙어리와 귀머거리 귀신아, 내가 네게 명하노니, 그 아이에게서 나오고 다시 들어가지 마라 하시니 사귀가 소리지르며 아이를 심히 오그라뜨리고 나가니, 그 아이가 죽은 것같이 되매 여러 사람이 말하기를 죽었다 하거늘, 오직 예수 그 손을 잡아 일으키시니 드디어 일어서더라. 집에 들어가시매 제자들이 조용히 묻자와 가라사대 우리는 어찌하여 능히 그 귀신을 쫓아내지 못하였나이까. 예수 가라사대 기도 아니 하여서는 이런 따위를 나가게 할 수 없나니라.' (마가복음 9장 25절-29절)

그리하여 욱이는 자기도 하나님께 기도만 간절히 드리면 그 어미와 누이동생에게 들어 있는 사귀도 내어 쫓을 수 있으리라 믿었다. 일방, 그는 그가 지금까지 배우고 있던 평양 현 목사와 이 장로에게도 편지를 띄웠다.

'목사님, 저는 하나님의 은혜로 무사히 오마니를 찾아왔습내다. 그러하오나 이 지방에는 오직 우리 주님의 복음이 전파되지 않아서 사귀 들린 자와 우상 섬기는 자가 매우 많은 것을 볼 때, 하루바삐 주님의 복음을 이 지방에 전파하도록 교회를 지어야 하겠삽내다. 목사님께 말씀드리기는 매우 부끄러운 일이오나 저의 오마니는 무당 사귀가 들려 있고, 저의 누이동생은 귀머거리와 벙어리 귀신이 들려 있습네다. 저는 마가복음 제 구장 제 이십구 절에 있는 우리 주님 예수 그리스도의 말씀대로 이 사귀들을 내어 쫓기 위하여 열심으로 기도를 드립니다마는 교회가 없으므로 기도 드릴 장소가 매우 힘드옵네다. 하루바삐 이 지방에 교회 되기를 하나님께 기도 올려 주소서.'

이 현 목사는 미국 선교사로서 욱이가 지금까지 먹고 입고 공부를 하게 된 것이 모두 그의 도움이었다. 욱이는 열다섯 살까지 절간에서 중의 상좌 노릇을 하고 있다가, 그해 여름에 혼자서 서울 구경을 간다고 나선 것이 이리저리 유랑하여 열여섯 되던 해 가을엔 평양까지 가게 되었고, 거기서 그해 겨울이 장로의 소개로 현 목사의 도움을 받게 되었던 것이었다.

이번에 욱이가 평양서 어머니를 보러 간다고 하니까 현 목사는 욱이를 불러 놓고 이렇게 말했다.

"지금부터 삼 년 안에 이 사람 고국 갈 것이오. 그때 만일 욱이가 함께 가기 원하면 이 사람 같이 미국 가게 될 것이오."

"목사님, 고맙습니다. 저는 목사님을 따라 미국 가기가 소원입니다."

"그러면 속히 모친 만나 보고 오시오."

그러나 욱이가 어머니 집이라고 찾아온 곳은 지금까지 그가 살고 있던 현 목사나 이 장로의 집보다 너무나 딴 세상이었다. 그 명랑한 찬송가 소리와 풍금소리와 성경 읽는 소리와 모여 앉아 기도를 올리고 맛난 음식을 향해 즐겁게 웃음 웃는 얼굴들 대신에 군데군데 헐어져 가는 쓸쓸한 돌담과 기와버섯이 퍼렇게 뻗어 오른 묵은 기와집과 엉킨 잡초 속에 꾸물거리는 개구리, 지렁이들과 그 속에서 무당 귀신과 귀머거리 귀신이 각각 들린 어미 딸 두 여인을 보았을 때, 그는 흡사 자기 자신이 무서운 도깨비굴에 홀려 든 것이나 아닌가 하고 새삼 의심이 들 지경이었다.

욱이가 이 지방 예수교인들을 두루 만나 보고 집으로 돌아온 뒤로부터 야릇하게 변해진 것은 낭이의 태도였다. 그 호리호리한 몸매와 종잇장같이 희고 매끄러운 얼굴에 빛나는 굵은 두 눈으로 온종일 말 한 마디, 웃음 한번 웃는 일 없이 방구석에 틀어박혀 앉은 채 욱이의 하는 양만 바라보고 있다가, 밤이 되어 처마 끝에 희부연 종이 등불이 걸리고 하면, 피에 주린 모기들이 미친 듯이 떼를 지어 울고 날아드는 마당 구석에서 낭이는 그 얼음같이 싸늘한 손과 입술로 욱이의 목덜미나 가슴팍으로 뛰어들곤 했다. 욱이는 문득문득 목덜미로 가슴팍으로 낭이의 차디찬 손과 입술을 느낄 적마다 깜짝깜짝 놀라곤 하였으나, 그녀가 까무러칠 듯이 사지를 떨며 다시 뛰어들 제면 그도 당황히 낭이의 손을 쥐어 주며, 그 희부연 종이 등불이 걸려 있는 처마 밑으로 이끌곤 했다.

낭이의 태도가 미묘해진 뒤부터 욱이의 얼굴빛은 날로 창백해 갔다. 그렇게 한 보름 지난 뒤 그는 또 한 번 표연히 집을 나가고 말았다.

모화는 욱이가 집을 나간 지 이틀째 되던 날 밤, 문득 자리에서 일어나

앉으며 긴 한숨을 내쉬었다. 그러고는 곁에 누워 있는 낭이를 흔들어 깨우더니 듣기에도 음울한 목소리로,

"욱이가 언제 온다더누?"

물었다. 낭이가 잠자코 있으려니까,

"왜 욱이 저녁 밥상은 보아 두라고 했는데 없노?"

하고 낭이더러 화를 내었다. 모화는 날이 갈수록 점점 더 초조한 빛으로 밤중마다 부엌에다 들기름 불을 켜고 부뚜막 위에 욱이의 밥상을 차려 놓고는 치성을 드리는 것이었다.

"성주는 우리 성주, 칠성은 우리 칠성, 조왕은 우리 조왕, 비나이다 비나이다 신주님께 비나이다. 하늘에는 별, 바다에는 진주, 금은 같안 이내 장손, 관옥 같안 이내 방성, 산신헤 수를 빌하 칠성헤 명을 빌하, 성주헤 복을 빌하 용신헤 덕을 빌하, 조왕님전 요오를 타고 터주님전 재주 타니 하늘에는 별, 바다에는 진주, 삼신조왕 마다하고 아니 오지 못하리라. 예수 귀신하, 서역 십만 리 굶주리던 불귀신하, 탄다, 훨훨 불이 탄다. 불귀신이 훨훨 탄다. 타고 나니 이내 방성 관옥같이 앉았다가, 삼신 찾아오는구나, 조왕 찾아 오는구나."

모화는 혼자서 손을 비비고 절을 하고 일어나 춤을 추고, 갖은 교태를 다 부리며 완연히 미친 것같이 날뛰었다. 낭이는 방에서 부엌으로 난 봉창 구멍에 눈을 대고 숨소리도 죽인 채 오랫동안 어미의 날뛰는 양을 지켜보고 있다가, 별안간 몸에 오한이 들며 아래턱이 달달달 떨리기 시작하였다. 그는 미친 것처럼 뛰어 일어나며 저고리를 벗었다. 치마를 벗었다. 그리하여 어미는 부엌에서, 딸은 방안에서 한 장단 한 가락에 놀 듯 어우러져 춤을 추

었다. 그러한 어느 새벽, 낭이는 정신을 차리고 보니 발가벗은 알몸뚱이로 방바닥에 쓰러져 있는 그녀 자신을 발견한 일도 있었다.

두 번째 집을 나갔던 욱이는 다시 얼굴에 미소를 지으며 그녀들 어미 딸 앞에 나타났다.

모화는 그때 마침 굿 나갈 때 신을 새 신발을 신어 보고 있었는데 욱이가 오는 것을 보자, 그 후리후리한 허리에 긴 팔을 벌려 새가 알을 품듯, 그의 상반신을 얼싸안고 울기 시작했다. 이번엔 아무런 푸념도 없이 오랫동안 욱이의 목을 안은 채 잠자코 울기만 하는 것이었다. 언제나 퍼런 그 얼굴에도 이때만은 붉은 기운이 돌며, 그 의젓한 몸짓도 귀신 들린 사람같지 않았다.

"오마니, 나 방에 들어가 좀 쉬겠쇠다."

욱이는 어미의 포옹을 끄르고 일어나 방에 들어가 누웠다.

모화는 웬일인지 욱이가 방에 들어간 뒤에도 오랫동안 툇마루에 앉아 고개를 수그린 채 몹시 쓸쓸한 얼굴이었다. 그러더니 무슨 생각엔지 일어나 방에 들어가 낭이의 그림을 이것저것 뒤져보는 것이었다.

그날 밤이었다. 밤중이나 되어 욱이가 잠결에 그의 품속에 언제나 품고 있는 성경책을 더듬어 보았을 때 품속이 허전함을 느꼈다. 그와 동시에 웅얼웅얼하며 주문을 외는 소리도 들려왔다. 자리에서 일어나 보았으나 품속에서 성경을 찾을 수는 없었다. 그리고 낭이와 욱이 사이에 누워 있을 그의 어머니는 보이지 않았다. 그는 어떤 불길하고 무서운 예감에 몸이 부르르 떨리었다. 바로 그때였다. 그의 귀에는 땅속에서 귀신이 우는 듯한 웅얼웅얼하는, 주문을 외우는 듯한 소리가 좀 더 또렷이 들려왔다. 다음 순간, 그는 거의 무의식적으로 방에서 부엌으로 난 봉창 구멍에 눈을 갖다 대었다.

"서역 십만 리 굶주리던 불귀신하, 한쪽 손에 불을 들고 한쪽 손에 칼을 들고, 이리 가니 산신님이 예 기신다. 저리 가니 용신님이 제 기신다. 칠성이라 돌아가니 칠성님이 예 기신다. 구름 속에 쌔여 간다. 바람결에 묻혀 간다. 구름님이 예 기신다. 바람님이 제 기신다. 용궁이라 당도하니 열두 대문 잠겨 있다. 첫째 대문 두드리니 사천왕 뛰어나와 종발 눈 부릅뜨고, 주석 철퇴 높이 든다. 둘째 대문 두드리니 불개 두 쌍 뛰어나와 불꽃은 수놈이 낼룽, 불씨는 암놈이 낼룽, 셋째 대문 두드리니 물개 두 쌍 뛰어나와 수놈이 공공 불꽃이 죽고 암놈이 공공 불씨가 죽고……."

모화는 소복 단장에 쾌자까지 두르고 온갖 몸짓, 갖은 교태를 다 부려 가며 손을 비비다, 절을 하다, 덩싯거리며 춤을 추다 하고 있다. 부뚜막 위에는 깨끗한 접시불(들기름불)이 켜져 있고, 그 아래 차려진 소반 위에는 냉수 한 그릇과 흰 소금 한 접시가 놓여 있을 따름이다. 그리고 그 곁에는 지금 막 그 마지막 불꽃이 나불거리고 난 새빨간 불에서 파란 연기 한 오리가 오르는 '신약전서'의 두꺼운 표지는 한 머리 이미 파리한 재가 되어 가고 있었다.

모화는 무엇에 도전이나 하는 것처럼 입가에 야릇한 냉소까지 띠며, 소반에 얹힌 접시의 소금을 집어 인제 연기마저 사라진 새까만 재 위에 뿌렸다.

"서역 십만 리 예수 귀신이 돌아간다. 당산에 가 노자 얻고, 관묘에 가 신발 신고, 두 귀에 방울 달고 방울 소리 발 맞추어 재 넘고 개 건너 잘도 간다. 인제 가면 언제 볼꼬, 발이 아파 못 오겠다. 춘삼월에 다시 오랴, 배가 고파 못 오겠다……."

모화의 음성은 마주魔酒* 같은 향기를 풍기며 온 피부에 스며들었다. 그 보석 같은 두 눈의 교태와 쾌자 자락과 함께 나부끼는 손짓은, 이제 차마 더 엿볼 수 없게 욱이의 심장을 쥐어짜는 것이었다. 욱이는 가위눌린 사람처럼 간신히 긴 숨을 내쉬며 뛰어 일어났다. 다음 순간, 자기 자신도 모르게 방문을 뛰어나온 그는 부엌문을 박차고 들어가 소반 위에 차려 놓은 냉수 그릇을 집어 들려 하였다. 그러나 그가 냉수 그릇을 집어들기 전에 모화의 손에는 식칼이 번득이고 있었고, 모화는 욱이와 물그릇 사이에 식칼을 두르며 조용히 춤을 추는 것이었다.

"엇쇠 귀신하, 물러서라. 너 이제 보아하니 서역 십만 리 굶주리던 잡귀신하, 여기는 영주 비루봉 상상봉헤 깎아지른 돌벼랑헤, 쉰 길 청수헤, 엄나무 발에 너희 올 곳이 아니다. 바른손헤 칼을 들고 왼손헤 불을 들고, 엇쇠 서역 잡귀신하, 썩 물러가라."

이때, 모화는 분명히 식칼로 욱이의 면상을 겨누어 치려 하였다. 순간, 욱이는 모화의 칼날을 왼쪽 귓전에 느끼며 그의 겨드랑이 밑을 돌아 소반 위에 차려 놓은 냉수 그릇을 들어 모화의 낯에다 그릇째 끼얹었다. 이 서슬에 접시의 불이 기울어져 봉창에 붙었다. 욱이는 봉창에서 방 안으로 붙어 들어가는 불길을 잡으려고 부뚜막 위로 뛰어올랐다. 그러자 물그릇을 뒤집어쓰고 분노에 타는 모화는 욱이의 뒤를 좇아 칼을 두르며 부뚜막으로 뛰어올랐다. 봉창에서 방안으로 붙어 들어가는 불길을 덮쳐 끄는 순간, 뒷등어리가 찌르르하여 획 몸을 돌이키려 할 때 이미 피투성이가 된 그의 몸은 허옇게 이를 악물고 웃음 웃는 모화의 품속에 안겨져 있었다.

어휘정리

마주 정신을 흐리게 하는 술.

5

욱이의 몸은 머리와 목덜미와 등어리에 세 군데 상처를 입고 있었다. 그러나 욱이의 병은 이 세 군데 칼로 맞은 상처만이 아니었다. 그는 날이 갈수록 갈비뼈가 앙상하게 드러나고 두 눈자위가 패어 들기 시작했다.

모화는 욱이의 병간호에 남은 힘을 다하여 그가 원하는 것이 있으면 낮과 밤을 헤아리지 않고 뛰어갔다. 가끔 욱이를 일으켜 앉히어서 자기의 품에 안아도 주었다. 물론, 약도 쓰고 굿도 하고 주문도 외웠다. 그러나 욱이의 병은 낫지 않았다.

모화도 욱이의 병간호에 열중한 뒤부터 굿에는 그만큼 신명이 풀린 듯하였다. 누가 굿을 청하러 와도 아들의 병을 핑계로 대개 거절을 했다. 그러자 모화의 굿이나 푸닥거리의 영검이 이전과 같이 신령치 않다고들 하는 사람이 하나둘씩 생기기도 했다.

이러할 즈음, 이 고을에도 조그만 교회당이 서고 선교사가 들어왔다. 그리하여 그것은 바람에 불처럼 온 고을에 뻗쳤다. 읍내의 교회에서는 마을마다 전도대를 내보냈다. 그리하여 이 모화의 마을에까지 '복음'이 전파되었다.

"여러 부모 형제 자매, 우리 서로 보게 된 것 하나님 앞에 감사드릴 것이오. 하나님 우리 만들었소. 매우 사랑했소. 우리 모두 죄인이올시다. 우리 마음속 매우 흉악한 것뿐이오. 그러나 예수 우리 위해 십자가에 못 박혔소. 그러므로 예수 그리스도 믿음으로 우리 구원받을 것이오. 우리 매우 반가운 뜻으로 찬송할 것이오. 하나님 앞에 기도드릴 것이오."

두 눈이 파랗고 콧대가 칼날 같은 미국 선교사를 보는 것은 원숭이 구경보다도 더 재미나다고들 하였다.

"돈은 한 푼도 안 받는다. 가자."

마을 사람들은 떼를 지어 모여들었다.

이 마을 방 영감네 이종사촌 손주사위요, 선교사와 함께 온 양 조사* 부인은 집집마다 심방하여 가로되,

"무당과 판수를 믿는 것은 거룩하시고 절대적 하나밖에 없는 우리 하나님 아버지께 죄가 됩니다. 무당이 무슨 능력이 있습니까. 보십시오, 무당은 썩어 빠진 고목나무나, 듣도 보도 못 하는 돌미륵한테도 빌고 절을 하지 않습니까. 판수가 무슨 능력이 있습니까. 보십시오, 제 앞도 못 보아 지팽이로 더듬거리는 그가 어떻게 눈 밝은 사람을 구원할 수 있겠습니까. 우리 인생을 만든 것은 절대적 하나밖에 없는 하나님 아버지올시다. 그러므로 아버지께서는 말씀하셨습니다. 내 앞에 다른 신을 두지 말라……."

이리하여 하나님 아버지의 외아들 예수 그리스도가 온갖 사귀 들린 사람, 문둥병 든 사람, 앉은뱅이, 벙어리, 귀머거리 고친 이야기가 한정 없이 쏟아져 나왔다.

모화는 픽 웃곤 했다.

"그까짓 잡귀신들."

했다. 그러나 그들의 비방과 저주는 뼛골에 사무치는 듯 그녀는 징을 울리고 꽹과리를 치며 외쳤다.

"엇쇠 귀신아, 물러서라. 당대 고축년에 얻어 먹던 잡귀신아, 늬 어이 모화를 모르나냐. 아니 가고 봐 하면 쉰 길 청수에 엄나무 발에, 무쇠 가마에, 백

어휘정리

조사 장로교에서 목사를 도와 전도하는 교직.

말 가죽에 늬 자자손손을 가두어 못 얻어 먹게 하고 다시는 세상 밖에 내주지 아니하여 햇빛도 못 보게 할란다. 엇쇠 귀신아, 썩 물러가거라. 서역 십만리로 꽁무니에 불을 달고, 두 귀에 방울 달고 왈강달강 왈강달강 벼락같이 떠나거라."

그러나 '예수귀신' 들은 결코 물러가지 않았을 뿐 아니라, 점점 늘어만 갔다. 게다가, 옛날 모화에게 굿과 푸닥거리를 빌러 다니던 사람들까지 하나둘씩 모두 예수귀신이 들기 시작하였다.

이러는 중에 서울서 또 부흥 목사가 내려왔다. 그는 기도를 드려서 병을 고치는 능력이 있다 하여 온 고을 사람들이 모여들기 시작하였다. 그가 병자의 머리 위에 손을 얹고,

"이 죄인은 저의 죄로 말미암아 심히 괴로워하고 있사옵니다."

하고 기도를 올리면, 여자들의 월수병 대하증쯤은 대개 '죄 씻음' 을 받을 수 있었다. 그 밖에도 소경이 눈을 뜨고 앉은뱅이가 걷고, 귀머거리가 듣고, 벙어리가 말하고, 반신불수와 지랄병까지 저희 믿음 여하에 따라 모두 '죄 씻음' 을 받을 수 있는 것이었다. 여자들의 은가락지 금반지가 나날이 수를 다투어 강단 위에 내걸리게 된다, 기부금이 쏟아진다, 이리 되면, 모화의 굿 구경에 견줄 나위가 아니라고들 하였다.

"양국놈들이 요술단을 꾸며 왔어."

모화는 픽 웃고 이렇게 말했다. 굿과 푸념으로 사람 속에 든 사귀 잡귀신을 쫓는 것은 지금까지 신령님께서 자기에게만 허락하신 자기의 특수한 권능이었다. 그리고 그의 신령님은 오늘날 예수꾼들이 그렇게도 미워하고 시기하는 고목이기도 했고, 미륵돌이기도 했고, 산이기도 했고, 물이기도

했다.

"무당과 판수를 믿는 것은 절대적 한 분밖에 안 계시는 거룩하신 하나님 아버지께 죄가 됩니다."

'예수 귀신' 들이 나발을 불고 북을 치며 비방을 하면, 모화는 혼자서 징을 울리고 꽹과리를 치며,

"꽁무니에 불을 달고, 두 귀에 방울 달고, 왈강달강 왈강달강, 서역 십만 리로 물러서라, 잡귀신아."

이렇게 응수하곤 했다.

6

욱이의 병은 그 해 가을을 지나 겨울철에 접어들면서부터 드러나게 악화되어 갔다. 모화가 가끔 간장이 녹듯 떨리는 음성으로,

"이것아 이것아, 늬가 이게 웬일이고? 머나먼 길에 에미라고 찾아와서 늬가 이게 무슨 꼴고?"

손을 잡고 눈물을 흘리면,

"오마니, 너무 걱정하지 마시오. 나는 죽어서 우리 아버지께로 갈 것이오."

욱이는 조용히 이렇게 말했다. 그리고 무어 생각나는 게 없느냐고 물으면 그는 조용히 고개를 돌렸다. 그러나 그의 어미가 밖에 나가고 낭이가 혼자 있을 때엔 이따금 낭이의 손을 잡고,

"나 성경 한 권만 가졌으면……."

하는 것이었다.

이듬해 봄, 그가 세상을 떠나기 사흘 전에 그렇게도 그리워하고 기다리던 현 목사가 평양에서 찾아왔다. 현 목사는 방 영감네 이종사촌 손주사위인 양 조사의 인도로 뜰 안에 들어서자 그 황폐한 광경과 역한 흙냄새에 미간을 찌푸리며,

"이런 가운데서 욱이가 살고 있소?"

양 조사에게 이렇게 물었다.

욱이는 현 목사가 들어오는 것을 보자 두 눈에 광채를 띠며,

"목사님, 목사님."

이렇게 두 번 불렀다.

현 목사는 잠자코 욱이의 여윈 손을 쥐었다. 별안간 그의 온 얼굴은 물든 것처럼 붉어지며 무수한 주름살이 미간과 눈꼬리에 잡혔다. 그는 솟아오르는 감정을 누르려는 듯이 한참 동안 눈을 감고 있었다.

양 조사는 긴장과 침묵을 깨뜨리려는 듯이 입을 열었다.

"경주에 교회가 이렇게 속히 서게 된 것은 이분의 공로올시다."

그리하여 그의 말을 들으면, 욱이는 평양 현 목사에게 진정을 했고, 현 목사께서는 욱이의 편지에 의하여 대구 노회에 간청을 했고, 일방, 경주 교인들은 욱이의 힘으로 서로 합심하여 대구 노회와 연락한 결과, 의외로 속히 교회 공사가 진척되었던 것이라 하였다. 현 목사가 의사와 함께 다시 오기를 약속하고 일어나려 할 때, 욱이는,

"목사님, 나 성경 한 권만 사 주시오."

했다.

"그럼 그동안 우선 이것을 가지시오."

현 목사는 손가방 속에서 자기의 성경책을 내주었다. 성경책을 받아 쥔 욱이는 그것을 가슴에 안고 눈을 감았다. 그의 감은 눈에는 이슬방울이 맺히었다.

7

모화 집 마당에는 예년과 다름없이 잡풀이 엉키고 늙은 개구리와 지렁이들이 그 속에 웅크리고 있었다. 그녀는 그동안 거의 굿을 나가지 않고, 매일 그 찌그러져 가는 묵은 기와집, 잡초 속에서 혼자 징, 꽹과리만 울리고 있었다. 사람들은 모화가 인제 아주 미친 것이라 하였다. 모화는 부엌에다 오색 헝겊을 걸고, 낭이의 그림으로 기를 만들어 달고는, 사뭇 먹기조차 잊어버린 채 입술은 먹같이 검어지고 두 눈엔 날로 이상한 광채가 짙어 갔다.

"서역 십만 리 예수 귀신 돌아간다. 꽁무니에 불을 달고, 두 귀에 방울 달고 왈강달강 왈강달강, 엇쇠 귀신아 썩 물러거가라. 늬 아니 가고 봐하면, 쉰 길 청수에, 엄나무 바알에, 무쇠 가마에, 흰말 가죽에, 너이 자자손손을 다 가두어 죽일란다. 엇쇠! 귀신아!"

그녀는 날마다 같은 푸념으로 징, 꽹과리를 울렸다. 혹 술잔이나 가지고 이웃사람이 찾아가,

"모화네, 아들 죽고 섭섭해서 어쩌나?"

하면 그녀는 다만,

"우리 아들은 예수 귀신이 잡아갔소."

하고 한숨을 내쉬곤 했다.

"아까운 모화 굿을 언제 또 볼꼬?"

사람들은 모화를 아주 실신한 사람으로 치고 이렇게 아까워하곤 했다. 이러할 즈음에 모화의 마지막 굿이 열린다는 소문이 났다. 읍내 어느 부잣집 며느리가 '예기소'에 몸을 던진 것이었다. 그래 모화는 비단 옷 두 벌을 받고 특별히 굿을 응낙했다는 말도 났다. 그리고 이와 동시에 모화가 이번 굿에서 딸 낭이의 입을 열게 할 계획이라는 소문도 났다.

"흥, 예수 귀신이 진짠가 신령님이 진짠가 두고 보지."

이렇게 장담했다는 것이다. 사람들은 기대와 호기심에 들끓었다. 그들은 놀랍고 아쉬운 마음으로 산을 넘고 물을 건너 모여 들었다.

굿이 열린 백사장 서북쪽으로는 검푸른 솟물이 깊은 비밀과 원한을 품은 채 조용히 굽이돌아 흘러내리고 있었다. (명주 꾸리 하나 들어간다는 이 깊은 소*에는 해마다 사람이 하나씩 빠져 죽게 마련이라는 전설이 있다.)

백사장 위에는 수많은 엿장수, 떡장수, 술 가게, 밥 가게 들이 포장을 치고, 혹은 거적을 두르고 득실거렸고, 그 한복판 큰 차일 속에서 굿은 벌어져 있었다. 청사, 홍사, 녹사, 백사, 황사의 오색사 초롱이 꽃송이같이 여기저기 차일 아래 달리고 그 초롱불 밑에서 떡시루, 탁주 동이, 돼지 통새미 들이 온 시루, 온 동이, 온 마리째 놓인 대감상*, 무더기 쌀과 타래실과 곶감 꼬치, 두부를 놓은 제석상*과, 삼색 실과에 백설기와 소채 소탕*에 자반, 유과 들을 차려 놓은 미륵상과, 열두 가지 산채로 된 산신상과, 열두 가지 해물을 차린 용신상과, 음식이란 음식마다 한 접시씩 놓은 골목상과, 냉수 한 그릇만 놓은 모화상과 이 밖에도

어휘정리

소 늪.
대감상 무당이 굿할 때에, 대감신에게 올리는 제물을 차린 상. 상 위에 떡을 시루째 놓고 탁주와 쇠머리 또는 쇠족을 통째로 놓는다.
제석상 무당이 굿할 때에, 한 집안 사람의 수명과 재산을 맡아본다는 제석신을 위하여 차려 놓는 제사상.
소탕 제사에 쓰는 탕. 고기는 넣지 않고 두부와 다시마를 썰어 넣고 맑은 장에 끓인다.

여러 가지 크고 작은 전물상*들이 죽 늘어 놓아져 있었다.

이 날 밤 모화의 얼굴에는 평소에 볼 수 없던 정숙하고 침착한 빛이 서려 있었다. 어제같이 아들을 잃고 또 새로 들어온 예수교도들로부터 가지각색 비방과 구박을 받아 오던 그녀로서는 의아스러우리만큼 새침하게 가라앉아 있어, 전날 달밤으로 산에 기도를 다닐 적의 얼굴을 연상케 했다. 그녀는 전날과 같이 여러 사람 앞에서 아양을 부리거나 수선을 떨지도 않았다. 그러나 그녀는 그 호화스러운 전물상들을 둘러보고도 만족한 빛 한번 띠지 않고, 도리어 비웃듯이 입을 삐죽거렸다.

"더러운 년들, 전물상만 차리면 그만인가."

입 밖에 내어놓고 빈정거리기까지 하였다. 그러자 자리에서는 모화가 오늘 밤 새로운 귀신이 지핀다고들 수군거리기 시작했다. 그 가운데 한 여자가 돌연히,

"아 죽은 김씨 혼신이 덮였군."

하자 다른 여자들도,

"바로 그 김씨가 들렸다. 저 청승맞도록 정숙하고 새침한 얼굴 좀 봐라. 그리고 모화네가 본디 어디 저렇게 이뻤나, 아주 김씨를 덮어썼구먼."

이렇게들 수군댔다. 이와 동시, 한쪽에서는 오늘 밤 굿으로 어쩌면 정말 낭이가 말을 하게 될 거라는 얘기도 퍼졌고, 또 한쪽에서는 낭이가, 누구 아이인지는 모르지만 배가 불러 있다는 풍설도 돌았다.

하여간 이 여러 가지 소문들이 오늘 밤 굿으로 해결이 날 것이라고 막연히 그녀들은 믿고 있는 것이었다.

어휘정리

전물상 부처나 신에게 올리는 음식이나 재물을 차려 놓은 상. 주로 무당이 굿할 때에 차리는 음식상을 이른다.

모화는 김씨 부인이 처음 태어났을 때부터 물에 빠져 죽을 때까지의 사연을 한참씩 넋두리하다가는 화랑이들의 장구, 피리, 해금에 맞추어 춤을 덩실거렸다. 그녀의 음성은 언제보다도 더 구슬펐고 몸뚱이는 뼈도 살도 없는 율동律動으로 화한 듯 너울거렸고…… 취한 양, 얼이 빠진 양 구경하는 여인들의 숨결은 모화의 쾌자 자락만 따라 오르내렸다. 모화의 쾌자 자락은 모화의 숨결을 따라 나부끼는 듯했고, 모화의 숨결은 한 많은 김씨 부인의 혼령을 받아 청승에 자지러진 채, 비밀을 품고 조용히 굽이돌아 흐르는 강물(예기소의)과 함께 자리를 옮겨 가는 하늘의 별들을 삼킨 듯했다.

밤중이나 되어서였다.

혼백이 건져지지 않는다는 것이었다. 화랑이들과 작은 무당들이 몇 번이나 초망자招亡者 줄에 밥그릇을 달아 물 속에 던져도 밥그릇 속에 죽은 사람의 머리카락이 들어오지 않는 것으로 보아 김씨가 초혼에 응하질 않는 모양이라 하였다.

작은 무당 하나가 초조한 낯빛으로 모화의 귀에 입을 바짝 대며,

"여태 혼백을 못 건져서 어떡해?"

하였다.

모화는 조금도 서두르지 않고 오히려 당연하다는 듯이 손수 넋대*를 잡고 물가로 나섰다. 초망자 줄을 잡은 화랑이는 넋대가 가리키는 방향으로 이리저리 초혼 그릇을 물속에 굴렸다.

"일어나소 일어나소, 서른세 살 월성 김씨 대주 부인, 방성으로 태어날 때 칠성에 명을 빌어."

모화는 넋대로 물을 휘저으며 진정 목이 멘 소리

어휘정리

넋대 무당이 물에 빠져 죽은 사람의 넋을 건지는 데 쓰는 장대.

로 혼백을 불렀다.

"꽃같이 피난 몸이 옥같이 자란 몸이, 양친 부모도 생존이요, 어린 자식 누여 두고, 검은 물에 뛰어들 제 용신님도 외면이라, 치마폭이 봉긋 떠서 연화대를 타단 말가, 삼단머리 흐트러져 물귀신이 되단 말가."

모화는 넋대를 따라 점점 깊은 물속으로 들어갔다. 옷이 물에 젖어 한 자락 몸에 휘감기고, 한 자락 물에 떠서 나부꼈다. 검은 물은 그녀의 허리를 잠그고, 가슴을 잠그고, 점점 부풀어 오른다…….

그녀는 차츰 목소리가 멀어지며 넋두리도 허황해지기 시작했다.

"가자시라 가자시라 이수중분 백로주로, 불러 주소 불러 주소 우리 성님 불러 주소, 봄철이라 이 강변에 복숭아꽃 피그덜랑, 소복단장 낭이 따님 이내 소식 물어 주소, 첫 가지에 안부 묻고, 둘째 가……."

할 즈음, 모화의 몸은 그 넋두리와 함께 물속에 아주 잠겨 버렸다.

처음엔 쾌자 자락이 보이더니 그것마저 잠겨 버리고, 넋대만 물 위에 빙빙 돌다가 흘러내렸다.

열흘쯤 지난 뒤다.

동해변 어느 길목에서 해물 가게를 보고 있다던 체수 조그만 사내가 나귀 한 마리를 몰고 왔을 때, 그 때까지 아직 몸이 완쾌하지 못한 낭이가 퀭한 눈으로 자리에 누워 있었다. 사내는 낭이에게 흰죽을 먹이기 시작했다.

"아버으이."

낭이는 그 아버지를 보자 이렇게 소리를 내어 불렀다. 모화의 마지막 굿이(떠돌던 예언대로) 영검을 나타냈는지 그녀의 말소리는 전에 없이 알아들을 만도 했다.

다시 열흘이 지났다.

"여기 타라."

사내는 손으로 나귀를 가리켰다.

"……."

낭이는 잠자코 그 아버지가 시키는 대로 나귀 위에 올라앉았다.

그네들이 떠난 뒤엔 아무도 그 집을 찾아오는 사람이 없었고, 밤이면 그 무성한 잡풀 속에서 모기들만이 떼를 지어 미쳐 돌았다.

중요한 내용 쏙!쏙!쏙!

작품의 구성 – 액자식 구성

도입 액자	무녀도의 내용과 내력
내부 이야기	모자간의 갈등 (기독교도인 욱이와 무당인 모화의 대립)
종결 액자	아버지가 낭이를 데려감(후일담)

작품의 갈등 구조

모화	⇔ 종교관의 대립	욱이
• 무속 신앙 • 전통 문화의 상징		• 기독교 신앙 • 외래 문화의 상징

모화의 죽음이 갖는 의미

- 제의적 공간인 '예기소'에서의 성스럽고 의지적인 죽음
- 무속 신앙이 몰락해가는 위기적 상황에 대한 모화의 대항
- 무속 신앙이라는 전통적 가치의 소멸

공간의 상징성

모화의 집	• 전체적으로 음산한 분위기로 비극적 결말을 암시
예기소	• 모화가 빠져죽은 연못으로 죽음을 통해 더 큰 생명과 조화를 이루어내는 장소

1 모화와 욱이가 갈등하는 이유와 두 사람의 갈등의 상징적 의미를 파악해봅시다.

2 모화가 낭이를 따님이라고 부르는 이유를 생각해봅시다.

상상더하기 - 결말 바꾸기

이 작품은 무속 신앙과 외래 종교의 충돌로 결국 비극적인 죽음을 맞이하는 모자의 모습을 그리고 있습니다. 안타까운 이 모자가 비극적인 결말을 맞이하지 않고 서로 화합할 수 있는 방법을 찾아봅시다.

1. 모화는 무당이고 욱이는 기독교인으로 종교가 달라 갈등을 하게 되며, 이는 전통적이고 토속적인 세계와 외래적인 세계 사이의 갈등을 의미합니다.
2. 따님이라고 부르는 모화의 마음속에 낭이를 사랑하는 깊은 애정이 담겨 있으며, 낭이가 수국용신이라고 깊이 믿고 있는 모화가 딸이라도 함부로 대하지 않는 모습에서 모화의 깊은 신앙심을 발견할 수 있습니다.

작가의 다른 작품 보기

역마 화계장터에서 살아가는 옥화에게는 역마살이 있는 아들 성기가 늘 근심거리입니다. 정착해서 살았으면 하는 엄마의 바람에도 언제나 떠날 궁리만 하니 말입니다. 그러던 어느 날 체장수 영감이 딸 계연을 데리고 와 맡기고 길을 떠납니다. 옥화는 계연을 성기와 결혼시켜 역마살을 막아보려고 둘 사이의 애정을 부추깁니다. 두 사람도 싫은 내색은 아니었답니다. 그러나 알고 보니 계연은 옥화의 동생이었지요. 36년 전 주막집에서 홀어미와 하룻밤 인연을 맺었던 그 남사당패의 우두머리가 채장수가 되어 다시 찾았던 것입니다. 이미 계연과 정이 깊어진 성기는 혹독하게 병치레를 하고, 병이 낫자마자 엿판을 짜서 길을 나섭니다. 자신의 역마살에 몸을 맡긴 채 그렇게 계연이 떠난 반대 방향으로 사라졌답니다.

역마살이라는 타고난 운명을 극복해보고자 선택했던 길이 오히려 깊은 상처만 남긴 채 결국 운명에 순응하는 지름길로 안내해 버렸군요. 길을 나선 성기의 흥얼거리는 콧노래에서 어쩌면 운명에 순응하는 것이 행복인지도 모른다는 생각까지 듭니다.

등신불 나는 일제강점기 학도병으로 끌려가지만, 탈옥을 감행하지요. 죽을 위기 끝에 진기수라는 불교 학자를 만나 그와 함께 정원사라는 절에 숨어들었답니다. 그 절에서 인간의 크기와 똑같은 금불상과 그 특이한 내력을 듣고 충격을 받습니다. 그 등신불이 사실은 옛날 만적이란 스님이 자신의 몸을 불살라 부처님께 바치면서 타다 남은 몸에 그대로 금물을 입힌 것이라지 뭐예요. 만적의 사연은 이러합니다. 어느 날 문둥이가 된 사신을 만난 만적이 충격을 받아 자신의 몸을 부처에게 바치는 이른바 소신공양을 하던 중에 공양한 돈이 쏟아져 버리는 기이한 일이 벌어집니다. 이 돈으로 타다만 몸에 금물을 입힌 것이 바로 이 등신불이었답니다. 이 사연을 전해들은 나는 갑자기 자신의 잘라진 집게손가락과 등신불이 어떤 관계가 있을지도 모른다는 막연한 생각에 혼란스러워지고 알 수 없는 슬픔을 느낍니다.

한 번도 만나지 못한 과거 인물 만적에게 느꼈던 나의 아픔은 어쩌면 인간은 모두 하나이며 나아가 우주가 모두 근원적으로 하나일지도 모른다는 것을 말해주는 듯합니다. 인간은 유한하다고 생각하나 사실은 무한한 우주의 원형이라는 어려운 인식이 잡힐 듯 말 듯 느껴지는 작품입니다.

오발탄

수록교과서 : 대교(박), 미래엔(이)

이범선 소설가. 호는 학촌. 1920년 평안남도에서 태어났으며 광복 후 월남하여 1952년 동국대 국문과를 졸업했다. 1955년 《현대문학》에 「암표」와 「일요일」이 김동리에 의해 추천되어 문단에 등단했다. 1958년 처녀창작집 「학마을 사람들」로 제1회 현대문학상 신인문학상을 수상하였으며 그 외에 대표작으로는 「피해자」 「오발탄」 등이 있다.

감상 길잡이

오발탄은 잘못 쏜 탄환을 의미합니다. 남북 분단과 전쟁으로 인해 궁핍한 삶을 살아가는 주인공에게 겹쳐지는 불행은 결코 우연만은 아닐 것입니다. 결국 온전치 못한 자신의 인생을 오발탄이라고 자조하는 주인공의 심정을 헤아려가며 작품을 감상해 봅시다.

핵심정리

갈래	단편소설, 전후소설	성격	비판적, 사실적
시점	전지적 작가 시점	제재	한국 전쟁 후 실향민의 고달픈 삶
배경	한국 전쟁 직후, 해방촌	주제	전후의 비참한 현실에 희생되는 소시민의 비극

철호
도시 빈민. 경제적 어려움으로 아내가 출산하다 사망하고, 동생은 강도가 되어 잡히자 삶의 의미를 상실함

어머니
실향민. 교향에 대한 그리움으로 매일 헛소리를 함

영호
한국 전쟁에 참전하여 상이군인이 된 후 권총 강도를 하다가 붙잡힘

명숙
생활고에 시달리다가 가족을 위해 양공주가 됨

계리사 사무실 서기로 근무하는 송철호는 정신이 온전치 못한 어머니와, 만삭인 아내, 영양 실조에 걸린 딸, 상이 군인이 되어 돌아온 동생 영호, 양공주가 된 동생 명숙과 함께 살고 있습니다. 실향민인 어머니는 고향이 그리워 항상 헛소리를 하십니다. 철호는 치통을 참고, 점심 끼니를 거르는 가난한 살림이지만, 고지식하리만큼 묵묵히 인내하며 살아갑니다. 그런 형의 양심과 성실을 동생 영호는 못마땅해 합니다.

그러던 어느 날, 동생 영호가 권총 강도를 하다가 체포 되고, 아내는 난산 끝에 죽게 됩니다. 철호는 죽은 아내가 있는 병원을 나와 앓던 이를 뽑아 버린 뒤 택시를 타지만, 어디로 갈지 방향을 정하지 못합니다. 여기 저기 갈 장소를 번복하는 철호를 택시 운전수는 오발탄 같은 손님이 걸렸다고 중얼거립니다.

오발탄

계리사計理士 사무실 서기 송철호宋哲浩는 여섯 시가 넘도록 사무실 한 구석 자기 자리에 멍청하니 앉아 있었다. 무슨 미진한 사무가 있는 것도 아니었다. 장부는 벌써 집어 치운 지 오래고 그야말로 멍청하니 그저 앉아 있는 것이었다. 딴 친구들은 눈으로 시계 바늘을 밀어 올리다시피 다섯 시를 기다려 후다닥 나가 버렸다. 그런데 점심도 못 먹은 철호는 허기가 나서만이 아니라 갈 데도 없었다.

"송 선생님은 안 나가세요?"

이제 청소를 해야 할 테니 그만 나가 달라는 투의 사환애의 말에 철호는 다 낡아빠진 해군 작업복 저고리 호주머니에 깊숙이 찌르고 있던 두 손을 빼내어서 무겁게 책상 위에 올려놓았다.

"나가야지."

하품 같은 대답이었다.

사환애는 저쪽 구석에서부터 비질을 하기 시작하였다. 먼지가 사정없이 철호의 얼굴로 몰려왔다.

철호는 어슬렁 일어섰다. 이쪽 모서리 창가로 갔다. 바께쓰의 물을 대야에 따랐다. 두 손을 끝에서부터 가만히 물 속에 담갔다. 아직 이른 봄이라 물이 꽤 손끝에 시렸다. 철호는 물 속에 잠긴 두 손을 물끄러미 내려다보고 있었다. 펜대에 시달린 오른손 장지 첫 마디에 콩알만한 못이 박혔다. 그 못에서 파란 명주실 같은 것이 사르르 물 속으로 풀려났다. 잉크. 그것은 잠시

대야 밑바닥을 기다 말고 사뿐히 위로 떠올라 안개처럼 연하게 피어서 사방으로 번져 나갔다. 손가락 끝을 중심으로 하고 그 색의 농도가 점점 연해져 나갔다. 맑게 갠 가을 하늘색으로 대야 가장자리까지 번져나간 그것은 다시 중심의 손끝을 향해 접어들며 약간 진한 파랑색으로 달무리 모양 둥그란 원을 그렸다.

피! 이건 분명히 피다!

철호는 엉뚱한 생각을 하고 있었다. 슬그머니 물속에서 손을 빼내었다. 그러자 이번엔 대야 밑바닥에 한 사나이의 얼굴을 보았다. 철호의 눈을 마주 쳐다보는 그 사나이는 얼굴의 온 근육을 이상스레 히물히물 움직이며 입을 비죽거려 웃고 있었다.

이마에 길게 흐트러진 머리카락. 그 밑에 우묵하니 팬 두 눈. 깎아진 볼. 날카롭게 여윈 턱. 송장처럼 꺼멓고 윤기 없는 얼굴. 그것은 까마득한 원시인原始人의 한 사나이였다.

몽둥이 끝에, 모난 돌을 하나 칡넝쿨로 아무렇게나 잡아매서 들고, 동굴 속에 남겨 두고 나온 식구들을 위하여 온종일 숲속을 맨발로 헤매고 다니던 사나이.

곰? 그건 용기가 부족하다.

멧돼지? 힘이 모자란다.

노루? 너무 날쌔어서.

꿩? 그놈은 하늘을 난다.

토끼? 토끼. 그래 고놈쯤은 꽤 때려잡음직하다. 그런데 그것마저 요즈음은 몫이 잘 돌아오지 않는다. 사냥꾼이 너무 많다. 토끼보다도 더 많다.

그래도 무어든 들고 들어가야 하는 것이다.

사나이는 바위 잔등에 무릎을 꿇고 앉아 냇물에 손을 씻는다. 파란 물속에 빨간 노을이 잠겼다. 끈적끈적하게 사나이의 손에 묻었던 피가 노을빛보다 더 진하게 우러난다.

무엇인가 때려잡은 모양이다. 곰? 멧돼지? 노루? 꿩? 토끼?

그런데 사나이가 들고 일어선 것은 그 어느 것도 아니었다. 보기에도 징그러운 내장. 그것이 무슨 짐승의 내장인지는 사나이 자신도 모른다. 사나이는 그 짐승의 머리도 꼬리도 못 보았다. 누군가가 숲속에 끌어내어 버린 것을 주워 오는 것이었다.

철호는 옆에 놓인 비누를 집어들었다. 마구 두 손바닥으로 부볐다. 우구구 까닭 모를 울분이 끓어 올랐다.

빈 도시락마저 들지 않은 손이 홀가분해 좋긴 하였지만, 해방촌 고개를 추어 오르기에는 뱃속이 너무 허전했다.

산비탈을 도려 내고 무질서하게 주워 붙인 판잣집들이었다. 철호는 골목으로 접어들었다. 레이션 곽을 뜯어 덮은 처마가 어깨를 스칠 만치 비좁은 골목이었다. 부엌에서들 아무 데나 마구 버린 뜨물이, 미끄러운 길에는 구공탄 재가 군데군데 헌데* 더뎅이* 모양 깔렸다.

저만치 골목 막다른 곳에, 누런 시멘트 부대 종이를 흰 실로 얼기설기 문살에 얽어 맨 철호네 집 방문이 보였다. 철호는 때에 절어서 마치 가죽끈처럼 된 헝겊이 달린 문걸쇠를 잡아당겼다. 손가락이라도 드나들만치 엉성한

어휘정리

헌데 살갗이 헐어서 상한 자리.
더뎅이 부스럼 딱지나 때 따위가 거듭 붙어서 된 조각.

문이면서 찌걱찌걱 집혀서 잘 열리지를 않았다. 아래가 잔뜩 집힌 채 비틀어진 문틈으로 그의 어머니의 소리가 새어 나왔다.

"가자! 가자!"

미치면 목소리마저 변하는 모양이었다. 그것은 이미 그의 어머니의 조용하고 부드럽던 그 목소리가 아니고, 쨍쨍하고 간사한 게 어떤 딴 사람의 목소리였다.

문을 열고 들어서는 철호의 얼굴에 걸레 썩는 냄새 같은 것이 확 풍겨왔다. 철호는 문 안에 들어선 채 우두커니 아랫목을 내려다보고 있었다.

중학교 시절에 박물관에서 미라를 본 일이 있었다. 그건 꼭 솜 누더기에 싸놓은 미라였다. 흰 머리카락은 한 오리도 제대로 놓인 것이 없었다. 그대로 수세미였다. 그 어머니는 벽을 향해 돌아누워서 마치 딸꾹질처럼 일정한 사이를 두고 '가자, 가자' 하는 외마디 소리를 지르고 있었다. 그 해골 같은 몸에서 어떻게 그런 쨍쨍한 소리가 나오는지 이상하였다.

철호는 윗방으로 올라가 털썩 벽에 기대어 앉아 버렸다. 가슴에 커다란 납덩어리를 올려놓은 것 같았다. 정말 엉엉 소리를 내어 울고 싶었다. 눈을 꼭 지리 감으며 애써 침을 삼켰다.

두 달 전까지만 해도 철호는 저녁때 일터에서 돌아오면 어머니야 알아듣건 말건 그래도 '어머니 지금 돌아왔습니다.' 하고 인사를 하곤 하였었다. 그러나 요즈음은 그것마저 안 하게 되었다. 그저 한참 물끄러미 굽어보고 섰다가 그대로 윗방으로 올라와 버리는 것이었다.

컴컴한 구석에 앉아 있던 철호의 아내가 슬그머니 일어섰다. 담요바지 무릎을 한쪽은 꺼멍, 또 한쪽은 회색으로 기웠다. 만삭이 되어서 꼭 바가지를 엎어 놓은 것 같은 배를 안은 아내는 몽유병자처럼 철호의 앞을 지나 나갔다. 부엌으로 나가는 것이었다. 분명 벙어리는 아닌데 아내는 말이 없었다.

"아버지."

철호는 누가 꼭대기를 쿡 쥐어박기나 한 것처럼 흠칫했다.

바로 옆에 다섯 살 난 딸애가 눈을 동그랗게 뜨고 철호를 쳐다보고 있었다. 철호는 어린것에게로 얼굴을 돌렸다. 웃어 보이려는 철호의 얼굴이 도리어 흉하게 이지러졌다.

"나아, 삼춘이 나이롱 치마 사준댔다."

"응."

"그리구 구두두 사준댔다."

"응."

"그러면 나 엄마하고 화신 구경 간다."

"……."

철호는 그저 어린것의 노랗게 뜬 얼굴을 바라보고 있을 뿐이었다. 철호의 헌 셔츠 허리통을 잘라서 위에 끈을 꿰어 스커트로 입은 딸애는 짝짝이 양말 목다리에다 어디서 주운 것인지 가는 고무줄을 끼웠다.

"가자! 가자!"

아랫방에서 또 어머니의 그 저주 같은 소리가 들려 왔다. 벌써 칠 년을 두고 들어 와도 전연 모를 그 어떤 딴 사람의 목소리.

철호는 또 눈을 꼭 감았다. 머릿속의 뇟줄이 팽팽히 헤어졌다. 두 주먹으로 무엇이건 콱 때려부수고 싶은 충동에 철호는 어금니를 바서져라 맞씹었다.

좀 춥기는 해도 철호는 집 안보다 이 바위 잔등이 더 좋았다. 그래 철호는 저녁만 먹으면 언제나 이렇게 집 뒤 산등성이에 있는 바위 위에 두 무릎을 세워 안고 앉아서 하염없이 거리의 등불들을 바라보며 밤 깊기를 기다리는 것이었다. 어느 거리쯤인지 잘 분간할 수 없는 저 밑에서, 술 광고 네온사인이 핑그르르 돌고 깜빡 꺼졌다가 또 번뜩 켜지고 핑그르르 돌고는 깜빡 꺼지고 하였다.

철호는 그저 언제까지나 그렇게 그 네온사인을 지켜보고 있었다.

바위 잔등이 차츰차츰 식어 왔다. 마침내 다 식고 겨우 철호가 깔고 앉은 고 부분에만 약간 온기가 남았다. 이제 조금만 더 있으면 밑이 시려 올 것이다. 그러면 철호는 하는 수 없이 일어서야 하는 것이다.

드디어 철호는 일어섰다. 오래 꾸부려 붙이고 있던 두 다리가 저렸다. 두 손을 작업복 호주머니에 깊숙이 찔렀다. 철호는 밤하늘을 한번 쳐다보았다. 지금까지 바라보던 밤거리보다 더 화려하게 별들이 뿌려져 있었다. 철호는 그 많은 별들 가운데서 북두칠성을 찾아보았다. 머리를 뒤로 젖혀 하늘을 쳐다보는 채 빙그르르 그 자리에서 돌았다. 거꾸로 달린 물주걱 같은 북두칠성은 쉽사리 찾아 낼 수 있었다. 그 북두칠성 앞에 딴 별들보다 좀 크고 빛나는 별, 그건 북극성이었다. 철호는 지금 자기가 서 있는 지점과 북극성을 연결하는 직선을 밤하늘에 길게 그어 보았다. 그리고 그 선을 눈이 닿는 데까지 연장시켰다. 철호는 그렇게 정북正北을 향하여 한참이나 서 있었다. 고향 마을이 눈앞에 떠올랐다. 마을의 좁은 길까지, 아니 그 길에 박혀 있던 돌 하나까지도 선히 볼 수 있었다.

으스스 몸이 떨렸다. 한기寒氣가 전기처럼 발끝에서 튀어 콧구멍으로 빠져 나갔다. 철호는 크게 재채기를 하였다. 그리고 또 한 번 몸을 부르르 떨며 바위 밑으로 내려왔다.

철호는 천천히 골목 안으로 들어섰다.

"가자!"

철호는 멈칫 섰다. 낮에는 이렇게까지 멀리 들리는 줄은 미처 몰랐던 어머니의 그 소리가 골목 어귀에까지 들려 왔다.

"가자!"

그러나 언제까지 그렇게 골목에 서 있을 수도 없는 노릇이었다. 철호는 다시 발을 옮겨 놓았다. 정말 무거운 발걸음이었다. 그건 다리가 저려서만이 아니었다.

"가자!"

철호가 그의 집 쪽으로 걸음을 옮겨 놓을 때마다 그만치 그 소리는 더 크게 들려왔다.

가자는 것이었다. 돌아가자는 것이었다. 고향으로 돌아가자는 것이었다. 옛날로 되돌아가자는 것이었다. 그것은 이렇게 정신이상이 생기기 전부터 철호의 어머니가 입버릇처럼 되풀이하던 말이었다.

삼팔선. 그것은 아무리 자세히 설명을 해주어도 철호의 늙은 어머니에게만은 아무 소용 없는 일이었다.

"난 모르겠다. 암만해도 난 모르겠다. 삼팔선, 그래 거기에다 하늘에 꾹 닿도록 담을 쌓았단 말이냐 어쨌단 말이냐. 제 고장으로 제가 간다는데 그래 막을 놈이 도대체 누구란 말이냐."

죽어도 고향에 돌아가서 죽고 싶다는 철호의 어머니였다. 그리고는,

"이게 어디 사람 사는 게냐. 하루이틀도 아니고."

하며 한숨과 함께 무릎을 치며 꺼지듯이 풀썩 주저앉곤 하는 것이었다.

그럴 때마다 철호는,

"어머니, 그래도 남한은 이렇게 자유스럽지 않아요?"

하고, 남한이니까 이렇게 생명을 부지하고 살 수 있지, 만일 북한 고향으로 간다면 당장에 죽는 것이라고, 자유라는 것이 얼마나 소중한 것인가를 갖은 이야기를 다 예로 들어가며 어머니에게 타일러 보는 것이었다. 그러나 자유라는 것을 늙은 어머니에게 이해시키기란 삼팔선을 인식시키기보다도 몇백 갑절 더 힘드는 일이었다. 아니, 그것은 거의 불가능한 일이라 했다. 그래 끝내 철호는 어머니에게 자유라는 것을 설명하는 일을 단념하고 말았다. 그렇게 되고 보니 철호의 어머니에게는 아들—지지리 고생을 하면서도 고향으로 돌아갈 생각만은 죽어도 하지 않는 철호가 무슨 까닭인지는 몰라도 늙은 에미를 잡으려고 공연한 고집을 피우고 있는 천하에 고약한 놈으로만 여겨지는 것이었다.

그야 철호에게도 어머니의 심정이 이해되지 않는 것은 아니었다.

무슨 하늘이 알 만치 큰 부자는 아니었지만 그래도 꽤 큰 지주로서 한 마을의 주인격으로 제법 풍족하게 평생을 살아오던 철호의 어머니 눈에는 아무리 그네가 세상을 모른다고는 해도, 산등성이를 악착스레 깎아 내고 거기에다 게딱지 같은 판잣집들을 다닥다닥 붙여 놓은 이 해방촌이 이름 그대로 해방촌解放村일 수는 없는 노릇이다.

"나두 내 나라를 찾았다는 게 기뻐서 울었다. 엉엉 울었다. 시집올 때 입

었던 홍치마를 꺼내 입구 춤을 추었다. 그런데 이 꼴 좋다. 난 싫다. 아무래도 난 모르겠다. 뭐가 잘못됐건 잘못된 너머 세상이디 그래."

철호의 어머니 생각에는 아무리 해도 모를 일이었던 것이었다. 나라를 찾았다면서 집을 잃어버려야 한다는 것은, 그것은 정말 알 수 없는 일이었던 것이었다.

철호의 어머니는 남한으로 넘어온 후로 단 하루도 이 가자는 말을 하지 않는 날이 없었다.

그렇게 지내오던 그날, 육이오 사변으로 바로 발밑에 빤히 내려다보이는 용산 일대가 폭격으로 지옥처럼 무너져 나가던 날 끝내 철호는 어머니를 잃어버리고 말았던 것이었다.

"큰애야, 이젠 정말 가자. 데것 봐라. 담이 홈싹 무너지는데 삼팔선의 담이 데렇게 무너지는데야."

그때부터 철호의 어머니는 완전히 정신이상이었다. 지금의 어머니, 그것은 이미 철호의 어머니는 아니었다. 아무리 따져 보아도 그것이 철호 자기의 어머니일 수는 없었다. 세상에 아들딸마저 알아보지 못하는 어머니가 있을 수 있는 것일까?

그날부터 철호의 어머니는,

"가자! 가자!"

하고 저렇게 쨍쨍한 목소리로 외마디 소리를 지를 뿐 그 밖의 모든 것을 완전히 잃어버리고 있었다. 철호에게 있어서 지금의 어머니는 말하자면 어머니의 시체에 지나지 않았다.

뚫어진 창호지 구멍으로 그래도 희미한 불빛이 새어 나오고 있었다. 철호는 윗방문을 열었다. 아랫방과 윗방 사이 문턱에 위태롭게 올려놓은 등잔이 개똥벌레처럼 가물거리고 있었다. 윗방 아랫목에는 딸애가 반듯이 누워서 잠이 들었다. 담요를 목에다 돌돌 말고 반듯이 누운 것이 꼭 송장 같았다. 그 옆에 철호의 아내가 두 무릎을 꿇고 앉아 있었다. 꺼먼 헝겊과 회색 헝겊으로 기운 담요 바지, 무릎 위에는 빨간색 우단으로 만든 조그마한 운동화가 한 켤레 놓여 있었다. 철호가 방 안에 들어서자 아내는 그 어린애의 빨간 신발을 모두어 자기 손바닥에 올려놓아 철호에게 들어 보였다.

"삼촌이 사 왔어요."

유난히 속눈썹이 긴 아내의 눈이 가늘게 웃었다. 참으로 오래간만에 보는 아내의 웃음이었다. 자기가 미인이었다는 것을 잊어버리고 만 지 오랜 아내처럼, 또 오래 보지 못하여 거의 잊어버려 가던 아내의 웃는 얼굴이었다.

철호는 등잔이 놓인 문턱 가까이 가서 앉으며 아내의 손에서 빨간 어린애의 신발을 받아 눈앞에서 아래위를 살펴보았다.

"산보 갔었소?"

거기 등잔불을 사이에 두고 윗방을 향해 앉은 철호의 동생 영호(英浩)가 웃으며 철호를 쳐다보았다.

"언제 들어왔니."

"지금 막 들어와 앉는 길입니다."

그러고 보니 영호는 아직 넥타이도 끄르지 않고 있었다.

"형님!"

새삼스레 부르는 동생의 소리에 철호는 손에 들었던 어린애의 신발을

아내에게 돌리며 영호의 얼굴을 빤히 바라보았다.

"이제 우리도 한번 살아 봅시다. 제길, 남 다 사는데 우리라구 밤낮 이렇게만 살겠수, 근사한 양옥도 한 채 사구, 장기판만한 문패에다 형님의 이름 석 자를, 제길 장님도 보게 써서 대못으로 땅땅 때려 박구 한번 살아 봅시다."

군대에서 나온 지 이 년이 넘도록 아직 직업도 못 잡은 영호가 언제나 술만 취하면 하는 수작이었다.

"그리구 이천만 환짜리 세단차도 한 대 삽시다. 거기다 똥통이나 싣고 다니게. 모든 새끼들이 아니꼬워서 일이야 있건 없건 종일 빵빵 울리면서 동리를 들락날락해야지. 제길, 하하하."

비스듬히 벽에 기대어 앉은 영호는 벌겋게 열에 뜬 얼굴을 하고 담배 연기를 푸 내뿜었다.

"또 술 마셨구나."

고학으로 고생고생 다니던 대학 삼학년에서 군대에 들어갔다가 나온 영호로서는 특별한 기술이 없어 직업을 잡지 못하는 것은 별도리도 없는 노릇이라 칠 수도 있었지만, 이건 어디서 어떻게 마시는 것인지 거의 저녁마다 이렇게 취해 들어오는 동생 영호가 몹시 못마땅한 철호의 말이었다.

"네, 조금 했습니다. 친구들이……."

그것도 들으나마나 늘 같은 대답이었다. 또 그것이 거짓말이 아니라는 것도 철호는 알고 있었다.

"이제 술 좀 그만 마셔라."

"친구들과 어울리면 자연히 마시게 되는 걸요."

"글쎄 그러니까 그 어울리는 걸 좀 삼가란 말이다."

"그럴 수도 없구요. 하하하."

"그렇다구 언제까지 그저 그렇게 어울려서 술이나 마시면 뭐가 되나."

"되긴 뭐가 돼요. 그저 답답하니까 만나는 거구, 만나면 어찌어찌하다 한 잔씩 하며 이야기나 하는 거죠 뭐."

"글쎄 그게 맹랑한 일이란 말이다."

"그렇지만 형님, 그런 친구들이라도 있다는 게 좋지 않수. 그게 시시한 친구들이라 해도, 정말이지 그놈들마저 없었더라면 어떻게 살 뻔했나 하고 생각할 때가 많아요. 외팔이, 절름발이, 그런 놈들, 무식한 놈들, 참 시시한 놈들이지요. 죽다 남은 놈들. 그렇지만 형님, 그놈들 다 착한 놈들이야요. 최소한 남을 속이지는 않거든요. 공갈을 때릴망정. 하하하하. 전우 전우."

영호는 고개를 뒤로 젖히고 천장을 향해 후 담배 연기를 내뿜었다. 철호는 그저 물끄러미 영호의 모습을 쳐다볼 뿐 아무 말도 없었다. 영호는 여전히 천장을 향한 채 피어 오르는 연기를 바라보며 한 손으로 목의 넥타이를 앞으로 잡아당겨 풀어 늦추어 놓았다.

"가자!"

아랫목에서 어머니가 소리를 질렀다.

영호는 슬그머니 아랫목으로 고개를 돌렸다. 한참이나 그렇게 어머니 쪽으로 고개를 돌리고 있는 영호는 아무 말도 없이 그저 눈만 껌뻑껌뻑하고 있었다.

철호는 길게 한숨을 쉬었다. 앞에 놓인 등잔불이 거물거물 춤을 추었다. 철호는 저고리 호주머니에서 담배를 꺼내었다. 꼬깃꼬깃 구겨진 파랑새갑

속에서 담배를 한 개비 뽑아 내었다. 바삭바삭 마른 담배는 양끝이 반쯤 빠져 나갔다. 철호는 그 양끝을 비벼 말았다. 흡사 비과 모양으로 되었다. 철호는 그 비과 모양의 담배 한 끝을 입에다 물었다.

"이걸 피슈. 형님."

영호가 자기 앞에 놓였던 담뱃갑을 집어서 철호의 앞으로 내어밀었다. 빨간색 양담뱃갑이었다. 철호는 그 여느 것보다 좀 긴 양담뱃갑을 한번 힐끔 쳐다보았을 뿐, 아무 소리도 없이 등잔불로 입에 문 파랑새 끝을 가져갔다.

영호는 등잔불 위에 꾸부린 형 철호의 어깨를 넌지시 바라보고 있었다. 지지지 소리가 났다. 앞 이마에 흐트러져 내렸던 철호의 머리카락이 등잔불에 타며 또르르 끝이 말려 올랐다. 철호는 얼굴을 들었다. 한 모금 빨자 벌써 손끝이 따갑게 꽁초가 되어 버린 담배를 입에서 떼었다. 천천히 연기를 내뿜는 철호의 미간에는 세로 석 줄의 깊은 주름이 패어졌다. 영호는 들었던 담뱃갑을 도로 방바닥에 내려놓았다. 그리고 조용히 등잔불로 시선을 떨구었다. 그의 입가에는 야릇한 웃음이—애달픈, 아니 그 누군가를 비웃는 듯한, 그런 미소가 천천히 흘러 지나갔다.

한참 동안 아무도 말이 없었다.

"가자!"

아랫방 아랫목에서 몸을 뒤채는 어머니가 잠꼬대를 했다. 어머니는 이제 꿈속에서마저 생활을 잃어버린 모양이었다. 아주 낮은 그 소리는 한숨처럼 느리게 아래 윗방에 가득 차 흘러 사라졌다.

여전히 아무도 말이 없었다.

철호는 꽁초를 손끝에 꼬집어 쥔 채 넋빠진 사람모양 가물거리는 등잔불을 지켜보고 있었고 동생 영호는 비스듬히 벽에 기대어 앉은 채 철호의 손끝에서 타고 있는 담배 꽁초를 바라보고 있었고, 철호의 아내는 잠든 딸애의 머리맡에 가지런히 놓인 빨간 신발을 요리조리 매만지고 있었다.

"가자!"

또 한번 어머니의 소리가 저 땅 밑에서 새어 나오듯이 들려왔다.

"형님은 제가 이렇게 양담배를 피우는 게 못마땅하지요?"

영호는 반쯤 탄 담배를 자기의 눈 앞에 가져다 그 빨간 불티를 들여다보며 말했다.

"분에 맞지 않지."

철호는 여전히 등잔불을 바라보며 대답했다.

"그렇지만 형님, 형님은 파랑새와 양담배와 두 가지 중에서 어느 것이 더 좋으슈?"

"……? 그야 양담배가 좋지. 그래서?"

그래서 너는 보리밥도 못 버는 녀석이 그래 좋은 것은 알아서 양담배를 피우는 거냐 하는 철호의 눈초리가 번뜩 영호의 면상을 때렸다.

"그래서 전 양담배를 택했어요."

"뭐가?"

"형님은 절 오해하시고 계세요."

"……?"

"제가 무슨 돈이 있어서 양담배를 사서 피우겠어요. 어쩌다 친구들이 사주는 것이니 피우는 거지요. 형님은 또 제가 거의 저녁마다 술을 마시고 또 제법 합승을 타고 들어오는 것도 못마땅하시죠. 저도 알고 있어요. 형님은 때때로 이십오 환 전찻값도 없어서 종로서 근 십 리를 집에까지 터덜터덜 걸어서 돌아오시는 것을. 그렇지만 형님이 걸으신다고 해서, 한사코 같이 타고 가자는 친구들의 호의, 아니 그건 호의도 채 못되는 싱거운 수작인지도 모르죠. 어쨌든 그것을 굳이 뿌리치고 저마저 걸어야 할 아무 까닭도 없지 않습니까? 이상한 놈들이죠. 술 담배는 사주고 합승은 태워 줘도 돈은 안 주거든요."

영호는 손끝으로 뱅글뱅글 부벼 돌리는 담뱃불을 들여다보며 말했다.

"어쨌든 너도 이젠 좀 정신을 차려 줘야지. 벌써 군대에서 나온 지도 이태나 되지 않니."

"정신 차려야죠. 그러지 않아도 이달 안으로는 어찌 되든 간에 결판을 내구 말 생각입니다.

"어디 취직을 해야지."

"취직이요? 형님처럼요? 전찻값도 안 되는 월급을 받고 남의 살림이나 계산해 주란 말이지요?"

"그럼 뭐 별 뾰족한 수가 있는 줄 아니?"

"있지요. 나처럼 용기만 조금 있으면."

"……?"

어처구니없는 영호의 수작에 철호는 그저 멍청하니 영호의 얼굴을 쳐다보았다. 손끝이 따가웠다. 철호는 비루 깡통으로 만든 재떨이에 담배를 부벼 껐다.

"용기?"

"네, 용기."

"용기라니."

"적어도 까마귀만한 용기만이라도 말입니다. 영리할 필요도 없더군요. 우둔해도 상관 없어요. 까마귀는 도무지 허수아비를 무서워하지 않습니다. 참새처럼 영리하지 못한 탓으로 그놈의 까마귀는 애당초에 허수아비를 무서워할 줄조차 모르거든요."

영호의 입가에는 좀전에 파랑새 꽁초에다 불을 당기는 철호를 바라보던 때와 같은 야릇한 웃음이 또 소리 없이 감돌고 있었다.

"너, 설마 무슨 엉뚱한 계획을 세우고 있는 것은 아니겠지?"

철호는 약간 긴장한 얼굴을 하고 영호를 바라보며 꿀꺽 하고 침을 삼켰다.

"아니요. 엉뚱하긴 뭐가 엉뚱해요. 그저 우리들로 남처럼 다 벗어던지고 홀가분한 몸차림으로 달려 보자는 것이죠 뭐."

"벗어던지고?"

"네, 벗어 던지고. 양심이고, 윤리고, 관습이고, 법률이고 다 벗어던지고 말입니다."

영호의 큰 두 눈이 유난히 빛나는가 하자 철호의 눈을 정면으로 밀고 들었다.

"양심이고, 윤리고, 관습이고, 법률이고?"

"……."

"너는, 너는……."

"……."

영호는 아무 대답도 하지 않았다. 그러나 눈만은 똑바로 형 철호를 쳐다보고 있었다.

"그렇게나 살자면 이 형도 벌써 잘 살 수 있었다."

철호의 목소리는 떨리고 있었다.

"그렇게나라니요?"

"양심을 버리고, 윤리와 관습을 무시하고, 법률까지도 범하고!"

흥분한 철호의 큰 목소리에 영호는 지금까지 철호의 얼굴에 주었던 시선을 앞으로 쭉 뻗치고 앉은 자기의 발끝으로 떨구었다.

"저도 형님을 존경하고 있어요. 고생하시는 형님을. 용케 이 고생을 참고 견디는 형님을. 그렇지만 형님은 약한 사람이야요. 용기가 없는 거지요. 너무 양심이 강해요. 아니 어쩌면 사람이 약하면 약한 만치, 그만치 반대로 양심이란 가시는 여물고 굳어지는 것인지도 모르죠."

"양심이란 가시?"

"네. 가시지요. 양심이란 손끝의 가십니다. 빼어버리면 아무렇지도 않은데 공연히 그냥 두고 건드릴 때마다 깜짝깜짝 놀라는 거야요. 윤리요? 윤리. 그건 나일론 빤쓰 같은 것이죠. 입으나마나 불알이 덜렁 비쳐 보이기는 매한가지죠. 관습이요? 그건 소녀의 머리 위에 달린 리본이라고나 할까요? 있으면 예쁠 수도 있어요. 그러나 없대서 뭐 별일도 없어요. 법률? 그건 마치 허수아비 같은 것입니다. 허수아비. 덜 굳은 바가지에다 되는 대로 눈과 코를 그리고 수염만 크게 그린 허수아비. 누더기를 걸치고 팔을 쩍 벌리고 서 있는 허수아비. 참새들을 향해서는 그것이 제법 공갈이 되지요. 그러나 까마귀쯤만 돼도 벌써 무서워하지 않아요. 아니 무서워하기는커녕 그놈의 상투 끝에 턱 올라앉아서 썩은 흙을 쑤시던 더러운 주둥이를 쓱쓱 문질러도 별일 없거든요. 흥.”

영호는 코웃음을 쳤다. 그리고 거기 문턱 밑의 담배갑에서 새로 담배를 한 개비 빼어 물고 지금까지 들고 있던 다 탄 꽁다리에서 불을 옮겨 빨았다.

“가자!”

어머니의 그 소리가 또 들렸다. 어머니는 분명히 잠이 들어 있는 것이었다. 그러면서도 간간이 저렇게 가자 가자 소리를 지르는 것이었다. 그것은 어쩌면 어머니에게는 호흡처럼 생리화해 버린 것인지도 몰랐다.

철호는 비스듬히 모로 앉은 동생 영호의 옆얼굴을 한참이나 노려보고 있었다. 영호는 영호대로 퀭한 두 눈으로 깜박이기를 잊어버린 채 아까부터 앞으로 뻗친 자기의 발끝을 바라보고 있었다. 이윽고 철호는 영호에게서 눈을 돌려 버렸다. 그리고 아랫방과 윗방 사이 칸막이를 한 널쪽에 등을 기대며 모로 돌아앉았다. 희미한 등잔불빛에 잠든 딸애의 조그마한 얼굴이 애처로웠다. 그 어린 것 옆에 앉은 철호의 아내는 왼쪽 무릎을 세우고 그 위에 손을 펴 깔고 턱을 괴었다. 아까부터 철호와 영호, 형제가 하는 말을 조용히 듣고만 있는 그네는 무엇을 생각하고 있는지 한쪽 손끝으로, 거기 방바닥에 가지런히 놓인 빨간 어린애의 신발만 몇 번이고 쓸어보고 있었다.

철호는 고개를 푹 떨구어 턱을 가슴에 묻었다. 영호는 새로 피워 문 담배를 연거푸 서너 번 들이빨았다. 그리고 또 말을 계속하였다.

“저도 형님의 그 생활태도를 잘 알아요. 가난하더라도 깨끗이 살자는. 그렇지요, 깨끗이 사는 게 좋지요. 그런데 형님 하나 깨끗하기 위하여 치르는 식구들의 희생이 너무 어처구니없이 크고 많단 말입니다. 헐벗고 굶주리고, 형님 자신만 해도 그렇죠. 밤낮 쑤시는 충치 하나 처치 못 하시고 이가 쑤시면 치과에 가서 치료를 하거나 빼어 버리거나 해야 할 거 아니야요. 그런데 형님은 그것을 참고 있어요. 낯을 잔뜩 찌푸리고 참는단 말입니다. 물론 치료비가 없으니까 그러는 수밖에 없겠지요. 그겁니다. 바로 그겁니다. 그 돈을 어떻게든가 구해야죠. 이가 쑤시는데 그럼 어떻게 해요. 그걸 형님처럼, 마치 이 쑤시는 것을 참고 견디는 그것이 돈을—치료비를—버는 것이기나 한 것처럼 생각하는 것. 안 쓰는 것은 혹 버는 셈이 된다고 할 수도 있을 거야요. 그렇지만 꼭 써야 할 데 못 쓰는 것이 버는 셈이라고 할 수 없지 않아요. 세상에는 이런 세 층의 사람들이 있다고 봅니다. 즉 돈을 모으기 위해서만으로 필요 이상의 돈을 버는 사람과 필요하니까 그 필요하니만치 돈을 버는 사람과, 돈 하나는 이건 꼭 필요한 돈도 채 못 벌고서 그 대신 생활을 조리는 사람들. 신발에다 발을 맞추는 격으로, 형님은 아마 그 맨끝의 층에 속하겠지요. 필요한 돈도 미처 벌지 못하는 사람. 깨끗이 살자니까 그럴 수밖에 없다고 하시겠지요. 그래요. 그것은 깨끗하기는 할지 모르죠. 그렇지만 그저 그것뿐이지요. 언제까지나 충치가 쏘아 부은 볼을 싸쥐고 울상일 수밖에 없지요. 그렇지 않습니까? 그야 형님! 인생이 저 골목 안에서 십환짜리를 받고 코흘리는 어린애들에게 보여 주는 요지경이라면야 자기가 가지고 있는 돈값만치 구멍으로 들여다보고 말 수도 있겠지요. 그렇지만 어디 인생이 자기 주머니 속의 돈 액수만치만 살고 그만두고 싶다면 그만둘 수 있는 요지경인가요 어디. 싫어도 살아야 하니까 문제지요. 사실이지 자살을 할 만치 소중한 인생도 아니고요. 살자니까 돈이 필요하구요. 필요한 돈이니까 구해야죠. 왜 우리라고 좀더 넓은 테두리. 법률선法律線까지 못 나가란 법이 어디 있어요. 아니 남들은 다 벗어 던지구 법률선까지도 넘나들면서 사는데, 왜 우리만이 옹색한 양심의 울타리 안에서 숨이 막혀야 해요. 법률이란 뭐야요. 우리들이 피차에 약속한 선이 아니야요?"

영호는 얼굴을 번쩍 들며 반쯤 끌러 놓았던 넥타이를 마저 끌러서 방구석에 픽 던졌다.

철호는 여전히 턱을 가슴에 푹 묻은 채 묵묵히 앉아 두 짝 다 엄지발가락이 몽땅 밖으로 나온 뚫어진 양말을 내려다보고 있었다. 나일론 양말을 한 켤레 사면 반 년은 무난히 뚫어지지 않고 견딘다는 말을 들었다. 그러나 뻔히 알면서도 번번이 백 환짜리 무명 양말을 사들고 들어오는 철호였다. 칠백 환이란 돈을 단번에 잘라 낼 여유가 도저히 없는 월급이었던 것이다.

"가자!"

어머니는 또 몸을 뒤채었다.

"그건 억설이야."

철호는 천천히 고개를 들었다. 신문지를 바른 맞은편 벽에, 쭈그리고 앉은 아내의 그림자가 커다랗게 비쳐 있었다. 곱추처럼 꼬부리고 앉은 아내의 그림자는 헝클어진 머리카락이 괴물스러웠다. 철호는 눈을 감았다. 머리마저 등 뒤 칸막이 반자에 기대었다.

철호의 감은 눈앞에 십여 년 전 아내가 흰 저고리 까만 치마를 입고 선히 나타났다. 무대에 나선 그네는 더욱 예뻤다. E여자대학 졸업 음악회였다. 노래가 끝나자 박수 소리가 그칠 줄을 몰랐다. 그날 저녁 같이 거리를 거닐던 그네는 정말 싱싱하고 예뻤었다. 그러나 지금 철호 앞에 쭈그리고 앉은 아내는 그때의 그네가 아니었다. 무슨 둔한 동물처럼 되어 버린 그네.

이제 아무런 희망도 가져 보려고 하지 않는 아내. 철호는 가만히 눈을 떴다. 그래도 아내의 속눈썹만은 전처럼 까맣고 길었다.

"가자!"

철호는 흠칫 놀라 환상에서 깨어났다.

"억설이요? 그런 지도 모르죠."

한참이나 잠잠하니 앉아 까물거리는 등잔불을 바라보던 영호의 맥빠진 대답이었다.

"네 말대로 한다면 돈 있는 사람들은 다 나쁜 사람이란 말밖에 더 되나 어디."

"아니죠. 제가 어디 나쁘고 좋고를 가렸어요. 나쁘긴 누가 나빠요? 왜 나빠요? 아 잘 사는 게 나빠요? 도시 나쁘고 좋고부터 따질 아무런 선도 없지요, 뭐."

"그렇지만 지금 네 말대로 잘 살자면 꼭 양심이고 윤리고 뭐고 다 버려야 한다는 것이 아니고 뭐야."

"천만에요. 잘못 이해하신 겁니다. 간단히 말씀 드리면 이렇다는 것입니다. 즉, 양심껏 살아가면서 잘 살 수도 있기는 있다. 그러나 그것은 극히 적다. 거기에 비겨서 그 시시한 것들을 벗어던지기만 하면 누구나 틀림없이 잘 살 수 있다."

"그것이 바로 억설이란 말이다. 마음 한구석이 어딘가 비틀려서 하는 억지란 말이다."

"글쎄요. 마음이 비틀렸다고요. 그건 아마 사실일는지 모르겠어요. 분명히 비틀렸어요. 그런데 그 비틀리기가 너무 늦었어요. 어머니가 저렇게 미치기 전에 비틀렸어야 했지요. 한강철교를 폭파하기 전에 말입니다. 하나밖에 없는 누이동생 명숙이가 양공주가 되기 전에 비틀렸어야 했지요. 환도령還都令이 내리기 전에. 하다못해 동대문 시장에 자리라도 한 자리 비었을 때 말입니다. 그러구 이놈의 배때기에 지금도 무슨 내장이기나 한 것처럼 박혀 있는 파편이 터지기 전에 말입니다. 아니 그보다도 더 전에, 제가 뭐 무슨 애국자나처럼 남들은 다 기피하는 군대에 어머니의 원수를 갚겠노라고 자원하던 그 전에 말입니다."

"……."

"……그보다도 더 전에 썩 전에 비틀렸어야 했을지도 모르죠. 나면서부터 비틀렸더라면 더 좋았을지도 모르죠."

영호는 푹 고개를 떨구었다. 길게 한숨을 내쉬었다. 그 한숨이 후르르 떨고 있었다. 철호는 한참 동안 아무 말도 하지 않았다. 윗목에 앉아 있던 철호의 아내가 방바닥에 떨어진 눈물을 손끝으로 장난처럼 문지르고 있었다. 영호도 훌쩍훌쩍 코를 들이켜고 있었다.

"그렇지만 인생이란 그런 게 아니야. 너는 아직 사람이란 어떻게 살아야만 하는 것인지조차 모르고 있어."

"그래요. 사람이란 과연 어떻게 살아야 하는 것인지는 정말 모르겠어요. 그렇지만 이제 이 물고 뜯고 하는 마당에서 살자면, 생명만이라도 유지하자면 어떻게 해야 할는지는 알 것 같애요. 허허."

영호는 눈물이 글썽하니 괸 눈을 천장을 향해 쳐들며 자기 자신을 비웃듯이 허허 하고 웃었다.

"가자!"

또 어머니는 가자고 했다. 영호는 아랫목으로 눈을 돌렸다. 철호는 길게 한숨을 쉬었다. 앞의 등잔불이 크게 흔들거렸다. 방안의 모든 그림자들이 움직였다. 집 전체가 그대로 기울거리는 것 같았다. 그것뿐 조용했다. 밤이 꽤 깊은 모양이었다. 세상이 온통 잠들고 있었다.

저만치 골목 밖에서부터 딱 딱 딱 딱 구둣발 소리가 뾰족하게 들려왔다. 점점 가까워 왔다. 바로 아랫방 문 앞에서 멎었다. 영호는 문께로 얼굴을 돌렸다. 삐걱삐걱 두어 번 비틀리던 방문이 열렸다. 여동생 명숙이가 들어섰다. 싱싱한 몸매에 까만 투피스가 제법 어느 회사의 여사무원 같았다.

"늦었구나."

영호가 여전히 두 다리를 쭉 뻗고 앉은 채 고개만 뒤로 젖혀서 명숙을 쳐다보았다.

명숙은 영호의 말에는 아무런 대꾸도 없이 돌아서서 문 밖에서 까만 하이힐을 집어 올려 아랫방 모서리에 들여놓았다. 그리고 백을 휙 방구석에 던졌다. 겨우 웃저고리와 스커트를 벗어 건 명숙은 아랫방 뒷구석에 가서 털썩 하고 쓰러지듯 가로누워 버렸다. 그리고 거기 접어 놓은 담요를 끌어다 머리 위에서부터 푹 뒤집어썼다.

철호는 명숙을 거들떠보지도 않고 덤덤히 등잔불만 지켜보고 있었다.

철호는 언젠가 퇴근하던 길에 전차 창문 밖으로 본 명숙의 꼴을 생각하고 있는 것이었다.

철호가 탄 전차가 을지로 입구 십자거리에 머물러 신호를 기다리고 있었다. 손잡이를 붙들고 창을 향해 서 있던 철호는 무심코 밖을 내다보았다. 전차 바로 옆에 미군 지프차가 한 대 와 섰다. 순간 철호는 확 낯이 달아 올랐다.

핸들을 쥔 미군 바로 옆자리에 색안경을 쓴 한국 여자가 앉아 있었다. 그것이 바로 명숙이었던 것이다. 바로 철호의 턱밑에서였다. 역시 신호를 기다리는 그 지프차 속에서 미군이 한 손은 핸들에 걸치고 또 한 팔로는 명숙의 허리를 넌지시 끌어안는 것이었다. 미군이 명숙의 얼굴을 들여다보며 뭐라고 수작을 걸었다. 명숙은 다리를 겹치고 앉은 채 앞을 바라보는 자세 그대로 고개를 까딱거렸다. 그 미군 지프차 저편에 와 선 택시 조수가 명숙이와 미군을 쳐다보며 피시시 웃었다. 전찻간에서도 마찬가지였다. 철호 바로 옆에 나란히 서 있던 청년 둘이 쑥덕거렸다.

"그래도 멋은 부렸네."

"멋? 그래 색안경을 썼으니 말이지?"

"장사치곤 고급이지, 밑천 없이."

"저것도 시집을 갈까?"

"흥."

철호는 손잡이를 놓았다. 그리고 반대편 가운데 문께로 가서 돌아서고 말았다. 그것은 분명히 슬픈 감정만은 아니었다. 뭐라고 말할 수조차 없는 숯덩어리 같은 것이 꽉 목구멍을 치밀었다. 정신이 아뜩해지는 것 같았다. 하품을 하고 난 뒤처럼 콧속이 싸하니 쓰리면서 눈물이 징 솟아올랐다. 철호는 앞에 있는 커다란 유리를 콱 머리로 받아 부수고 싶은 충동을 느끼며 어금니를 꽉 맞씹었다. 찌르르 벨이 울렸다. 덜커덩 전차가 움직였다. 철호는 문짝에 어깨를 가져다 기대고 눈을 감아 버렸다.

그날부터 철호는 정말 한마디도 누이동생 명숙이와 말을 하지 않았다.

또 명숙이도 철호를 본체 만체였다.

"자, 우리도 이제 잡시다."

영호가 가슴을 펴서 내어밀며 바로 앉았다.

등잔불을 끄고 두 방 사이의 문을 닫았다.

푹 가라앉는 것같이 피곤했다. 그러면서도 철호는 정작 잠을 이룰 수는 없었다. 밤은 고요했다. 시간이 그대로 흐르기를 멈추어 버린 것같이 조용했다. 철호의 아내도 이제 잠이 들었나 보다. 앓는 소리를 내었다. 철호는 눈을 감았다. 어딘가 아득히 먼 것을 느끼고 있었다. 철호는 잠이 들어 가고 있었다.

"가자!"

다들 잠든 밤의 그 어머니의 소리는 엉뚱하게 컸다. 철호는 흠칫 눈을 떴다. 차츰 눈이 어둠에 익어 갔다. 며칠인가, 문틈으로 새어든 달빛이 철호의 옆에서 잠든 딸애의 머리에서부터 발끝까지 죽 파란 줄을 그었다. 철호는 다시 눈을 감았다. 길게 한숨을 쉬며 벽을 향해 돌아누웠다.

"가자!"

또 어머니가 소리를 질렀다. 그러나 철호는 눈을 뜨지 않았다. 그도 마저 잠이 들어 버린 것이었다.

그런데 이번에는 아랫방에서 명숙이가 눈을 떴다. 아랫목의 어머니와 윗목의 오빠 영호 사이에 누운 명숙은 어둠 속에서 가만히 손을 내어밀었다. 어머니의 손을 더듬어 잡았다. 뼈 위에 겨우 가죽만이 씌워진 손이었다. 그 어머니의 손에서는 체온이 느껴지는 것이 아니라 축축이 습기가 미끈거렸다. 명숙은 어머니 쪽을 향하여 돌아누웠다. 한 쪽 손을 마저 내밀어서 두 손으로 어머니의 송장 같은 손을 감싸쥐었다.

"가자!"

딸의 손을 느끼는지 못 느끼는지 어머니는 또 한번 허공을 향해 가자고 소리질렀다.

"엄마!"

명숙의 낮은 소리였다. 명숙은 두 손으로 감싸쥔 어머니의 여윈 손을 가만히 흔들었다.

"가자!"

"엄마!"

기어이 명숙은 흐느끼기 시작하였다. 명숙은 어머니의 손을 끌어다 자기의 입에 틀어막았다.

"엄마!"

숨을 죽여 가며 참는 명숙의 울음은 한숨으로 바뀌며 어머니의 손가락을 입 안에서 잘근잘근 씹어 보는 것이었다.

"겁내지 마라."

옆에서 영호가 잠꼬대를 했다.

"가자!"

어머니는 명숙의 손에서 자기의 손을 빼어 가지고 저쪽으로 돌아누워 버렸다.

명숙은 다시 담요를 끌어다 머리 위까지 푹 썼다. 그리고 담요 속에서 흐득흐득 울고 있었다.

"엄마."

이번엔 윗방에서 어린것이 엄마를 불렀다.

철호는 잠 속에서 멀리 그 소리를 들었다. 그러면서도 채 잠이 깨어지지는 않았다.

"엄마!"

어린것은 또 한번 엄마를 불렀다.

"오 오, 왜? 엄마 여기 있어."

아내의 반쯤 깬 소리였다. 어린것을 끌어다 안는 모양이었다. 철호는 그 소리를 멀리 들으며 다시 곤히 잠들어 버렸다.

"오줌."

"오, 오줌 누겠니? 자, 일어나. 착하지."

철호의 아내는 일어나 앉으며 어린것을 안아 일으켰다. 구석에서 깡통을 끌어다 대어 주었다.

"참, 삼촌이 네 신발 사왔지. 아주 예쁜 거. 볼래?"

깡통을 타고 앉은 어린것을 뒤에서 안아 주고 있던 철호의 아내는 한 손으로 어린것의 베개맡에 놓아 두었던 신발을 집어다 보여 주었다. 희미하게 달빛이 들이비쳤을 뿐인 어두운 방 안에서는 그것은 그저 겨우 모양뿐 색채를 잃고 있었다.

"내꺼야? 엄마."

"그래. 네꺼야."

"예뻐?"

"참 예뻐. 빨강이야."

"응……."

어린것은 잠에 취한 소리로 물으며 신발을 두 손에 받아 가슴에 안았다.

"자, 이제 거기 놔두고 자야지."

"응, 낼 신어도 돼?"

"그럼."

어린것은 오물오물 담요 속으로 파고 들어갔다.

"엄마, 낼 신어도 돼?"

"그럼."

뭐든가 좀 좋은 것은 아껴야 한다고만 들어오던 어린것은 또 한번 이렇게 다짐하는 것이었다. 아내는 어린것의 담요 가장자리를 꼭꼭 눌러 주고 나서 그 옆에 누웠다.

다들 다시 잠이 들었다. 어느 사이에 달빛이 비껴서 칼날 같은 빛을 철호의 가슴으로 옮겼다. 어린것이 부스스 머리를 들었다. 배를 깔고 엎드렸다. 어린것은 조그마한 손을 베개 너머로 내밀었다. 거기 가지런히 놓아 둔 신발을 만져 보았다. 어린것은 안심한 듯이 다시 베개를 베고 누웠다. 또다시 조용해졌다. 한참만에 또 어린것이 움직거렸다. 잠이 든 줄만 알았던 어린것은 또 엎드렸다. 머리맡에 신발을 또 끌어당겼다. 조그마한 손가락으로 신발 코를 꼭 눌러보았다. 그러고는 이번에는 아주 자리 위에 일어나 앉았다. 신발을 무릎 위에 들어 올려놓았다. 달빛에다 신발을 들이대어 보았다. 바닥을 뒤집어 보았다. 두 짝을 하나씩 두 손에 갈라 들고 고무 바닥을 맞대어 보았다. 이번엔 발을 앞으로 내놓았다. 가만히 신발을 가져다 신었다. 앉은 채로 꼭 방바닥을 디디어 보았다.

"가자!"

어린것은 깜짝 놀랐다. 얼른 신발을 벗었다. 있던 자리에 도로 모아 놓았다. 그리고 한번 더 신발을 바라보고 난 어린것은 살그머니 누웠다. 오물오물 담요 속으로 기어 들어갔다.

점심을 못 먹은 배는 오후 두 시에서 세 시 사이가 제일 견디기 힘들었다. 철호는 펜을 장부 위에 놓았다. 저쪽 구석에 돌아앉은 사환애를 바라보았다. 보리차라도 한 잔 더 마시고 싶었다. 그러나 두 잔까지는 사환애를 시켜서 가져오랄 수 있었으나 세 번까지는 부르기가 좀 미안했다. 철호는 걸상을 뒤로 밀고 일어섰다. 책상 모서리에 놓인 찻잔을 집어 들었다. 그리고 출입문으로 나갔다. 복도의 풍로 위에서 커다란 주전자가 끓고 있었다. 보리차를 찻잔 하나 가득히 부었다. 구수한 냄새가 피어올랐다. 철호는 뜨거운 찻잔을 손가락으로 꼬집어 들고 조심조심 자기 자리로 돌아와 앉았다. 그리고 찻잔을 입으로 가져갔다. 후 불었다. 마악 한 모금 들이마시는 때였다.

"송 선생님, 전화입니다."

사환애가 책상 앞에 와 알렸다. 철호는 얼른 찻잔을 책상 위에 내려 놓았다. 그리고 과장 책상 앞으로 갔다. 수화기를 들었다.

"네, 송철호올시다. 네? 경찰서요……? 전 송철호라는 사람인데요. 송영호요? 네? 바로 제 동생입니다. 무슨……? 네? 네? 송영호가요? 제 동생이 말입니까? 곧 가겠습니다. 네, 네."

철호는 수화기를 걸었다. 그리고 걸어 놓은 수화기를 멍하니 내려다보고 서 있었다. 사무실 안 사람들의 시선이 모두 철호에게로 쏠렸다.

"무슨 일인가? 동생이 교통사고라도?"

서류를 뒤적이던 과장이 앞에 서 있는 철호를 쳐다보며 물었다.

"네? 네, 저 과장님, 잠깐 다녀오겠습니다."

철호는 마시던 보리차를 그대로 남겨둔 채 사무실을 나섰다. 영문을 모르는 동료들이 서로 옆의 사람의 얼굴을 힐끗 쳐다보는 것이었다.

철호는 전에도 몇 번 경찰서의 호출을 받은 일이 있었다.

양공주 노릇을 하는 누이동생 명숙이가 걸려들면 그 신원보증을 해야 하는 철호였다. 그때마다 철호는 치안관 앞에서 낯을 못 들고 앉았다가 순경이 앞세우고 나온 명숙을 데리고 아무 말도 없이 경찰서 뒷문을 나서곤 하였다. 그럴 때면 철호는 울었다. 하나밖에 없는 누이동생이 정말 밉고 원망스러웠다. 철호는 명숙을 한번 돌아다보는 일도 없이 전찻길을 따라 사무실로 걸었고, 또 명숙은 명숙이대로 적당한 곳에서 마치 낯도 모르는 사람이나처럼 딴 길로 떨어져 가버리곤 하는 것이었다.

그런데 이번에는 누이동생이 아니라 남동생 영호의 건이라고 했다. 며칠 전 밤에 취해서 지껄이던 영호의 말들이 스치고 지나갔다. 불안했다. 그런들 설마 하고 마음을 다시 먹으며 철호는 경찰서 문을 들어섰다.

권총강도.

형사에게서 동생 영호의 사건 내용을 들은 철호는 앞에 앉은 형사의 얼굴을 바보모양 멍청히 바라보고 있을 뿐이었다. 점점 핏기가 가셔 가는 철호의 얼굴은 표정을 잃은 채 굳어가고 있었다.

어느 회사에서 월급을 줄 돈 천오백만 환을 찾아서 은행 앞에 대기시켰던 지프차에 싣고 마악 떠나려고 하는데 중절모를 깊숙이 눌러쓰고 색안경을 낀 괴한 두 명이 차 속으로 올라오며 권총을 내어 들더라는 것이었다.

"겁내지 마라! 차를 우이동으로 돌려라."

운전수와 또 한 명 회사원은 차가운 권총 구멍을 등에 느끼며 우이동까지 갔다고 한다. 어느 으슥한 숲속에서 차를 세웠다고 한다. 그리고는 둘이 다 차 밖으로 나가라고 한 다음, 괴한들이 대신 운전대를 옮아 앉더라고 한다. 운전수와 회사원은 거기 버려 둔 채 차는 전속력으로 다시 시내로 향해 달렸단다. 그러나 지프차는 미아리도 채 못 와서 경찰에 붙들리고 말았다는 것이었다. 그런데 차 안에는 괴한이 한 사람밖에 없었다고 한다.

형사가 동생을 면회하겠느냐고 물었을 때도 철호는 그저 얼이 빠져서 두 무릎 위에 맥없이 손을 올려놓고 앉은 채 아무 대답도 못 했다.

이윽고 형사실 뒷문이 열리더니 거기 영호가 나타났다.

"이리로 와."

수갑이 채워진 두 손을 배 앞에다 모으고 천천히 형사의 책상 앞으로 걸어 나오는 영호는 거기 걸상에 앉았다. 일어서는 철호를 향하여 약간 머리를 끄덕여 보였다. 동생의 얼굴을 뚫어져라고 바라보고 서 있는 철호의 여윈 볼이 히물히물 움직였다. 괴로울 때의 버릇으로 어금니를 꽉꽉 씹고 있는 것이었다.

형사는 앞에 와서 선 영호에게 눈으로 철호를 가리켰다.

영호는 철호에게로 돌아섰다.

"형님, 미안합니다. 인정선人情線에서 걸렸어요. 법률선까지는 무난히 뛰어넘었는데. 쏘아 버렸어야 하는 건데."

영호는 철호의 얼굴을 들여다보며 빙그레 웃었다. 그리고는 옆으로 비스듬히 얼굴을 떨구며 수갑을 채운 오른손 엄지를 권총 방아쇠를 당기는 때처럼 까불여서 지그시 당겨 보는 것이었다.

철호는 눈도 깜빡하지 않고 그저 영호의 머리카락이 흐트러져 내린 이마를 바라보고 있었다.

"돌아가세요, 형님."

영호는, 등신처럼 서 있는 형이 도리어 민망한 듯이 조용히 말했다.

"수감해."

형사가 문간에 지키고 있는 순경을 돌아보았다.

영호는 그에게로 오는 순경을 향해 마주 걸어갔다. 영호는 뒷문으로 끌려 나가다 말고 멈춰 섰다. 그리고 뒤를 돌아보았다.

"형님. 어린것 화신 구경이나 한번 시키세요. 제가 약속했었는데."

뒷문이 쾅 닫혔다. 철호는 여전히 영호가 사라진 뒷문을 바라보고 서 있었다. 눈이 뿌옇게 흐려졌다. 아무것도 보이지 않았다.

"쏠 의사는 처음부터 없었던 것 같은데."

조서를 한옆으로 밀어 놓으며 형사가 중얼거렸다. 철호는 거기 걸상에 가만히 걸터앉았다.

"혹시 그 같이 한 청년을 모르시나요."

철호의 귀에는 형사의 말소리가 아주 멀었다.

"끝내 혼자서 했다고 우기는데, 그러나 증인이 있으니까 이제 차츰 사실대로 자백하겠지만."

여전히 철호는 말이 없었다.

경찰서를 나온 철호는 어디를 어떻게 걸었는지 알 수가 없었다. 철호는 술취한 사람모양 허청거리는 다리로 자기 집이 있는 언덕길을 올라가고 있었다. 철호는 골목길 어귀에 들어섰다.

"가자!"

철호는 거기 멈춰 섰다. 고개를 뒤로 젖혔다. 그러나 그는 하늘을 쳐다보는 것이 아니었다.

하 하고 숨을 크게 내쉬는 철호는 울고 있었다. 눈물이 콧속으로 흘러서 찝찔하니 목구멍으로 넘어갔다.

"가자. 가자. 어딜 가잔 거야. 도대체 어딜 가잔 거야."

철호는 꽥 소리를 지르고 있었다. 거기 처마 밑에 모여 앉아서 소꿉질을 하던 어린애들이 부스스 일어서며 그를 쳐다보았다. 철호는 그 앞을 모른 체 지나쳐 버렸다.

"오빤 어딜 그렇게 돌아다뉴?"

철호가 아랫방에 들어서자 윗방 구석에서 고리짝을 열어 놓고 뒤지고 있던 명숙이가 역한 소리를 했다. 윗방에는 넝마 같은 옷가지들이 한 무더기 쌓여 있었다. 딸애는 고리짝 옆에 쪼그리고 앉아서 명숙이가 뒤져 내놓은 헌옷들을 무슨 진귀한 것이나처럼 지켜보고 있었다. 철호는 아내가 어딜 갔느냐고 물어 보려다 말고 그대로 윗방 아랫목에 털썩 주저앉아 버렸다.

"어서 병원에 가보세요."

명숙은 여전히 고리짝을 들추며 돌아앉은 채 말했다.

"병원엘?"

"그래요."

"병원에라니?"

"언니가 위독해요. 어린애가 걸렸어요."

"뭐가?"

철호는 눈앞이 아찔했다.

점심때부터 진통이 시작되었는데 영 해산을 못하고 애를 썼단다. 그런데 죽을 악을 쓰다보니까 어린애의 머리가 아니라 팔부터 나왔다고 한다. 그래 병원으로 실어 갔는데, 철호네 회사에 전화를 걸었더니 나가고 없더라는 것이었다.

"지금쯤은 아마 애기를 낳았거나, 그렇지 않으면……."

명숙은 흰 헝겊들을 골라 개켜서 한옆으로 젖혀 놓으며 말했다. 아마 어린애의 기저귀를 고르고 있는 모양이었다. 그런데 이상했다. 좀 전에 아찔하던 정신이 사르르 풀리면서 온몸의 맥이 쑥 빠져 나갔다. 철호는 오래간만에 머릿속이 깨끗이 개는 것을 느꼈다.

말라리아를 앓고 난 다음날처럼 맥은 하나로 없으면서 머리는 비상히 깨끗했다. 뭐 놀랄 일이 있느냐 하는 심정이 되었다. 마치 회사에서 무슨 사무를 한 뭉텅이 맡았을 때와 같은 심사였다. 철호는 호주머니에서 담배를 꺼내어 물었다. 언제나 새로 사무를 맡아 시작하기 전에 하는 버릇이었다. 철호는 일어섰다. 그리고 문을 열었다.

"어딜 가슈."

명숙이가 돌아보았다.

"병원에."

"무슨 병원인지도 모르면서."

철호는 참 그렇다고 생각했다.

"S병원이야요."

"……."

철호는 슬그머니 문 밖으로 한 발을 내디디었다.

"돈을 가지고 가야지, 뭐."

"……돈."

철호는 다시 문 안으로 들어섰다. 우두커니 발부리를 내려다보고 서 있었다. 명숙이가 일어섰다. 그리고 아랫방으로 내려갔다. 벽에 걸어 놓았던 핸드백을 벗겼다.

"옛수."

백 환짜리 한 다발이 철호 앞 방바닥에 던져졌다. 명숙은 다시 돌아서서 백을 챙기고 있었다. 철호는 명숙의 뒷모습을 물끄러미 바라보고 있었다. 철호의 눈이 명숙의 발 뒤축에 머물었다. 나일론 양말이 계란만큼 구멍이 뚫렸다. 철호는 명숙의 그 구멍뚫린 양말 뒤축에서 어떤 깨끗함을 느끼고 있었다. 오래간만에 철호는 명숙에 대한 오빠로서의 애정을 느꼈다.

"가자!"

어머니가 또 외마디 소리를 질렀다.

철호는 눈을 발밑의 돈다발로 떨구었다. 허리를 구부렸다. 연기가 든 때처럼 두 눈이 싸하니 쓰렸다.

"아버지 병원에 가? 엄마 애기 났어?"

"그래."

철호는 돈을 저고리 호주머니에 밀어 넣으며 문을 나섰다.

"가자!"

골목을 빠져 나가는 철호의 등뒤에서 또 한번 어머니의 소리가 들려왔다.

아내는 이미 죽어 있었다.

"네, 그래요?"

철호는 간호원보다도 더 심상한* 표정이었다. 병원의 긴 복도를 휘청 휘청 걸어서 널따란 현관으로 나왔다. 시체가 어디 있느냐고 묻지도 않았다. 무엇인가 큰일이 한 가지 끝났다는 그런 기분이었다. 아니 또 어찌 생각하면 무언가 해야 할 일이 생긴 것 같은 무거운 기분이기도 했다. 그러면서도 그 해야 할 일이 무엇인지는 좀처럼 생각이 나질 않았다. 그저 이제는 그리 서두를 필요도 없어졌다는 생각만으로 철호는 거기 병원 현관에 한참이나 우두커니 서 있었다.

이윽고 병원의 큰 문을 나선 철호는 전찻길을 따라서 천천히 걸었다. 자전거가 휙 그의 팔꿈치를 스치고 지나갔다. 그는 멈춰 섰다. 자기도 모르게 그는 사무실 쪽으로 걸어가고 있었다. 여섯 시도 더 지났을 무렵이었다. 이제 사무실로 가야 할 아무 일도 없었다. 그는 전찻길을 건넜다. 또 한참 걸었다. 그는 또 멈춰 섰다. 이번엔 어느 사이에 낮에 왔던 경찰서 앞에 와 있었다. 그는 또 돌아섰다. 또 걸었다. 그저 걸었다. 집으로 돌아가자는 생각도 아니면서 그의 발길은 자동기계처럼 남대문 쪽을 향해 걷고 있었다. 문방구점, 라디오방, 사진관, 제과점, 그는 길가에 늘어선 이런 가게의 진열장들을 하나하나 기웃거리며 걷고 있었다. 그러면서도 무엇이 있는지 하나도 보이지는 않았다. 그러던 철호는 또 우뚝 섰다. 그는 거기 눈앞에 걸린 간판을

어휘정리

심상하다 대수롭지 않고 예사롭다.

쳐다보고 있었다. 장기판만한 흰 판에 빨간 페인트로 치과라고 써 있었다. 철호는 갑자기 이가 쑤시는 것을 느꼈다. 아침부터, 아니 벌써 전부터 훌떡훌떡 쑤시는 충치가 갑자기 아파왔다. 양쪽 어금니가 아래위 다 쑤셨다. 사실은 어느 것이 정말 쑤시는 것인지조차 분간할 수가 없었다. 철호는 호주머니에 손을 넣어 보았다. 만 환 다발이 만져졌다.

철호는 치과 간판이 걸린 층계 이층으로 올라갔다.

치과 걸상에 머리를 젖히고 입을 아 벌리고 앉았다. 의사는 달가닥달가닥 소리를 내며 이것저것 여러 가지 쇠꼬치를 그의 입에 넣었다 꺼냈다 하였다. 철호는 매시근하니 잠이 왔다.

아무런 생각도 하지 않고 입을 크게 벌린 채 눈을 감고 있었다.

"좀 아팠지요? 뿌리가 꾸부려져서."

의사가 집게에 뽑아 든 이를 철호의 눈앞에 가져다 보여 주었다. 속이 시꺼멓게 썩은 징그러운 이뿌리에 빨건 살점이 묻어 나왔다. 철호는 솜을 입에 문 채 머리를 좌우로 흔들어 보였다. 사실 아프지도 아무렇지도 않았다.

"됐습니다. 한 삼십 분 후에 솜을 빼 버리슈. 피가 좀 나올 겁니다."

"이쪽을 마저 빼주십시오."

철호는 옆의 타구에 피를 뱉고 나서 또 한쪽 볼을 눌러 보였다.

"어금니를 한번에 두 대씩 빼면 출혈이 심해서 안 됩니다."

"괜찮습니다."

"아니, 내일 또 빼지요."

"다 빼주십시오. 한몫에 몽땅 다 빼주십시오."

"안 됩니다. 치료를 해 가면서 한 대씩 빼야지요."

"치료요? 그럴 새가 없습니다. 마악 쑤시는 걸요."

"그래도 안 됩니다. 빈혈증이 일어나면 큰일납니다."

하는 수 없었다. 철호는 치과를 나왔다. 또 걸었다. 잇몸이 멍하니 아픈 것 같기도 하고 또 어찌하면 시원한 것 같기도 했다. 그는 한 손으로 볼을 쓸어 보았다.

그렇게 얼마를 걷던 철호는 거기에 또 치과 간판을 발견하였다. 역시 이층이었다.

"안 될 텐데요."

거기 의사도 꺼렸다. 철호는 괜찮다고 우겼다. 한 쪽 어금니를 마저 빼었다. 이번에는 두 볼에 다 밤알만큼씩한 솜덩어리를 물고 나왔다. 입 안이 찝찔했다. 간간이 길가에 나서서 피를 뱉었다. 그때마다 시뻘건 선지피가 간덩어리처럼 엉겨서 나왔다. 남대문을 오른쪽에 끼고 돌아서 서울역이 보이는 데까지 왔을 때 으스스 몸이 한번 떨렸다. 머리가 띵하니 비어 버린 것 같다고 생각했다. 바로 그때에 번쩍 거리에 전등이 들어왔다. 눈앞이 한번 환해졌다. 그런데 다음 순간에는 어찌된 셈인지 좀 전에 전등이 켜지기 전보다 더 거리가 어두워졌다. 철호는 눈을 한번 꾹 감았다 다시 떴다. 그래도 매한가지였다. 이건 뱃속이 비어서 그렇다고 철호는 생각했다. 그는 새삼스레, 점심도 저녁도 안 먹은 자기를 깨달았다. 뭐든가 좀 먹어야겠다고 생각했다. 구수한 설렁탕 생각이 났다. 입 안에 군침이 하나 가득히 괴었다. 그는 어느 전주 밑에 가서 쭈그리고 앉아서 침을 뱉었다. 그런데 그건 침이 아니라 진한 피였다. 그는 다시 일어섰다. 또 한번 오한이 전신을 간질이고 지나갔다. 다리가 약간 떨리는 것 같았다. 그는 속히 음식점을 찾아 내어야

겠다고 생각하며 서울역 쪽으로 허청허청 걸었다.

"설렁탕."

무슨 약 이름이기나 한 것처럼 한마디 일러 놓고는 그는 식탁 위에 엎드려 버렸다. 또 입 안으로 하나 찝찔한 물이 괴었다. 철호는 머리를 들었다. 음식점 안을 한 바퀴 휘 둘러보았다. 머리가 아찔했다. 그는 일어섰다. 그리고 문 밖으로 급히 걸어 나갔다. 음식점 옆 골목에 있는 시궁창에 가서 쭈그리고 앉았다. 울컥 하고 입 안의 것을 뱉었다. 그러나 이번에는 주위가 어두워서 그것이 핀지 또는 침인지 알 수 없었다. 철호는 저고리 소매로 입술을 닦으며 일어섰다. 이를 뺀 자리가 쿡 한번 쑤셨다. 그러자 뒤이어 거기에 호응이나 하듯이 관자놀이가 또 쿡 쑤셨다. 철호는 아무래도 좀 이상하다고 생각하였다. 이제 빨리 집으로 돌아가 누워야겠다고 생각했다. 그는 다시 큰길로 나왔다. 마침 택시가 한 대 왔다. 그는 손을 한번 흔들었다.

철호는 던져지듯이 털썩 택시 안에 쓰러졌다.

"어디로 가시죠?"

택시는 벌써 구르고 있었다.

"해방촌."

자동차는 스르르 속력을 늦추었다. 해방촌으로 가자면 차를 돌려야 하는 까닭이었다. 운전수는 줄지어 달려오는 자동차의 사이가 생기기를 노리고 있었다. 저만치 자동차의 행렬이 좀 끊겼다. 운전수는 핸들을 잔뜩 비틀어 쥐었다. 운전수가 몸을 한편으로 기울이며 마악 핸들을 틀려는 때였다. 뒷자리에서 철호가 소리를 질렀다.

"아니야. S병원으로 가."

철호는 갑자기 아내의 죽음을 생각했던 것이다. 운전수는 다시 휙 핸들을 이쪽으로 틀었다. 운전수 옆에 앉아 있는 조수애가 한번 철호를 돌아다보았다. 철호는 뒷자리 한구석에 가서 몸을 틀어박은 채 고개를 뒤로 젖히고 눈을 감고 있었다. 차는 한국은행 앞 로터리를 돌고 있었다. 그때에 또 뒤에서 소리를 질렀다.

"아니야. X경찰서로 가."

눈을 감고 있는 철호는 생각하는 것이다. 아내는 이미 죽었는데 하고.

이번에는 다행히 차의 방향을 바꿀 필요가 없었다. 그냥 달렸다.

"X경찰서 앞입니다."

철호는 눈을 떴다. 상반신을 번쩍 일으켰다. 그러나 곧 또 털석 뒤로 기대고 쓰러져 버렸다.

"아니야, 가."

"X경찰섭니다, 손님."

조수 애가 뒤로 몸을 틀어 돌리고 말했다.

"가자."

철호는 여전히 눈을 감고 있었다.

"어디로 갑니까?"

"글쎄, 가."

"하, 참 딱한 아저씨네."

"……."

"취했나?"

운전수가 힐끔 조수애를 쳐다보았다.

"그런가 봐요."

"어쩌다 오발탄 같은 손님이 걸렸어. 자기 갈 곳도 모르게."

운전수는 기어를 넣으며 중얼거렸다. 철호는 까무룩히 잠이 들어가는 것 같은 속에서 운전수가 중얼거리는 소리를 멀리 듣고 있었다. 그리고 마음 속으로 혼자 생각하는 것이었다.

아들 구실, 남편 구실, 애비 구실, 형 구실, 오빠 구실, 또 계리사 사무실 서기 구실, 해야 할 구실이 너무 많구나. 너무 많구나. 그래, 난 네 말대로 아마도 조물주의 오발탄인지도 모른다. 정말 갈 곳을 알 수가 없다. 그런데 지금 나는 어디건 가긴 가야 한다.

철호는 점점 더 졸려 왔다. 다리가 저린 것처럼 머리의 감각이 차츰 없어져 갔다.

"가자!"

철호는 또 한번 귓가에 어머니의 소리를 들었다고 생각하며 푹 모로 쓰러지고 말았다.

차가 네거리에 다다랐다. 앞의 교통 신호등에 빨간 불이 켜졌다. 차가 섰다. 또 한 번 조수애가 뒤를 돌아보며 물었다.

"어디로 가시죠?"

그러나 머리를 푹 앞으로 수그린 철호는 아무 대답도 없었다.

따르르릉 벨이 울렸다. 긴 자동차의 행렬이 움직이기 시작했다. 철호가 탄 차도 목적지를 모르는 대로 행렬에 끼어서 움직이는 수밖에 없었다. 철호의 입에서 흘러내린 선지피가 흥건히 그의 와이셔츠 가슴을 적시고 있는 것은 아무도 모르는 채 교통 신호등의 파랑불 밑으로 차는 네거리를 지나갔다.

중요한 내용 쏙! 쏙! 쏙!

작품 속 인물을 통해 본 전쟁의 영향

어머니	철호
• 실향민 • 고향 상실의 괴로움으로 헛소리를 함	• 도시 빈민 • 전쟁 직후 복구가 되지 않은 경제 현실로 가정이 파탄에 이름

• 전쟁으로 인해 인간의 삶이 비참해지고, 파괴됨을 알 수 있음.

소재에 담긴 상징적 의미

충치	• 세상을 양심적으로 살려는 철호의 정신적 고통을 의미
오발탄	• 의도하지 않은 결과와 뒤틀린 삶의 상황을 상징함
'가자'	• 어머니 : 고향에 대한 그리움. 현재의 삶을 부정하고 벗어나고 싶은 마음 • 철호 : 갈 곳을 잃어버린 상황에서의 절망적인 독백

철호와 영호의 가치관

철호	⇔	영호
• 가난하고 힘든 상황속에서도 양심과 윤리, 관습, 법률 등을 중시하며 지키고자 함	⇔	• 성실하게 살아가는 것은 결국 손해라고 생각함 • 양심을 거부하고 한탕주의를 추구

확인하기

1 제목 '오발탄'이 의미하는 바를 파악해 봅시다.

2 작품 속에 나타난 갈등을 찾아보고, 갈등의 근본 원인도 파악해 봅시다.

상상더하기 - 통일 방안 생각하기

우리는 철호의 어머니를 통해 실향민의 아픔을 느낄 수 있습니다. 아직도 우리나라에는 고향을 잃은 슬픔을 간직한 채 살아가고 있는 분들이 있습니다. 이런 분들을 위해서라도 하루빨리 통일을 이루어야겠지요. 효과적이고 합리적인 통일 방안에 대한 여러분의 생각을 정리해봅시다.

확인하기 정답

1. 시대적 상황에 의해 삶의 방향을 잃은 채, 뒤틀린 삶을 살 수밖에 없는 주인공의 상황을 의미합니다.
2. 먼저 양심에 따라 살려는 철호와 권총 강도 짓을 해서라도 궁핍에서 벗어나고자 하는 영호와의 갈등을 찾을 수 있습니다. 또 가난을 견디지 못해 양공주를 하는 명숙과 이를 반대하는 철호와의 갈등의 모습도 나타납니다. 결국 이들 갈등의 근본 원인은 전후의 비참하고 궁핍한 현실 때문이라고 할 수 있습니다.

피해자 요한의 아버지 최 장로는 하나님의 사랑을 실천하기 위해 헌신적인 삶을 살겠다고 자선사업에 열중합니다. 심지어 고아들과 친아들을 차별하지 않겠다며 요한을 고아원에서 함께 기르기까지 합니다. 그러다가 요한은 고아인 영숙과 남매 사이를 넘어 사랑에 빠지게 되었답니다. 요한이 일본으로 유학을 떠나고도 두 사람의 감정은 식을 줄을 몰랐습니다. 그러던 어느 날 최 장로로부터 자신의 자선사업 물질적 지원자인 교회 목사의 딸과 정략결혼을 강요받게 됩니다. 고아를 며느리로 받아들일 수 없다는 아버지의 위선적인 태도에 갈등하고 이 사실을 알게 된 영숙은 고아원을 떠나버립니다. 정략결혼 후 애정 없는 결혼생활을 하던 요한은 돈 많은 사업가의 후처가 되어 술집 마담이 된 영숙과 재회하고 영숙이 변치 않은 사랑을 고백하지만 그 마음을 거절합니다. 결국 영숙은 자살하고 말았답니다.

헌신을 말하지만 이해타산적인 아버지, 자신의 사랑을 설득조차 못하는 무기력하고 우유부단한 아들! 그들은 진정한 신앙인이 아니라 교리에 순응적으로 길들여진 나약한 인물일 뿐인 것 같습니다. 우리 자신의 모습을 한번쯤 되돌아보게 하는 작품이랍니다.

학마을 사람들 이장 영감과 박 훈장은 오늘도 마을의 평상 위에서 멍하니 지는 노을을 바라봅니다. 영험한 능력을 가진 학이 찾아오는 마을이라고 해서 이름 지어진 학마을이지만, 벌써 여러 해 오지 않는 학을 기다리고 있는 것입니다. 드디어 학이 다시 찾아온 그 해 마을은 풍년이었고, 일본 치하에 전쟁에 강제 징집되었던 이장 영감의 손자 덕이와 박 훈장의 손자 바우도 돌아와 다시 예전과 같은 행복을 만끽합니다. 하지만 봉네와 덕이가 혼인을 하던 날 밤 바우는 조용히 마을을 떠나버렸답니다. 6 · 25전쟁이 일어나고 북한군이 되어 돌아온 바우는 마을사람들이 자신보다는 이장을 따르자 학을 쏘아 죽여 버리고 마을을 풍비박산으로 만들어 버립니다. 오랜 피난 끝에 마을로 돌아온 이장 영감은 불에 반쯤 탄 채로 널부러져 있는 박 훈장의 시체를 발견하고 결국 그날 밤 그도 숨을 거둡니다. 다음 날 비통한 분위기 속에서 두 노인의 상여가 옮겨지고 덕이 혼자 상주 역할을 합니다.

두 노인의 상여, 한 명의 상주! 너무도 가슴이 찡합니다. 작은 마을의 사람들이 겪은 고난은 그들 개인들의 것이 아니라 6 · 25전쟁이라는 민족의 수난사 그 자체랍니다.

Part 3
문학의 다양한 해석

현진건 「운수 좋은 날」
이효석 「메밀꽃 필 무렵」

“

문학 작품은 작가가 쓰지만, 독자의 생각과 해석이 곁들여지며 비로소 완성됩니다. 그런데 생각과 느낌이 다양한 사람들이 문학 작품을 읽고 모두 같은 생각을 할 수는 없겠지요? 예를 들어 같은 작품을 읽지만, 누군가는 주인공의 삶에 공감하는가 하면, 누군가는 비판적으로 바라보기도 합니다. 이처럼 문학작품은 사람에 따라 의미와 가치가 달라지며, 다양하게 해석 될 수 있답니다.

우리는 문학 작품의 의미를 해석하고 가치를 평가하는 활동을 문학 비평이라고 하며, 그 결과로 쓰인 글을 비평문이라고 합니다.

여기에서는 문학 작품을 읽고 자신만의 독특한 잣대로 작품을 해석해 봅시다. 또 더 나아가 작품의 다른 비평문을 찾아 읽으며 작품을 좀 더 깊고 넓게 이해하는 시간을 가져보는 것도 좋겠지요.

”

운수 좋은 날

수록교과서 : 미래엔(이), 창비, 천재

현진건 소설가. 언론인. 호는 빙허. 1900년 대구에서 태어났다. 일본 도쿄 세이조중학 4학년을 중퇴하고 중국 후장대학에서 독일어를 공부하다가 1919년 귀국했다. 1920년 《개벽》에 단편 「희생화」를 발표하며 데뷔하였으며, 1922년 《백조》동인으로 활동하였다. 대표작으로는 「빈처」「술 권하는 사회」「B사감과 러브레터」 등이 있다.

감상 길잡이

이 소설은 일제 강점기 도시 하층민의 비참한 생활상을 사실적으로 그린 작품입니다. 인력거꾼 김 첨지의 하루를 따라가며 일제치하, 하층민들의 불행하고 힘겨운 삶을 느껴봅시다. 또 제목 '운수 좋은 날'이 담고 있는 반어적 의미도 파악해 보세요.

갈래	단편소설, 사실주의 소설	성격	반어적, 사실적
시점	전지적 작가 시점	제재	인력거꾼 김 첨지의 하루
배경	일제 강점기 어느 비오는 겨울날, 서울	주제	일제 강점기 조선 하층민의 비참한 삶

김 첨지

인력거꾼. 거칠고 몰인정해 보이지만, 아내를 생각하는 따뜻한 마음을 가지고 있음

김 첨지의 아내, 돈이 없어 병을 제대로 치료하지 못함. 설렁탕을 한 그릇 먹어 보았으면 하는 소망을 이루지 못하고 죽음

치삼

김 첨지의 친구. 돈 걱정을 하며 사는 가난한 하층민. 김 첨지의 아내가 죽던 날 김 첨지와 술을 한잔함

인력거꾼 김 첨지는 며칠 동안 장사가 잘 안되다가 비오는 어느 날 이상할 정도로 운수가 좋아 많은 돈을 벌게 됩니다. 술도 한잔 사 마시고, 아내에게 설렁탕도 한 그릇 사다줄 생각에 김 첨지는 기분이 좋습니다. 그의 아내는 앓아누운 지 오래 되었으나 가난한 형편에 약한 첩 제대로 쓰지 못하고 있었는데 그런 아내가 사흘 전부터 설렁탕 국물이 먹고 싶다고 졸라댔던 것입니다. 김 첨지는 잇따르는 행운에 기뻐면서도 불길한 예감이 머리를 떠나지 않아 불안해합니다.

일을 마치고 돌아가던 길에 선술집에서 친구 치삼을 만나 한잔하게 된 김 첨지는 아내가 죽었을지도 모른다는 불안감으로 이상한 행동을 합니다. 김 첨지는 취중에도 설렁탕을 사가지고 집으로 돌아오지만 아내는 이미 죽어 있었습니다.

운수 좋은 날

새침하게 흐린 품이 눈이 올 듯하더니 눈은 아니 오고 얼다가 만 비가 추적추적 내리는 날이었다.

이날이야말로 동소문* 안에서 인력거꾼* 노릇을 하는 김 첨지*에게는 오래간만에도 닥친 운수 좋은 날이었다. 문안에(거기도 문밖은 아니지만) 들어간답시는 앞집 마마님을 전찻길까지 모셔다 드린 것을 비롯으로 행여나 손님이 있을까 하고 정류장에서 어정어정하며 내리는 사람 하나하나에게 거의 비는 듯한 눈결을 보내고 있다가 마침내 교원인 듯한 양복쟁이를 동광학교東光學校까지 태워다 주기로 되었다.

첫째 번에 삼십 전, 둘째 번에 오십 전. 아침 댓바람에 그리 흉치 않은 일이었다. 그야말로 재수가 옴 붙어서 근 열흘 동안 돈 구경도 못한 김 첨지는 십 전짜리 백동화 서 푼 또는 다섯 푼이 찰깍하고 손바닥에 떨어질 제 거의 눈물을 흘릴 만큼 기뻤었다. 더구나 이날 이때에 이 팔십 전이란 돈이 그에게 얼마나 유용한지 몰랐다. 컬컬한 목에 모주 한 잔도 적실 수 있거니와 그보다도 앓는 아내에게 설렁탕 한 그릇도 사다 줄 수 있음이다.

그의 아내가 기침으로 쿨룩거리기는 벌써 달포* 가 넘었다. 조밥도 굶기를 먹다시피 하는 형편이니 물론 약 한 첩 써 본 일이 없다. 구태여 쓰려면 못 쓸 바도 아니로되 그는 병이란 놈에게 약을 주어 보내면 재미를 붙여서 자꾸 온다는 자기의 신조信條에

어휘정리

동소문 '혜화문'을 달리 이르는 말.
인력거꾼 인력거를 끄는 일을 직업으로 하는 사람.
첨지 나이 많은 남자를 낮잡아 이르는 말.
달포 한 달이 조금 넘는 기간.

어디까지 충실하였다. 따라서 의사에게 보인 적이 없으니 무슨 병인지는 알 수 없으나 반듯이 누워 가지고 일어나기는커녕 새로에 모로도 못 눕는 걸 보면 중증은 중증인 듯. 병이 이대도록 심해지기는 열흘 전에 조밥을 먹고 체한 때문이다. 그때도 김 첨지가 오래간만에 돈을 얻어서 좁쌀 한 되와 십 전짜리 나무 한 단을 사다 주었더니 김 첨지의 말에 의지하면, 그 오라질년이 천방지축으로 냄비에 대고 끓이었다. 마음은 급하고 불길은 달지 않아 채 익지도 않은 것을 그 오라질 년이 숟가락은 그만두고 손으로 움켜서 두 뺨에 주먹덩이 같은 혹이 불거지도록 누가 빼앗을 듯이 처박지르더니만* 그날 저녁부터 가슴이 땅긴다, 배가 켕긴다고 눈을 홉뜨고* 지랄병을 하였다. 그때 김 첨지는 열화와 같이 성을 내며,

"에이, 오라질 년, 조랑복*은 할 수가 없어. 못 먹어 병, 먹어서 병, 어쩌란 말이야! 왜 눈을 바루 뜨지 못해!"

하고 김 첨지는 앓는 이의 뺨을 한 번 후려갈겼다. 홉뜬 눈은 조금 바라졌건만 이슬이 맺히었다. 김 첨지의 눈시울도 뜨끈뜨끈한 듯하였다.

이 환자가 그러고도 먹는 데는 물리지 않았다. 사흘 전부터 설렁탕 국물이 마시고 싶다고 남편을 졸랐다.

"이런 오라질 년! 조밥도 못 먹는 년이 설렁탕은. 또 처먹고 지랄병을 하게."

라고 야단을 쳐 보았건만 못 사 주는 마음이 시원치는 않았다.

인제 설렁탕을 사 줄 수도 있다. 앓는 어미 곁에서 배고파 보채는 개똥이(세살먹이)에게 죽을 사 줄

어휘정리

처박지르다 처박다'를 속되게 이르는 말.
홉뜨다 눈알을 위로 굴리고 눈시울을 위로 치뜨다.
조랑복 지지리 펴지 않는 보잘것없는 복.

수도 있다. 팔십 전을 손에 쥔 김 첨지의 마음은 푼푼하였다*

그러나 그의 행운은 그걸로 그치지 않았다. 땀과 빗물이 섞여 흐르는 목덜미를 기름주머니가 다 된 왜목* 수건으로 닦으며 그 학교 문을 돌아 나올 때이었다. 뒤에서 "인력거!"하고 부르는 소리가 난다. 자기를 불러 멈춘 사람이 그 학교 학생인 줄 김 첨지는 한 번 보고 짐작할 수 있었다. 그 학생은 다짜고짜로,

"남대문 정거장까지 얼마요?"

라고 물었다. 아마도 그 학교 기숙사에 있는 이로 동기 방학*을 이용하여 귀향하려 함이리라. 오늘 가기로 작정은 하였건만 비는 오고 짐은 있고 해서 어찌 할 줄 모르다가 마침 김 첨지를 보고 뛰어나왔음이리라. 그렇지 않으면 왜 구두를 채 신지도 못해서 질질 끌고, 비록 '고꾸라' 양복일망정 노박이*로 비를 맞으며 김 첨지를 뒤쫓아 나왔으랴.

"남대문 정거장까지 말씀입니까?"

하고, 김 첨지는 잠깐 주저하였다. 그는 이 우중에 우장*도 없이 그 먼 곳을 철벅거리고 가기가 싫었음일까? 처음 것, 둘째 것으로 그만 만족하였음일까? 아니다, 결코 아니다. 이상하게도 꼬리를 맞물고 덤비는 이 행운 앞에 조금 겁이 났음이다. 그리고 집을 나올 제 아내의 부탁이 마음에 켕기었다. 앞집 마마님한테서 부르러 왔을 제 병인*은 그 뼈만 남은 얼굴에 유일의 생물 같은, 유달리 크고 움푹한 눈에 애걸하는 빛을 띠며,

"오늘은 나가지 말아요. 제발 덕분에 집에 붙어

어휘정리

푼푼하다 모자람이 없이 넉넉하다.
왜목 '광목(무명실로 서양목처럼 너비가 넓게 짠 베)'의 잘못.
동기 방학 겨울방학.
노박이 한곳에 붙박이로 있는 사람이란 뜻의 방언.
우장 비를 맞지 아니하기 위해서 차려 입음. 또는 그런 복장. 우산, 도롱이, 갈삿갓 따위를 이른다.
병인 환자

있어요. 내가 이렇게 아픈데……."

하고 모깃소리같이 중얼거리고 숨을 그르렁그르렁하였다. 그때에 김 첨지는 대수롭지 않은 듯이,

"압다, 젠장맞을 년. 별 빌어먹을 소리를 다 하네. 맞붙들고 앉았으면 누가 먹여 살릴 줄 알아."

하고 훌쩍 뛰어나오려니까 환자는 붙잡을 듯이 팔을 내저으며,

"나가지 말라도 그래, 그러면 일쯕이 들어와요."

하고 목메인 소리가 뒤를 따랐다.

정거장까지 가잔 말을 들은 순간에 경련적으로 떠는 손, 유달리 큼직한 눈, 울 듯한 아내의 얼굴이 김 첨지의 눈앞에 어른어른하였다.

"그래 남대문 정거장까지 얼마란 말이요?"

하고 학생은 초조한 듯이 인력거꾼의 얼굴을 바라보며 혼잣말같이,

"인천 차가 열한 점에 있고 그다음에는 새로 두 점이든가."

라고 중얼거린다.

"일 원 오십 전만 줍시요."

이 말이 저도 모를 사이에 불쑥 김 첨지의 입에서 떨어졌다. 제 입으로 부르고도 스스로 그 엄청난 돈 액수에 놀랐다. 한꺼번에 이런 금액을 불러라도 본 지가 그 얼마만인가! 그러자, 그 돈 벌 욕기*가 병자에 대한 염려를 사르고 말았다. 설마 오늘 내로 어떠랴 싶었다. 무슨 일이 있더라도 제일 제이의 행운을 곱친 것보다도 오히려 곱절이 많은 이 행운을 놓칠 수 없다 하였다.

"일 원 오십 전은 너무 과한데."

어휘정리

욕기 욕심.

이런 말을 하며 학생은 고개만 기웃하였다.

"아니올시다. 이수*로 치면 여기서 거기가 시오 리가 넘는답니다. 또 이런 진날은 좀더 주셔야지요."

하고 빙글빙글 웃는 차부*의 얼굴에는 숨길 수 없는 기쁨이 넘쳐흘렀다.

"그러면 달라는 대로 줄 터이니 빨리 가요."

관대한 어린 손님은 이런 말을 남기고 총총히 옷도 입고 짐도 챙기려 제 갈 데로 갔다.

그 학생을 태우고 나선 김 첨지의 다리는 이상하게 거뿐하였다. 달음질을 한다느니보다 거의 나는 듯하였다. 바퀴도 어떻게 속히 도는지 구른다느니보다 마치 얼음을 지쳐 나가는 스케이트 모양으로 미끄러져 가는 듯하였다. 언땅에 비가 내려 미끄럽기도 하였지만.

이윽고 끄는 이의 다리는 무거워졌다. 자기 집 가까이 다다른 까닭이다. 새삼스러운 염려가 그의 가슴을 눌렀다.

"오늘은 나가지 말아요. 내가 이렇게 아픈데."

이런 말이 잉잉 그의 귀에 울렸다. 그리고 병자의 움쑥 들어간 눈이 원망하는 듯이 자기를 노리는 듯하였다. 그러자 엉엉 하고 우는 개똥이의 곡성을 들은 듯싶다. 딸꾹딸꾹하고 숨 모으는 소리도 나는 듯싶다…….

"왜 이러우? 기차 놓치겠구먼."

하고, 탄 이의 초조한 부르짖음이 간신히 그의 귀에 들어왔다. 언뜻 깨달으니 김 첨지는 인력거 채를 쥔 채 길 한복판에 엉거주춤 멈춰 있지 않은가.

"예, 예."

어휘정리

이수 리(里)의 수.
차부 마차나 우차 따위를 부리는 사람.

하고 김 첨지는 또다시 달음질하였다. 집이 차차 멀어 갈수록 김 첨지의 걸음에는 다시금 신이 나기 시작하였다. 다리를 재게* 놀려야만 쉴 새 없이 자기의 머리에 떠오르는 모든 근심과 걱정을 잊을 듯이.

정거장까지 끌어다 주고 그 깜짝 놀란 일 원 오십 전을 정말 제 손에 쥐매 제 말마따나 십 리나 되는 길을 비를 맞아 가며 질퍽거리고 온 생각은 아니하고 거저나 얻은 듯이 고마웠다. 졸부나 된 듯이 기뻤다. 제 자식뻘밖에 안 되는 어린 손님에게 몇 번 허리를 굽히며,

"안녕히 다녀옵시요."

라고, 깍듯이 재우쳤다*.

그러나 빈 인력거를 털털거리며 이 우중에 돌아갈 일이 꿈밖이었다. 노동으로 하여 흐른 땀이 식어지자 굶주린 창자에서 물 흐르는 옷에서 어슬어슬 한기가 솟아나기 비롯하매 일 원 오십 전이란 돈이 얼마나 괴이치 않고 괴로운 것인 줄 절절히 느끼었다. 정거장을 떠나가는 그의 발길은 힘 하나 없었다. 온몸이 옹송그려지며* 당장 그 자리에 엎어져 못 일어날 것 같았다.

"젠장맞을 것! 이 비를 맞으며 빈 인력거를 털털거리고 돌아를 간담. 이런 빌어먹을, 이놈의 비가 왜 남의 상판을 딱딱 때려!"

그는 몹시 화증을 내며 누구에게 반항이나 하는 듯이 게걸거렸다*. 그럴 즈음에 그의 머리엔 또 새로운 광명이 비쳤나니, 그것은 '이러구 갈 게 아니라 이 근처를 빙빙 돌며 차 오기를 기다리면 또 손님을 태우게 될는지도 몰라.' 란 생각이었다. 오늘은

어휘정리

재다 동작이 재빠르다.
재우치다 빨리 몰아치거나 재촉하다.
옹송그리다 춥거나 두려워 몸을 궁상맞게 몹시 옹그리다.
게걸거리다 상스러운 말로 소리를 지르며 불평스럽게 자꾸 떠들다.

운수가 괴상하게도 좋으니까 그런 요행*이 또 한 번 없으리라고 누가 보증하랴. 꼬리를 굴리는 행운이 꼭 자기를 기다리고 있다고 내기를 해도 좋을 만한 믿음을 얻게 되었다. 그렇다고 정거장 인력거꾼의 등쌀이 무서우니 정거장 앞에 섰을 수는 없었다. 그래 그는 이전에도 여러 번 해 본 일이라 바로 정거장 앞 전차 정류장에서 조금 떨어지게 사람 다니는 길과 전찻길 틈에 인력거를 세워 놓고 자기는 그 근처를 빙빙 돌며 형세를 관망*하기로 하였다.

얼마만에 기차는 왔고 수십 명이나 되는 손이 정류장으로 쏟아져 나왔다. 그중에서 손님을 물색하던 김 첨지의 눈엔 양머리에 뒤축 높은 구두를 신고 망토까지 두른 기생 퇴물인 듯, 난봉 여학생인 듯한 여편네의 모양이 띄었다. 그는 슬근슬근 그 여자의 곁으로 다가들었다.

"아씨, 인력거 아니 타시랍시요?"

그 여학생인지 뭔지가 한참은 매우 태깔*을 빼며 입술을 꼭 다문 채 김 첨지를 거들떠 보지도 않았다. 김 첨지는 구걸하는 거지나 무엇같이 연해연방* 그의 기색을 살피며,

"아씨 정거장 애들보담 아주 싸게 모셔다 드리겠습니다. 댁이 어디신가요?"

하고 추근추근하게도 그 여자의 들고 있는 일본식 버들고리짝*에 제 손을 대었다.

"왜 이래? 남 귀찮게."

소리를 벽력같이 지르고는 획 돌아선다. 김 첨지는 어렵쇼 하고 물러섰다.

어휘정리

요행 행복을 바람.
관망 한발 물러나서 어떤 일이 되어 가는 형편을 바라봄.
태깔 모양과 빛깔.
연해연방 끊임없이 잇따라 자꾸.
버들고리짝 키버들의 가지로 결어 만든 상자. 주로 옷을 넣는 데 쓴다.

전차가 왔다. 김 첨지는 원망스럽게 전차 타는 이를 노리고 있었다. 그러나, 그의 예감을 틀리지 않았다. 전차가 빡빡하게 사람을 싣고 움직이기 시작하였을 제 타고 남은 손 하나가 있었다. 굉장하게 큰 가방을 들고 있는 걸 보면 아마 붐비는 차 안에 짐이 크다 하여 차장에게 밀려 내려온 눈치였다. 김 첨지는 대어 섰다.

"인력거를 타시랍시요."

한동안 값으로 승강이*를 하다가 육십 전에 인사동까지 태워다 주기로 하였다. 인력거가 무거워지매 그의 몸은 이상하게도 가벼워졌고 그리고 또 인력거가 가벼워지니 몸은 다시금 무거워졌는데, 이번에는 마음조차 초조해 온다. 집의 광경이 자꾸 눈앞에 어른거리어 인제 요행을 바랄 여유도 없었다. 나뭇등걸이나 무엇 같고 제 것 같지도 않은 다리를 연해 꾸짖으며 갈팡질팡 뛰는 수밖에 없었다. "저놈의 인력거꾼이 저렇게 술이 취해 가지고 이 진 땅에 어찌 가노."라고, 길 가는 사람이 걱정을 하리만큼 그의 걸음은 황급하였다. 흐리고 비 오는 하늘은 어둠침침하게 벌써 황혼에 가까운 듯하다. 창경원 앞까지 다다라서야 그는 턱에 닿은 숨을 돌리고 걸음도 늦추잡았다. 한 걸음 두 걸음 집이 가까워 갈수록 그의 마음은 괴상하게 누그러졌다. 그런데 이 누그러짐은 안심에서 오는 게 아니요, 자기를 덮친 무서운 불행을 빈틈없이 알게 될 때가 박두한 것을 두려워하는 마음에서 오는 것이다. 그는 불행에 닥치기 전 시간을 얼마쯤이라도 늘이려고 버르적거렸다*. 기적에 가까운 벌이를 하였다는 기쁨을 할 수 있으면 오래 지니고 싶었다. 그는 두리번두리번 사면을 살피었다. 그 모양은 마치

어휘정리

승강이 서로 자기주장을 고집하며 옥신각신하는 일.
버르적거리다 고통스러운 일이나 어려운 고비에서 벗어나려고 팔다리를 내저으며 큰 몸을 자꾸 움직이다.

자기 집, 곧 불행을 향하고 달려가는 제 다리를 제 힘으로는 도저히 어찌할 수 없으니 누구든지 나를 좀 잡아 다오, 구해다오 하는 듯하였다.

그럴 즈음에 마침 길가 선술집에서 그의 친구 치삼이가 나온다. 그의 우글우글 살찐 얼굴에 주홍이 돋는 듯, 온 턱과 뺨을 시커멓게 구레나룻이 덮이고, 노르탱탱한 얼굴이 바짝 말라서 여기저기 고랑이 파이고 수염도 있대야 턱 밑에만 마치 솔잎 송이를 거꾸로 붙여 놓은 듯한 김 첨지의 풍채하고는 기이한 대상을 짓고 있었다.

"여보게 김 첨지, 자네 문안 들어갔다 오는 모양일세그려. 돈 많이 벌었을테니 한 잔 빨리게."

뚱뚱보는 말라깽이를 보던 맡에 부르짖었다. 그 목소리는 몸짓과 딴판으로 연하고 싹싹하였다. 김 첨지는 이 친구를 만난 게 어떻게 반가운지 몰랐다. 자기를 살려 준 은인이나 무엇같이 고맙기도 하였다.

"자네는 벌써 한잔 한 모양일세그려. 자네도 재미가 좋아 보이."

하고 김 첨지는 얼굴을 펴서 웃었다.

"압다, 재미 안 좋다고 술 못 먹을 낸가. 그런데 여보게, 자네 왼 몸이 어째 물독에 빠진 새앙쥐 같은가? 어서 이리 들어와 말리게."

선술집은 훈훈하고 뜨뜻하였다. 추어탕을 끓이는 솥뚜껑을 열 적마다 뭉게뭉게 떠오르는 흰 김, 석쇠에서 뻐지짓뻐지짓 구워지는 너비아니 구이며, 제육이며, 간이며, 콩팥이며, 북어며, 빈대떡…….이 너저분하게 늘어 놓은 안주 탁자. 김 첨지는 갑자기 속이 쓰려서 견딜 수 없었다. 마음대로 할 양이면 거기 있는 모든 먹음먹이*를 모조리 깡그리 집어삼켜도 시원치 않았다. 하되, 배고픈 이는

어휘정리

먹음먹이 먹음직한 음식들.

위선* 분량 많은 빈대떡 두 개를 쪼이기로 하고 추어탕을 한 그릇 청하였다. 주린 창자는 음식맛을 보더니 더욱더욱 비어지며 자꾸자꾸 들이라 들이라 하였다. 순식간에 두부와 미꾸리 든 국 한 그릇을 그냥 물같이 들이켜고 말았다. 셋째 그릇을 받아들었을 제 데우던 막걸리 곱빼기 두 잔이 더웠다. 치삼이와 같이 마시자 원원이* 비었던 속이라 찌르르하고 창자에 퍼지며 얼굴이 화끈하였다. 눌러 곱빼기 한 잔을 또 마셨다.

김 첨지의 눈은 벌써 개개풀리기 시작하였다. 석쇠에 얹힌 떡 두 개를 숭덩숭덩 썰어서 볼을 볼룩거리며 또 곱빼기 두 잔을 부으라 하였다.

치삼은 의아한 듯이 김 첨지를 보며,

"여보게 또 붓다니, 벌써 우리가 넉 잔씩 먹었네. 돈이 사십 전일세."

"아따 이놈아, 사십 전이 그리 끔찍하냐? 오늘 내가 돈을 막 벌었어. 참 오늘 운수가 좋았느니."

"그래 얼마를 벌었단 말인가?"

"삼십 원을 벌었어, 삼십 원을! 이런 젠장맞을, 술을 왜 안 부어……. 괜찮다, 괜찮다. 막 먹어도 상관이 없어. 오늘 돈 산더미같이 벌었는데."

"어, 이 사람 취했군, 고만두세."

"이놈아, 그걸 먹고 취할 내냐? 어서 더 먹어."

하고는 치삼의 귀를 잡아치며 취한 이는 부르짖었다. 그리고, 술을 붓는 열대여섯 살 됨 직한 중대가리에게로 달려들며

"이놈, 오라질 놈, 왜 술을 붓지 않어."

라고 야단을 쳤다. 중대가리는 희희 웃고 치삼이를 보며 문의하는 듯이 눈짓을 하였다. 주정꾼이 이

어휘정리

위선 우선
원원이 어떤 사물이 전하여 내려온 그 처음부터. 또는 본디부터.

눈치를 알아보고 화를 버럭 내며,

"이 오라질 놈들 같으니 이놈, 내가 돈이 없을 줄 알고."

하자마자 허리춤을 훔칫훔칫하더니 일 원짜리 한 장을 꺼내어 중대가리 앞에 펄쩍 집어던졌다. 그 사품*에 몇 푼 은전이 잘그랑하며 떨어진다.

"여보게 돈 떨어졌네, 왜 돈을 막 끼얹나."

이런 말을 하며 치삼은 일변* 돈을 줍는다. 김 첨지는 취한 중에도 돈의 거처를 살피려는 듯이 눈을 크게 떠서 땅을 내려다보다가 불시에 제 하는 짓이 너무 더럽다는 듯이 고개를 소스라치자 더욱 성을 내며,

"봐라 봐! 이 더러운 놈들아! 내가 돈이 없나. 다리 뼉다구를 꺾어 놓을 놈들 같으니."

하고 치삼이 주워 주는 돈을 받아,

"이 원수엣 돈! 이 육시를 할 돈!"

하면서 팔매질을 친다. 벽에 맞아 떨어진 돈은 다시 술 끓이는 양푼에 떨어지며 정당한 매를 맞는다는 듯이 쨍하고 울었다.

곱빼기 두 잔은 또 부어질 겨를도 없이 말려 가고 말았다. 김 첨지는 입술과 수염에 붙은 술을 빨아들이고 나서 매우 만족한 듯이 그 솔잎 송이 수염을 쓰다듬으며,

"또 부어, 또 부어."

라고 외쳤다.

또 한 잔 먹고 나서 김 첨지는 치삼의 어깨를 치며 문득 껄껄 웃는다. 그 웃음소리가 어떻게 컸던지 술집에 있는 이의 눈은 모두 김 첨지에게로 몰리었

어휘정리

사품 사사로운 개인 소지품.
일변 어느 한편. 또는 한쪽 부분.

다. 웃는 이는 더욱 웃으며,

"여보게 치삼이, 내 우스운 이야기 하나 할까. 오늘 손을 태우고 정거장까지 가지 않았겠나."

"그래서?"

"갔다가 그저 오기가 안됐데그려, 그래 전차 정류장에서 어름어름하며 손님 하나를 태울 궁리를 하지 않았나. 거기 마침 마마님이신지 여학생님이신지, 요새야 어디 논다니와 아가씨를 구별할 수가 있던가. 망토를 잡수시고 비를 맞고 서 있겠지. 슬근슬근 가까이 가서 인력거 타시랍시요 하고 손가방을 받으랴니까 내 손을 탁 뿌리치고 홱 돌아서더니만 '왜 남을 이렇게 귀찮게 굴어!' 그 소리야말로 꾀꼬리 소리지, 허허!"

김 첨지는 교묘하게도 정말 꾀꼬리 같은 소리를 내었다. 모든 사람은 일시에 웃었다.

"빌어먹을 깍쟁이 같은 년, 누가 저를 어쩌나, '왜 남을 귀찮게 굴어!' 어이구 소리가 채신*도 없지, 허허."

웃음소리들은 높아졌다. 그런 그 웃음소리들이 사라지기 전에 김 첨지는 훌쩍훌쩍 울기 시작하였다.

치삼은 어이없이 주정뱅이를 바라보며,

"금방 웃고 지랄을 하더니 우는 건 또 무슨 일인가?"

김 첨지는 연해 코를 들이마시며,

"우리 마누라가 죽었다네."

"뭐, 마누라가 죽다니, 언제?"

"이놈아 언제는. 오늘이지."

어휘정리

채신 '처신(세상을 살아가는 데 가져야 할 몸가짐이나 행동)'을 낮잡아 이르는 말.

"예끼 미친놈, 거짓말 말아."

"거짓말은 왜, 참말로 죽었어, 참말로……. 마누라 시체를 집에 뻐들쳐 놓고 내가 술을 먹다니, 내가 죽일 놈이야, 죽일 놈이야."

하고 김 첨지는 엉엉 소리를 내어 운다.

치삼은 흥이 조금 깨어지는 얼굴로,

"원 이 사람이, 참말을 하나, 거짓말을 하나. 그러면 집으로 가세, 가."

하고 우는 이의 팔을 잡아당기었다.

치삼이 잡는 손을 뿌리치더니 김 첨지는 눈물이 글썽글썽한 눈으로 싱그레 웃는다.

"죽기는 누가 죽어."

하고 득의가 양양.

"죽기는 왜 죽어, 생때같이 살아만 있단다. 그 오라질 년이 밥을 죽이지. 인제 나한테 속았다."

하고 어린애 모양으로 손뼉을 치며 웃는다.

"이 사람이 정말 미쳤단 말인가. 나도 아주먼네가 앓는단 말은 들었는데."

하고 치삼이도 어느 불안을 느끼는 듯이 김 첨지에게 또 돌아가라고 권하였다.

"안 죽었어, 안 죽었대도 그래."

김 첨지는 홧증을 내며 확신 있게 소리를 질렀으되 그 소리엔 안 죽은 것을 믿으려고 애쓰는 가락이 있었다. 기어이 일 원어치를 채워서 곱빼기 한 잔씩 더 먹고 나왔다. 궂은비는 의연히 추적추적 내린다.

김 첨지는 취중에도 설렁탕을 사 가지고 집에 다다랐다. 집이라 해도 물론 셋집이요, 또 집 전체를 세든 게 아니라 안과 뚝 떨어진 행랑방 한 칸을 빌려 든 것인데 물을 길어 대고 한 달에 일 원씩 내는 터이다. 만일 김 첨지가 주기를 띠지 않았던들 한 발을 대문 안에 들여놓았을 제 그곳을 지배하는 무시무시한 정적靜寂, 폭풍우가 지나간 뒤의 바다 같은 정적에 다리가 떨리었으리라. 쿨룩거리는 기침 소리도 들을 수 없다. 그르렁거리는 숨소리조차 들을 수 없다. 다만 이 무덤 같은 침묵을 깨트리는, 깨트린다느니보다 한층 더 침묵을 깊게 하고 불길하게 하는, 빡빡하는 그윽한 소리, 어린애의 젖 빠는 소리가 날 뿐이다. 만일 청각이 예민한 이 같으면 그 빡빡 소리는 빨 따름이요, 꿀떡꿀떡 하고 젖 넘어가는 소리가 없으니 빈 젖을 빤다는 것도 짐작할는지 모르리라.

혹은 김 첨지도 이 불길한 침묵을 짐작했는지도 모른다. 그렇지 않으면 대문에 들어서자마자 전에 없이,

"이 난장맞을 년, 남편이 들어오는데 나와 보지도 않아, 이 오라질 년."

이라고 고함을 친 게 수상하다. 이 고함이야말로 제 몸을 엄습해 오는 무시무시한 증을 쫓아 버리려는 허장성세虛張聲勢* 인 까닭이다.

하여간 김 첨지는 방문을 왈칵 열었다. 구역을 나게 하는 추기*, 떨어진 삿자리* 밑에서 나온 먼지내, 빨지 않은 지저귀에서 나는 똥내와 오줌내, 가지각색 때가 켜켜이 앉은 옷내, 병인의 땀 썩은 내가 섞인 추기가 무딘 김 첨지의 코를 찔렀다.

방 안에 들어서며 설렁탕을 한구석에 놓을 사이

어휘정리

허장성세 실속은 없으면서 큰소리치거나 허세를 부림.
추기 추깃물(송장이 썩어서 흐르는 물).
삿자리 갈대를 엮어서 만든 자리.

도 없이 주정꾼은 목청을 있는 대로 다 내어 호통을 쳤다.

"이런 오라질 년, 주야장천晝夜長川* 누워만 있으면 제일이야! 남편이 와도 일어나지를 못해."

라는 소리와 함께 발길로 누운 이의 다리를 몹시 찼다. 그러나 발길에 차이는 건 사람의 살이 아니고 나뭇등걸과 같은 느낌이 있었다. 이때에 빽빽 소리가 응아 소리로 변하였다. 개똥이가 물었던 젖을 빼어 놓고 운다. 운대도 온 얼굴을 찡그려 붙여서 운다는 표정을 할 뿐이다. 응아 소리도 입에서 나는 게 아니고 마치 배 속에서 나는 듯하였다. 울다가 울다가 목도 잠겼고 또 울 기운조차 시진한* 것 같다.

발로 차도 그 보람이 없는 걸 보자 남편은 아내의 머리맡으로 달려들어 그야말로 까치집 같은 환자의 머리를 꺼들어 흔들며,

"이년아, 말을 해, 말을! 입이 붙었어, 이 오라질 년!"

"……."

"으응, 이것 봐, 아무 말이 없네."

"……."

"이년아, 죽었단 말이냐, 왜 말이 없어?"

"……."

"으응, 또 대답이 없네, 정말 죽었나버이."

이러다가 누운 이의 흰창이 검은창을 덮은, 위로 치뜬 눈을 알아보자마자,

"이 눈깔! 이 눈깔! 왜 나를 바루 보지 못하고 천정만 보느냐, 응?"

어휘정리

주야장천 밤낮으로 쉬지 아니하고 연달아.
시진하다 기운이 빠져 없어지다.

하는 말끝엔 목이 메었다. 그러자 산 사람의 눈에서 떨어진 닭의 똥 같은 눈물이 죽은 이의 뻣뻣한 얼굴을 어룽어룽 적신다. 문득 김 첨지는 미친 듯이 제 얼굴을 죽은 이의 얼굴에 한데 비비대며 중얼거렸다.

"설렁탕을 사다 놓았는데 왜 먹지를 못하니, 왜 먹지를 못하니……. 괴상하게도 오늘은 운수가 좋더니만……."

중요한 내용 쏙! 쏙! 쏙!

제목 '운수 좋은 날'의 반어적 의미

표면적		이면적
돈벌이의 행운이 따른 운수 좋은 날	⇨ 극적 반전	아내의 죽은 운수 나쁜 날

반어적 결말의 효과 – 일제 강점기 하층민의 비참한 삶 강조

소재의 상징적 의미

겨울비
- 김 첨지 아내의 죽음을 암시
- 음산하고 우울한 분위기를 만듦
- 일제 치하에 하층민의 열악한 삶을 암시
- 김 첨지의 고단한 삶과 불안한 심정을 반영

설렁탕
- 결말의 비극성 강조
- 하층민의 가난한 현실을 나타냄
- 아내를 사랑하는 김 첨지의 마음을 드러내는 매개체

김 첨지의 내적 갈등

돈을 벌어야 하는 현실 VS 아내에 대한 걱정과 불안

비속어 사용의 효과

- 하층민의 생활상을 생동감있고 사실적으로 나타냄

1 작품에서 배경이 되고 있는 겨울비의 역할을 생각해 봅시다.

2 제목의 표현상의 특징과 효과를 파악해 봅시다.

상상더하기 - 창작의도 파악하기

작가가 이 작품을 창작한 의도가 무엇인지 생각해 봅시다.

1. 겨울비는 음산하고 쓸쓸한 분위기를 형성하며 아내의 죽음을 암시함으로써 작품의 비극성을 강조하는 역할을 합니다.
2. 제목 〈운수 좋은 날〉과 달리 김 첨지에게 그 날은 아내가 죽은 운수가 사나운 날입니다. 제목과 실상이 반대되어 나타나는 반어적 표현으로 작품의 비극성을 심화시키는 효과를 가져옵니다.

작가의 다른 작품 보기

고향 나는 서울행 기차에 올랐습니다. 나의 곁에 기이한 얼굴을 하고 무지하고 불결해 보이는 그가 있습니다. 처음에는 그의 행색이 불쾌하여 거리감을 두었지만, 그의 이야기에 점점 빠져들어 공감하게 되었답니다. 그는 일제에 농토를 빼앗긴 후 유랑지에서 부모가 굶어죽고 자신만 폐허가 된 고향으로 돌아갔었답니다. 그 곳에서 많은 빚에 병까지 깊어진 옛 애인의 모습을 보고 괴로워 일자리를 찾아 다시 상경하는 중이었던 것입니다. 그에게 연민을 느낀 나는 함께 술을 마시면서 일제의 수탈에 대한 분노와 괴로움을 나눕니다. 그러다 두 사람이 어린 시절 부르던 노래를 함께 부르게 되면서 그들은 같은 형제 한 민족이라는 강한 동질감을 느끼게 되었답니다.

기차에서 술에 취해 그들이 함께 불렀을 노래가 귓가에 맴도는 것 같습니다. 비참한 유랑생활과 일제 치하의 힘겨운 삶의 모습들이 그의 눈물을 통해 생생하게 전달되는 작품입니다.

술 권하는 사회 남편은 동경 유학까지 다녀온 엘리트입니다. 하지만, 그의 지식이 아무리 깊어도 삯바느질로 생계를 이어야하는 아내에게는 어떤 도움도 되지 못합니다. 인내하며 기다리던 오랜 세월이 무색하게도 남편은 귀국한 후 돈벌이는커녕 날마다 술만 마셨기 때문이지요. 그런 남편에게 잔소리를 하자 남편은 이렇게 변명을 늘어 놓았다네요. 자신의 의지가 아니라 조선 사회가 술을 마시게 한다고 말입니다. 하지만, 아내는 그 말을 이해하지 못하고 사회가 무슨 요릿집이라고 생각을 하지요. 아내의 무지함에 답답함을 느낀 남편은 그만 집을 나가버렸답니다.

조국이 주권을 빼앗기고 일제의 수탈이 극심해진 때에 지식인으로 살아야 했던 남편의 모습은 식민지를 살았던 모든 지식인들의 초상이랍니다. 식민지 상황에서 지식인이 할 수 있었던 것은 술을 마시는 일 밖에 없었다는 절망감과 울분을 폭로하고 있는 작품입니다.

메밀꽃 필 무렵

수록교과서 : 교학사, 디딤돌, 해냄

이효석 소설가. 1907년 강원도에서 태어나 1930년 경성제국대학을 졸업했다. 1928년 「도시와 유령」을 발표하면서 문학 활동을 시작하여 활발히 활동하다 1942년 뇌막염으로 36세의 나이로 요절하였다. 대표작으로는 「산」「들」「메밀꽃 필 무렵」「장미 병들다」「해바라기」 등이 있다.

감상 길잡이

이 소설은 장돌뱅이의 삶을 통해 삶의 애환과 육친의 정을 그리고 있는 작품입니다. 한 곳에 정착하지 못하고 정처 없이 떠도는 장돌뱅이 허 생원의 과거와 현재를 따라가며 삶의 애환을 느껴봅시다. 또 작품에 대한 자신의 생각을 정리해봅시다.

핵심정리

갈래	단편소설, 순수소설, 낭만주의 소설
시점	전지적 작가 시점
배경	1920년대 어느 여름, 강원도 봉평에서 대화 장터로 가는 길
성격	서정적, 낭만적, 사실적
제재	떠돌이 장돌뱅이의 삶
주제	떠돌이 삶의 애환과 혈육 확인의 정서

등장인물

허 생원
장돌뱅이. 단 한번의 소중한 추억을 가슴에 간직한 채 살아감

동이
본능적인 면이 있지만, 소박하고 꾸밈이 없는 인물. 허 생원의 친자식임이 암시됨. 어머니에 대한 효심을 가지고 있음

조 선달
장돌뱅이.
허 생원의 친구로 순박함

줄거리

봉평장이 서던 날 장돌뱅이 허 생원은 조 선달과 충주집에 갔다가 동이를 만납니다. 동이는 애송이 장돌뱅이인데 충주댁과 수작하는 것을 보고 허 생원이 뺨을 때리지만 곧 화해합니다. 그날 밤 셋은 달빛을 받아 하얗게 빛나는 메밀꽃이 핀 산길을 함께 걷게 되고 허 생원은 젊은 시절 메밀꽃 핀 밤에 물레방앗간에서 성 서방네 처녀와 밤을 세운 이야기를 합니다. 그 후 동이는 아버지는 누구인지 모르고 어머니가 혼자 자신을 낳아 길렀다는 이야기를 들려줍니다. 허 생원은 냇물을 건너다 발을 헛디뎌 물에 빠지는 바람에 동이에게 업히게 되는데 동이의 어머니 친정이 봉평이고, 동이가 자신과 똑같은 왼손잡이인 것을 발견합니다. 그들은 동이의 어머니가 제천에 살고 있는 것을 알고 제천 쪽으로 발길을 돌립니다.

메밀꽃 필 무렵

여름 장이란 애당초에 글러서, 해는 아직 중천에 있건만 장판은 벌써 쓸쓸하고 더운 햇발이 벌여 놓은 전 휘장 밑으로 등줄기를 훅훅 볶는다. 마을 사람들은 거지반 돌아간 뒤요, 팔리지 못한 나무꾼 패가 길거리에 궁싯거리고들* 있으나, 석유병이나 받고 고깃마리나 사면 족할 이 축들을 바라고 언제까지든지 버티고 있을 법은 없다. 춥춥스럽게 날아드는 파리 떼도 장난꾼 각다귀*들도 귀찮다. 얼금뱅이*요 왼손잡이인 드팀전*의 허 생원은 기어코 동업의 조 선달을 나꾸어 보았다.

"그만 거둘까?"

"잘 생각했네. 봉평장에서 한 번이나 흐뭇하게 사 본 일 있었을까? 내일 대화장에서나 한몫 벌어야겠네."

"오늘 밤은 밤을 새워서 걸어야 될걸."

"달이 뜨렷다."

절렁절렁 소리를 내며 조 선달이 그 날 산 돈을 따지는 것을 보고, 허 생원은 말뚝에서 넓은 휘장을 걷고, 벌여 놓았던 물건을 거두기 시작하였다. 무명 필과 주단 바리가 두 고리짝에 꼭 찼다. 멍석 위에는 천 조각이 어수선하게 남았다.

다른 축들도 벌써 거진 전들을 걷고 있었다. 약빠르게 떠나는 패도 있었다. 어물 장수도, 땜장이도,

어휘정리

궁싯거리다 어찌할 바를 몰라 이리저리 머뭇거리다.
각다귀 남의 것을 뜯어먹고 사는 사람을 비유적으로 이르는 말.
얼금뱅이 얼굴이 얼금얼금 얽은 사람을 낮잡아 이르는 말.
드팀전 예전에, 온갖 피륙을 팔던 가게.

엿장수도, 생강 장수도 꼴들이 보이지 않았다. 내일은 진부와 대화에 장이 선다. 축들은 그 어느 쪽으로든지 밤을 새며 육칠십 리 밤길을 타박거리지 않으면 안 된다. 장판은 잔치 뒷마당같이 어수선하게 벌어지고, 술집에서는 싸움이 터져 있었다. 주정꾼 욕지거리에 섞여 계집의 앙칼진 목소리가 찢어졌다.

장날 저녁은 정해 놓고 계집의 고함 소리로 시작되는 것이다.

"생원, 시침을 떼두 다 아네……. 충줏집 말이야."

계집 목소리로 문득 생각난 듯이 조 선달은 비죽이 웃는다.

"화중지병*이지. 연소패들을 적수로 하구야 대거리가 돼야 말이지."

"그렇지두 않을걸. 축들이 사족을 못 쓰는 것두 사실은 사실이나, 아무리 그렇다군 해두 왜 그 동이 말일세. 감쪽같이 충줏집을 후린 눈치거든."

"무어, 그 애송이가? 물건 가지고 낚었나 부지. 착실한 녀석인 줄 알었더니."

"그 길만은 알 수 있나……. 궁리 말구 가 보세나그려. 내 한턱 씀세."

그다지 마음이 당기지 않는 것을 쫓아갔다. 허 생원은 계집과는 연분이 멀었다. 얼금뱅이 상판을 쳐들고 대어 설 숫기도 없었으나, 계집 편에서 정을 보낸 적도 없었고, 쓸쓸하고 뒤틀린 반생이었다. 충줏집을 생각만 하여도 철없이 얼굴이 붉어지고 발밑이 떨리고 그 자리에 소스라쳐 버린다. 충줏집 문을 들어서 술좌석에서 짜장* 동이를 만났을 때에는 어찌 된 서슬엔지 발끈 화가 나 버렸다. 상 위에 붉은 얼굴을 쳐들고 제법 계집과 농탕치는 것을 보고서야 견딜 수 없었던 것이다. 녀석이 제법 난질꾼인데 꼴사납다. 머리

어휘정리

화중지병 그림의 떡.
짜장 과연 정말로.

에 피도 안 마른 녀석이 낮부터 술 처먹고 계집과 농탕이야. 장돌뱅이 망신만 시키고 돌아다니누나. 그 꼴에 우리들과 한몫 보자는 셈이지. 동이 앞에 막아서면서부터 책망이었다. 걱정두 팔자요 하는 듯이 빤히 쳐다보는 상기된 눈망울에 부딪힐 때, 결김에 따귀를 하나 갈겨 주지 않고는 배길 수 없었다. 동이도 화를 쓰고 팩하게 일어서기는 하였으나, 허 생원은 조금도 동색하는 법 없이 마음먹은 대로는 다 지껄였다 — 어디서 줏어먹은 선머슴인지는 모르겠으나, 네게도 아비어미 있겠지. 그 사나운 꼴 보면 맘 좋겠다. 장사란 탐탁하게 해야 되지, 계집이 다 무어야. 나가거라, 냉큼 꼴 치워.

그러나 한 마디도 대거리하지 않고 하염없이 나가는 꼴을 보려니, 도리어 측은히 여겨졌다. 아직도 서름서름한 사인데 너무 과하지 않았을까 하고 마음이 섬짓해졌다. 주제도 넘지, 같은 술손님이면서두 아무리 젊다고 자식나쎄 되는 것을 붙들고 치고 닦아 셀 것은 무어야, 원. 충줏집은 입술을 쭝긋하고 술 붓는 솜씨도 거칠었으나, 젊은 애들한테는 그것이 약이 된다나 하고 그 자리는 조 선달이 얼버무려 넘겼다. 너, 녀석한테 반했지? 애송이를 빨문 죄 된다, 한참 법석을 친 후이다. 담도 생긴 데다가 웬일인지 흠뻑 취해 보고 싶은 생각도 있어서 허 생원은 주는 술잔이면 거의 다 들이켰다. 거나해짐을 따라 계집 생각보다도 동이의 뒷일이 한결같이 궁금해졌다. 내 꼴에 계집을 가로채서는 어떡할 작정이었누 하고 어리석은 꼬락서니를 모질게 책망하는 마음도 한편에 있었다. 그렇기 때문에 얼마나 지난 뒤인지 동이가 헐레벌떡거리며 황급히 부르러 왔을 때에는 마시던 잔을 그 자리에 던지고 정신없이 허덕이며 충줏집을 뛰어나간 것이었다.

"생원 당나귀가 바를 끊구 야단이에요."

"각다귀들 장난이지, 필연코."

짐승도 짐승이려니와 동이의 마음씨가 가슴을 울렸다. 뒤를 따라 장판을 달음질하려니 거슴츠레한 눈이 뜨거워질 것 같다.

"부락스런 녀석들이라 어쩌는 수 있어야죠."

"나귀를 몹시 구는 녀석들은 그냥 두지는 않을걸."

반평생을 같이 지내 온 짐승이었다. 같은 주막에서 잠자고, 같은 달빛에 젖으면서 장에서 장으로 걸어 다니는 동안에 이십 년의 세월이 사람과 짐승을 함께 늙게 하였다. 까스러진* 목 뒤 털은 주인의 머리털과도 같이 바스러지고, 개진개진 젖은 눈은 주인의 눈과 같이 눈곱을 흘렸다. 몽당비처럼 짧게 슬리운 꼬리는 파리를 쫓으려고 기껏 휘저어 보아야 벌써 다리까지는 닿지 않았다. 닳아 없어진 굽을 몇 번이나 도려내고 새 철을 신겼는지 모른다. 굽은 벌써 더 자라나기는 틀렸고, 닳아 버린 철 사이로는 피가 빼짓이 흘렀다. 냄새만 맡고도 주인을 분간하였다. 호소하는 목소리로 야단스럽게 울며 반겨한다.

어린아이를 달래듯이 목덜미를 어루만져 주니 나귀는 코를 벌름거리고 입을 투르르거렸다. 콧물이 튀었다. 허 생원은 짐승 때문에 속도 무던히도 썩였다. 아이들의 장난이 심한 눈치여서 땀 밴 몸뚱아리가 부들부들 떨리고 좀체 흥분이 식지 않는 모양이었다. 굴레가 벗어지고 안장도 떨어졌다. 요 몹쓸 자식들 하고 허 생원은 호령을 하였으나, 패들은 벌써 줄행랑을 놓은 뒤요, 몇 남지 않은 아이들이 호령에 놀라 비슬비슬 멀어졌다.

"우리들 장난이 아니우. 암놈을 보고 저 혼자 발

어휘정리

까스러지다 잔털 따위가 거칠게 일어나다.

광이지."

코흘리개 한 녀석이 멀리서 소리를 쳤다.

"고 녀석, 말투가……."

"김 첨지 당나귀가 가 버리니까 왼통 흙을 차고 거품을 흘리면서 미친 소같이 날뛰는 걸 꼴이 우스워 우리는 보고만 있었다우. 배를 좀 보지."

아이는 앵돌아진* 투로 소리를 치며 깔깔 웃었다. 허 생원은 모르는 결에 낯이 뜨거워졌다. 뭇 시선을 막으려고 그는 짐승의 배 앞을 가리어 서지 않으면 안 되었다.

"늙은 주제에 암샘을 내는 셈이야. 저놈의 짐승이."

아이의 웃음소리에 허 생원은 주춤하면서 기어코 견딜 수 없어 채찍을 들더니 아이를 쫓았다.

"쫓으려거든 쫓아 보지. 왼손잡이가 사람을 때려."

줄달음에 달아나는 각다귀에는 당하는 재주가 없었다. 왼손잡이는 아이 하나도 후릴 수 없다. 그만 채찍을 던졌다. 술기도 돌아 몸이 유난스럽게 화끈거렸다.

"그만 떠나세. 녀석들과 어울리다가는 한이 없어. 장판의 각다귀들이란 어른보다도 더 무서운 것들인걸."

조 선달과 동이는 각각 제 나귀에 안장을 얹고 짐을 싣기 시작하였다. 해가 꽤 많이 기울어진 모양이었다.

어휘정리

앵돌아지다 노여워서 토라지다.

드팀전 장돌이를 시작한 지 이십 년이나 되어도 허 생원은 봉평장을 빼놓은 적은 드물었다. 충주, 제천 등의 이웃 군에도 가고 멀리 영남 지방도 헤매기는 하였으나, 강릉쯤에 물건 하러 가는 외에는 처음부터 끝까지 군내를 돌아다녔다. 닷새만큼씩의 장날에는 달보다도 확실하게 면에서 면으로 건너간다. 고향이 청주라고 자랑삼아 말하였으나 고향에 돌보러 간 일도 있는 것 같지는 않았다. 장에서 장으로 가는 길의 아름다운 강산이 그대로 그에게는 그리운 고향이었다. 반날 동안이나 뚜벅뚜벅 걷고 장터 있는 마을에 거지반 가까웠을 때, 지친 나귀가 한바탕 우렁차게 울면—더구나 그것이 저녁녘이어서 등불들이 어둠 속에 깜박거릴 무렵이면 늘 당하는 것이건만 허 생원은 변치 않고 언제든지 가슴이 뛰놀았다.

젊은 시절에는 알뜰하게 벌어 돈푼이나 모아 본 적도 있기는 있었으나, 읍내에 백중百中*이 열린 해 호탕스럽게 놀고 투전鬪牋을 하고 하여 사흘 동안에 다 털어 버렸다. 나귀까지 팔게 된 판이었으나 애끊는 정분精分에 그것만은 이를 물고 단념하였다. 결국, 도로 아미타불로 장돌이를 다시 시작할 수밖에는 없었다. 짐승을 데리고 읍내를 도망해 나왔을 때에는 너를 팔지 않기 다행이었다고 길가에서 울면서 짐승의 등을 어루만졌던 것이었다. 빚을 지기 시작하니 재산을 모을 염은 당초에 틀리고, 간신히 입에 풀칠을 하러 장에서 장으로 돌아다니게 되었다.

호탕스럽게 놀았다고는 하여도 계집 하나 후려 보지는 못하였다. 계집이란 쌀쌀하고 매정한 것이었다. 평생 인연이 없는 것이라고 신세가 서글퍼졌다. 일신에 가까운 것이라고는 언제나 변함없는 한 필의 당나귀였다.

그렇다고는 하여도 꼭 한 번의 첫 일을 잊을 수는

어휘정리

백중 음력 칠월 보름. 승려들이 재(齋)를 설(設)하여 부처를 공양하는 날.

없었다. 뒤에도 처음에도 없는 단 한 번의 괴이한 인연! 봉평에 다니기 시작한 젊은 시절의 일이었으나 그것을 생각할 적만은 그도 산 보람을 느꼈다.

"달밤이었으나 어떻게 해서 그렇게 됐는지 지금 생각해두 도무지 알 수 없어."

허 생원은 오늘 밤도 또 그 이야기를 끄집어내려는 것이다. 조 선달은 친구가 된 이래 귀에 못이 박히도록 들어 왔다. 그렇다고 싫증을 낼 수도 없었으나, 허 생원은 시침을 떼고 되풀이할 대로는 되풀이하고야 말았다.

"달밤에는 그런 이야기가 격에 맞거든."

조 선달 편을 바라는 보았으나, 물론 미안해서가 아니라 달빛에 감동하여서였다. 이지러는졌으나 보름을 가제 지난 달은 부드러운 빛을 흐붓이 흘리고 있다. 대화까지는 칠십 리의 밤길. 고개를 둘이나 넘고 개울을 하나 건너고 벌판과 산길을 걸어야 된다. 길은 지금 긴 산허리에 걸려 있다. 밤중을 지난 무렵인지 죽은 듯이 고요한 속에서 짐승 같은 달의 숨소리가 손에 잡힐 듯이 들리며, 콩 포기와 옥수수 잎새가 한층 달에 푸르게 젖었다. 산허리는 온통 메밀밭이어서 피기 시작한 꽃이 소금을 뿌린 듯이 흐붓한 달빛에 숨이 막힐 지경이다. 붉은 대궁이 향기같이 애잔하고, 나귀들의 걸음도 시원하다. 길이 좁은 까닭에 세 사람은 나귀를 타고 외줄로 늘어섰다. 방울 소리가 시원스럽게 딸랑딸랑 메밀밭께로 흘러간다. 앞장선 허 생원의 이야기 소리는 꽁무니에 선 동이에게는 확적히는 안 들렸으나, 그는 그대로 개운한 제멋에 적적하지는 않았다.

"장 선 꼭 이런 날 밤이었네. 객줏집 토방*이란

어휘정리

토방 방에 들어가는 문 앞에 좀 높이 편평하게 다진 흙바닥.

무더워서 잠이 들어야지. 밤중은 돼서 혼자 일어나 개울가에 목욕하러 나갔지. 봉평은 지금이나 그제나 마찬가지지지. 보이는 곳마다 메밀밭이어서 개울가가 어디 없이 하얀 꽃이야. 돌밭에 벗어도 좋을 것을 달이 너무도 밝은 까닭에 옷을 벗으러 물방앗간으로 들어가지 않았나. 이상한 일도 많지. 거기서 난데없는 성 서방네 처녀와 마주쳤단 말이네. 봉평서야 제일 가는 일색이었지."

"팔자에 있었나 부지."

아무렴 하고 응답하면서 말머리를 아끼는 듯이 한참이나 담배를 빨 뿐이었다. 구수한 자줏빛 연기가 밤기운 속에 흘러서는 녹았다.

"날 기다린 것은 아니었으나, 그렇다고 달리 기다리는 놈팽이가 있는 것두 아니었네. 처녀는 울고 있단 말이야. 짐작은 대고 있었으나 성 서방네는 한창 어려워서 들고 날 판인 때였지. 한집안 일이니 딸에겐들 걱정이 없을 리 있겠나. 좋은 데만 있으면 시집도 보내련만 시집은 죽어도 싫다지……. 그러나 처녀란 울 때같이 정을 끄는 때가 있을까. 처음에는 놀라기도 한 눈치였으나 걱정 있을 때는 누그러지기도 쉬운 듯해서 이럭저럭 이야기가 되었네……. 생각하면 무섭고도 기막힌 밤이었어."

"제천인지로 줄행랑을 놓은 건 그다음 날이었나?"

"다음 장도막에는 벌써 온 집안이 사라진 뒤였네. 장판은 소문에 발끈 뒤집혀 고작해야 술집에 팔려 가기가 상수라고, 처녀의 뒷공론이 자자들 하단 말이야. 제천 장판을 몇 번이나 뒤졌겠나. 하나 처녀의 꼴은 꿩 궈 먹은 자리야. 첫날밤이 마지막 밤이었지. 그때부터 봉평이 마음에 든 것이 반평생을 두고 다니게 되었네. 평생인들 잊을 수 있겠나."

"수 좋았지. 그렇게 신통한 일이란 쉽지 않어. 항용恒用* 못난 것 얻어 새끼 낳고 걱정 늘고, 생각만 해두 진저리가 나지……. 그러나 늘그막바지까지 장돌뱅이로 지내기도 힘드는 노릇 아닌가? 난 가을까지만 하구 이 생애와두 하직하려네. 대화쯤에 조그만 전방廛房이나 하나 벌이구 식구들을 부르겠어. 사시장천 뚜벅뚜벅 걷기란 여간이래야지."

"옛 처녀나 만나면 같이나 살까……. 난 거꾸러질 때까지 이 길 걷고 저 달 볼 테야."

산길을 벗어나니 큰길로 틔어졌다. 꽁무니의 동이도 앞으로 나서 나귀들은 가로 늘어섰다.

"총각두 젊겠다, 지금이 한창 시절이렷다. 충줏집에서는 그만 실수를 해서 그 꼴이 되었으나 섧게 생각 말게."

"처, 천만에요. 되려 부끄러워요. 계집이란 지금 웬 제격인가요? 자나 깨나 어머니 생각뿐인데요."

허 생원의 이야기로 실심失心해한 끝이라 동이의 어조는 한풀 수그러진 것이었다.

"아비어미란 말에 가슴이 터지는 것도 같았으나 제겐 아버지가 없어요. 피붙이라고는 어머니 하나뿐인걸요."

"돌아가셨나?"

"당초부터 없어요."

"그런 법이 세상에."

생원과 선달이 야단스럽게 껄껄들 웃으니, 동이

어휘정리

항용 흔히 늘.

는 정색하고 우길 수밖에는 없었다.

"부끄러워서 말하지 않으려 했으나 정말이에요. 제천 촌에서 달도 차지 않은 아이를 낳고 어머니는 집을 쫓겨났죠. 우스운 이야기나, 그러기 때문에 지금까지 아버지 얼굴도 본 적 없고 있는 고장도 모르고 지내 와요."

고개가 앞에 놓인 까닭에 세 사람은 나귀를 내렸다. 둔덕은 험하고 입을 벌리기도 대근하여* 이야기는 한동안 끊겼다. 나귀는 건듯하면 미끄러졌다. 허 생원은 숨이 차 몇 번이고 다리를 쉬지 않으면 안 되었다. 고개를 넘을 때마다 나이가 알렸다. 동이 같은 젊은 축이 그지없이 부러웠다. 땀이 등을 한바탕 쪽 씻어 내렸다.

고개 너머는 바로 개울이었다. 장마에 흘러 버린 널다리가 아직도 걸리지 않은 채로 있는 까닭에 벗고 건너야 되었다. 고의*를 벗어 띠로 등에 얽어매고 반 벌거숭이의 우스꽝스런 꼴로 물속에 뛰어들었다. 금방 땀을 흘린 뒤였으나 밤 물은 뼈를 찔렀다.

"그래, 대체 기르긴 누가 기르구?"

"어머니는 하는 수 없이 의부義父를 얻어 가서 술장수를 시작했죠. 술이 고주래서 의부라고 전망나니예요. 철들어서부터 맞기 시작한 것이 하룬들 편한 날 있었을까? 어머니는 말리다가 차이고 맞고 칼부림을 당하곤 하니 집 꼴이 무어겠소. 열여덟 살 때 집을 뛰쳐나와서부터 이 짓이죠."

"총각 나쎄*론 심이 무던하다고 생각했더니 듣고 보니 딱한 신세로군."

물은 깊어 허리까지 찼다. 속 물살도 어지간히 센 데다가 발에 차이는 돌멩이도 미끄러워 금시에

어휘정리

대근하다 견디기가 어지간히 힘들고 만만하지 않다.
고의 남자의 여름 홑바지.
나쎄 그만한 나이를 속되게 이르는 말.

훌칠* 듯하였다. 나귀와 조 선달은 재빨리 거의 건넜으나 동이는 허 생원을 붙드느라고 두 사람은 훨씬 떨어졌다.

"모친의 친정은 원래부터 제천이었던가?"

"웬걸요. 시원스리 말은 안 해 주나, 봉평이라는 것만은 들었죠."

"봉평? 그래, 그 아비 성은 무엇이구?"

"알 수 있나요? 도무지 듣지를 못했으니까."

"그, 그렇겠지."

하고 중얼거리며 흐려지는 눈을 까물까물하다가 허 생원은 경망하게도 발을 빗디디었다. 앞으로 고꾸라지기가 바쁘게 몸째 풍덩 빠져 버렸다. 허비적거릴수록 몸을 건잡을 수 없어, 동이가 소리를 치며 가까이 왔을 때에는 벌써 퍽으나 흘렀었다. 옷째 쫄딱 젖으니 물에 젖은 개보다도 참혹한 꼴이었다. 동이는 물속에서 어른을 해깝게* 업을 수 있었다. 젖었다고는 하여도 여윈 몸이라 장정 등에는 오히려 가벼웠다.

"이렇게까지 해서 안됐네. 내 오늘은 정신이 빠진 모양이야."

"염려하실 것 없어요."

"그래, 모친은 아비를 찾지는 않는 눈치지?"

"늘 한번 만나고 싶다고는 하는데요."

"지금 어디 계신가?"

"의부와도 갈라져서 제천에 있죠. 가을에는 봉평에 모셔 오려고 생각 중인데요. 이를 물고 벌면 이럭저럭 살아갈 수 있겠죠."

"아무렴, 기특한 생각이야. 가을이랬다?"

어휘정리

훌칠 세게 후리다.
해깝다 가볍다.무게가 크게 느껴지지 않다.

동이의 탐탁한 등어리가 뼈에 사무쳐 따뜻하다. 물을 다 건넜을 때에는 도리어 서글픈 생각에 좀 더 업혔으면도 하였다.

"진종일 실수만 하니 웬일이오, 생원?"

조 선달은 바라보며 기어코 웃음이 터졌다.

"나귀야. 나귀 생각하다 실족을 했어. 말 안 했던가? 저 꼴에 제법 새끼를 얻었단 말이지. 읍내 강릉집 피마에게 말일세. 귀를 쫑긋 세우고 달랑달랑 뛰는 것이 나귀 새끼같이 귀여운 것이 있을까? 그것 보러 나는 일부러 읍내를 도는 때가 있다네."

"사람을 물에 빠치울 젠 딴은 대단한 나귀 새끼군."

허 생원은 젖은 옷을 웬만큼 짜서 입었다. 이가 덜덜 갈리고 가슴이 떨리며 몹시도 추웠으나, 마음은 알 수 없이 둥실둥실 가벼웠다.

"주막까지 부지런히들 가세나. 뜰에 불을 피우고 훗훗이 쉬어. 나귀에겐 더운물을 끓여 주고. 내일 대화장 보고는 제천이다."

"생원도 제천으로……?"

"오래간만에 가 보고 싶어. 동행하려나, 동이?"

나귀가 걷기 시작하였을 때 동이의 채찍은 왼손에 있었다. 오랫동안 아둑시니* 같이 눈이 어둡던 허 생원도 요번만은 동이의 왼손잡이가 눈에 뜨이지 않을 수 없었다.

걸음도 해깝고 방울 소리가 밤 벌판에 한층 청청하게 울렸다.

달이 어지간히 기울어졌다.

어휘정리

아둑시니 '어둠의 귀신'을 뜻하는 방언.

중요한 내용 쏙! 쏙! 쏙!

소재에 담긴 의미

나귀	• 허 생원과 동반자적 관계로 허 생원과 동일시되는 동물 • 자연과 인간의 합일을 추구하는 작가의 의식이 나타남
달밤	• 과거 회상의 매개체 • 낭만적인 분위기를 조성하며 허 생원의 첫사랑을 아름답게 부각시킴
메밀꽃 밤길	• 향토적이고 서정적인 분위기를 연출함 • 허 생원과 동이를 결합시키는 계기를 마련함

동이가 허 생원의 아들임을 암시하는 내용

- 제천에서 태어남
- 홀어머니 밑에서 자람
- 어머니의 고향이 봉평임
- 허 생원과 마찬가지로 왼손잡이임

서술 방식의 특징

과거의 시간	주로 요약적 서술 방법으로 제시
현재의 시간	장면적 서술 방법으로 제시

이효석 소설의 문체적 특징

- 비유적 표현의 사용 : 참신한 은유나 직유를 통해 자연물의 모습을 세밀하게 묘사하여 서정성과 예술성을 높임
- 주어가 없는 문장이 많음
- 사전에서 찾아보기 어려운 개인어를 많이 사용하여 표현의 효과를 높임

1 허 생원이 봉평장을 빼놓지 않고 들르는 이유를 생각해봅시다.

2 동이가 왼손잡이임을 통해 암시하고자 한 것이 무엇인지 생각해봅시다.

상상더하기 - 작품 이어쓰기

허 생원은 동이와 함께 동이의 어머니가 있는 제천으로 향하며 이야기가 마무리됩니다. 과연 동이는 허 생원의 아들일까요? 그리고 허 생원과 동이 어머니의 만남은 어떤 모습이었을까요? 작품의 뒷이야기를 상상해 봅시다.

확인하기 정답

1. 봉평은 허 생원이 성 처녀와 잊지 못할 추억을 만든 곳이기 때문입니다.
2. 허 생원과 동이가 혈육관계임을 암시합니다. 왼손잡이가 유전되는 것은 아니지만, 허 생원이 동이가 자신의 아들임을 확신하는 계기를 마련해 줍니다.

작가의 다른 작품 보기

산

머슴 중실은 칠 년이나 머슴살이를 하던 김 영감네 집에서 누명을 쓰고 쫓겨납니다. 갈 곳이 없었던 그는 빈 지게만 진 채 산으로 들어갑니다. 산은 결코 자신을 배신할 것 같지 않았기 때문이지요. 어느 날 나무를 팔러 마을에 내려왔다가 김 영감의 첩이 면서기 최씨와 도망을 갔다는 소식을 듣고 자신을 내쫓은 것을 후회하고 있을 김 영감을 찾아가 위로해 줄까 하는 생각이 들었지만, 곧 다시 산이 그리워져 그길로 산으로 향합니다. 이웃집 용녀와 오두막집을 짓고 감자밭을 일구며 염소, 돼지, 닭을 기를 것을 상상하면서 말이지요. 산으로 돌아와 잠을 청하던 그는 하늘의 쏟아질 듯 가깝게 보이는 별을 세면서 스스로 별이 됨을 느꼈답니다.

산에서 홀로 살아가던 주인공은 속세가 그립지 않았을까요? 가끔은 그랬겠지만, 그에게는 자연이 소중한 친구가 되어 주었던 것 같습니다. 자연과 동화된 그의 모습이 복잡한 현대사회를 살아가는 현대인들에게 진정한 삶의 의미를 돌이켜보게 합니다.

돈(豚)

식이는 돼지 한 쌍과 식구입니다. 방에다 지푸라기를 깔고 재우고, 자기 밥그릇에 먹이를 주면서 온갖 정성을 다하니 가족이나 마찬가지이지요. 그런데 암컷만 살아남고 수놈은 그만 죽고 맙니다. 식이의 희망이 걸려있는 돼지인데 말입니다. 새끼를 낳게 하고 싶지만 번번이 접붙이기에서 실패를 반복합니다. 드디어 성공하여 집으로 돌아가던 어느 날 기뻐야 할 식이의 마음속에 알 수 없는 우울함이 찾아옵니다. 그러다 예전에 사랑했던 분이가 생각났지요. 그렇게 소중히 아끼던 돼지이지만, '팔아버린 후 분이를 찾아 나설까?' 하는 마음이 간절합니다. 건널목 근처에 왔을 때 그 마음은 더욱 간절해지고 돼지를 팔고 분이를 만나 노동자가 되어 함께 행복하게 살면 얼마나 좋을까하는 상상에 사로잡혀 넋을 놓고 있다가 그만, 돼지가 기차에 치어 흔적 없이 사라지고 말았답니다.

순식간에 소중한 돼지를 잃은 주인공의 황망함과 살아갈 길이 막막해진 절망감이 느껴집니다. 인간생활의 애환과 돈이 없으면 아무 것도 할 수 없는 물질중심 사회를 비판하고 있는 작품입니다.

Part 4

문학과 일상의 체험

이범선 「표구된 휴지」

“

여러분의 오늘 하루는 어땠나요? 혹시 특별한 경험을 하고 가족들과 모여 “이런 일은 생전 처음이야. 아마 누구도 그런 일을 겪은 사람은 없을 거야.” 하면서 이야기꽃을 피우고 있지는 않은지요.

우리는 생활 속에서 많은 경험을 하고, 그런 경험들이 모여 우리의 삶을 이룹니다. 이러한 일상 속의 경험을 의미 없이 지나치지 않고, 문학 작품으로 표현해 본다면 우리의 삶은 훨씬 더 빛나게 되겠지요. 그런데 우리의 일상을 문학 작품으로 표현하기 위해서는 많은 경험 중 특히 가치 있고, 의미를 발견할 수 있는 것들이어야 합니다.

여기에서는 작품을 읽으며 가치 있는 경험을 발견하고, 또 그것이 어떻게 형상화되어 있는지 살펴봅시다.

”

표구된 휴지

수록교과서 : 비상, 지학사

이범선 소설가. 호는 학촌. 1920년 평안남도에서 태어났으며 광복 후 월남하여 1952년 동국대 국문과를 졸업했다. 1955년 《현대문학》에 「암표」와 「일요일」이 김동리에 의해 추천되어 문단에 등단했다. 1958년 처녀창작집 「학마을 사람들」로 제1회 현대문학상 신인문학상을 수상하였으며 그 외에 대표작으로는 「피해자」 「오발탄」 등이 있다.

감상 길잡이

이 소설은 사소한 것에서 가치와 의미를 발견하는 이야기입니다. 세상에 쓸모없는 존재란 없는 법이지요. 혹시 여러분의 주변에 제대로 가치를 인정받지 못하고 버려진 것은 없는지 생각해보며 작품을 감상해봅시다.

핵심정리

갈래	단편소설	성격	교훈적
시점	1인칭 주인공 시점	제재	표구된 휴지
배경	1960년대, 화실	주제	사소한 것에서 찾아오는 삶의 의미

등장인물

나

친구의 부탁으로 휴지처럼 구겨진 편지를 표구함. 표구된 휴지를 보며 친구를 생각함

친구

사소한 것에서 의미를 찾아냄. 장난스러운 면이 있음

나는 피곤할 때면 화실 한쪽 벽에 걸린 액자의 편지를 즐겨 읽습니다. 시골에 있는 늙은 아버지가 서울에 돈 벌러 온 아들에게 쓴 것이라 짐작되는 그 편지는 가을에 문을 바르고 남은 창호지를 적당히 잘라 쓴 듯하고, 글자도 고르지 않고 제각각입니다. 이 편지는 삼년 전 가을 은행을 다니는 친구가 퇴근길에 들러 휴지통에서 주운 거라며 표구를 부탁했습니다. 그 친구 은행에 저녁때면 날마다 빠지지 않고 들러 저금을 하는 지게꾼이 있는데, 어느 날 그가 저금통에 저금한 동전을 싸온 종이입니다. 그 종이를 친구가 우연히 발견하고 재미있다고 생각되어 나에게 가져온 것입니다.

나는 그 편지를 표구사에 맡기고 잊고 지내다가 친구가 외국 지점으로 전근가게 되어 비행기가 떠나는 날 문득 생각해 냅니다. 그 길로 표구사로 가, 표구된 편지를 찾아와 화실에 걸어 두었던 것입니다. 나는 친구가 떠나고 가끔 액자를 바라보는 사이 차츰 그 친구의 심정을 깨닫게 됩니다.

표구된 휴지

니무슨주변*에고기묵건나. 콩나물무거라. 참기름이나마니처서무그라.

누렇게 뜬 창호지에다 먹으로 쓴 편지의 일절이다. 언제부터인가 나는 피곤할 때면 화실 안쪽 벽에 걸린 그 조그만 액자의 편지를 읽는 버릇이 생겼다. 그건 매우 서투른 글씨의 편지다. 앞 부분과 끝 부분은 없고 중간의 일부분만인 그 편지는 누가 누구에게 보낸 것인지도 알 수 없다. 다만 그 내용으로 미루어 시골에 있는 늙은 아버지 – 어쩌면 할아버지일지도 모른다. – 가 서울에 돈 벌러 올라온 아들에게 쓴 편지라는 것이 대충 짐작될 따름이다. 사실은 그 편지가 노인이 쓴 것으로 생각되는 까닭은, 그 내용도 내용이려니와 그보다 더 그 편지의 종이나 글씨에 있는지도 모른다. 아마 어느 가을에 문을 바르고 반 장쯤 남았던 창호지를 용케 생각해 내어 벽장 속을 뒤져 먼지를 떨고 손바닥으로 몇 번이나 쓸어 펴서 적당히 두루마리 모양이 나게 오린 것이리라. 누렇게 뜬 종이 가장자리가 삐뚤삐뚤하다. 거기에 사연을 먹으로 썼다. 순 한글 – 아니 이 편지에서만은 언문*이라는 말이 좀 더 어울릴까 – 로 쓴 그 글씨가 재미있다. 붓으로 썼다기보다 무슨 꼬챙이에다 먹을 찍어서 그린 것 같은 글자는 단 한 자도 그 획의 먹 농도가 고른 것이 없다. 그 뿐만 아니라, 글자의 획들이 모두 사개*가 물러나서 이상스레 헐렁한데 그런 글자들이

어휘정리

주변 일을 주선하거나 변통함. 또는 그런 재주.
언문 '한글'을 속되게 이르던 말.
사개 상자 따위의 모퉁이를 끼워 맞추기 위하여 서로 맞물리는 끝을 들쭉날쭉하게 파낸 부분. 또는 그런 짜임새.

또 제각기 제멋대로 방향을 잡고 아무렇게나 눕고 서고 했다. 그러니 글줄이 바를 리는 만무이고.

니떠나고메칠안이서**송아지**낫다.그너석눈도큰게잘자란다.애비보다제에미를더달맛다고덜한다.

이 대목에서는 송아지 석 자가 딴 글자보다 좀 크고 먹 색깔도 진하다. 나는 언제나 이 액자를 보면 그 사연보다 그 글씨로 하여 먼저 미소짓게 된다.

베적삼 고름은 헐렁하니 풀어 헤쳤고 잠방이* 허리는 흘러내려 배꼽이 다 드러난 촌로들이 마을 어귀 느티나무 그늘에 모여, 더러는 마주하고 장기를 두고, 옆의 한 노인은 부채질을 하다 졸고, 또 어떤 노인은 장죽*을 쑤시는가 하면, 때가 새까만 목침을 베고 누운 흰머리는 서툰 가락의 시조를 읊고.

그 크고 작고, 진하고 연하고, 삐뚤삐뚤한 글자들. 나는 거기서 노인들의 구수한 농지거리*를 들을 수 있다.

압논벼는전에만하다. 뒷밧콩은전해만못하다. 병정갓던덕이돌아왔다. 니서울돈벌레갓다니까, 소우숨하더라.

어휘정리

잠방이 가랑이가 무릎까지 내려오도록 만든 홑바지.
장죽 긴 담뱃대.
농지거리 점잖지 않게 함부로 하는 장난이나 농담을 낮잡아 부르는 말.

이 편지 액자는 사실은 내 것이 아니다.

3년 전 가을이었다. 저녁 무렵 친구가 찾아왔다.

어느 은행 지점장인가 지점장 대리인가 하는 그 친구는 퇴근길에 잠깐 들렀다는 것이었다.

"부탁이 있는데."

"부탁? 설마 은행가가 가난한 화가더러 돈을 꾸잔 건 아닐게고."

나는 농담으로 그를 맞아들였다.

"그런 건 아니고 ……. 이거 좀 보게."

그는 신문지로 돌돌 만 것을 불쑥 내밀었다.

"뭔데. 그림인가?"

"글쎄 펴 보게. 그림이라면 그림이고 글이라면 글인데 그게…….국보급이야."

친구는 장난기 어린 눈으로 안경 속에서 웃고 있었다. 나는 조심조심 신문지를 폈다. 그건 아무렇게나 구겨져 던졌던 휴지를 다시 편 것이었다.

"뭔가, 이건?"

"한번 읽어 보게나."

친구는 눈으로 내가 들고 있는 휴지를 가리켰다. 나는 그 구겨 졌던 종이 위에 먹으로 쓴 글자를 한 자 한 자 읽으면서 속으로 철자법을 교정해야 했다.

"무슨 편지 같군."

"그래."

"무슨 편진가?"

"나도 모르지."

"그런데!"

"어쨌든 재미있지 않나. 뭔가 뭉클하는 게 있단 말야."

"바가지에 담아 내놓은 옥수수 냄새 같은, 뭐 그런 게 있잖아."

"흠, 자넨 역시 길을 잘못 들었어."

나는 웃었다. 그는 나와 중학교 동창이다. 그 시절 그는 문학 서적에 취해 있는 문학 소년이었다. 선생님들도 그의 소질을 인정하고 있었다. 그런데 그는 결국 상과 대학엘 갔다. 고등학교에서의 배치에 의해서였다.

"그거 표구*할 수 있겠지?"

"표구?"

"그야 할 수 있겠지. 창호지니까."

"난 그런 걸 잘 모르지 않나. 그래, 화가인 자네 생각을 했지 뭔가. 자네가 어디 적당한 표구사에 맡겨서 좀 해주지 않겠나?"

"그야 어렵지 않지만 ……. 자네도 어지간히 호사가*군. 이걸 표구해서 뭘 하나. 도대체 어디서 주워 온 건가. 이 휴지는?"

"아닌 게 아니라 정말 휴지통에서 주운 거지."

그 친구 은행 창구에 저녁때면 날마다 빼지 않고 들르는 지게꾼이 있단다. 은행 문 앞에 지게를 벗어 세워 놓고는 매우 죄송스러운 태도로 조용히 은행 안으로 들어서는 스물댓 나 보이는 그 꺼먼 얼굴의 청년을 처음엔 안내원이 막았다.

"뭐지요?"

"예, 예, 저어 ……."

"여긴 은행이요, 은행!"

"예, 그러니까 저 돈을 ……."

어휘정리

표구 그림의 뒷면이나 테두리에 종이 또는 천을 발라서 꾸미는 일.
호사가 일을 벌이기를 좋아하는 사람.

청년은 어리둥절해서 말도 제대로 하지 못했다.

"글쎄, 은행이라니까!"

"예, 그런데 그 조금두 할 수 있습니까?"

"조금이라니 뭘 말이오?"

"저금을 조금두 할 수 있습니까?"

"저금요?"

은행 안의 모든 시선들이 그 지게꾼에게로 쏠렸다.

청년은 점점 더 당황하였다. 얼굴이 붉어져서 돌아서 나가려는 그를 불러 세운 것이 예금 창구의 여직원이었다. 청년은 손에 말아 쥐고 있던 라면 봉지에서 꼬깃꼬깃한 백원짜리 지폐 다섯 장과 새로 새긴 목도장을 꺼내어 떨리는 손으로 여직원에게 바쳤다. 청년은 저만치 한구석으로 가 서서 불안스러운 눈으로 멀리 여직원을 지켜보고 있었다. 한참만에 그는 흠칫 놀랐다. 생전 처음 그는 '씨' 자가 붙은 자기 이름을 들었던 것이다. 그는 여직원 앞으로 달려와 빳빳한 통장을 받았다. 청년은 여직원과 안내원에게 굽신굽신 절을 하고는 한 손에 통장을 받쳐든 채 들어올 때처럼 조심스럽게 유리문을 열고 나갔다. 통장을 확인할 경황도 없이.

다음 날부터 그 청년은 매일 저녁 무렵이면 꼭꼭 들렀다. 하루에 2백 원 혹은 3백 원 또 어떤 날은 5백 원, 그의 통장에는 입금만 있고 출금란은 비어 있었다. 이제는 제법 안내원과는 익숙해졌으나 여직원 앞에서는 여전히 얼굴을 붉히며 수고를 끼쳐서 대단히 죄송하다는 표정 그대로였다.

그러던 어떤 날이었다. 그날은 여느 날보다 조금 일찍 청년이 은행엘 들렀다.

"오늘은 일찍 오셨네요. 얼마 넣으시겠어요?"

여직원이 미소로 물었다.

"예, 기게 오늘은 좀 ……."

청년은 무언가 종이 뭉텅이를 들고 머뭇거렸다.

"왜요?"

"이거 정말 죄송합니다. 이거 얼마 되지도 않는 걸 동전으루 ……. 그동안 저금통에 넣었던 걸 오늘 깨었죠. 기래 여기 이렇게 ……."

청년은 종이에 싼 것을 내밀었다.

"아이, 많이 모으셨네요."

"죄송합니다. 정말 이거 ……."

청년은 뒤통수를 긁적거리며 언제나 그가 서서 기다리던 구석으로 갔다.

"이게 바로 그 지게꾼 청년이 동전을 싸 가지고 온 종이지."

친구는 내 손의 편지를 가리켰다.

"그래. 그럼 그의 집에서 그 청년에게 보낸 편지란 말인가?"

"글쎄. 반드시 그렇다고는 할 수 없겠지, 동전을 세는 여직원을 거들어 주다가 우연히 발견하고 재미있다고 생각돼서 가지고 온 것뿐이니까."

우물집할머니하루알고갔다. 모두잘갓다한다. 장손이장가갓다. 색씨는 너머마을곰보영감딸이다. 구장네탄실이 시집간다. 신랑은읍의서기라더라. 압집순이가어제저녁감자살마치마에가려들고왓더라. 순이는시집안갈끼라하더라. 니는빨리장가안들어야건나.

나는 비시시 웃음이 새어 나왔다. 편지 내용도 그렇고 친구의 장난기도 그랬다.

어쨌든 나는 그 창호지를 아는 표구사에 맡겼다. 그게 어떤 편지냐고 묻는 표구사 주인한테는,

"굉장한 겁니다. 이건 정말 국보급입니다."

하고 얼버무렸다. 표구사 주인은 머리를 기웃거렸다.

그 후 나는 그 창호지 편지를 감감히 잊어버리고 있었다. 그런데 은행 친구가 어느 외국 지점으로 전근이 되었다. 비행기가 떠날 때 나는 문득 그 편지 생각이 났다.

니떠나고메칠안이서송아지낫다.

그길로 나는 표구사로 갔다. 구겨진 휴지였던 그 편지는 깨끗이 펴져서 액자 속에 들어 있었다. 그렇게 치장하고 보니 그게 정말 무슨 국보나 되는 것 같았다.

돈조타. 그러나너거엄마는돈보다도너가더조타한다. 밥묵고배아프면소금한줌무그라하더라.

그날부터 그 액자는 내 화실에 그냥 걸어 두었다. 그저 걸어둔 거다. 그런데 그게 이상하게도 차츰 내 화실의 중심점이 되어 갔다. 그건 그림 같기도 하고 글 같기도 하다. 아니 그건 분명 그 둘이 합쳐진 것이었다.

나는 친구가 외국으로 떠나고 이태 동안 그 액자를 간간 바라보고 있는 사이에 차츰 그 친구의 심정을 느껴 알 것 같아졌다.

니무슨주변에고기묵건나. 콩나물무거라. 참기름이나마니처서무그라.
순이는시집안갈끼라하더라. 니는빨리장가안들어야건나.
돈조타. 그러나너거엄마는돈보다도너가더조타한다.

그리고 채 이어지지 못하고 끊어진 맨 끝 줄.

밤에는솟적다속적다하며새는운다마는.

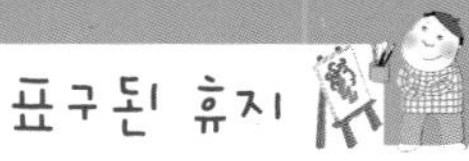

중요한 내용 쏙! 쏙! 쏙!

편지가 표구되기까지의 과정

한 지게꾼 청년이 매일 저녁 은행에 찾아와 저금을 함

↓

지게꾼 청년이 한날은 편지가 쓰여진 종이에 동전을 싸옴

↓

친구가 편지를 가지고 '나'를 찾아와 표구를 부탁함

↓

표구한 편지를 잊고 지내다가 친구가 외국 지점으로 떠나자 생각이 남
표구사에서 찾아온 편지를 '나'의 화실에 걸어 둠

표구된 휴지의 상징적인 의미

- 아버지의 사랑
- 조금씩 모은 동전을 꼭꼭 싸온 아들의 마음
- 사소한 것에서 발견한 삶의 의미
- 잃었던 가치를 되찾음

주인공의 마음의 변화

친구가 편지를 가지고 왔을 때	• 편지의 내용과 친구의 장난기에 웃음이 나옴 • 친구의 부탁을 들어주긴 했지만 중요하게 여기지 않음
친구가 외국으로 떠난 후	• 편지에 숨겨진 가치를 발견하고 소중히 여김

1 편지에 담긴 부모님의 마음을 파악해봅시다.

2 편지를 들고 나에게 찾아온 친구가 편지에서 느껴지는 느낌을 빗대어 표현한 부분을 찾아보고 그 의미를 생각해봅시다.

상상더하기 - 사소한 것에서 가치발견하기

혹시 여러분의 주변에는 '표구된 휴지' 와 같은 존재가 없나요? 사소하지만 그 속에서 진정한 가치를 발견할 수 있는 무언가가 없는지 여러분의 주위를 둘러봅시다.

확인하기 정답

1. 편지에는 떠나보낸 아들에 대한 걱정과 그리움이 담겨 있습니다.
2. 친구는 편지에서 '바가지에 담아 내놓은 옥수수 냄새' 같은 것이 느껴진다고 했습니다. 친구는 이를 통해 시골 아버지의 소박하고 투박하지만 정성스러운 마음의 정을 표현하고자 한 것입니다.